Noces en héritage

*

Le play-boy de Nob Hill

*

Dans le lit du patron

MELANIE MILBURNE

Noces en héritage

Traduction française de
ANNE DAUTUN

AZUR

HARLEQUIN

Collection : Azur

Ce roman a déjà été publié en 2019

Titre original :
BOUND BY A ONE-NIGHT VOW

HARPERCOLLINS FRANCE
83-85, boulevard Vincent-Auriol, 75646 PARIS CEDEX 13
Service Lectrices — Tél. : 01 45 82 47 47 - www.harlequin.fr
ISBN 978-2-2805-0638-0 — ISSN 0993-4448

Édité par HarperCollins France.
Composition et mise en pages Nord Compo.
Imprimé en avril 2024 par CPI Black Print (Barcelone)
en utilisant 100% d'électricité renouvelable.
Dépôt légal : mai 2024.

FSC www.fsc.org
MIXTE
Papier issu de sources responsables
FSC® C159065

Pour limiter l'empreinte environnementale de ses livres, HarperCollins France s'engage à n'utiliser que du papier fabriqué à partir de bois provenant de forêts gérées durablement et de manière responsable.

1

Dans le café bondé, Izzy, reposa son expresso avec un soupir. La chasse au mari aurait été beaucoup plus facile si elle avait réellement voulu se marier ! Or, elle n'en avait pas du tout envie ! La seule idée d'épouser quelqu'un la rendait malade. Elle n'était pas de celles qui fantasment sur le jour enchanteur de leur noce, ni du genre à rêver d'un conte de fées matrimonial, au contraire de la plupart de ses amies. Et maintenant que sa période rebelle était derrière elle, la seule pensée de sortir avec un homme la révulsait. Les hommes, elle préférait s'en passer !

Izzy regarda les nombreux couples dans la salle. N'y avait-il donc plus de célibataires à Londres ? Tout le monde ici avait un ou une partenaire. Elle était la seule à ne pas être accompagnée.

Dans sa quête d'un mari, elle aurait pu essayer les sites de rencontres en ligne. Mais elle était intimidée à la pensée d'inviter un inconnu. Quant aux quelques amis auxquels elle aurait pu envisager de demander un « service », ils étaient déjà engagés dans une relation.

Izzy replia le testament de son père et le fourra dans son sac. Elle avait beau le lire et le relire, les mots ne changeaient pas : elle devait être mariée pour obtenir son héritage. Et si elle ne le réclamait pas, il reviendrait à un parent éloigné, un homme qui avait le démon du jeu. Comment pourrait-elle accepter que tout cet argent s'en aille en fumée, englouti par la bouche avide d'une machine à sous ? D'autant qu'elle en avait besoin pour racheter la demeure ancestrale de sa défunte mère. Si elle ne pouvait pas réclamer son héritage, la belle demeure du Wiltshire où elle avait passé de rares mais merveilleuses vacances avec ses grands-parents – et son frère aîné avant que la maladie l'emporte – serait vendue à quelqu'un d'autre. Elle ne supportait pas l'idée de perdre à jamais le seul lieu où elle avait été heureuse. Pour honorer la mémoire de Hamish, son frère, et de leur mère, elle se devait de récupérer cette propriété.

Il ne lui restait plus qu'un seul jour pour trouver un homme disposé à l'épouser et rester marié avec elle pendant six mois. Oui, un seul jour ! Elle s'en voulait à présent de ne pas avoir cherché avec plus de constance au cours des semaines écoulées. Elle avait eu trois mois pour honorer les clauses du testament de son père, mais à l'idée d'épouser quelqu'un, elle n'avait cessé de remettre les choses au lendemain. Comme d'habitude.

Alors qu'elle allait repousser sa chaise pour quitter le café, une ombre se projeta sur elle et sur sa table. Izzy eut un petit coup au cœur, mais il n'était peut-être dû qu'à l'effet du double *macchiato* qu'elle venait d'avaler. La caféine n'avait jamais fait bon ménage avec le désespoir.

— Cette place est-elle prise ? demanda une profonde voix de baryton aux chaudes inflexions italiennes, qui lui procura de légers frissons.

Izzy leva les yeux et rencontra les prunelles chocolatées d'Andrea Vaccaro, le nabab des chaînes hôtelières. Une drôle de sensation la bouleversa. Elle ne pouvait pas voir ce beau visage sans que son cœur s'affole. Andrea avait un regard pénétrant qui semblait percer ses secrets intimes. Sa mâchoire pleine de caractère, ombrée d'une légère barbe, exprimait une virilité vibrante. Sa bouche ferme avait tendance à s'incurver en un sourire teinté de cynisme. Et cette bouche sensuelle lui faisait imaginer de longs baisers prolongés et sexy...

Au fil des ans, Izzy avait appris à ne pas laisser transparaître qu'Andrea la troublait. Mais si elle était distante et posée en apparence, intérieurement, elle était la proie d'une attirance tempétueuse.

— J'allais partir, alors..., lâcha-t-elle.

Les doigts hâlés d'Andrea se refermèrent sur le dossier de la chaise en face de laquelle elle était assise. Elle fixa malgré elle les poils bruns disséminés sur le dos de sa main et de son poignet, qui disparaissaient sous la manche de sa chemise immaculée. Combien de fois avait-elle rêvé que ces belles mains fermes se promenaient sur son corps, la touchaient, la caressaient, lui faisaient ressentir des choses qu'elle n'aurait pas dû ressentir pour cet homme-là ? Surtout pas celui-là...

— Tu n'as même pas le temps de prendre un café avec un ami ?

Il incurva la bouche en disant ces mots, laissant entrevoir une rangée de dents blanches parfaitement alignées. Et ce sourire qui semblait dire « je te tiens » la fit frissonner de nouveau. Dominant un début de panique, elle lâcha avec une intonation teintée de dédain :

— *Ami* ? Ça m'étonnerait.

Andrea tira la chaise et y assit son corps mince et athlétique. Ses longues jambes rencontrèrent celles d'Izzy sous la table. Elle les mit aussitôt sur le côté : trop tard, le contact, électrisant, avait eu lieu. Elle commença à repousser sa chaise, mais Andrea s'empara d'une de ses mains pour l'empêcher de se lever, la figeant, l'arrimant à lui. Elle laissa échapper un léger soupir étranglé ; la chaleur et la pression de cette main avaient éveillé son excitation et transmis le long de son bras une onde brûlante telle une coulée de lave.

Elle le foudroya d'un regard glacial.

— C'est comme ça que tu invites une femme ? Par la force ?

Il se mit à lui effleurer le dos de la main, paresseusement, du bout du pouce, déclenchant en elle une rafale de petits frissons.

— Il y a eu un temps où tu voulais plus qu'un simple café avec moi, il me semble, dit-il, avec un regard intense qui démultiplia les ondes de chaleur qui la parcouraient. L'aurais-tu oublié ?

Izzy aurait bien aimé avoir perdu la mémoire ! Elle aurait accueilli avec joie une amnésie totale, car elle aurait ainsi perdu le souvenir d'avoir tenté de séduire Andrea sept ans plus tôt, lors de l'une des mythiques et très arrosées fêtes de Noël de son père. Elle avait dix-huit ans alors et était soûle, ivre comme on peut l'être à cet âge, par défi, par goût du danger. Ainsi qu'elle l'avait été lors des autres fêtes, d'ailleurs, parce que c'était son seul moyen de supporter l'écœurant numéro du père dévoué que le sien lui servait. Elle avait voulu embarrasser son père à cause des tourments qu'il lui infligeait une fois les portes closes ; à cause de toutes les insultes, humiliations, critiques amères qui lui donnaient le sentiment qu'elle était inutile et ne valait rien, qu'elle n'était pas aimée, et qu'on ne voulait pas d'elle. Quoi de mieux pour plonger dans l'embarras son tyran de père que de coucher avec son favori, son protégé ? avait-elle stupidement pensé.

Izzy libéra sa main et se leva en repoussant brusquement sa chaise.

— Je dois retourner au boulot.

— Je suis au courant pour ton nouveau job. Comment ça se passe ?

Izzy scruta l'expression d'Andrea. Se moquait-il d'elle au sujet de son travail ? Ou manifestait-il simplement de l'intérêt ? Il n'avait pas une intonation cynique, ni un air ironique. Elle se demanda tout de même s'il pensait, comme tout le monde, qu'elle était incapable de tenir plus d'une semaine dans un nouvel emploi sans se faire virer.

En tout cas, elle était résolue à ne pas perdre son sang-froid avec lui, surtout dans un café bondé. Par le passé, elle s'était donnée en spectacle, avec plus d'imagination qu'un scénariste de Hollywood. Et elle aurait adoré expédier le fond de café qui restait dans sa tasse sur cette belle gueule d'homme trop sûr de lui ; ou agripper Andrea par sa chemise immaculée au point d'en faire sauter tous les boutons...

C'était bien son genre de semer le doute en elle alors qu'elle s'efforçait de faire son chemin dans le monde. À sa grande honte, elle avait obtenu puis perdu quantité de jobs au fil des ans. Sa réputation finissait toujours par lui nuire. Tout le monde s'attendait qu'elle échoue. Et que faisait-elle ? Elle échouait.

Elle avait eu du mal à se fixer sur une carrière à cause de son manque de diplômes. Elle avait raté ses examens, incapable d'encaisser la pression qu'on exerçait sur elle pour qu'elle se montre à la hauteur des prouesses scolaires de Hamish, son frère aîné. Elle n'avait jamais été de celles qui ont toujours su ce qu'elles feraient plus tard. Au contraire, elle était allée à la dérive, elle avait rêvassé et perdu son temps.

Mais aujourd'hui, elle tentait de remonter la pente. Elle préparait un diplôme d'assistante sociale grâce à des cours en ligne, tout en travaillant chez un antiquaire. Elle était donc d'autant plus furieuse des insinuations d'Andrea.

Elle releva le menton et prit un air dur.

— Je m'étonne que tu ne sois pas encore venu à la boutique pour acheter une vieillerie horriblement chère afin d'étaler ton indécente fortune, lança-t-elle, dure.

Le sourire nonchalant d'Andrea s'accentua.

— J'ai quelque chose en vue qui a beaucoup plus de valeur.

Izzy ramassa son sac, posé à terre, le mit en bandoulière, et foudroya Andrea du regard.

— Au plaisir de te revoir, fit-elle, sarcastique.

Elle se faufila entre les tables pour payer sa consommation au comptoir, mais avant qu'elle ait pu sortir son portefeuille, Andrea survint derrière elle et tendit à la serveuse un billet.

— Gardez la monnaie.

Izzy faillit lever les yeux au ciel en voyant la mine de la jeune femme, qui semblait près de tomber en pâmoison. Pas à cause du pourboire, plus que généreux, mais bien du sourire outrageusement charmeur d'Andrea. N'y avait-il donc, sur la planète Terre, aucune femme capable de résister à ce sourire enjôleur ?

Andrea, derrière elle, était si proche qu'elle percevait sa chaleur et sentait l'énergie vibrante, l'énergie… *sexuelle* que dégageait son corps athlétique. L'odeur de son après-rasage lui venait aux narines, mélange subtil d'essences d'agrumes et de notes boisées qui évoquait une orangeraie inondée de soleil côtoyée par une forêt dense et ténébreuse. L'espace d'un instant, elle s'autorisa à imaginer ce qu'elle éprouverait si elle se laissait aller contre lui, si elle était enlacée par ses bras musclés et percevait son sexe tendu contre ses fesses. Elle rêva que ses grandes mains venaient se poser sur ses hanches et l'attiraient encore plus près… Seigneur ! Elle ne devait pas aller par là !

Andrea la saisit par un coude et l'entraîna hors du café, sous le soleil printanier. Izzy le suivit sans faire de scène, parce que déjà les gens les désignaient et les suivaient du regard. Elle n'avait aucune envie qu'on la photographie en compagnie d'Andrea, encore moins d'être associée à lui et considérée comme une de ses conquêtes sexuelles !

Andrea Vaccaro attirait comme un aimant l'attention des médias. Ce play-boy international avait été le protégé du père d'Izzy, Benedict Byrne, puissant et fortuné homme d'affaires. Andrea, *ragazzo* né du mauvais côté de la barrière, avait réussi grâce à la générosité de celui-ci.

Izzy, elle, n'était pas la chouchoute de la presse. Elle en était plutôt la cible, affublée de la double étiquette « fille de riche » et « enfant gâtée ». Si, à une certaine époque, elle avait délibérément quêté l'attention des médias, et s'était même de manière un peu perverse réjouie de leurs échos négatifs, elle préférait à présent qu'on la laisse tranquille. Ils étaient loin les jours où elle sortait des night-clubs en chancelant pour laisser croire qu'elle était ivre afin de faire honte à son père.

Hélas ! les paparazzis n'étaient pas au fait du subterfuge et la considéraient toujours comme une rebelle dévergondée qui ne songeait qu'à faire la fête.

La main d'Andrea se détacha de son coude pour glisser vers sa main gauche dépourvue d'anneau.

— T'es-tu trouvé un mari ?

Elle savait que le bel Italien connaissait dans les moindres termes la teneur du testament de son père. Il l'avait même sans doute aidé à le rédiger. Elle était furieuse qu'Andrea soit au courant d'informations aussi personnelles. Il ignorait tout de ses véritables relations avec Benedict Byrne. Ce dernier était trop rusé pour révéler le côté obscur de sa personnalité à ceux qu'il soutenait et cherchait à impressionner. Seule la mère d'Izzy savait qui il était vraiment. Or, elle était morte depuis longtemps, et reposait en paix à côté de Hamish, son fils adoré. *Leur* fils adoré. Le fils parfait qu'Izzy avait été tenue d'égaler, sans jamais réussir à répondre aux attentes paternelles.

— Je n'ai aucune intention de discuter avec toi de ma vie personnelle, dit-elle. Alors, si tu permets, je...

— J'ai une proposition pour toi, la coupa Andrea.

Son expression était aussi éloquente qu'un écran d'ordinateur en veille, mais Izzy sentait que le système d'exploitation tournait à plein régime. Autour de pensées retorses, dangereuses. Des pensées *sexuelles*.

Elle agita les doigts, cherchant à se libérer de l'énergie sensuelle qu'il avait transmise à sa chair. Elle tendit les abdominaux dans l'espoir de faire disparaître la tension qui avait gagné le cœur de sa féminité, mais ne réussit qu'à être encore plus sensible à ce qu'Andrea lui faisait ressentir.

— La réponse est non, et je ne le répéterai pas, lui assena-t-elle.

Il lui décocha un sourire nonchalant, comme si un tel refus le stimulait. Comme si c'était un défi qu'il avait hâte de relever pour remporter la victoire.

— Ne veux-tu pas savoir ce que je te propose avant de dire non ?

Elle serra les dents.

— Je ne m'intéresse nullement à ce que tu pourrais dire.

Surtout si ça comporte le mot « mariage », pensa-t-elle. Mais lui proposerait-il réellement de l'épouser ? Et pour quelle fichue raison ?

Il la dévisagea, l'enveloppa en silence du regard, et elle en eut un coup au cœur. Il avait belle allure. Mieux que ça, même. Halé et musclé, doté d'un physique de mannequin pour publicité de parfum de luxe, il avait tout du mauvais garçon assagi. Ses cheveux noirs et ondulés, ni trop longs ni trop courts, étaient coiffés de façon décontractée, dégageant son front intelligent. Ses sourcils, dont l'un était traversé par une cicatrice en zigzag, surmontaient un regard intense, d'un brun si profond qu'il était difficile de distinguer la pupille de l'iris. Des yeux frangés de longs cils qui s'abaissaient parfois de façon éloquente, l'incitant à...

Ah ! non, elle ne devait pas suivre cette pente ! Elle ne devait surtout pas associer Andrea au sexe !

Izzy était capable de soutenir le regard de n'importe quel homme. Elle savait les remettre à leur place d'un mot tranchant. Mais son pouvoir n'avait aucun effet sur Andrea. Il était son talon d'Achille. Et il en était parfaitement conscient... Qu'il aille au diable !

— Dîne avec moi, dit-il.

Ce n'était pas une invitation, mais un ordre. Izzy leva les yeux.

— Plutôt mourir !

Andrea promena les yeux sur son visage, ses yeux, sa bouche. Il s'y attarda au point qu'elle sentit un picotement sur ses lèvres, comme s'il les avait effleurées avec les siennes. Chaque fois qu'il la regardait, elle avait des idées torrides. Elle visualisait des ébats passionnés, emportés, tels qu'elle n'en avait jamais connus. Si elle n'était pas novice, elle n'avait pas autant d'expérience que l'avaient prétendu les médias. Elle n'avait même pas d'appétence pour les parties de jambes en l'air. Elle n'avait aucun don dans ce domaine, au point que c'en était pathétique. Et au pied du mur, elle ne parvenait à oublier son peu de goût pour ce genre d'intimité qu'en recourant à l'alcool.

Les prunelles d'Andrea se posèrent de nouveau sur elle.

— Nous pouvons avoir cette discussion ici, en pleine rue, où tout le monde peut nous entendre, ou bien en privé.

« En privé. » Cette expression ambiguë la fit frissonner, et des visions envahirent son esprit. Les mains d'Andrea sur ses seins, sa bouche sur la sienne, le va-et-vient de son corps viril qui la chevauchait, et...

Elle refoula ces pensées avec un léger haut-le-cœur. Elle espéra que son agitation intérieure n'était pas perceptible, mais devinait que peu de choses échappaient à Andrea Vaccaro. Ce n'était pas pour rien qu'il réussissait si bien en affaires. Il savait juger les gens. Et les situations. Il était intelligent, calculateur et bon stratège.

Elle avait horreur de ce qu'il lui faisait ressentir. Elle détestait qu'il ait le pouvoir de faire surgir en elle la colère ou le désir. Les deux à la fois, parfois. Elle n'avait pas l'intention de rééditer sa folle conduite d'autrefois. Elle n'était plus cette jeune fille effrontée et flirteuse qui recherchait l'attention. Elle avait cessé d'être l'enfant gâtée que la souffrance intérieure et la honte poussaient à agir ainsi. Elle s'était réinventée.

— Je ne ferai rien en privé avec toi, dit-elle, réalisant trop tard la maladresse de sa formulation.

Le regard brillant d'Andrea signifia clairement : « Piégée ! »

— Aurais-tu peur de ce que je pourrais dire ?

Plutôt peur de ce que moi, je pourrais faire...

— Quoi que tu puisses dire, répliqua-t-elle, ça ne m'intéresse pas.

— Ce n'est qu'un dîner, Isabella.

Son accent italien faisait chanter de façon caressante les

quatre syllabes de son prénom. Il était le seul à l'appeler ainsi, et elle n'était pas sûre d'aimer cela.

Juste un dîner. Pouvait-elle accepter, pour savoir de quoi il retournait ? Andrea avait piqué sa curiosité et, à l'approche de l'échéance fatidique, elle aurait été folle de ne pas entendre ce qu'il avait à dire. Mais elle était déstabilisée en sa présence. Leurs énergies respectives entraient en collision, suscitaient en elle quelque chose qu'elle n'était pas certaine de maîtriser – de *vouloir* maîtriser, ce qui était encore plus perturbant.

— Dis-moi où et quand te rejoindre, et je viendrai, lâcha-t-elle d'un air d'ennui délibéré.

Andrea laissa couler un rire qui la rendit toute chose.

— Bien tenté.

— Je ne plaisante pas, Andrea. Je ne dînerai avec toi que si je peux te rejoindre par mes propres moyens.

— Tu préfères jouer en solitaire ? demanda-t-il, une lueur railleuse dans le regard.

Izzy sentit ses joues s'empourprer. Mais ce n'était pas son seul signe de trouble. Le cœur de sa féminité se contractait, diffusait dans son corps des ondes de chaleur. Elle adopta une expression qu'elle avait peaufinée pendant son adolescence, celle de la séductrice dévergondée qui proclamait : « Je me fiche de ce que vous pensez de moi. » Obéissant à une impulsion qu'elle ne comprenait pas, elle s'humecta les lèvres du bout de la langue, secrètement ravie du regard avec lequel Andrea capta sa mimique.

Elle ne le laissait pas indifférent ! Il y avait quelque chose d'étrangement grisant dans cette constatation. Il n'avait peut-être pas de sympathie pour elle. Ni de respect. Mais il la voulait. Et comment ! Il lui avait résisté sept ans plus tôt sans aucune difficulté. Il lui avait donné le sentiment qu'elle avait été insensée de vouloir le séduire. Il l'avait traitée d'enfant gâtée jouant à l'adulte. Mais maintenant, il avait envie d'elle.

Izzy remisa cette constatation à l'arrière-plan de son esprit, en s'adressant mentalement un signe de victoire. Cela lui procurait un levier, un brin de pouvoir dans un rapport de force qui avait toujours penché en faveur d'Andrea. Elle lui décocha un regard entre ses paupières mi-closes.

— Tu aimerais le savoir, hein ? le défia-t-elle.

Le regard d'Andrea s'obscurcit, indéchiffrable et mystérieux.

— Je me ferai un point d'honneur de le découvrir, dit-il, d'une voix suave et profonde qui la fit frémir.

Elle avait conscience d'être téméraire en flirtant avec lui. Et peu sensée. Mais il y avait entre eux quelque chose qui la poussait toujours à le défier, à l'asticoter. À le dépouiller de ses bonnes manières de citadin pour révéler l'homme primitif qu'elle sentait poindre en lui sous cette apparence civilisée.

— Où dînerons-nous ?

— J'ai réservé une table chez Henri. À huit heures et demie.

Izzy fut contrariée de ne pas lui avoir opposé plus de résistance. Il lui déplaisait de se considérer comme une femme prévisible. D'autant qu'elle s'était toujours efforcée d'être tout le contraire. Comment avait-il su qu'elle céderait ? Était-elle si prévisible ?

« Peut-être parce qu'il te reste moins de vingt-quatre heures avant l'échéance », lui souffla une voix intérieure.

— Ton arrogance m'étonnera toujours, lâcha-t-elle enfin. Personne ne te répond donc jamais non ?

— Pas très souvent.

Izzy était toute prête à le croire. Elle devait raffermir sa volonté. Elle ne pouvait pas lui permettre de la manipuler et de l'amener à faire ce qu'il voulait. Elle devait lui tenir tête, lui montrer qu'elle n'était pas comme toutes ces femmes de passage qui paradaient dans sa vie. Avec lui, elle avait commis un impair, une fois. Mais elle était aujourd'hui plus mûre et plus avisée. Et attentive à ce qu'il n'ait aucune prise sur elle. À ce qu'*aucun homme* n'ait de prise sur elle.

— Eh bien, à plus tard, lança-t-elle.

— Isabella ?

— Oui ? fit-elle en se tournant vers lui d'un air neutre.

Il contempla sa bouche, puis la dévisagea. Il la tenait sous l'emprise de son regard comme en un étau.

— Ne t'avise surtout pas de me faire faux bond.

Elle se demanda par quelle sorcellerie il avait lu dans ses pensées. Elle avait eu l'intention de le faire attendre dans le restaurant, histoire de lui prouver qu'elle ne jouerait pas à son petit jeu, quel qu'il soit. On ne lui avait sans doute jamais tenu tête. Il était temps qu'il reçoive une leçon, et elle se ferait un plaisir de la lui donner !

Mais à présent, elle devait trouver un autre plan. Elle ne pouvait pas se pointer chez Henri et accepter tout simplement sa « proposition ». C'était impossible. Oui, impossible ! Il était le dernier homme qu'elle aurait envisagé d'épouser. Car c'était le mariage qu'il voulait, elle en était sûre. Elle captait la détermination implacable de son regard. Elle était acculée, certes, mais pas à ce point-là !

— Oh ! je viendrai ! lui dit-elle d'une voix sirupeuse. Un dîner gastronomique gratuit, ce n'est pas de refus. Car il s'agit seulement d'un dîner, n'est-ce pas ?

Le regard de braise d'Andrea la pénétra jusqu'au tréfonds de son être, éveilla en elle un désir brûlant. Un désir qu'elle refusait d'éprouver. Qu'elle s'était *interdit* d'éprouver.

— Un dîner seulement, oui.

Elle pivota sur elle-même et s'éloigna vers la boutique d'antiquités où elle travaillait. Elle savait qu'Andrea la suivait du regard, mais ne se retourna pas. Elle se sentit plutôt fière d'avoir restauré au quart de tour sa volonté, très défaillante un instant plus tôt. Cependant, devant l'entrée de la boutique, elle jeta un regard en arrière. La haute silhouette d'Andrea s'était fondue dans la foule. Pourquoi en fut-elle déçue ? Elle n'aurait pas su le dire, et n'aurait pas dû s'en soucier. Pourtant, de façon contrariante, elle y attachait de l'importance.

2

— Tu as besoin d'un garde du corps, non, lorsque tu portes cette robe ? lança Jess en passant une tête dans la chambre.

Izzy lissa sa minirobe couleur argent qui scintillait comme des décorations de Noël.

— Comment me trouves-tu ? demanda-t-elle à sa colocataire.

— Sincèrement, tu as des jambes superbes. Tu devrais arrêter de vendre des vieilleries poussiéreuses et devenir mannequin. Alors, qui est l'heureux élu ? Je l'ai déjà rencontré ?

— C'est juste une connaissance.

Jess haussa les sourcils.

— Tu te mets drôlement en frais pour une simple connaissance.

Izzy prit un bâton de rouge à lèvres rouge sang et se farda la bouche. Elle risquait d'attirer l'attention des médias en se montrant ainsi vêtue en compagnie d'Andrea, mais pour une fois elle s'en fichait. Le résultat en valait la peine : elle tenait à montrer qu'elle ne se pliait pas aux règles du jeu qu'il avait définies. Il était connu pour sortir avec des femmes élégantes et sophistiquées. Et ainsi vêtue, elle était l'antithèse d'une femme élégante et sophistiquée. Cette toilette proclamait : « Attention, fêtarde prête à toutes les folies ! »

— Je donne une leçon à... mon cavalier, dit-elle.

— Quel genre de leçon ? fit Jess. Apprendre à regarder sans toucher ?

Izzy se remémora avec un léger frisson la pression de main

d'Andrea. Elle s'efforça de ne pas imaginer qu'il la maintenait sous son corps, sur un lit, et lui faisait toutes sortes de choses diaboliquement délicieuses.

— Je lui apprends à être moins arrogant.

Elle enleva les rouleaux qu'elle avait mis pour donner encore plus de volume à ses cheveux et se façonna avec les doigts un nuage de boucles à hauteur des épaules.

Jess s'assit sur le bord du lit d'Izzy.

— Et qui est le type en question ?

Izzy regarda sa colocataire dans le miroir de sa coiffeuse. Elle connaissait Jess depuis quelques mois seulement, et n'avait pas envie d'entrer dans le détail de sa relation compliquée avec Andrea. Elle mit des pendants d'oreilles, puis ajusta le corsage de sa robe pour mettre en valeur la naissance de ses seins.

— Une connaissance de mon père, dit-elle.

Jess se leva pour venir se poster près d'elle et la regarder en face.

— C'est le dernier jour avant l'échéance stipulée par le testament de ton père, non ?

Izzy regretta d'avoir laissé échapper cette information par inadvertance deux ou trois jours plutôt, autour d'un curry acheté chez le traiteur et d'une bouteille de vin. Il était un peu humiliant d'avouer à sa colocataire et amie que son père avait voulu la punir par-delà la mort. Il savait qu'elle était contre le mariage. Elle l'avait vu dominer sa mère en véritable tyran, allant jusqu'à lui dire quels vêtements elle devait mettre. Izzy ne permettrait à aucun homme d'exercer sur elle un tel pouvoir, et surtout pas à Andrea Vaccaro.

— Oui, mais ce n'est pas un prétendant, dit-elle.

— Tu vas perdre ton héritage, alors ?

Tout en passant à son poignet un bracelet, Izzy répondit :

— Je n'y tiens vraiment pas, mais que veux-tu que je fasse ? Je ne peux quand même pas harponner le premier venu dans la rue pour lui demander de m'épouser.

De nouveau, Jess considéra la toilette d'Izzy.

— Habillée comme ça, tu pourrais sûrement y réussir. Mais le type que tu vois ce soir, pourquoi n'est-il pas un prétendant ? Il a déjà répondu non ?

Izzy prit une pochette de soirée et y glissa le tube de rouge.

— Je ne l'ai pas sollicité. Et je ne le ferai jamais. Je sais ce que je fais, Jess. Je sais gérer les hommes comme Andrea Vaccaro.

Jess écarquilla les yeux. Izzy se traita mentalement d'idiote.

— Tu sors avec Andrea Vaccaro, le roi des palaces ? Et tu ne le considères pas comme un prétendant ? Tu es folle ! C'est le célibataire le plus courtisé de la planète !

Izzy saisit le blouson de motard en cuir noir posé sur le lit et l'enfila.

— On le considère peut-être comme une prise de choix, mais en ce qui me concerne je ne veux pas de lui. J'aimerais mieux subsister en faisant les poubelles et dormir sur des cartons que d'épouser ce prétentieux bouffi d'orgueil.

— Waouh ! siffla Jess. Je ne t'ai jamais vue si remontée. Il y a un contentieux entre vous ou quoi ?

— Il croit qu'il peut avoir qui il veut, mais moi, il ne m'aura pas, affirma Izzy avec un sourire plein d'assurance. Sois tranquille. Je sais *exactement* comment gérer ce type-là.

Andrea n'avait pas prémédité d'être en retard à son dîner avec Isabella, mais il se retrouva coincé dans un embouteillage après un accident sans gravité au cœur de Londres. Il lui avait envoyé un SMS pour la prévenir qu'il aurait quelques minutes de retard. Elle n'avait pas répondu. L'attitude qu'elle avait à son égard était la raison pour laquelle il lui proposerait un mariage temporaire. Il avait besoin d'une épouse. Une épouse provisoire qui ne ferait pas d'histoires lorsqu'il voudrait rompre. Pas d'« amour toujours » ni de promesses de bonheur éternel. Il voulait un contrat de six mois qui résoudrait commodément deux problèmes à la fois grâce à une cérémonie brève et impersonnelle.

La belle-fille de Patrizio Montelli, un homme avec lequel il était en affaires, lui compliquait la vie en ne faisant pas mystère de son béguin pour lui. Le projet sur lequel il travaillait serait compromis s'il ne prenait pas de mesures préventives. Et comme il avait été sollicité pour être dans quelques semaines le témoin de mariage de Patrizio, Andrea devait agir sans tarder.

S'il s'était agi d'un autre projet, il se serait tout simplement retiré. Les hôtels à acheter ne manquaient pas. Mais il convoitait celui-ci plus que tout autre. Acheter l'hôtel à la porte duquel il avait traîné lorsqu'il était adolescent et à la rue dans l'espoir de glaner de quoi manger, c'était trop important pour qu'il renonce. Cela signifierait qu'il avait surmonté son difficile passé. Et triomphé.

Une épouse de convenance, voilà ce qu'il lui fallait. Et Isabella Byrne était la candidate idéale. Il pouvait aider Isabella à résoudre son petit dilemme tout en réglant le sien. Il n'avait jamais envisagé le mariage, ayant assisté en personne aux ravages destructeurs d'une union parfaite devenue un enfer. De plus, il savourait sa liberté. Il aimait passer d'une liaison à l'autre sans attaches durables ni responsabilités.

Cependant, il était prêt à sacrifier six mois de liberté parce qu'il voulait à tout prix réaliser cet achat. Et surtout prouver qu'il pouvait encore résister à Isabella Byrne. Il ne voulait pas la désirer. Cela le contrariait qu'elle ait encore un tel effet sur lui. C'était un besoin lancinant qu'il s'efforçait d'ignorer. Il avait toujours gardé ses distances avec elle par respect pour son père. Benedict avait ses défauts, mais Andrea n'oublierait jamais qu'il l'avait aidé à se lancer dans le business hôtelier, lui permettant de laisser définitivement derrière lui son passé défavorisé. Il avait travaillé dur pour bâtir un empire encore plus grand que celui de Benedict, un empire qui compensait largement les mois misérables qu'il avait vécus comme gamin des rues. En le voyant aujourd'hui, personne ne l'aurait associé à ce gosse affamé et transi qui avait lutté si dur pour surmonter sa condition misérable.

À présent que son mentor était mort, Andrea pensait que ce mariage avec la fille de son bienfaiteur lui donnerait aussi la possibilité de prouver une fois pour toutes qu'il était guéri de ce qu'il appelait la « démangeaison Isabella ». Une démangeaison qui l'avait rendu fou pendant sept longues années.

Depuis qu'il la connaissait, elle n'avait cessé de se donner en spectacle, couvrant de honte son père d'une patience à toute épreuve. Elle s'était comportée en fille de riche, trop gâtée, paresseuse, irresponsable. Cela n'avait guère changé à présent qu'elle était adulte. Elle était toujours aussi peu discrète, portée sur les défis et... dotée d'un corps à se damner !

Il était incapable d'être près d'elle sans être excité. L'effet qu'elle avait sur lui l'irritait profondément. Il était très porté sur les plaisirs sensuels, mais il y avait dans son attirance pour Isabella quelque chose qui le mettait sur les nerfs. Le pouvoir qu'elle avait sur lui était totalement inédit.

Andrea était plutôt fier de savoir maîtriser ses instincts primitifs. S'il avait parfois mordu la ligne blanche, il ne l'avait jamais franchie. Il serait dangereux de compromettre cela en épousant Isabella, mais pour une fois il était prêt à courir le risque. Il insisterait pour un mariage de pure forme. Une relation platonique qui leur procurerait ce qu'ils voulaient.

Isabella avait moins de vingt-quatre heures pour trouver un mari. Au cours des trois derniers mois, il s'était préparé tant bien que mal à l'idée qu'elle annoncerait son union avec l'homme qu'elle aurait convaincu de l'épouser. Mais elle n'avait trouvé personne. Ou alors, elle ne l'avait pas voulu. Pas par indifférence pour l'argent. Il savait qu'elle voulait l'argent plus que tout. Comment, sinon, aurait-elle soutenu son train de vie ? Son parcours professionnel était effarant. Elle n'avait jamais tenu plus d'un mois dans un emploi. Mais elle avait beau convoiter l'héritage paternel, elle ne voulait surtout pas de lui pour mari. Elle le prétendait, en tout cas. Toutefois, sans doute n'aurait-elle pas d'autre choix que de l'épouser, et elle le savait ; raison pour laquelle il avait déjà fait préparer les documents nécessaires.

Ou ils se mariaient avant le lendemain matin, ou elle perdait jusqu'au dernier sou... Et une fois qu'il lui aurait passé la bague au doigt, il ne serait plus célibataire, donc sa négociation pour racheter l'hôtel florentin ne serait pas compromise.

Andrea vit Isabella dès son entrée dans le restaurant, mais son corps avait senti la présence de la jeune Anglaise bien avant qu'il pousse la porte. Elle était assise au bar, incarnant le fantasme de tout adolescent dans sa minirobe moulante en lamé argent qui révélait ses jambes minces et laiteuses. Ses cheveux, son maquillage, ses bijoux clinquants : elle ressemblait à une drag-queen ! Il ne put réprimer un sourire intérieur. Elle savait qu'elle serait obligée d'accepter sa proposition, mais rendait les choses aussi dérangeantes que possible pour lui. S'imaginait-elle que son allure tapageuse allait le rebuter ?

Elle faisait tournoyer la petite ombrelle colorée qui ornait son cocktail. Soudain, elle se retourna sur son tabouret, comme si elle avait perçu sa présence. Ou son excitation. Ou les deux à la fois. Elle lui adressa un regard brillant de défi, comme d'habitude.

— Tu es en retard.

Il se percha sur le tabouret voisin, luttant contre le désir de caresser la courbe mince de sa cuisse.

— Je t'ai envoyé un message.

Elle redressa le menton, et quelque chose dans le pli ferme de sa bouche lui donna envie de l'adoucir avec une caresse de la langue, lente et sensuelle.

— Je n'aime pas qu'on me fasse attendre, dit-elle, froide et coupante.

— Cela se comprend, vu qu'il te reste si peu de temps pour trouver un mari, dit-il avec un haussement de sourcils.

Sauf si tu as eu assez de chance pour en trouver au cours des dernières heures…

Elle le foudroya d'un regard aussi glacial que son intonation.

— Pas encore, mais je n'ai pas abandonné tout espoir.

Andrea cueillit une boucle de cheveux vagabonde et l'enroula autour de son doigt, tout en captant le regard d'Isabella. Elle ne s'écarta pas, mais déglutit avec difficulté, et ses pupilles se dilatèrent. Il huma les notes exotiques de son parfum, un mélange de musc et de frangipanier. Il ramena la mèche bouclée derrière l'oreille d'Isabella et sourit.

— Eh bien, nous voici donc à notre premier rendez-vous.

— Le premier et le dernier, répliqua-t-elle avec un éclat meurtrier dans le regard.

Elle prit son cocktail et en but une grande gorgée. Puis elle reposa son verre sur le comptoir.

— Tu ferais mieux de dire ce que tu as à dire, qu'on en finisse.

— J'aime ta robe, lâcha Andrea, coulant un regard vers la naissance de ses seins. Il y a des années que je ne t'ai pas vue dans une tenue aussi dévêtue.

Les pommettes d'Isabella s'empourprèrent, et elle pinça fortement les lèvres.

— Elle m'a paru appropriée, étant donné mes soupçons sur ce que tu t'apprêtes à dire.

Andrea lui effleura le dos de la main. Un picotement lui parcourut la colonne vertébrale à la vue du contraste entre sa peau hâlée et la chair crémeuse d'Isabella. Il était capable de lui résister, bien sûr. Mais il ne pouvait pas s'empêcher d'imaginer que ces jambes soyeuses enveloppaient les siennes, que ces lèvres douces cédaient à la pression des siennes. Qu'il s'enfonçait au cœur de sa féminité, les emportant tous deux vers un nirvana sensuel.

— Tu as besoin de moi, Isabella. Allons, reconnais-le. Un besoin urgent.

Retirant la main, elle lui heurta le torse de la pointe de l'index, le martelant à chaque mot :

— Je n'ai pas besoin de toi.

Il lui saisit la main et la porta à ses lèvres.

— Épouse-moi.

Le regard bleu-vert d'Isabella flamboya, et ses doigts se contractèrent comme si elle éprouvait une sensation de brûlure à son contact.

— Va au diable ! lui lança-t-elle.

Il resserra son emprise.

— Si tu n'as pas trouvé de mari demain matin, tu perdras tout. Réfléchis, Isabella. Il y a une énorme somme d'argent dans la balance, en échange de six mois de mariage avec moi.

Il lut l'indécision sur son visage – ses doutes, ses craintes, ses calculs. Elle avait grandi dans l'opulence. Elle n'avait manqué de rien, mais n'avait apparemment jamais montré aucune reconnaissance. Elle avait gâché l'éducation que son père lui avait payée en se faisant renvoyer à plusieurs reprises pour conduite rebelle et mauvais résultats scolaires. Elle avait court-circuité ou saboté toutes les opportunités que Benedict Byrne lui avait offertes. Elle s'était comportée en princesse qui s'attendait à hériter des biens de son père sans avoir rien fait pour le mériter. Il n'était pas étonnant qu'elle n'ait trouvé personne pour l'épouser. Elle avait une réputation de fauteur de troubles qui attirait délibérément sur elle une attention négative.

Toutefois, dernièrement, Andrea s'était souvent demandé s'il n'y avait pas chez elle quelque chose d'autre que ce que voyaient les médias. On aurait dit qu'elle *voulait* que les gens pensent d'elle pis que pendre. Elle ne tentait jamais de contredire les commentaires négatifs qu'on publiait à son sujet. On aurait dit qu'elle jouait un rôle, tout comme elle le faisait ce soir dans cette toilette tape-à-l'œil qui lui donnait l'air d'une dévergondée. Malgré sa tenue et son maquillage outranciers, pensés pour attirer les regards, il percevait des signes de manque d'assurance dans son maintien quand elle croyait qu'il ne la regardait pas.

Andrea savait que la plupart des gens ne l'auraient pas jugée apte au mariage ; néanmoins, n'importe quelle épouse valait mieux que pas d'épouse du tout dans la situation délicate où il se trouvait. Au demeurant, il était sûr de pouvoir gérer Isabella. Elle avait tout d'une pouliche rétive en manque d'un habile dompteur. Et il s'enorgueillissait de savoir y faire avec les femmes.

Le regard de sa compagne se durcit tout à coup, en un apparent regain de résolution. Elle retira la main et la frotta comme si elle la démangeait.

— Je ne peux pas imaginer pire torture que d'être ligotée dans un mariage avec toi, dit-elle.

— Ce ne sera qu'un mariage sur le papier.

Elle écarquilla les yeux.

— Un... Un mariage sur le papier ? bafouilla-t-elle.

— C'est bien ce que j'ai dit, oui.

— Et j'ai ta parole ?

Il soutint son regard.

— Ai-je la tienne ?

De nouveau, elle pinça les lèvres.

— Tu supposes toujours que je répondrai oui à ta proposition.

Andrea lui saisit la main gauche et caressa son annulaire dépouillé de tout anneau. Elle frémit à cet effleurement, comme s'il avait sur sa chair l'effet d'une secousse tellurique. Et en la touchant, il éprouvait la même chose. Il sentit durcir et gonfler son sexe, fouetté par le désir. Un désir qu'il continuerait d'ignorer, car quand il parlait d'un mariage blanc, il ne plaisantait pas.

— Tu n'as pas d'autre choix que d'accepter, et tu le sais.

Il la relâcha et glissa une main dans la poche intérieure de son veston. Il en sortit un écrin velouté, qu'il tendit à la jeune femme.

— Si elle ne te plaît pas, reprit-il, tu pourras faire un échange.

Le regard d'Isabella alla de l'écrin aux yeux d'Andrea, et elle plissa les paupières.

— Tu étais sûr que j'accepterais, hein ? lança-t-elle, pleine d'animosité.

— Je suis ta seule chance de mettre la main sur ton héritage. Même si, par quelque hasard, tu trouvais quelqu'un à la dernière minute, tu ne pourrais pas te marier sans les documents administratifs nécessaires. Je m'en suis occupé. J'ai un avocat et un officier d'état civil à disposition. Épouse-moi ou perds tout.

Isabella ouvrit l'écrin et en sortit la bague ornée de diamants et saphirs. Elle prit son temps pour l'examiner. Enfin, elle releva les yeux vers Andrea et lui adressa un petit sourire, qui ne se reflétait pas dans son regard.

— Tu veux que je la porte ?

— C'est l'idée, oui.

Elle glissa à bas du tabouret, debout si près de lui qu'il perçut la senteur fleurie de son shampooing. Elle avait la bouche serrée, et son regard était aussi dur et étincelant que les diamants et saphirs de l'anneau. Elle saisit la pointe de sa cravate en soie et tira dessus, le forçant à basculer vers elle. Elle lâcha la bague dans l'entrebâillement de sa chemise. Le bijou dégringola le long de son torse et se bloqua sous son estomac, au niveau de la ceinture de son pantalon.

— Merci, mais c'est non, assena Isabella.

Là-dessus, elle lui donna une petite claque sur le bas du torse comme pour mieux souligner son refus. Andrea lui emprisonna la main et la retint contre son abdomen.

— Je t'accorde deux minutes pour te décider. Sinon, je retire ma proposition. Définitivement. Compris ?

3

Deux minutes ? Izzy avait l'impression que les secondes s'égrenaient comme dans le mécanisme d'une bombe à retardement. Elle avait envie de partir. Envie de faire disparaître le sourire plein d'arrogance d'Andrea. Envie de lui flanquer une paire de gifles.

Mais une autre part d'elle-même désirait récupérer la superbe bague et la glisser à son doigt avant que son héritage lui échappe à jamais. Andrea lui proposait un mariage de convenance, mais le langage de ses yeux et de son corps promettait tout autre chose. Ce qui faisait vibrer en elle la promesse érotique d'une union avec lui. Si elle épousait Andrea, elle n'aurait plus jamais de soucis d'argent. Elle pourrait réaliser son rêve de racheter la maison natale de sa mère, et en faire un lieu de bonheur où des familles pourraient se réunir en vacances pendant les périodes difficiles, tout comme Hamish et elle l'avaient fait avant qu'il ait un cancer.

Elle pourrait s'installer pour la vie. Elle ne serait plus obligée d'accepter des jobs mal payés parce qu'elle n'avait pas été assez attentive au collège. Une fois les six mois écoulés, elle serait libre. Elle ne serait plus à la merci de personne. Aux ordres de personne.

Mais si elle épousait Andrea, elle partagerait sa vie. Et même s'il avait prétendu le contraire, elle partagerait son lit. Elle lisait son désir mâle et primitif dans ses yeux, le sentait planer dans l'air lorsqu'il était près d'elle.

Pouvait-elle accepter un tel plan ? Six mois de mariage avec un homme qu'elle détestait et désirait à parts égales ? Lorsqu'il l'avait touchée, il avait allumé en elle un feu qui n'était pas encore éteint. Il avait suffi qu'il la regarde avec ses yeux sombres pour qu'elle s'embrase.

Izzy croisa de nouveau le regard d'Andrea et sut qu'elle ne pourrait pas dire non. Elle devrait lui faire confiance. Surtout, elle devait avoir confiance en elle-même. Il l'avait acculée dans ses derniers retranchements, piégée. Elle ne pouvait pas lui opposer un refus à cette heure si tardive. Et il en était conscient. Il avait tout prévu. Il avait été si sûr de la convaincre. Si effroyablement sûr...

Pourquoi ne s'était-elle pas donné plus de mal pour trouver quelqu'un ? Pourquoi avait-elle laissé traîner les choses au point d'en arriver là ? Pourquoi avait-elle gâché son ultime chance de prendre ses distances avec cet homme ?

Tu ne le voulais peut-être pas...

Elle refusa d'écouter la voix inquisitrice de sa conscience. Elle avait voulu fuir Andrea. Elle le haïssait. Elle détestait qu'il ait eu droit à l'affection et aux attentions de son père alors qu'elle-même en avait été privée. Il n'était qu'un parvenu richissime qui pensait pouvoir se payer qui il voulait.

Eh bien, il allait au-devant d'une sacrée surprise, car elle s'en tiendrait au mariage sur le papier qu'il proposait. Elle émit un long soupir, puis se rassit sur le tabouret et tendit la main.

— Soit. Donne-moi la bague.

Il la dévisagea d'un air implacable.

— Viens la chercher.

À l'idée de le toucher à nouveau, de toucher ses abdominaux durs comme le roc, elle eut un frisson. Et elle aimait mieux ne pas penser à cette part si virile de son anatomie qui se trouvait juste au-dessous...

Leur relation avait toujours été un duel de volontés. Elle avait horreur de laisser la victoire à Andrea. En elle, tout s'insurgeait à la pensée de lui concéder autant de pouvoir. Mais il n'y avait qu'une façon de lui résister, et c'était de relever les défis qu'il lançait. De lui montrer qu'elle était vaccinée contre lui, même si c'était, et avait toujours été, faux. Dans le passé, elle s'était tirée de bien des mauvais pas, en particulier avec les hommes, en feignant des sentiments qu'elle n'éprouvait pas, en faisant semblant. Elle était passée maîtresse dans l'art de tromper qui elle voulait.

Elle décida de la jouer au culot. Elle allait lui prouver qu'elle ne lui appartenait en rien. Elle l'épouserait, mais ce serait une union platonique. Enfin, elle le serait dès qu'elle aurait récupéré sous sa chemise cette fichue bague !

Izzy prit une inspiration, fit un pas vers Andrea et s'engagea entre ses cuisses, intensément consciente de son extrême virilité. Puis elle saisit la pointe de sa cravate et la renvoya en arrière, par-dessus son épaule. Ensuite, elle déboutonna la chemise juste au-dessus du nombril, révélant une peau hâlée saupoudrée de poils bruns. Elle était grisée par son odeur chaude et musquée, les sens en émoi. Elle eut la gorge sèche en voyant l'éclat ironique de son regard noir. Elle eut envie d'effleurer la courbe de sa mâchoire ombrée d'une repousse de barbe. Les mains d'Andrea vinrent lui enserrer la taille, et elle en eut un drôle de coup au cœur.

— Tu brûles, lui dit-il d'une voix grave. Tu brûles de plus en plus.

Izzy s'efforça de recouvrer son souffle alors que les cuisses d'Andrea appuyaient contre les siennes, se refermant sans hâte, telles les grilles d'une prison. Ayant libéré un troisième bouton, elle glissa la main dans l'ouverture pour trouver l'anneau. Andrea eut un léger soupir étranglé, et un léger frisson le parcourut comme s'il s'électrisait à ce contact. C'était une sensation qu'elle connaissait bien. Il suffisait qu'elle sente sa chair sous sa paume pour que son bas-ventre se contracte. La pression des mains d'Andrea sur la courbe de ses hanches semblait propager des ondes de feu dans les replis les plus secrets de son corps… Ayant localisé la bague, elle s'en empara et eut un mouvement de recul, mais les cuisses d'Andrea se resserrèrent sur les siennes, l'emprisonnant dans un étau.

— Que fais-tu ? dit-il d'une voix rauque. C'est au fiancé, je crois, qu'il revient de passer la bague au doigt de sa future épouse.

Izzy lâcha l'anneau au creux de la paume d'Andrea. Il lui passa la bague au doigt d'un geste doux mais ferme, puis lui décocha un sourire et un regard dangereux.

— Veux-tu m'épouser, Isabella ?

Elle ne l'avait jamais autant détesté qu'en cet instant. Il tournait en dérision l'une des questions les plus importantes qu'un homme pouvait poser à une femme. Il réduisait sa fierté en cendres. Il jouissait de cette occasion de s'imposer à elle. De la *contrôler*.

— Oui, je t'épouserai, répondit-elle, et ces mots avaient un goût de fiel.

Il écarta les jambes et, soudain, elle fut libre. Enfin, à condition de négliger l'anneau à son doigt, aussi efficace qu'un nœud coulant… Andrea la tenait, et elle n'y pouvait absolument rien.

Il se leva du tabouret de bar et lui offrit sa main.

— Nous avons rendez-vous avec un avocat et un officier d'état civil dans un quart d'heure. Lorsque ce sera fait, nous reviendrons dîner pour fêter notre mariage.

Izzy jeta un regard en arrière sur la salle, cherchant désespérément un moyen de retarder l'inévitable.

— Tu ne devrais pas demander au maître d'hôtel de maintenir la réservation ?

— C'est déjà fait, déclara Andrea.

Izzy se tenait aussi raide qu'une statue de glace à côté d'Andrea, tandis que l'officier d'état civil, une femme, procédait à la courte cérémonie. Cinq minutes auparavant, elle avait signé un accord prénuptial en présence de l'avocat d'Andrea.

Cela ne l'avait pas dérangée de signer, du moins pas vraiment. Pensait-il réellement qu'elle en aurait après son argent une fois que leur mariage prendrait fin ? Elle ne voulait pas de sa fortune. Elle voulait celle qui lui revenait.

Elle tenta de ne pas penser à l'importance des vœux qu'ils étaient en train de prononcer – des vœux qui étaient en principe sacrés et avaient du sens. De ne pas penser non plus qu'elle était vêtue comme une fêtarde et non une mariée. Pourquoi avait-elle été aussi têtue et stupide ? Elle aurait dû savoir qu'Andrea n'était pas du genre à se laisser arrêter par une toilette provocante. D'ailleurs, pourquoi se souciait-elle des mots qu'elle prononçait puisqu'elle ne les pensait pas ? Andrea ne les pensait pas non plus.

Elle essaya de penser plutôt à l'argent. Un tas d'argent qui lui permettrait enfin de racheter la maison de ses grands-parents en d'en faire un havre de paix. La demeure avait été vendue après le décès de ses grands-parents, dans un accident de voiture, double disparition qui avait suivi de peu celle de Hamish. C'était son père qui l'avait vendue, même s'il savait que sa femme aurait voulu qu'il la conserve, parce qu'il avait besoin d'argent pour relancer ses affaires. Dès le début de leur mariage, il s'était servi de la fortune de son épouse pour bâtir son empire, puis avait claironné partout qu'il s'était fait tout seul. La mère d'Izzy n'avait pas eu la force de lui tenir tête. Elle avait tout cédé – sa fortune, sa fierté et son estime d'elle.

Mais Izzy ne serait pas une épouse qui disait oui lorsqu'elle pensait non. Elle ne se plierait pas à la volonté d'Andrea comme sa mère l'avait fait avec son mari. Elle resterait forte et prompte à le défier jusqu'au terme inévitable, et forcément amer, de leur union.

Andrea lui glissa à l'annulaire l'alliance en or blanc, et son regard chocolat sembla dire : « Mission accomplie. »

Izzy avait été surprise qu'il soit disposé à en porter une aussi. Elle la lui passa au doigt comme l'y invitait l'officiante, et répéta les vœux d'une voix qu'elle ne reconnut pas : elle était presque un murmure, et si rauque ! Elle veilla, en revanche, à ce que son regard contredise l'impression que véhiculait sa voix.

— Je vous déclare à présent mari et femme, dit l'officiante en souriant à Andrea. Vous pouvez embrasser la mariée.

— Ce ne sera pas nécessaire, affirma Andrea en lâchant la main d'Izzy.

Elle le dévisagea, tentant désespérément de dissimuler son état de choc. À moins que ce ne soit du soulagement ? Non, ce n'était pas du soulagement. C'était de la rage. Une véritable fureur. Pourquoi ne l'embrassait-il pas ? Même s'ils n'avaient pas été sincères en prononçant ces vœux, il aurait tout de même dû l'embrasser pour sauver les apparences, non ? Elle regarda l'officiante, qui ne semblait pas surprise. Elle avait peut-être assisté à des dizaines de mariages blancs et ne trouvait rien de gênant à ce que l'époux refuse d'embrasser l'épouse. Comment Andrea osait-il lui infliger ce camouflet ? Elle allait le *forcer* à l'embrasser ! Elle prit l'expression douce et un peu noyée d'une femme très éprise.

— Mais chéri, j'attendais ce moment avec tant d'impatience ! Je sais que tu répugnes aux démonstrations d'affection en public, mais tu accepteras tout de même cette exception, non ? Tu ne veux quand même pas qu'on s'imagine que tu ne m'aimes pas ?

Le regard d'Andrea croisa le sien un instant, puis se porta sur sa bouche, et ses prunelles s'obscurcirent. S'emparant des mains d'Izzy, il l'attira à lui si près que leurs corps se touchaient. Il entremêla ses doigts aux siens d'une manière subtilement érotique. Elle tenta d'ignorer les sensations qui la traversaient, la pulsation entre ses cuisses. Il inclina la tête, la bouche tout près de la sienne, et elle sentit l'effleurement de son haleine. Frémissante, elle pensa soudain que s'il ne l'embrassait pas, elle en mourrait. Elle aspirait à son baiser comme si sa vie en dépendait.

La bouche d'Andrea rencontra la sienne en douceur, plus légère qu'une aile de papillon. Puis la pression se fit un peu plus forte ; il amena une main sur sa nuque, l'autre vint lui envelopper la joue.

Izzy avait reçu de nombreux baisers, agréables ou non, mais aucune de ces expériences n'avait approché ce qu'elle ressentait. Le contact de la bouche d'Andrea était électrisant, grisant. Incroyablement érotique. Il promenait les lèvres contre les siennes avec douceur, comme s'il les goûtait, en estimait la texture et la saveur pour les graver dans sa mémoire. Elle huma les effluves de citron mûr et de bois exotique de son parfum, savoura le contact légèrement abrasif de sa barbe naissante, qui éveillait en elle un désir tumultueux et éperdu.

Il glissa la langue sur sa lèvre inférieure, redessinant le contour de sa bouche avec une lenteur exquise qui était presque une torture. Izzy perdait pied. Elle dut se cramponner au revers du veston d'Andrea pour éviter de vaciller. Elle se pressa encore plus fortement contre lui. Ce geste ne fit qu'attiser le désir qui la ravageait, et elle réalisa que les pointes de ses seins écrasés contre le torse d'Andrea s'étaient raidies et aspiraient aux caresses.

Elle pensa que sa réaction si vive était due au fait qu'elle n'avait pas eu d'amant depuis longtemps. Pourtant, elle devinait que si elle faisait l'amour avec Andrea, ce serait une expérience unique, différente. Quand il la touchait, son corps réagissait comme s'il était en pays de connaissance ; il savourait ce contact, s'en délectait. Elle ne voulait pas que ce baiser s'achève. Elle avait envie au contraire qu'il se prolonge encore et encore, pour lui donner le temps d'explorer les secrets de la bouche et du corps d'Andrea.

Il lui aspira légèrement le bord de la lèvre inférieure, tirant et relâchant, en douceur, en un manège qui était comme une musique pour les sens étourdis de plaisir d'Izzy. Puis il chercha sa langue de la sienne.

Un gémissement s'échappa de la gorge d'Izzy, trahissant qu'elle n'était pas aussi immunisée contre Andrea qu'elle aurait aimé le lui faire croire. Elle n'avait qu'une consolation :

il était aussi bouleversé qu'elle par ce baiser. Elle percevait son érection tendue contre son ventre, ce qui démultipliait son propre désir. Andrea la serra plus fort, comme pour la garder contre lui à jamais.

Puis, soudain, tout prit fin. Il la relâcha et recula d'un pas.

— Si nous tardons encore, nous perdrons notre table.

Izzy eut l'impression de recevoir une gifle. Avait-elle imaginé l'intensité de leur échange ? Elle comprit que non en remarquant qu'Andrea se passait la langue sur les lèvres comme s'il savourait encore leur baiser.

Elle le suivit à l'extérieur, totalement tourneboulée, sonnée, l'esprit en débandade. Elle sentait encore sur ses lèvres le goût d'Andrea, et un désir brûlant, inassouvi, lui électrisait le corps. Pendant des années, elle s'était demandé ce qu'elle ressentirait si cet homme l'embrassait. Elle le savait, maintenant. Et elle voulait qu'il recommence. Ce qui était encore plus mortifiant...

— Qu'est-ce qui t'a pris ? demanda Izzy dès qu'ils furent dans le taxi.

Andrea faisait défiler les messages sur son mobile. Il ne leva même pas les yeux pour répondre.

— Ce qui m'a pris ? lâcha-t-il d'un ton lourd d'ennui.

C'était comme s'il était contraint de partager le taxi avec une inconnue et n'avait aucune envie de se prêter à une conversation de circonstance. Izzy lui arracha le mobile des mains et le foudroya du regard.

— Tu es prié de me regarder quand je te parle !

Il sourit, mais Izzy le sentait pourtant crispé. Andrea avait l'art de dissimuler ses émotions ; toutefois, dans son maintien, quelque chose la convainquait qu'il n'était pas aussi maître de lui qu'il l'aurait voulu.

— C'est du baiser que tu parles ? fit-il en laissant dériver le regard vers sa bouche, comme s'il se remémorait chaque instant de leur échange.

Pourtant, lorsqu'il releva les yeux, rien ne transparaissait dans son regard.

— Je nous croyais d'accord pour un mariage sur le papier, reprit-il. À moins que tu ne veuilles changer les règles du jeu ?

Izzy affecta de rire, mais même à ses propres oreilles, ce rire sonnait faux. Il était aussi convaincant qu'un croque-mort tentant de se faire passer pour un clown. Elle rendit le mobile à Andrea en prenant soin de ne pas toucher celui-ci.

— Libre à toi de croire au Père Noël, Vaccaro, ironisa-t-elle.

— En public, tu t'adresseras à moi par mon prénom ou par un terme affectueux, lui dit Andrea d'un ton autoritaire qui la hérissa. Je ne te permettrai pas d'insinuer que notre relation n'est pas normale. Compris ?

Izzy jeta un coup d'œil vers le chauffeur, séparé d'eux par une vitre. Puis elle se tourna de nouveau vers Andrea, bouillonnante de colère.

— Tu t'imagines que tu peux me forcer à faire ce que tu veux ? Réfléchis-y à deux fois. Tu n'as pas épousé une carpette !

— Non, j'ai épousé une enfant gâtée qui ignore comment se comporte une femme adulte de vingt-cinq ans, répliqua-t-il sans sourire, l'air tendu. Nous pourrons nous disputer tout notre soûl en privé, mais en public nous nous comporterons comme un couple marié qui s'aime et se soutient.

Izzy croisa les bras pour réprimer le geste qui la démangeait : gifler Andrea et effacer son air de maître d'école réprobateur.

— Et si je refuse ?

Un long moment, il soutint son regard.

— Si l'un de nous rompt ce mariage avant l'échéance de six mois, c'est toi qui seras la perdante. Il est dans ton intérêt que je reste impliqué. Pour moi, l'enjeu est bien moindre.

Izzy fronça les sourcils.

— Que tires-tu de ce mariage, exactement ? Tu ne m'as pas dit tes motivations.

Elle eut honte de ne s'être pas posé la question plus tôt. Elle n'avait guère eu le temps de l'interroger, mais tout de même, cela la faisait paraître naïve et peu sensée.

Andrea glissa le mobile dans sa poche. Un sourire crispé étira ses belles lèvres sensuelles.

— Mes raisons sont très simples : ça me convient d'être marié pendant six mois. Ta situation recoupait la mienne. Nous avons tous les deux besoin d'un mariage temporaire, alors voilà. Autant choisir un mal qu'on connaît, acheva-t-il avec un haussement d'épaules.

Tu ne me connais pas, pensa Izzy, qui ravala ces mots. Elle ne voulait pas qu'Andrea la connaisse, n'est-ce pas ? Elle chassa cette pensée pour se concentrer sur la situation présente.

— Que penseront les gens et les médias de notre mariage, à ton avis ? On ne nous a jamais vus ensemble en dehors de quelques réceptions de mon père. Et son enterrement compte pour rien, tu ne m'y as pratiquement pas adressé la parole.

— J'ai déjà informé les journalistes, dit-il en tapotant la poche où était logé son mobile. Ils nous attendent au restaurant.

— Mais je ne peux pas les affronter habillée comme ça ! s'écria Izzy, paniquée.

Le sourire d'Andrea fut teinté de malice.

— Tu aurais dû t'en préoccuper plus tôt.

Izzy frappa à la vitre qui les séparait du chauffeur. Celui-ci l'ouvrit.

— Arrêtez-vous, s'il vous plaît !

— Monsieur ? fit le chauffeur, quêtant l'aval d'Andrea.

Ce dernier se pencha en avant.

— Continuez à rouler.

— Non, pas question ! protesta Izzy en allongeant de nouveau la main vers la vitre, un geste aussitôt bloqué par Andrea. Lâche-moi ! Je veux descendre. C'est un kidnapping, c'est...

— Comme on fait son lit, on se couche, la coupa-t-il.

Ses doigts l'emprisonnaient comme un étau, mais son pouce décrivait sur la peau fine de son poignet de petits cercles qui avaient un effet envoûtant et la rendaient incapable de réfléchir. La bouche sèche, le cœur battant à grands coups, elle pensa qu'elle ne pouvait pas tolérer cela, qu'elle ne pouvait pas lui permettre de la tourner en ridicule. Il fallait recourir à une autre tactique. Libérant sa main, Izzy la porta à sa tête et se massa les tempes.

— S'il te plaît, Andrea. Je voudrais rentrer me changer d'abord. Henri est un restaurant ultra-chic. Je ne pensais pas que la soirée se terminerait comme ça. Tout est arrivé si vite que...

— Tu as eu trois mois pour te trouver un mari, observa Andrea.

Izzy prit une profonde inspiration pour se calmer. Elle ne voulait pas se discréditer devant Andrea. Montrer sa vulnérabilité. Elle devait être forte. Invincible, même. Sinon, elle s'effondrerait et ne pourrait plus jamais se relever. Elle avait déjà frôlé l'abîme, auparavant. De très près. Elle avait lutté dur pour reconquérir sa force.

Tu ne dois pas pleurer. Pas pleurer.

— Je sais, mais je n'ai pas arrêté de remettre ça au lendemain, avoua-t-elle. J'avais peur de commettre une erreur, d'épouser l'homme qu'il ne fallait pas ou quelque chose de ce genre. Quelqu'un qui n'accepterait pas la limite de six mois et rendrait les choses encore plus difficiles qu'elles ne sont.

Elle baissa les mains et regarda à nouveau Andrea, puis continua :

— Ce n'est pas précisément une situation normale, si ? Combien de pères feraient ça à leur fille unique ? Leur seul enfant survivant ?

Andrea l'observa un instant.

— Ton père t'aimait, mais tu n'as pas cessé de le décevoir. Il était terriblement peiné que tu ne fasses pas plus d'efforts, avec toutes les opportunités qu'il t'offrait.

Lentement, Izzy ferma les yeux et se laissa aller en arrière sur son siège. Elle lâcha un long soupir saccadé.

— Mais bien sûr, c'est tout à fait moi. Une épouvantable ratée. Si ce n'est pas formidable...

Il y eut un long silence. De nouveau, Andrea se pencha en avant et toqua à la paroi de verre, qui s'entrouvrit.

— Chauffeur, changement de programme.

4

Andrea patientait dans le salon d'Isabella pendant qu'elle changeait de tenue. Il essayait de ne pas penser à leur baiser pendant la cérémonie – le baiser qui avait failli échapper totalement à son contrôle.

Pendant des années, il avait rêvé qu'il embrassait Isabella Byrne. Il n'avait pas été déçu : sa bouche était aussi douce et passionnée qu'il l'avait imaginé. Et même beaucoup plus. Il avait eu la sensation de goûter à un envoûtant nectar, si conforme à son goût qu'il aspirait à en boire encore.

Même à présent, il avait l'impression de sentir le goût de la bouche d'Isabella, la douceur élastique de ses lèvres sous les siennes, les caresses rapides de sa langue, la rondeur de ses seins écrasés contre son torse. Le désir tourmentait sa chair comme s'il était un adolescent brûlant de faire l'amour. Il s'était flatté de savoir se maîtriser et, pourtant, au premier contact des lèvres d'Isabella, il avait été tenté de modifier les termes de leur accord. Dangereusement tenté.

Pourquoi Isabella le plaçait-elle au bord d'un abîme sensuel ? Pendant leur baiser, il avait entièrement oublié qu'ils étaient dans un bureau officiel, devant plusieurs témoins. Il avait tout oublié dans l'intensité de leur accord sensuel pour ne plus songer qu'à la violence de son désir.

Bon sang, il en vibrait encore ! Il avait besoin d'une douche froide. Glacée, même. Il voulait Izzy. Il la voulait désespérément, mais cela ne signifiait pas qu'il suivrait son inclination. Cela compliquerait les choses. Cela rendrait leur relation encore plus tordue qu'elle ne l'était déjà.

Andrea survola la pièce du regard en se demandant comment une jeune femme originaire d'un milieu aussi riche pouvait vivre dans un espace aussi étroit. Le mobilier était apparemment de seconde main et, s'il était de bon goût et très élégant, Andrea trouvait étrange que la jeune femme n'ait pas opté pour le style auquel elle avait été habituée. Elle avait obstinément refusé de vivre dans l'appartement de Hampstead que son père lui avait acheté pour son vingt et unième anniversaire. Il avait été mis en location pendant les quatre ans écoulés et faisait maintenant partie de son héritage. Avait-elle choisi de vivre ainsi, en étudiante désargentée, pour défier son père ?

Son regard se posa sur les manuels posés sur la table proche du canapé, à côté d'un ordinateur. Andrea examina les titres de la pile, qui portaient sur le travail social, et fronça les sourcils. Ces ouvrages appartenaient-ils à la colocataire d'Isabella, ou bien cette dernière faisait-elle des études par correspondance et en ligne ? L'ambiance « étudiante pauvre » de l'appartement correspondait peut-être à une réalité, même si Isabella avait déjà entrepris de suivre des cours – et échoué lamentablement.

Andrea n'avait jamais réussi à comprendre son attitude envers son géniteur. Il n'avait jamais considéré Benedict Byrne comme un père parfait, mais ne croyait toujours pas qu'il avait mérité que sa fille se conduise de la sorte à son égard. Son tempérament rebelle avait causé tant de peine et de tracas à Benedict ! Sa conduite pendant son adolescence et au début de l'âge adulte avait été parfois scandaleuse : abus de boisson alors qu'elle était mineure, fêtes à gogo, fréquentations peu recommandables, etc. Le tout orchestré comme si elle voulait attirer l'attention sur elle dans un sens négatif. Andrea avait du mal à avoir de la sympathie pour elle, lui qui n'avait pas connu d'autre figure paternelle qu'un beau-père sadique qui avait battu sa mère et qui, lorsqu'Andrea avait tenté de la défendre, l'avait jeté à la rue. Il avait quatorze ans, alors.

Il détestait penser à son passé. Il avait cessé d'être ce garçon terrorisé qui n'avait pas de toit au-dessus de la tête. Ce garçon mortellement inquiet pour sa mère qui, lorsqu'il était revenu l'aider à fuir le lendemain, s'était entendu dire, désespéré et choqué, qu'il devait s'en aller. Qu'elle ne voulait plus de lui. Sa mère avait choisi de rester avec son compagnon violent au lieu d'accepter que son fils l'aide à prendre la fuite. La blessure que lui avait infligée au visage le revers de main brutal de son beau-père avait saigné pendant des jours, et Andrea en portait encore la marque. Elle lui rappelait constamment que les relations pouvaient s'envenimer à en devenir hideuses, et que même les personnes dont on croyait qu'elles vous aimaient plus que tout pouvaient se retourner contre vous lorsque vous vous y attendiez le moins.

Si Andrea n'avait pas croisé le chemin du père d'Isabella quelques mois plus tard, qui sait ce qu'il serait devenu ? Alors qu'il mendiait de quoi manger à la porte des hôtels et des restaurants, il était devenu le propriétaire des palaces les plus luxueux d'Europe. Avec l'aide de Benedict, il avait choisi une autre route, une autre vie, un avenir différent. Et pendant les six mois à venir, ce futur impliquait Isabella Byrne, en tant qu'épouse temporaire.

Izzy revint vêtue d'une robe bleu marine à hauteur du genou, à manches trois quarts, avec des escarpins assortis. Cette couleur mettait en valeur le bleu de ses yeux, mais son regard s'était fait distant, évoquant pour Andrea les lointaines galaxies d'un ciel nocturne. Sa bouche fardée de brillant à lèvres évoqua aussitôt leur baiser et la passion qu'elle y avait mise. Ses sens s'embrasèrent.

— Je suis prête, dit-elle en détournant le regard.

Il désigna d'un geste les livres et l'ordinateur portable.

— C'est à toi ?

— Oui, pourquoi ?

— Tu prépares un diplôme ?

— Et si c'était le cas ?

— Isabella, soupira-t-il.

Il lui effleura le dos de la main, et elle releva les yeux vers lui. Il savait qu'il aurait dû se garder de la toucher, mais la tentation était toujours présente. Izzy était comme une drogue puissante qu'il n'avait pas la volonté de combattre. Et maintenant qu'il avait attisé sa concupiscence en l'embrassant et en la serrant dans ses bras, il devait lutter encore plus dur pour garder la maîtrise de son désir.

Elle retira sa main comme si elle était perturbée à son contact, et lâcha d'un ton plutôt glacial :

— Oui ?

— C'est très bien que tu étudies. Vraiment. Tu prépares un diplôme de travailleur social ?

— J'ai dû prendre quelques cours du soir pour être au niveau, mais jusqu'ici je m'en tire.

— Je suis sûr que tu fais mieux que ça, dit-il.

Il se demanda si c'était par choix, plutôt que par incapacité qu'elle avait échoué dans le passé. Il décida de revenir à des préoccupations plus terre à terre :

— Nous devons discuter de nos conditions de logement. Ou plutôt, des tiennes.

— Pardon ? fit Izzy en écarquillant les yeux.

— On va s'attendre qu'on vive sous le même toit maintenant que nous sommes…

— Il est hors de question que j'habite chez toi ! décréta-t-elle en gagnant l'autre bout de la pièce, le regard noir. Tu as tout prémédité, hein ? Tu m'as manœuvrée pour que je t'épouse et maintenant tu insistes pour des conditions de vie grotesques. Je ne marche pas. Je ne vivrai pas avec toi.

— J'ai dit « sous le même toit », pas « dans le même lit »,

observa Andrea avec calme. Mais si tu as changé d'avis, je ne demande pas mieux que de combler tes désirs…

Mais que fais-tu ? lui souffla la voix de la raison, qu'il refusa d'écouter. Il voulait Isabella, et elle le voulait. Il percevait son désir pour lui. Il planait entre eux comme un souffle d'air.

Les joues empourprées, les poings serrés contre les flancs, Izzy lança :

— Je ne changerai pas d'avis. Je te méprise. Tu me dégoûtes !

— Ce n'est pas le message que j'ai reçu quand tu m'as embrassé dans le bureau des mariages.

— C'est toi qui m'as embrassée ! répliqua-t-elle, le regard flamboyant.

— Tu l'avais bien cherché, non ? Tu m'as pratiquement supplié de…

Elle saisit un coussin et le lança dans sa direction. Le projectile manqua sa cible et renversa une photo encadrée. Andrea ramassa les deux objets et les remit à leur place avec calme.

— Règle n° 1 : pas de violence. Jamais. En aucune circonstance.

Izzy lui décocha un regard chargé de rancune.

— Tu m'as provoquée.

— Peu importe. Quelle que soit la provocation, elle ne justifie jamais de lancer quoi que ce soit sur quelqu'un, même si ce n'est qu'un coussin. Et je te garantis la pareille : tu peux te sentir en sécurité avec moi en toute occasion. Je te le promets.

Izzy, se mordillant la lèvre, l'observa un instant.

— D'accord…, finit-elle par dire. Mais je ne veux quand même pas habiter avec toi,

— Désolé, ce n'est pas négociable. Je ferai prendre tes affaires demain matin. Ce soir, nous dormirons dans mon hôtel de Mayfair. Et demain, nous prendrons l'avion pour ma villa de Positano, en Italie.

— Mais… Et ma location ici ? Il faudra que je paye le loyer même si je n'y vis pas, parce que ma colocataire…

— Je réglerai ça avec elle et ton propriétaire.

— Et mon travail ?

— Tu peux donner ta démission demain et te concentrer sur tes études. Tu n'auras aucun besoin de travailler, sauf si tu y tiens particulièrement. Ton héritage ne sera pas disponible avant six mois, mais en plus de la somme qui doit te revenir à ton mariage selon la volonté de ton père, je te payerai d'ici là une généreuse pension, donc tu ne manqueras de rien.

— Sauf de ma liberté ! lui répliqua-t-elle, du feu dans les pupilles.

— Isabella, soupira Andrea, agacé, ta liberté future dépend des termes du testament de ton père. Je te donne la possibilité de les respecter, alors le moins que tu puisses faire est d'en avoir de la reconnaissance.

Elle esquissa un sourire narquois.

— Dois-je tomber à genoux devant toi et te prouver dès maintenant ma gratitude ?

Le regard de défi sensuel que lui adressa Isabella fit frémir la partie la plus virile de son anatomie. Andrea faillit prendre la jeune femme au mot. Il mourait d'envie d'être comblé par sa bouche pulpeuse, par sa langue chaude. Avait-il déjà désiré une femme avec autant de violence qu'il désirait celle-ci ? Elle titillait ses besoins les plus primitifs, qu'il avait du mal à contenir quand elle était présente. Son envie d'elle grandissait, enflait, se dilatait. Elle courait dans ses veines, se diffusait dans son corps à l'instar d'un virus. Il était totalement excité, et chaque parcelle de sa chair aspirait aux caresses ironiquement suggérées par Isabella – irait-elle jusqu'à le mordre ? se demanda-t-il, emporté par son fantasme.

Il fit appel à toute sa volonté pour détourner le regard.

— Prépare quelques affaires, lança-t-il. Je t'attendrai dans le taxi.

Izzy fourra quelques affaires dans un sac de week-end à grands gestes rageurs. Comment avait-elle pu se laisser aveugler à ce point par Andrea ? Elle avait stupidement supposé qu'ils se marieraient et rien de plus. Il poursuivrait sa route de son côté, elle du sien.

Eh bien, non ! Il voulait une femme. Cela lui *convenait*. Mais pourquoi elle ? Il n'aurait pas pu dénicher dans tout Londres une épouse moins convenable qu'elle. Il n'était pas bien difficile de trouver sur le Net certains faits qu'on rapportait à son sujet. Ils n'étaient pas tous vrais, loin de là, mais le mal était fait : le public avait d'elle l'image d'une jeune fille à papa dépravée. D'autant qu'Izzy avait délibérément jeté de l'huile sur le feu et fait paraître ses virées en night-clubs beaucoup plus compromettantes qu'elles ne l'étaient. La honte avait rejailli sur son père, et elle en avait jubilé. Pour toutes les déceptions, les souffrances, les désespoirs qu'il lui avait infligés, elle avait exercé des représailles, si embarrassantes qu'elles soient, et avait savouré chaque petite revanche.

Hélas ! il lui manquait alors la maturité nécessaire pour comprendre que la honte lui collerait à la peau bien plus longtemps qu'elle ne rejaillirait sur son père. Elle ne pouvait plus postuler pour un job sans que quelqu'un déniche à son sujet sur les réseaux sociaux quelque information ambiguë mais non moins nuisible. Ce qui paraissait en ligne était indélébile.

Pourquoi Andrea avait-il attendu la dernière heure pour lui forcer la main ? Pourquoi ne l'avait-il pas sollicitée trois mois plus tôt ? Pourquoi patienter jusqu'au dernier moment, lorsqu'elle n'avait plus d'autre option ?

Elle n'en avait pas eu d'autres, à vrai dire. En réalité, elle ne s'était pas vraiment efforcée de trouver un mari. Elle s'était inscrite à son cours de formation et, entre son job et ses études, elle n'avait guère eu de temps pour autre chose. Elle avait été si furieuse des dispositions prises par son père qu'elle avait fulminé pendant deux mois. Puis, chaque fois qu'elle avait envisagé de trouver un homme à épouser, elle avait eu la nausée, la sensation de sombrer, à tel point qu'elle avait tout juste été capable de faire défiler sa liste de contacts sur son mobile, constatant avec des sueurs froides qu'aucun des hommes de sa connaissance ne convenait, et que même s'ils avaient convenu, ils ne se seraient jamais prêtés à la manœuvre.

Mais, étrangement, Andrea Vaccaro, lui, ne demandait pas mieux que de s'y prêter. Il avait placé Izzy en situation de ne pas pouvoir dire non. Il y avait même veillé avec soin. Il avait prévu et surmonté tous les obstacles, aussi efficace qu'une araignée emmaillotant sa proie, et le regard jubilatoire qu'il avait eu à la cérémonie prouvait bien qu'il jouissait de la tenir en son pouvoir.

Mon Dieu...

Izzy n'avait jamais envisagé la candidature du protégé de son père au titre de mari potentiel. Jamais. Elle s'était hâtée de faire défiler et disparaître son nom comme s'il était porteur de quelque maladie contagieuse. Pourtant, maintenant, elle portait l'alliance d'Andrea et ne serait pas libérée de lui avant six mois. Six longs mois où elle devrait vivre avec lui, faire semblant en public d'être sa femme. Comment pourrait-elle supporter cette torture ?

Et surtout, comment résisterait-elle à la tentation ?

Izzy garda le silence jusqu'à ce que le taxi soit garé dans l'avant-cour de l'hôtel de luxe qu'Andrea possédait à Mayfair. Les paparazzis s'y étaient rassemblés et attendaient sous la marquise rouge et or qui surplombait l'entrée du vieil immeuble cossu. Les avait-il avertis ? Ou avaient-ils automatiquement supposé qu'il l'amènerait ici pour leur... nuit de noces ? Seigneur ! Elle se dit qu'après tout c'était ici qu'il résidait quand il venait à Londres. Il partageait l'essentiel de son temps entre Positano et Florence, où il avait des demeures.

— Je croyais qu'on devait dîner chez Henri ? dit-elle en fronçant les sourcils.

La petite lueur jubilatoire reparut dans les yeux d'Andrea.

— C'était une sacrée journée. Nous avons besoin de nous coucher tôt, non ?

Izzy ne put réprimer un léger frisson. On aurait dit que son sang pétillait comme du champagne, avec comme des petites bulles d'excitation coupable qui accéléraient son pouls et lui donnaient le souffle court. Elle ne pouvait pas se permettre d'être seule avec Andrea tant qu'elle ne se serait pas ressaisie. Elle était sans défense contre son attirance pour lui. Autant combattre en duel avec une épée en carton !

— Moi qui me faisais une joie de dîner chez Henri. C'est un de mes endroits préférés. Je suis affamée et...

— Je suis sûr qu'on trouvera de quoi satisfaire ton appétit dans mon hôtel, la coupa Andrea.

Elle le soupçonna de faire allusion à tout autre chose qu'à la nourriture...

— Je me charge des journalistes, reprit-il. N'oublie pas : nous sommes follement amoureux, et c'est notre nuit de noces.

Un portier se chargea de son sac de voyage. Andrea escorta Izzy au-delà des paparazzis, ne s'arrêtant que pour signifier qu'ils aspiraient au respect de leur intimité pour fêter leur mariage. Il reçut des félicitations chaleureuses et enthousiastes, et certaines réponses qu'il fit à la presse laissèrent même entendre qu'Izzy attendait depuis longtemps ce beau jour. Écœurant. Vraiment écœurant, pensa-t-elle avec une fureur sans bornes. Comment osait-il prétendre qu'elle s'était entichée de lui depuis l'adolescence ? C'était faux, archi-faux, et jamais elle n'en pincerait pour lui !

Les appareils photo continuèrent à les mitrailler, et tant de micros étaient brandis sous leur nez qu'Andrea leva le bras pour en protéger Izzy.

— Merci à tous, dit-il. Il est temps que nous soyons seuls pour profiter de notre première nuit en tant que mari et femme.

Leur « première nuit ». Ces mots lui firent battre le cœur. Le bras qu'Andrea avait passé autour de sa taille était ferme, dur comme l'acier, mais étrangement elle se sentait protégée. Elle n'avait ressenti aucune menace face à la ruée des journalistes, contrairement à d'habitude. Andrea avait veillé à ce qu'aucun d'eux la heurte ni l'approche de trop près. Ce n'était qu'une comédie pour les caméras, celle du mari aimant. Pourtant, cela atténuait un peu sa vive antipathie pour lui.

Il la conduisit vers un ascenseur privé, dont les portes se refermèrent en douceur, les isolant du monde. Aussitôt, Izzy s'écarta vers la partie la plus éloignée de la cabine et croisa les bras, décochant à Andrea un regard hostile que démultiplièrent les miroirs des parois. Il s'adossa à l'une d'elles avec une grâce nonchalante.

— Nous avons apparemment soulevé un très vif intérêt, *cara*, dit-il avec un sourire indolent. L'héritière enfant terrible et l'hôtelier milliardaire, ça en jette, non ?

Izzy serra les mâchoires.

— Étais-tu vraiment obligé d'inventer toutes ces stupidités à mon sujet ? Je n'ai pas, n'ai jamais eu et n'aurai jamais le béguin pour toi !

Andrea promena le regard sur elle comme s'il la dévêtait mentalement. Lorsque son regard croisa de nouveau le sien, brûlant et intense, une palpitation traversa le cœur de sa féminité. Sa résolution faiblit.

— Tu m'as toujours désiré, *cara*. Je le sentais chaque fois que tu me regardais.

— La réciproque est tout aussi vraie, mon cher. J'ai très bien vu de quelle façon tu me regardes. Et arrête de me donner du « cara » à tout bout de champ !

Andrea appuya sur le bouton d'arrêt d'urgence, et l'ascenseur s'arrêta en douceur.

— Mais… Qu'est-ce que tu fais ? balbutia Izzy.

Il vint tout près d'elle, si proche que ses cuisses musclées effleuraient les siennes. Il leva les mains, lui emprisonna le visage entre les paumes. Son regard chocolaté rencontra le sien, le capta, et elle frémit, excitée.

— Je ne nie pas mon désir pour toi, *tesoro mio*, dit-il. Je te veux terriblement. Mais je crois que tu me veux plus encore, non ?

Il lui glissa une cuisse entre les jambes. Elle eut un léger hoquet lorsque le muscle tendu d'Andrea rencontra son pubis. Elle n'arrivait plus à respirer. Son cœur s'affola, bondit de façon désordonnée, et elle eut tout à coup une conscience aiguë du corps d'Andrea, de sa présence. Elle ne pouvait pas s'empêcher de fixer sa bouche, qui avait rencontré ses lèvres en une fusion magique.

— D'autres personnes pourraient avoir besoin de l'ascenseur, dit-elle d'une voix rauque.

Le sourire d'Andrea s'accentua ; son regard devint plus ténébreux encore.

— C'est *mon* hôtel, dit-il. *Mon* ascenseur. Et tu es *ma* femme.

Elle voulut le repousser, mais, sans qu'elle sache comment, son poing se referma sur le tissu de la chemise d'Andrea, et elle perçut sous ses doigts repliés la puissance de son torse.

— Je ne suis ta femme que sur le papier.

— Pour le moment, dit-il, lui effleurant la joue d'un mouvement de menton qui la fit frémir. Mais jusqu'à quand ?

Une vague de désir puissante, déferlante, la submergea et la fit vaciller, comme sous le souffle d'une tempête. Quand avait-elle éprouvé un trouble sensuel aussi violent, aussi dévastateur ? C'était comme si elle avait la fièvre dans le sang, et ses pensées s'annihilaient dans l'intensité de ses sensations.

— Je ne coucherai pas avec toi, Andrea, affirma-t-elle.

Mais j'en ai envie. Terriblement envie.

Il approcha encore un peu la bouche, lui effleura presque les lèvres. Sa cuisse remua contre son entrejambe, en de petites poussées caressantes qui la faisaient défaillir.

— Nous nous entendrions très bien au lit, *cara*. Et même beaucoup mieux que ça.

Les doigts d'Izzy se crispèrent plus fortement sur le tissu de la chemise. Pourtant, elle ne repoussa pas Andrea. *Pourquoi ?* se demanda-t-elle, mais ce signal d'alarme était trop faible pour qu'elle le capte. Autant vouloir prêter l'oreille à un murmure au milieu d'un concert de heavy metal ! Izzy avait envie d'Andrea, et ce désir était plus fort que tout. Elle pressa les lèvres contre sa bouche, exultant de le sentir réagir, répondre à sa caresse.

Andrea prit le contrôle du baiser. Il lui caressa la bouche à petits coups de langue, puis la glissa entre ses lèvres à la rencontre de la sienne. Elle fut inondée par une pluie de sensations délicieuses et se plaqua contre lui ; elle se pendit à son cou, enfonça les doigts dans sa chevelure drue. Elle se hissa sur la pointe des pieds pour mieux sentir la dureté de son érection, et le contact entre leurs parties intimes démultiplia son trouble. Ses seins pressés contre le torse d'Andrea, enflammés de désir, semblaient anticiper déjà des caresses intimes – un effleurement, un coup de langue, un mordillement léger.

Elle eut un gémissement. Elle aspirait à aller plus loin. Les lèvres d'Andrea étaient toujours écrasées contre les siennes, et sa langue réalisait un érotique va-et-vient dans sa bouche, tandis que de la cuisse il poursuivait sa caresse intime. Il faisait éclore des sensations étourdissantes, pareilles aux bouquets d'un feu d'artifice, et qu'elle n'avait jamais ressenties avec aucun partenaire – elle avait préféré les feindre plutôt que d'admettre un échec. Mais Andrea avait éveillé sa sensualité comme nul autre.

Sa tension ne faisait que croître, un émoi affolant noyait ses sens, toutes les parts de son être ; elle en perdait presque la raison. Comment pouvait-elle éprouver un plaisir aussi violent, aussi aigu ? Et si vite ? Par quel pouvoir retors Andrea parvenait-il à faire d'elle une femme ivre de sensations gémissant entre ses bras ? Elle laissa échapper un cri étranglé lorsque ses contractions gagnèrent en intensité, jusqu'au déferlement étourdissant de l'orgasme.

Oh ! mon Dieu...

Izzy rouvrit les yeux, puis les referma aussitôt à la vue de l'expression satisfaite d'Andrea. Pourquoi ne lui avait-elle pas résisté, au lieu de s'abandonner à ses caresses ? Où était donc passée sa volonté ? Sa fierté ? Et par quelle aberration lui avait-elle permis de prouver ses dires d'une manière aussi humiliante et dévastatrice ? Ce n'était pas lui qui ne savait pas se contenir, c'était elle. Et il venait hélas ! de le démontrer...

Izzy n'aurait jamais cru qu'elle pourrait haïr aussi fortement un homme parce qu'il lui avait donné un plaisir étourdissant. En ébauchant seulement un véritable échange sexuel. Que serait-ce, alors, si elle faisait l'amour avec lui ?

Une lueur de triomphe flamboya dans le regard d'Andrea.

— Qu'est-ce que je te disais ? Explosif, non ?

Se raccrochant à un reste de fierté, Izzy parvint à prendre une expression indifférente.

— Qu'est-ce qui te prouve que je ne faisais pas semblant ?

Il l'examina pendant un court instant.

— Tu n'as pas à avoir honte de tes réactions, dit-il enfin en remettant l'ascenseur en marche. Notre mariage n'en sera que plus satisfaisant. Pour toi comme pour moi.

Les portes de l'ascenseur s'ouvrirent. D'une main sous son coude, Andrea la guida hors de la cabine. Izzy réalisait qu'elle aurait dû rejeter ce geste doux et chaleureux, mais ne put pas s'y résoudre.

Andrea ouvrit la porte de son appartement avec sa carte magnétique, puis se tourna vers elle.

— Dois-je te porter dans mes bras pour franchir le seuil ?

Elle le foudroya d'un regard noir.

— N'y songe même pas !

5

Izzy entra, et le déclic de la porte qui se refermait lui donna un léger coup au cœur. Ils étaient mari et femme. Et ils étaient seuls. Dans la suite d'Andrea.

Elle frémissait encore de l'échange intime auquel il l'avait soumise. Elle aurait dû y mettre un terme, mais n'en avait rien fait. Pourquoi lui avait-elle permis de prouver qu'elle ressentait plus de désir pour lui qu'il n'en avait pour elle ? Et laissé pencher la balance en sa défaveur ?

Elle prit une inspiration et regarda autour d'elle. Le décor était superbe, mais sans outrance. Avec ses lustres en cristal, son épais tapis gris tourterelle, ses canapés en velours gris-bleu sur lesquels étaient posés des coussins chics, la pièce était accueillante et invitait au repos. Les lampes tamisées en soulignaient l'atmosphère intime, qui évoquait presque un sanctuaire. C'était un lieu masculin, mais il comportait pourtant des notes plus douces, tels ces bouquets de fleurs fraîches et ces plaids en cachemire élégamment disposés sur les canapés. Les rideaux, bleu-gris eux aussi, étaient ouverts, révélant un somptueux panorama.

Izzy fit le tour de la suite. Elle s'immobilisait pour regarder les œuvres d'art accrochées aux murs. Il y avait un espace dînatoire, un grand salon, une chambre de maître avec salle de bains attenante. Elle jeta un coup d'œil dans la chambre, et son regard se porta aussitôt sur son sac de voyage, posé sur le porte-bagages tapissé de velours. On l'avait de toute évidence monté pendant qu'elle était dans l'ascenseur avec Andrea. Elle referma la porte et se retourna vers lui.

— Et l'autre chambre, où est-elle ?

— Il n'y en a pas, dit-il en se débarrassant de son veston sur l'un des canapés. Tu partageras la mienne.

Izzy se raidit, abasourdie.

— Quoi ? Mais à quoi bon avoir un luxueux appartement en terrasse s'il n'a qu'une chambre ?

— Cela te pose problème ? demanda Andrea avec une expression indéchiffrable.

— Évidemment, fit-elle en le foudroyant d'un regard assassin. Je ne coucherai pas avec toi, je te l'ai déjà dit. Je veux ma suite personnelle.

Andrea desserra sa cravate, sans la quitter des yeux.

— C'est impossible, je le crains.

— Mais bon sang, cet hôtel t'appartient !

Elle réalisait que sa réaction de vierge effarouchée pouvait paraître surjouée, étant donné sa réputation, mais elle ne pouvait pas partager la chambre d'Andrea ! Et encore moins partager son lit ! Ils avaient déjà partagé un ascenseur, et il n'y avait qu'à voir ce que ça avait donné !

La cravate d'Andrea atterrit près de son veston, et il se mit en devoir de défaire les premiers boutons de sa chemise. Son calme imperturbable et la lenteur de ses gestes méthodiques contrastaient avec la nervosité d'Izzy, et elle en fut d'autant plus furieuse.

— Précisément, il m'appartient, dit-il. C'est pourquoi tu partages cette suite avec moi. Il n'est pas question que mon personnel puisse mettre en doute l'authenticité de notre mariage.

Izzy se mit à faire les cent pas, évitant de regarder le torse musclé, ombré de poils, qu'Andrea révélait peu à peu. Elle devait à tout prix se ressaisir. Elle devait résister, lui tenir tête, au lieu de le regarder avec des yeux concupiscents comme une vieille fille frustrée.

Andrea jubilait de la voir paniquer, c'était clair. Il était si froid et si distant ! Elle enviait son détachement. Elle avait l'impression qu'il jouait au chat et à la souris avec elle. Qu'il guettait le moment propice pour abattre sur sa proie démunie une patte de velours.

Elle n'allait sûrement pas le lui permettre !

— Si tu supposes que je vais m'allonger sur ce lit et te laisser me toucher encore, je te conseille d'y réfléchir à deux fois. Si tu mets la main sur moi, je hurlerai comme une possédée, à briser en mille morceaux tes précieux lustres en cristal. Et toutes les fenêtres de ton hôtel.

Andrea laissa couler un rire grave et bas.

— Si quelques cris viennent de ma chambre, je n'ai rien contre. Plus ils seront sonores, mieux ce sera.

Izzy s'écarta à grands pas et se planta devant une fenêtre. Elle ne pouvait pas tolérer qu'Andrea la mette dans un tel état, l'amène à se conduire comme une mégère. Il cherchait à la déstabiliser, et elle devait rester imperméable à sa manœuvre. Elle devait le prendre à son propre jeu. Il cherchait à l'asticoter. Il savait qu'elle le détestait, et il tentait de garder la haute main sur leur relation. Chaque fois qu'elle réagissait en enfant gâtée, elle lui concédait un point. Elle devait recourir à une autre tactique, être plus rusée que lui.

Réfléchis, bon sang !

Elle inspira profondément pour recouvrer son calme, puis se tourna vers lui.

— Très bien, tu as gagné. Nous partagerons ce lit. Mais je t'avertis : j'ai un sommeil très agité.

L'expression d'Andrea ne trahit aucune satisfaction à ce revirement. Izzy se demanda quelles pensées s'agitaient dans son crâne, sous ces dehors impénétrables.

— Je peux peut-être trouver le moyen de te détendre, insinua-t-il.

Elle se détourna avant qu'il lise du désir dans son regard.

Pourquoi était-il le seul à susciter en elle autant d'excitation sensuelle que de colère ? Comment y parvenait-il ?

— Je vais me doucher, dit-elle en se dirigeant vers la chambre.

— Et le dîner ?

— Je n'ai pas faim.

— Tu changeras peut-être d'avis après t'être douchée. Je vais te commander quelque chose.

Izzy referma la porte de la chambre et s'y adossa avec un lourd soupir. Comment diable pourrait-elle passer toute une nuit à côté d'Andrea et résister à la tentation ? Pourrait-elle se retenir de le toucher ? Et si c'était lui qui la touchait ? Il suffisait qu'il pose les yeux sur elle, et elle en était toute chamboulée ! Où étaient donc passées ses barrières défensives ? Et sa détermination ?

Elle pénétra dans la luxueuse salle de bains habillée de marbre, dans les mêmes tons gris-bleu que la chambre. La pièce abritait une baignoire blanche et des lavabos jumeaux surmontés de superbes miroirs aux cadres en argent travaillés. De grands draps de bain étaient suspendus sur des supports argentés, d'autres soigneusement pliés sur une étagère en verre. La cabine de douche était immense, et des huiles essentielles aux senteurs exotiques parfumaient la pièce. Des flacons de produits de toilette signés Vaccaro étaient disposés sur les rebords en marbre des lavabos et près de la baignoire. Il y avait aussi, accrochés à la patère argentée de la porte, deux peignoirs éponge bleu-gris, et Izzy ne put s'empêcher de se demander quelle était la femme qui avait dernièrement passé ici une nuit avec Andrea.

Elle se déshabilla et entra sous la douche, puis offrit son visage au jet, qui donnait la sensation d'être sous la cascade d'une forêt équatoriale. Elle était habituée au luxe. Son père avait toujours tenu à descendre dans les grands hôtels, car il considérait qu'un homme d'affaires de son rang méritait ce qu'il y avait de meilleur. Mais le palace d'Andrea n'était pas seulement luxueux, il avait aussi de la classe. Il était sophistiqué, d'une élégance et d'un charme discrets. Le raffinement épuré du décor révélait un homme qui aimait les bonnes choses de la vie mais n'était pas du genre à afficher sa fortune de façon ostentatoire.

Une fois douchée, Izzy se sécha, passa sa chemise de nuit et enfila un des peignoirs. Puis elle sécha rapidement ses cheveux et les ramena au sommet de sa tête en une simple queue-de-cheval. Elle considéra dans la glace son visage dénué de maquillage, envisagea de se farder pour se façonner une sorte d'armure, puis décida qu'elle n'en ferait rien. Elle ne voulait pas faire impression sur Andrea. Et si elle ne ressemblait pas à ses belles maîtresses si sophistiquées, quelle importance cela pouvait-il avoir ?

Elle sortit de la chambre. Le grand salon était désert. Un chariot de service pour le repas était installé près de la table. Après avoir parcouru le reste de la suite sans trouver Andrea, elle retourna près du chariot et souleva les dômes argentés qui maintenaient les plats au chaud pour voir s'il y avait touché. Mais ils étaient intacts. Il n'avait laissé aucun billet, et elle constata en consultant son mobile qu'il ne lui avait pas envoyé de message. Puisqu'il tenait tant à préserver les apparences, pourquoi avait-il quitté la suite ?

Elle se pencha pour humer les mets, et en savoura le fumet délicieux. Il y avait une bouteille de champagne dans un seau à glace, des desserts et des fruits frais, un plateau de fromages. Et aussi de petites quiches et tourtes, des huîtres. Un autre dôme renfermait un plateau de fruits de mer qui fleurait le citron, le lait de coco, le piment d'Espelette, et un bol de riz au jasmin saupoudré de coriandre. Tout paraissait délicieux et sentait divinement bon, et Izzy se sentit soudain une faim de loup. Elle envisagea de téléphoner à Andrea ou de lui envoyer un message pour savoir où il se trouvait, puis y renonça. Elle préférait éviter d'agir en épouse soupçonneuse contrôlant les faits et gestes de son mari.

D'ailleurs, pourquoi se serait-elle souciée de savoir où il était ?

Il y avait sur son mobile un message de Jess, sa colocataire, qui avait apparemment appris par Twitter son mariage surprise avec Andrea. Les nouvelles allaient si vite de nos jours, c'était presque choquant. Izzy lui répondit qu'elle quitterait leur appartement mais qu'elle ne devait s'inquiéter de rien, car Andrea avait promis de payer le loyer. Alors qu'elle tapait le message, elle mesura soudain l'étendue de l'emprise qu'il avait conquise sur elle. Il payait ses factures, il décidait de tout à sa place comme si elle n'avait aucune volonté personnelle !

Izzy posa son mobile et poussa un soupir. Elle devait encaisser tout cela, car si elle voulait récupérer la maison de ses grands-parents, elle devait respecter les clauses du testament de son père. La pension qu'Andrea lui avait offerte et l'avance qui lui revenait au moment du mariage l'aideraient à concrétiser ce rachat, mais elle ne disposerait pas de toute la somme nécessaire avant l'échéance des six mois. Elle avait déjà parlé aux propriétaires actuels, qui avaient aimablement consenti à ne pas mettre la demeure en vente avant le mois de décembre. Elle devait, pour les dissuader de vendre d'ici là, leur faire une offre à ne pas refuser, mais elle était prête à payer, et peu importait ce que ça coûterait.

Le rachat de cette maison était une façon de réparer les souffrances du passé, d'honorer la mémoire de sa mère et de son frère en récupérant ce qui n'aurait jamais dû être perdu.

Dans son bureau du premier étage, Andrea réglait un certain nombre de problèmes que lui avait signalés le directeur de l'hôtel. Il aurait pu les traiter le lendemain, mais éprouvait le besoin de s'éclaircir les idées. La réaction d'Izzy dans l'ascenseur lui avait permis de prendre la mesure du caractère explosif de leur relation. Quand il était avec elle, il était obsédé par le désir qu'elle lui inspirait. Elle l'excitait comme aucune autre femme. Il y avait quelque chose de dangereux dans les sentiments et les sensations qu'elle éveillait en lui. Le désir brut qui lui fouettait le sang l'acculait en un lieu où il ne s'était jamais laissé entraîner auparavant.

Il avait si désespérément envie d'elle qu'il ne parvenait pas à songer à autre chose. Il brûlait de s'enfoncer en elle, de l'entendre crier son prénom, de la sentir se contracter autour de lui et jouir. Pendant des années, il avait dompté son attirance pour Isabella Byrne. Il s'était étourdi dans le travail, avait expulsé ce désir interdit en s'infligeant de longues heures d'effort afin de parachever ce qui pour d'autres n'était qu'un rêve Il avait réussi bien au-delà de son but initial.

Il ne rêvait pas d'amour pour toujours ni de bonheur éternel. Et ce n'était certes pas Izzy qui les lui aurait apportés. Son attitude négative au sujet du mariage était son sas de sécurité, l'issue de secours qui lui permettrait de reprendre sa liberté sans problème une fois les six mois écoulés. Ce mariage n'était pas une fin, mais un moyen. Un arrangement satisfaisant qui leur procurerait ce qu'ils voulaient. Il avait reconsidéré sa décision de s'en tenir à un mariage de pure forme. Pourquoi n'auraient-ils pas joui de leur désir réciproque ? Car il était clair qu'ils avaient envie l'un de l'autre. La réaction d'Isabella dans l'ascenseur prouvait qu'elle n'était pas plus immunisée contre lui qu'il ne l'était contre elle. Elle aurait son héritage. Et lui aurait Izzy.

Il était disposé à prendre tout son temps pour y parvenir. Il voulait qu'elle se donne à lui. Et l'intensité de sa volupté dans l'ascenseur révélait que la capitulation de sa proie était proche. Si elle lui résistait, c'était parce qu'il avait rejeté ses avances sept ans auparavant. Elle avait alors jeté son dévolu sur lui pour compromettre la relation qu'il avait avec son père, et il en avait été conscient. Oh ! il avait été tenté ! Et comment ! Chaque fois qu'il avait eu un contact avec elle, au cours des soirées et manifestations organisées par Benedict, il avait dissimulé sa gourmandise en adoptant une attitude cynique. Mais au fond de lui, il était dévoré de désir.

Aujourd'hui, c'était différent. Ce n'était pas en adolescente rebelle acharnée à provoquer le trouble qu'elle le voulait, mais en femme adulte et passionnée.

Andrea referma son ordinateur et sourit. Oui, elle serait sienne. Ce n'était qu'une question de temps.

Izzy avait tant mangé qu'elle éprouvait le besoin de s'allonger, mais elle refusait d'occuper le lit d'Andrea. C'était trop intime, trop... suggestif, comme si elle attendait qu'il la rejoigne et lui fasse l'amour. Elle n'attendait rien de tel. Même si elle y avait réfléchi longuement. En fait, elle ne pensait qu'à ça. Elle était agitée, travaillée par ses envies sensuelles, et ce qui s'était produit dans l'ascenseur lui donnait terriblement envie de renouveler l'échange, d'aller bien au-delà. Elle avait envie de sentir autour d'elle les bras d'Andrea, d'être corps contre corps, bouche contre bouche.

Elle avait la réputation d'être une marie-couche-toi-là, mais n'avait eu que quelques amants, et aucun d'eux ne l'avait comblée. L'intimité physique l'avait toujours mise mal à l'aise, et chaque fois elle avait un peu bu pour aller jusqu'au bout. Aucun de ses partenaires ne s'était soucié d'elle, de ses préférences, ne songeant qu'à se satisfaire. Elle avait pensé qu'il valait mieux feindre le plaisir plutôt que de faire valoir ses besoins et risquer qu'on la juge bizarre ou frigide.

Elle ne se sentait pas du tout frigide lorsqu'elle était avec Andrea. Loin de là ! Une caresse de la cuisse à travers leurs vêtements avait suffi à la précipiter au septième ciel. Que serait-ce, alors, s'ils faisaient réellement l'amour ?

Izzy se pelotonna sur un canapé du salon et s'enveloppa dans un des plaids en cachemire. Elle devait arrêter d'imaginer qu'Andrea faisait l'amour avec elle. Elle devait arrêter de le désirer, de fantasmer sur sa peau, ses grandes mains, sa bouche, sa langue. Arrêter tout de suite !

Elle alluma la télévision et regarda une de ses émissions préférées ; contrairement à d'habitude, elle ne réussit pas à s'y intéresser. Elle ferma les yeux, restant tout de même à l'écoute pour ne pas manquer le moment où Andrea reviendrait...

Lorsque Andrea entra dans la suite, il trouva Izzy endormie sur un canapé. Elle avait mis un des peignoirs de l'hôtel, qui s'était cependant entrouvert et révélait ses jambes fuselées. Des mèches s'étaient échappées de ses cheveux réunis en queue-de-cheval et lui effleuraient le visage. Sa peau dénuée de maquillage était aussi parfaite et veloutée que les pétales d'une rose crème, et ses cils et sourcils noirs, contrastant avec son teint laiteux, lui donnaient l'apparence d'une Belle au bois dormant moderne. Il l'avait toujours trouvée belle. Mais au naturel, sans fard ni coiffure sophistiquée, sa beauté devenait éthérée. Sereine et intouchable, tel un ange d'une peinture de la Renaissance.

Il s'approcha du canapé ; elle ne remua pas. En douceur, il remonta le plaid pour couvrir ses jambes dénudées, puis ramena les mèches folles derrière son oreille, captant le parfum des huiles essentielles qu'il avait choisies pour sa chaîne d'hôtels. Avec un murmure indistinct, elle se lova plus profondément contre le coussin qui lui soutenait la tête.

Il était déçu qu'elle ne se soit pas réveillée au moment où il était entré. Il avait anticipé une nouvelle joute oratoire avec elle, dans une impatience qui l'avait surpris. Non seulement elle montrait les crocs quand ils s'opposaient, mais elle n'aurait pas hésité à mordre s'il fallait. Ses regards furieux et ses invectives l'amusaient. Il aimait l'asticoter et la voir s'enflammer, aux prises avec ses émotions contradictoires. Elle le détestait et le désirait tout à la fois, et il trouvait le mélange ultra-sexy.

Alors qu'il esquissait un mouvement de recul, elle se

redressa soudain, renvoya en arrière ses mèches vagabondes et le considéra en plissant les yeux.

— Qu'est-ce que tu fais ?

— Je remontais le plaid sur tes jambes.

Elle se leva et resserra la ceinture de son peignoir, le rouge aux joues.

— As-tu dîné ? demanda-t-il.

Elle glissa un regard vers le chariot et rougit de plus belle.

— J'avais très faim, alors tu auras peut-être besoin de compléter la commande, dit-elle.

Andrea sortit la bouteille de champagne du seau à glace.

— Une coupe, ça te tente ?

— Si bizarre que ça te paraisse, je n'ai aucune envie de célébrer quoi que ce soit, fit-elle d'un ton aigre.

Il fit sauter le bouchon et remplit deux coupes.

— Tu devrais pourtant fêter ta fortune. Te voici riche. Très riche, et mariée.

Le regard d'Izzy flamboya, et elle pinça les lèvres. Elle accepta pourtant la coupe pleine, et, un bref instant, Andrea se demanda si elle n'allait pas lui en expédier le contenu au visage. Elle fit s'entrechoquer leurs verres.

— À condition qu'on tienne six mois, dit-elle. Qu'est-ce qui me prouve que tu ne saboteras pas cet accord en me plaquant avant l'échéance ? Comme tu l'as si obligeamment souligné, c'est moi qui ai le plus à perdre.

— Il va falloir que tu me fasses confiance, non, *cara* ? dit-il en lui effleurant la joue du bout du doigt.

Le regard d'Izzy se durcit, et elle chassa la main d'Andrea comme on chasse une mouche, manquant renverser son champagne.

— Arrête de me toucher. Je n'arrive pas à réfléchir quand tu fais ça. Et il me semble t'avoir déjà dit de ne pas m'appeler « *cara* ». Nous sommes seuls, il est inutile de jouer la comédie. En plus, c'est vraiment agaçant !

— Ce qui t'agace en réalité, c'est que tu aimes m'entendre

t'appeler « chérie », répliqua Andrea. Tu aimes ce que je te fais, mais tu es trop orgueilleuse pour l'admettre.

Izzy posa sa coupe sur la table la plus proche.

— Je vais me coucher, déclara-t-elle. Et ne t'avise pas de prendre ça pour une invitation à me rejoindre.

Déposant sa coupe à côté de celle d'Izzy, Andrea la prit par les mains avant qu'elle ait pu s'écarter.

— Je ne profiterai pas de toi, Isabella. Nous ne ferons l'amour que si tu me donnes le feu vert. Je t'en fais la promesse.

Elle ne tenta pas d'échapper à son étreinte, et son expression s'adoucit légèrement.

— Je ne comprends toujours pas pourquoi tu fais ça, pourquoi tu as voulu m'épouser. Cela n'a pas de sens.

Il lui massa le dos des mains avec les pouces et la regarda dans les yeux.

— Je t'ai déjà dit, n'est-ce pas, qu'il me convenait d'être marié en ce moment ? Il y a quelque temps que je négocie le rachat d'un hôtel. Patrizio, le propriétaire, a une belle-fille, une adolescente qui s'est entichée de moi de façon plutôt gênante. J'ai pensé que si j'avais une femme, ce petit problème serait réglé jusqu'à l'achèvement de la négociation. Que notre union temporaire apportait une solution idéale à nos problèmes respectifs.

Izzy eut l'air d'avoir avalé de travers.

— Dommage que tu n'aies pas pensé à te trouver une épouse commode lorsque je t'ai fait des avances il y a sept ans.

— Je savais ce que tu mijotais, à l'époque : tu voulais mettre ton père dans l'embarras, dit Andrea en continuant à la caresser. J'aurais mal agi en acceptant tes avances, pas seulement à cause de mes relations avec ton père, mais aussi parce que tu étais trop jeune et trop têtue pour t'engager dans une véritable relation entre adultes.

— Il me donnait toujours le sentiment d'être si inadaptée, si stupide et inutile, lâcha-t-elle avec amertume, en baissant les paupières.

Andrea fronça les sourcils. Parlait-elle réellement de l'homme qu'il avait connu et admiré pour son astuce en affaires et ses œuvres charitables ?

— Qui, ton père ? demanda-t-il.

Elle se libéra de son emprise, le regard aussi amer que sa voix un instant plus tôt.

— Je n'ai pas envie de parler de ça. Pas avec toi.

— Pourquoi pas avec moi ?

Izzy détourna les yeux.

— Parce que tu ne me croirais pas.

Andrea avait toujours été conscient que certains aspects de la personnalité de Benedict Byrne étaient nettement moins respectables que d'autres. C'était la raison pour laquelle il avait pris ses distances avec son mentor durant les deux années qui avaient précédé sa mort. Il savait que pour Benedict, le fait d'avoir une fille volontaire était une expérience émotionnelle complexe et épuisante. Mais il comprenait à présent qu'il n'avait jamais entendu que sa version à lui. Il n'avait jamais cherché à savoir comment Izzy avait vécu le fait d'avoir un tel père.

— J'aimerais que tu me donnes ton point de vue, Isabella. C'est important pour moi de savoir pourquoi tu as le sentiment qu'il ne t'estimait pas.

Elle parut sur ses gardes. Fermée.

— Important ? Pourquoi ? Pour pouvoir me dire que je suis une enfant gâtée, égoïste et détraquée qui ne sait pas apprécier les sacrifices que son père a faits pour elle ? Non, merci ! Je préférerais parler à un mur. J'aurais l'impression d'être mieux écoutée.

Andrea comprit que la jeune femme mettrait du temps à lui faire confiance. Ils avaient toujours eu des relations antagonistes, alors il devrait se montrer patient et faire preuve de doigté pour les changer. Mais l'idée de l'avoir jugée trop vite dans le passé, d'avoir été trop prompt à croire ce que lui rapportait Benedict sans connaître le son de cloche d'Isabella le préoccupait. Il n'avait songé qu'à l'éviter, à ne jamais rester seul avec elle, si bien qu'il avait adopté le point de vue de son père sur sa conduite.

— Je regrette que tu me croies incapable d'écouter ce que tu as à dire sur un sujet aussi important, dit-il. Ton père n'était pas parfait. J'ai parfois dû lui imposer des limites, car dans son enthousiasme pour un projet, il lui arrivait d'être autoritaire. J'ai toujours eu un peu de peine pour lui parce qu'il avait perdu un fils et une épouse. Il se peut que cela ait entaché mon jugement sur lui, et donc sur toi.

L'expression d'Izzy s'adoucit quelque peu : elle paraissait moins fermée et moins amère.

— En public, soupira-t-elle, il jouait au père idéal. Mais quand nous étions seuls, il me tançait constamment. Il me rabaissait, il disait que je n'étais pas aussi intelligente que mon frère, Hamish, ou que j'étais trop maigre, trop grosse, pas assez sûre de moi... La liste n'arrêtait pas de s'allonger. Rien de ce que je pouvais faire ne lui convenait. Jamais.

Benedict Byrne n'avait pas toujours été un homme facile, Andrea le savait. Il n'avait pas montré beaucoup de tolérance envers les incompétents, et son degré d'exigence ne lui avait pas valu que des amitiés.

Il tenta de se remémorer les occasions où il avait vu Isabella et son père ensemble. Il ne se souvenait que d'une chose : elle se donnait en spectacle, se montrait impolie ou rebelle, ne respectait pas les règles et bafouait de façon éhontée les souhaits de son père. Benedict s'était toujours montré patient avec elle, bien plus patient que la plupart des parents. Andrea avait considéré Izzy comme une adolescente trop gâtée et ingrate qui ne comprenait pas les sacrifices consentis par son père. Et s'il s'était trompé dans son interprétation des faits ? S'il n'avait pas demandé mieux, au fond, que de la voir sous ce jour-là ? Et si Benedict avait voulu qu'il la juge ainsi ?

Était-il possible que l'homme qu'il avait admiré, et auquel il devait tant, n'ait pas été l'homme estimable et travailleur pour lequel il voulait se faire passer ? Andrea avait personnellement eu affaire à un caméléon : Benedict savait se montrer délicieusement charmant en société, mais lorsqu'il n'y avait pas de témoins, il pouvait se métamorphoser en démon furieux.

Andrea ne savait trop comment formuler des excuses qui arrivaient sans doute trop tard.

— Isabella, je reconnais à peine l'homme que tu me décris...

— Donc, tu crois ce que mon père voulait que tu croies au lieu d'accepter ce que je te dis.

Isabella avait dit cela sur le ton de la constatation, comme si elle avait déjà été souvent confrontée à une telle réalité.

— Non. Je veux connaître ta version. Je veux comprendre pourquoi tu le trouvais si difficile à aimer.

Les yeux d'Izzy se remplirent de larmes, et il se rendit alors compte qu'il ne l'avait jamais vue pleurer. Pas même à l'enterrement de son père.

— Il ne m'aimait pas, alors pourquoi l'aurais-je aimé ? lança-t-elle d'un ton de défi, où perçait pourtant une profonde tristesse.

Il cueillit une larme du bout du pouce.

— Mais tu l'aimais, non ?

Elle déglutit et cilla à plusieurs reprises, séchant ses larmes, comme si elle regrettait de s'être laissée aller. Ses traits se crispèrent comme si elle cherchait à contenir son émotion et n'y parvenait qu'avec difficulté.

— Tu l'as connu en tant que Benedict Byrne, l'homme d'affaires qui avait réussi. Ton ami et ton bienfaiteur. Le philanthrope généreux. Mais tu ne l'as pas connu en tant que père.

De nouveau, Andrea se remémora les occasions où il avait vu ensemble Benedict et Izzy. Mais cette fois, ce fut comme s'il avait chaussé une autre paire de lunettes, comme si les images prenaient une clarté inédite. Il revoyait l'air calme de Benedict lorsque sa fille venait de lancer une réplique tranchante. Un air presque *trop* calme, en fait. Un calme mortel. Le genre de calme qui annonce une prochaine revanche. Il revoyait le père enlaçant sa fille, le maintien rigide de celle-ci, qu'il avait toujours mis sur le compte de son tempérament revêche et intraitable. Et s'il y avait eu de la cruauté dans le geste de Benedict ? Ce dernier avait longuement parlé à Andrea de la peine et de la déception que lui causait le comportement de sa fille, mais il n'était pas impossible, après tout, que ces discussions entre hommes n'aient été qu'un subterfuge, une couverture. Un alibi affectif pour dissimuler une hideuse vérité.

— Tu as raison sur ce point, dit-il. Et aucun père ne se comporte de façon égale envers tous ses enfants. Je sais que la mort de Hamish l'a dévasté.

— Je n'ai pas prétendu qu'il n'aimait pas mon frère. Il l'aimait. Mais c'était une composante du problème. Il ne lui restait plus assez d'amour pour moi. Je n'étais qu'une fille, et je n'avais ni les dons ni les capacités de Hamish. Aux yeux de mon père, j'étais une ratée. Une épouvantable ratée.

Andrea posa avec douceur les mains sur les épaules d'Isabella.

— Te l'a-t-il dit ?

Elle serra les mâchoires, comme si elle hésitait à en rajouter. Elle finit par émettre un grand soupir.

— Souvent, dit-elle. Mais jamais devant témoins. Ma seule possibilité de le lui faire payer, c'était de me donner en spectacle. Je sais que c'était stupide de ma part. Cela le faisait paraître encore plus admirable, parce qu'il se montrait toujours très patient en public.

Des sensations désagréables perturbèrent Andrea, dominées par la honte. Benedict l'avait trompé. Honteusement trompé. Il lui était d'autant plus douloureux de l'admettre qu'il avait lui aussi parfois souffert de sa tyrannie. Tout le monde avait pensé qu'Izzy était la coupable de l'histoire.

— Que se passait-il quand vous étiez seuls ?

— Il était trop malin pour me crier dessus, les domestiques auraient pu entendre. Il me disait ce qu'il pensait de moi derrière des portes closes, d'une voix basse et coléreuse, avec un regard dément. Il disait qu'il aurait voulu me voir morte à la place de Hamish.

Andrea n'avait pas très envie de regarder de près le tableau qu'Izzy était en train de dépeindre. Mais il devait pourtant le faire. Il ne pouvait pas se laisser aveugler par son expérience personnelle, qui était partiale. Il s'était toujours flatté de savoir juger les caractères, mais avait maintenant l'impression d'avoir été dupé. Par quelqu'un qu'il avait admiré, de surcroît. Il avait tiré beaucoup de profit de sa relation avec le père d'Izzy. Sans l'aide du vieil Anglais, il n'aurait pas réussi. Cependant, il savait que même les meilleurs avaient leur part d'ombre.

Quelle avait été l'étendue des mauvais comportements dont Benedict s'était rendu coupable ?

— Lui est-il arrivé d'être… violent ? demanda-t-il, hésitant sur le dernier mot tant il évoquait des choses laides.

— Une seule fois, révéla Izzy, amère. Il m'a giflée quand j'avais quatorze ans, peu après la mort de ma mère des suites d'un cancer. L'ironie de la situation, c'est que je lui avais tenu un propos comparable au sien : je lui avais dit que j'aurais préféré qu'il soit mort et non ma mère. Il ne m'a plus jamais frappée par la suite, mais c'était une menace latente toujours présente.

Andrea était sous le choc, et avait honte de ne pas avoir capté les réalités de la famille Byrne. Il avait connu Benedict en Italie vingt ans plus tôt, peu après le décès tragique de Hamish, atteint d'un cancer des os. Quand Benedict était tombé sur Andrea, qui mendiait dans la rue, celui-ci avait l'âge du fils qu'il venait de perdre : quatorze ans. Benedict lui aurait-il apporté son aide sans cette tragédie ? Andrea s'était posé la question, mais sa reconnaissance était telle qu'il n'avait jamais vraiment approfondi le sujet.

— Je suis navré que tu aies subi un tel traitement de la part de quelqu'un qui était censé t'aimer et te protéger. Je n'ai connu ton père que sous le jour d'un homme généreux qui aimait changer en bien la vie des autres. Mais tous les êtres humains ont leur part d'ombre. Et lui cachait la sienne mieux que la plupart des gens.

— Alors, tu... Tu me crois ? demanda-t-elle d'une voix hésitante.

Il comprit qu'elle avait eu très peu d'espoir d'être crue. Il se demanda si elle avait essayé d'expliquer à d'autres personnes comment était son père et récolté seulement de l'incrédulité. Ou alors elle ne s'était même pas donné la peine d'essayer, consciente du mal qu'elle aurait à dissiper la réputation de bon père de famille que Benedict s'était forgée de façon si convaincante.

Lui saisissant de nouveau les mains, il affirma :

— Oui, je te crois. J'étais convaincu de bien connaître ton père. Mais j'ai autrefois vécu avec un homme à deux visages, celui qu'il montrait en public et celui qu'il révélait dans l'intimité. Personne ne l'aurait cru capable de ce qu'il faisait en privé. Je suis désolé de ne pas avoir saisi la véritable personnalité de Benedict. Je lui aurais parlé, sinon. J'aurais mis en cause sa conduite.

Izzy considéra leurs mains jointes et émit un petit soupir saccadé. Puis elle releva les yeux.

— Il était odieux avec maman aussi. Elle n'avait pas la moindre chance de lui tenir tête. On l'avait élevée dans l'idée qu'une femme doit obéir à son mari en toutes circonstances. Elle encaissait toutes les insultes et les humiliations, et ça me mettait en rage, ça me rendait encore plus déterminée à lui résister et à lui prouver qu'il ne pouvait pas me rudoyer de la même manière. Mais je ne crois pas que ça ait marché. Je n'ai fait que détruire mon existence...

Andrea comprenait à présent pourquoi Izzy s'était cabrée lorsqu'il avait insisté pour qu'ils se marient. Il ne lui avait guère laissé le choix. Il s'était comporté comme un sergent instructeur aboyant des ordres. Il n'était pas étonnant qu'elle se soit rebellée contre lui au moindre prétexte.

— Isabella, je ne sais que te dire sinon que je suis désolé que les choses aient évolué de cette manière. Ton père n'avait pas le droit de vous traiter ainsi, ta mère et toi. Je suis choqué et profondément honteux de n'avoir rien soupçonné. La seule consolation, j'imagine, c'est qu'il t'ait laissée largement à l'abri du besoin, même si les termes de son testament ne sont pas conformes à ce que tu aurais voulu.

L'expression d'Izzy se modifia, soudain morose et empreinte de rancune.

— Mais justement, il s'attendait que je ne remplisse pas ces conditions. Il savait que l'idée du mariage, de sacrifier ma liberté, me faisait horreur. Il avait été très clair sur ses intentions. Il aurait préféré léguer toute sa fortune, dont une très large part appartenait au départ à ma mère, à un parent éloigné dévoré par le démon du jeu plutôt qu'à moi, son unique enfant vivant.

Andrea ne voyait que trop clairement à présent qu'il avait ignoré bien des aspects du père d'Izzy. Ou alors il n'en avait pas tenu compte, les avait excusés. Pourquoi n'avait-il pas examiné les choses de plus près ? Il s'était montré indulgent envers Benedict par compassion, parce que celui-ci avait eu la douleur de perdre un fils, et avait affaire à une fille difficile et à une épouse ravagée par le chagrin, qui par la suite était décédée d'un cancer du foie. Andrea n'avait été que trop prompt à rejeter la faute sur Isabella, certain que le problème venait d'elle. Pour lui, Benedict faisait tout son possible afin de maintenir la cohésion de ce qu'il restait de la famille, et le vieil homme s'était immergé dans le travail et les causes caritatives pour compenser son terrible deuil. La mère d'Izzy avait souffert physiquement et psychologiquement après la perte de son fils. Mais Benedict lui avait toujours donné l'impression d'être un époux et un père aimant, dur au mal et d'une patience à toute épreuve.

Andrea était malade de ne pas avoir réalisé la vérité. Il avait épousé Izzy dans l'intention de la dompter comme on dompte une pouliche rebelle. Rétrospectivement, cela lui apparaissait comme un comportement de rustre.

Une chose était claire, cependant. Comment aurait-il pu

consommer son mariage avec Izzy maintenant qu'il connaissait l'histoire de sa relation avec son père ? Sachant ce qu'il savait à présent, comment aurait-il pu franchir la frontière qui les séparait ? Ce n'était pas la barrière physique qui le préoccupait le plus. S'il se rapprochait d'Izzy, il franchirait une frontière affective qu'il n'avait jamais franchie. Certes, il aurait toutes les peines du monde à ne pas la toucher, mais il ferait ce qui était juste : il respecterait le délai de six mois afin qu'elle entre en possession de son héritage. Leur union resterait un mariage de papier.

Il lâcha un long soupir.

— Les stipulations du testament de ton père ne me mettaient pas très à l'aise, mais il aurait été déplacé de ma part de contrecarrer ses souhaits.

— Qu'est-ce qui te mettait mal à l'aise ? demanda Isabella, l'air intriguée.

— Je craignais que tu choisisses n'importe qui, à la va-vite, et que cet homme te nuise ensuite.

— Alors tu as... proposé tes services ?

Relâchant les mains d'Izzy, Andrea instaura un peu de distance entre eux. Il devait à tout prix perdre l'habitude de la toucher. Sa raison avait beau lui intimer de ne pas le faire, son corps ne l'écoutait pas !

S'il était tout à fait honnête avec lui-même, il ne savait pas très bien pourquoi il lui avait proposé de l'épouser. *Tu ne le lui as pas proposé, tu l'y as forcée !* Il n'en était pas fier. Mais dans une certaine mesure, il lui avait déplu qu'elle risque d'épouser un sale type qui, au moment du divorce, lui aurait pris la moitié de son héritage. L'idée qu'elle se marie avec un autre lui avait déplu...

— Écoute, lui dit-il, j'étais sur le point de changer les termes de notre accord, de te proposer une liaison de six mois qui nous permettrait d'atteindre nos buts respectifs. Mais maintenant, eh bien, j'ai changé d'avis.

— Tu envisages de rompre notre..., commença Izzy, apparemment choquée.

— Non, bien sûr que non ! assura-t-il avec un sourire rassurant. Nous resterons mariés six mois, comme le testament le stipule, mais cela ne sera pas une *liaison*.

6

« Cela ne sera pas une liaison... »

Ces quelques mots avaient plongé Izzy dans une profonde déception, dont l'étendue la choquait. Une déception immense qui lui serrait le cœur. Elle aurait dû être soulagée, pourtant, mais depuis l'épisode de l'ascenseur, elle n'avait qu'une envie : qu'Andrea lui fasse l'amour. Dans les règles de l'art. Peau contre peau.

Si déçue et secouée qu'elle soit, cependant, elle était soulagée qu'il l'ait écoutée et crue au sujet de son père. Elle s'était attendue qu'il se ferme, ou prétende que Benedict aurait été incapable de tant de méchanceté. Or, Andrea n'avait rien fait de tel. Il l'avait écoutée, apaisée et réconfortée, dans un moment où elle était presque submergée par ses émotions. Cela avait un peu atténué son hostilité envers lui – un peu seulement... Andrea restait son ennemi. Il y avait trop longtemps qu'elle le considérait ainsi pour changer d'avis aussi vite. Rien ne les empêchait pour autant de profiter au mieux du temps qu'ils passeraient ensemble, n'est-ce pas ?

Et pourtant voici qu'il refusait de consommer leur mariage. Que devait-elle en penser ? Pourquoi ne s'en réjouissait-elle pas ? Elle aurait dû être folle de joie puisqu'elle allait récupérer dans six mois son héritage et sa liberté !

Mais elle n'aurait pas Andrea. Elle ne vivrait jamais les moments de passion brûlante et explosive que promettaient ses baisers et ses caresses. Elle ne saurait jamais ce que c'était que de passer une nuit dans ses bras, de le sentir bouger en elle. Et elle ne saurait jamais de quels transports son corps était capable lorsque c'était Andrea qui lui procurait du plaisir.

Elle resserra autour d'elle les pans de son peignoir pour se donner une contenance. Elle avait envie de le toucher, de lui dire qu'il était stupide, que rien ne le forçait à se conduire d'une manière aussi honorable. Elle voulait le supplier de lui faire l'amour. Mais elle ne s'était montrée que trop vulnérable, ce soir. Bien plus qu'avec n'importe qui d'autre.

— Tu sembles avoir vraiment réfléchi, lâcha-t-elle, incapable de dominer une note de déception.

— En effet, et je pense que c'est la meilleure ligne de conduite à suivre. La *seule* ligne de conduite.

Il avait parlé d'un ton sec, comme si la discussion était close. Izzy prit sa coupe de champagne et en but une gorgée.

— Si je t'avais parlé de mon père plus tôt, m'aurais-tu épousée ?

Andrea reprit sa coupe lui aussi, comme si lui non plus ne savait que faire de ses mains. Il fit tournoyer un instant le liquide, regardant danser les bulles dans le petit tourbillon.

— J'avais envisagé de te le proposer il y a trois mois, mais j'ai préféré attendre.

— Que je sois acculée, compléta Izzy.

Il lui octroya un bref sourire.

— Je ne comprends vraiment pas ce qui cloche chez les jeunes Londoniens. Il y a longtemps que l'un d'eux aurait dû te voler aux autres !

Elle grimaça.

— Tu ne lis pas les tabloïds ? Je ne suis pas de l'étoffe dont on fait les épouses. Je suis celle avec qui les hommes ont une aventure avant de se caser avec une femme beaucoup plus convenable.

Une ombre indéfinissable passa sur le visage d'Andrea.

— Les femmes ont autant le droit que les hommes à des aventures sexuelles, si elles en ont envie.

— Tu ne me juges pas sur mon passé ? C'est ce que tu veux dire ?

Andrea la regarda droit dans les yeux.

— Quelle est la part de vérité et quelle est la part de fiction dans ce qu'on raconte à ton sujet ?

Izzy haussa les épaules pour dissimuler son embarras. Pourquoi s'était-elle embarquée dans cette conversation ? Il lui était égal qu'Andrea ait une bonne opinion d'elle ou pas. Enfin, ce n'était pas tout à fait exact... Une part d'elle-même désirait son approbation. Beaucoup plus qu'elle ne l'aurait voulu.

— Si je me fie à ce qu'on publie sur moi, reprit-il, je dirais qu'il n'y a pas grand-chose de vrai dans le lot. Ai-je raison en ce qui te concerne ?

Izzy but une gorgée.

— Au début, je cherchais délibérément à provoquer des commentaires négatifs sur moi. Je voulais embarrasser mon père, et peu importait comment. Mon astuce favorite était de sortir d'un night-club au petit matin en chancelant dans la rue. C'était tellement facile. Il suffisait que j'aie l'air un peu défaite, et ils s'empressaient de prendre un cliché qui ferait vendre. J'ai eu très vite la réputation d'une fêtarde, mais la réalité était beaucoup plus ennuyeuse.

Andrea parut à la fois dérouté et préoccupé.

— Quand tu avais dix-huit ans, à la fête de Noël de ton père, étais-tu ivre ou jouais-tu la comédie ?

Izzy eut un soupir contrit.

— Ivre, non. Juste un peu pompette, comme tous les ans. En y repensant, je comprends que c'était mon seul moyen de supporter son numéro du père aimant et dévoué. Mais la seule personne à laquelle j'aie fait du mal, finalement, c'est moi-même.

— Une réputation se répare toujours avec le temps. L'important, c'est que tu te sentes bien dans ta peau. Tu n'as de toute façon aucun contrôle sur l'opinion des autres, dit Andrea.

Izzy se demanda si elle se sentait bien dans sa peau. Elle

n’était pas sûre de pouvoir répondre avec certitude. On lui avait répété pendant toute son enfance qu’elle n’était pas à la hauteur, et il n’était pas facile de l’oublier. Ces messages négatifs étaient incrustés en elle, bleus à l’âme qui la feraient souffrir chaque fois qu’elle serait en butte au manque d’assurance. Elle se força à sourire.

— Il va falloir que je travaille là-dessus.

Andrea lui releva le menton du bout du doigt. Son regard captura celui d’Izzy pendant un moment prolongé et intense. Puis il baissa les yeux vers sa bouche et déglutit avec difficulté. Il écarta la main et recula d’un ou deux pas.

— Prends le lit, dit-il. Je dormirai sur le canapé.

Izzy percevait encore sur sa peau le contact de ses doigts fermes, et sa déception de ne pas avoir été embrassée persistait. Planait dans l’air une tension sexuelle qui électrisait sa chair.

— Andrea ? fit-elle d’une voix douce.

Il se crispa, comme s’il cherchait à renforcer sa résolution, et ce fut d’une voix presque sévère, de maître d’école, qu’il dit :

— Nous devons être raisonnables, Isabella.

— En quoi est-il raisonnable qu’un homme d’un mètre quatre-vingt-dix dorme sur un canapé ? fit-elle valoir. Nous pouvons sûrement partager ce lit en ayant chacun nos aises. Il est bien assez grand.

— Oh, non ! il ne l’est pas, crois-moi ! dit Andrea avec une ironie sous-jacente.

Elle se rembrunit.

— Et le personnel ? Tu voulais qu’on croie notre mariage authentique, non ?

— Demain, nous décollerons pour Positano. Il y a plus d’intimité dans ma villa, car j’ai très peu de domestiques, et ma gouvernante est la discrétion incarnée.

— Mais… Mon job ? Et mes études ? Il faut que j’appelle mon patron pour…

— J’ai déjà tout réglé, affirma Andrea. Il te présente ses meilleurs vœux, et pour ce qui est des études, ce n’est pas un problème de nos jours, du moment qu'on peut accéder à Internet.

— Tu as décidément pensé à tout, dit Izzy avec une note de cynisme involontaire.

En fait, tout allait trop vite, elle ne maîtrisait plus rien depuis qu'elle avait accepté la proposition de mariage d'Andrea. Elle n'était pas habituée à ça. Pourtant, en secret, une part d'elle-même appréciait que quelqu'un s'occupe d'elle et veille à tout.

Andrea se tourna pour se verser encore un peu de champagne. Elle aurait juré que c'était pour s'occuper les mains et non par envie de boire. Elle ne l'avait jamais vu se laisser aller à des excès d'alcool. C'était une des choses qu'elle avait admirées chez lui - malgré elle tant elle lui en voulait.

— Va donc te coucher, Isabella, insista-t-il.

— Pourquoi m'appelles-tu toujours par mon prénom complet et non par mon surnom ?

Il avala une gorgée, puis la regarda par-dessus sa coupe.

— C'est un beau prénom. Élégant et royal. Sophistiqué.

Elle eut un léger ricanement.

— Sophistiqué ! Ce n'est vraiment pas un adjectif qui me correspond.

— Ne sois pas trop dure avec toi-même, dit-il d'une voix adoucie, aux inflexions caressantes.

Izzy se força à sourire.

— Eh bien, je te laisse. Je suis plutôt lasse. C'était une journée chargée.

Elle avait presque gagné la porte de la chambre lorsque la voix d'Andrea la retint.

— Es-tu déçue que nous n'ayons pas eu un mariage plus conventionnel, à l'église ?

Izzy se retourna vers lui. Elle ne déchiffra dans son expression qu'une curiosité mesurée.

— Je n'ai jamais eu l'intention de me marier, ni à l'église ni autrement ; alors pourquoi serais-je déçue ?

Il eut un signe de tête, comme si cette réponse lui paraissait logique et sensée. Néanmoins il y avait une ombre dans son regard, et elle se demanda s'il avait cessé de prendre pour argent comptant ce qu'elle disait. Elle était mal à l'aise à l'idée de lui avoir révélé tant de choses en si peu de temps. Impersonnelle ou pas, leur cérémonie de mariage avait changé quelque chose dans leur relation. Izzy avait de plus en plus de mal à considérer cet homme comme un ennemi, surtout lorsqu'elle se sentait si vivante à son contact. Elle avait besoin de maintenir entre elle et lui une distance affective, émotionnelle, si elle voulait sortir indemne de cette union de six mois.

Malgré ses angoisses et interrogations, Izzy réussit à dormir, et plutôt bien. Lorsqu'elle sortit de la chambre le lendemain matin, elle nota qu'Andrea semblait ne pas avoir fermé l'œil de la nuit. Une repousse de barbe ombrait son menton, il avait les yeux cernés et les cheveux en désordre, comme s'il n'avait cessé d'y passer les doigts. Il se redressa sur le canapé et se massa la nuque. Il grimaça quand elle tira les rideaux et que le soleil inonda la pièce.

— Comment as-tu dormi ? demanda-t-il.

— Beaucoup mieux que toi, c'est clair, dit-elle en ramassant le plaid qui avait glissé à terre, qu'elle plia avec soin. Je te fais du café ?

— Tu n'es pas obligée de t'occuper de moi, bougonna-t-il.

Elle déposa le plaid à l'extrémité du canapé.

— Tu es toujours d'aussi mauvaise humeur, le matin ?

— Pire.

Elle haussa les sourcils.

— Même après une partie de jambes en l'air torride ?

Elle se mordit la lèvre. *Quelle idiote ! Pourquoi lui demander ça ?*

— Personne n'est jamais là le matin pour assister à mes accès de mauvaise humeur.

— Tu n'acceptes pas qu'on dorme chez toi, c'est ça ? demanda Izzy, intriguée.

— C'est tout à fait ça.

Il soulignait si vivement le fait qu'elle se demanda pourquoi cela avait tant d'importance à ses yeux.

— Cela fait partie des règles de conduite du parfait playboy ? Pas d'implication affective, pas de conversations sur l'oreiller ?

Il esquissa un sourire qui ne se refléta pas dans son regard.

— Je n'aime pas envoyer de signaux ambigus. Coucher, c'est coucher, rien de plus. Ce n'est pas une promesse d'avenir à deux.

— Mais si tu revois la même personne pendant quelques semaines, ou même quelques mois ? Tu as déjà dû avoir des relations de ce genre, non ?

— Parfois.

— Et ?

— Je n'aime pas les scènes du lendemain, dit Andrea. Si on s'arrange pour qu'elles n'aient pas lieu, c'est beaucoup plus simple. Personne n'attend rien. Personne n'a à souffrir.

Izzy l'observa pendant un instant, perplexe.

— Je m'interroge sur le genre de femmes avec lesquelles tu es sorti, finit-elle par dire. Je ne serais pas emballée par un homme qui refuserait que je me réveille à côté de lui. Je trouverais insultant qu'il me demande de partir une fois son affaire faite.

— Je veille à ce qu'elles aient de généreuses compensations.

— Quoi ? Des fleurs, des chocolats ou des bijoux qu'on leur livre le lendemain ?

— Pas de bijoux, non.

— Pourquoi ?

— C'est trop... personnel.

Izzy gagna le coin cuisine de la suite et se mit en devoir de se préparer du thé. Elle n'avait pas envie de penser aux partenaires d'Andrea. Ni au fait qu'il lui avait acheté une superbe bague ornée de pierres précieuses et une alliance. Que signifiait ce geste ? La voix de la raison mit vite un terme à ses suppositions romantiques : il voulait que tout le monde croie que leur mariage était authentique, voilà ce que cela signifiait.

— Tu es sûr que tu ne veux pas de café ? lui lança-t-elle par-dessus l'épaule.

— Tout à fait sûr.

Elle prit un sachet de thé en mousseline et le laissa tomber dans sa tasse.

— Je suppose que je devrais me féliciter d'être la première à qui tu as acheté des bijoux. Ou bien veux-tu que je te les rende lorsque nous mettrons fin à ce mariage ? demanda-t-elle en se retournant vers lui.

Le regard d'Andrea se porta sur sa bouche et s'y attarda pendant un instant, comme s'il se demandait si leur mariage serait jamais consommé. Il releva les yeux, mais son expression était fermée.

— Ce ne sont que des accessoires. Tu peux les garder, les donner ou les vendre. Cela m'est égal.

Il pivota sur lui-même et gagna la suite qu'elle venait de quitter. Quelques instants plus tard, elle entendit le bruit de la douche. Assise sur son siège, Izzy savoura son thé en essayant de ne pas imaginer le corps nu d'Andrea dans la douche...

Sous le jet puissant, Andrea tentait de noyer son désir. Il avait promis de ne pas consommer ce mariage, mais chaque fois qu'il était près d'Isabella, son corps entrait en fusion. Il la désirait avec une intensité éperdue, il brûlait d'avoir son corps entre les bras, de la sentir réagir à ses caresses. Sa réponse, il le savait, serait aussi passionnée et grisante que leur baiser. Maintenant qu'il savait ces choses sur Benedict Byrne, il était plus déterminé que jamais à tenir sa promesse. Mais Isabella, elle, semblait déterminée à mettre sa résolution à l'épreuve pour voir si elle était aussi ferme qu'il le prétendait.

Il ferma les yeux sous le jet, mais continua quand même à visualiser la bouche d'Izzy, à avoir l'illusion de la sentir sous ses lèvres. Combien de fois, la nuit précédente, avait-il été tenté d'envoyer au diable ses fichus principes et de pénétrer dans la chambre pour la rejoindre au lit ? En lui, le désir avait mené un combat acharné contre le refus de la tentation, et il n'avait pas pu fermer l'œil. Il n'avait eu qu'une pensée, obsédante : Izzy était allongée dans son lit, à quelques pas, les cheveux épars sur l'oreiller, ses membres fuselés et sexy presque à portée de main, de même que ses beaux seins nus. Ces seins qu'il avait envie de toucher, de caresser, d'embrasser jusqu'à ce qu'elle gémisse.

Comment allait-il tenir six mois dans ces conditions ? Il deviendrait fou ! Il se demanda s'il ne commettait pas une erreur en l'emmenant en Italie, mais les paparazzis londoniens étaient insupportables. Dans sa villa de Positano, il pourrait au moins limiter au minimum de telles intrusions. Et Gianna, sa gouvernante de longue date, était la discrétion incarnée, la seule à laquelle il pouvait confier le secret de son mariage avec Isabella. Personne d'autre ne devait savoir par quoi il avait été motivé.

Andrea se sécha rapidement, en tentant d'oublier qu'Isabella avait occupé la même place que lui un moment plus tôt.

Quand il sortit de la salle de bains les reins entourés d'une serviette, elle était assise à l'autre bout du lit, les yeux rivés à son mobile. Elle tourna la tête vers lui, le vit, puis se leva d'un bond, les joues empourprées.

— Je te laisse t'habiller, dit-elle.

Andrea n'aurait pas dû la retenir, mais son corps suivait un autre chemin, pavé de pulsions interdites sur lesquelles il n'avait aucun contrôle. Ses doigts emprisonnèrent le poignet d'Isabella, dont le pouls battait à présent sous son pouce.

— Ne t'enfuis pas comme ça, dit-il d'une voix rauque.

Les pupilles de sa proie se dilatèrent.

— Je croyais que nous devions être raisonnables..., bredouilla-t-elle.

Portant à ses lèvres la main qu'il tenait, Andrea y déposa un baiser.

— J'ai dit qu'on ne coucherait pas ensemble, mais je n'ai pas interdit tout contact. Les gens s'attendront qu'on se touche en public. Le contraire paraîtrait bizarre.

Andrea était conscient, en prononçant ces mots, de donner une apparence de rationalité à sa conduite, mais il s'en fichait. Il lui semblait plutôt que s'il ne pouvait pas toucher cette femme, il en mourrait.

— Quel genre de contact ? demanda Isabella, la mine dubitative.

Il glissa une main sur sa joue, puis ses doigts s'enfoncèrent dans la masse soyeuse de ses cheveux. Elle avait les yeux brillants d'impatience et d'attente, des sentiments irrépressibles qu'il éprouvait lui-même au plus profond de son corps.

— Ce genre-là, susurra-t-il.

Il approcha la bouche de la sienne et lui effleura les lèvres, légèrement, à deux ou trois reprises. La bouche frémissante, comme si elle luttait aussi contre cette approche tentatrice, elle s'humecta les lèvres. Leurs souffles se mêlaient déjà. Andrea se porta encore plus près d'elle. Leurs jambes se touchaient, à présent. Il perçut son tremblement, et ses seins vinrent heurter légèrement son torse. Il plaça une main au bas de son dos et amena Isabella tout contre lui. Son érection se plaqua contre le ventre d'Izzy. Il en éprouva une folle ivresse, embrasé comme de l'amadou au contact d'une flamme.

Andrea s'empara de la bouche d'Izzy, engloutissant le soupir de plaisir qui montait de sa gorge. Elle se pendit à son cou, plaquée tout contre lui au point qu'il aurait pu dessiner les moindres contours de son corps souple. Leurs langues entamèrent un duel sexy qui lui fouetta le sang, et il prit l'ascendant, lui emprisonnant le visage entre ses mains pour mieux contrôler la caresse. Enfin, il rompit l'échange, se redressa et appuya le front contre celui d'Izzy. Il tentait de se maîtriser.

— Ce n'était peut-être pas la meilleure des idées, murmura-t-il.

— Ce n'est qu'un baiser, n'est-ce pas ? dit-elle en levant les yeux.

Andrea n'était pas certain d'avoir la force de s'en tenir là. Que lui avait-il pris, bon sang ? Il s'exposait lui-même à une épreuve dont il pouvait ne pas sortir vainqueur, il se torturait avec le désir qu'il devait s'interdire ! Il redessina du bout du doigt les contours des lèvres d'Izzy, et elle frissonna.

— Tu as une si belle bouche, murmura-t-il d'une voix hachée.

— La tienne est plutôt agréable à regarder aussi, chuchota-t-elle, lui effleurant elle aussi les lèvres de l'index. Et elle est beaucoup plus douce qu'elle ne le paraît.

Il s'empara de sa main vagabonde et y déposa un baiser.

— Il n'y a pas grand-chose de doux en moi en ce moment.

Elle rosit, puis se frotta légèrement contre la bosse qui déformait la serviette – ce qui déclencha en lui une salve de sensations impétueuses.

— Je m'en suis rendu compte, dit-elle, mutine.

Avait-il déjà voulu prendre une femme avec autant de violence ? Ou bien était-ce parce qu'il s'était juré de ne pas avoir celle-là qu'il éprouvait ce besoin incoercible ? Le désir et la contrainte combattaient en lui avec férocité, et il n'était pas sûr de connaître l'issue de ce duel. Or, la raison devait l'emporter. Il n'était pas acceptable que les choses deviennent encore plus compliquées qu'elles ne l'étaient déjà. Mais un ou deux baisers… Cela ne tirait pas à conséquence, n'est-ce pas ?

Andrea saisit Izzy par les hanches et la retint contre lui sans se soucier du tourment qu'il s'infligeait ainsi. Il la voulait. Il la voulait au point d'en être obsédé. De nouveau, il l'embrassa, puis laissa courir les mains le long de son corps. Il les glissa ensuite sous le tissu et les promena sur sa peau douce. Il s'immobilisa juste au-dessous de la courbe satinée de ses seins. Alors, au prix d'un violent effort, il recula. Sa volonté l'avait emporté, ce qui le surprenait lui-même.

Il vit passer de la déception dans les yeux d'Isabella.

Toutefois, elle masqua très vite sa réaction, s'écarta de lui et rajusta sa tenue.

— Notre avion est à quelle heure ? demanda-t-elle.

Andrea tenta de ne pas fixer sa bouche gonflée par leurs baisers. Il eut un drôle de coup au cœur en voyant la petite irritation que sa barbe naissante avait provoquée autour de ses lèvres. Il resserra la serviette qui lui ceignait les reins et gagna le dressing.

— Nous partons à onze heures. On fera expédier les affaires que tu as chez toi. Si tu as besoin de quoi que ce soit, nous pourrons faire des achats en Italie.

Lorsqu'il se retourna, Isabella n'était plus là.

7

Le chauffeur gara la voiture devant la villa privée d'Andrea, sur les hauteurs du village côtier de Positano. Il y avait des années qu'Izzy ne s'était pas rendue sur la côte amalfitaine, mais sa beauté pittoresque et sa magie étaient bien telles que dans son souvenir. Le bleu intense de la mer, l'éclat aveuglant du soleil dans un ciel sans nuages, l'odeur entêtante des fleurs du luxuriant jardin, lui mirent le cœur en fête. Des bougainvillées éclatantes retombant en cascade sur un mur de pierre, des pots et des paniers suspendus où abondaient des géraniums blancs et rouges y créaient une symphonie de couleurs. Des oiseaux pépiaient dans les buissons et les haies. Devant la villa, une piscine à débordement surplombait le littoral. Le lieu était enchanteur, une vraie carte postale, et on ne pouvait rêver d'un endroit plus propice pour échapper aux regards curieux des médias et du public.

Andrea la mena jusqu'au perron, mais avant qu'il ait le temps d'entrer, une femme d'âge mûr, toute vêtue de noir, ouvrit la porte. Son visage tanné par le soleil affichait un grand sourire, et ses yeux noirs pétillaient comme l'océan inondé de soleil. Elle déversa un flot de paroles en italien, dont Izzy ne comprit pas un traître mot, mais qui exprimaient sûrement un accueil enthousiaste. Cette bienveillance chaleureuse était un peu surprenante en regard des conditions de son mariage avec Andrea, mais il était vrai qu'elle ignorait tout de ce qu'Andrea avait pu dire à sa gouvernante.

— En anglais, Gianna, s'il vous plaît, demanda-t-il.

— *Mi dispiace*, dit Gianna sans cesser de sourire. Désolée. Je suis si excitée d'accueillir la nouvelle épouse du *signor* Vaccaro dans sa villa ! Vous avez fait bon voyage ?

— Très bon, merci, dit Izzy, réchauffée par le caractère amical de la vieille dame.

— Je vous ai préparé la chambre de maître, continua Gianna en l'invitant d'un geste à entrer. Vous devez porter votre épouse dans vos bras pour franchir le seuil, n'est-ce pas ?

Andrea se rembrunit.

— Gianna. Je croyais vous avoir recommandé de ne pas faire de manières. Isabella a besoin d'une chambre à part.

La gouvernante leva les yeux au ciel.

— Vous amenez ici votre belle épouse et vous attendez que je lui apprête la chambre d'amis ? Pff ! Qu'est-ce que c'est que ce mariage ?

— Un mariage de convenance, en quelque sorte, dit Andrea avec une note d'impatience. Isabella et moi n'avons pas l'intention de prolonger cette union au-delà des six mois requis pour respecter les termes du testament de son père. Je vous ai tout expliqué hier lorsque je vous ai téléphoné.

Gianna ne fut visiblement pas intimidée par l'air sévère de son patron. Croisant les bras, elle fixa ses yeux noirs sur le visage renfrogné de ce dernier.

— Mariage de convenance ou pas, il faut quand même la porter pour franchir le seuil. Sinon, ça porte malheur.

Lâchant un soupir d'exaspération, Andrea se tourna vers Izzy.

— Tu permets ?

— Mais bien sûr, dit-elle en s'efforçant de ne pas rire.

Elle n'avait pas l'habitude de le voir ainsi acculé. Cela révélait une facette inconnue de son caractère, une facette plus tendre. Il était évident qu'il avait de l'affection pour sa gouvernante et la respectait ; pour elle, il était prêt à une concession, même si cela le contrariait.

Andrea souleva Izzy dans ses bras puissants, et elle lui

entoura le cou. Il avait beau pincer les lèvres et prendre un air imperturbable, elle percevait la tension de son corps. Elle ne put s'empêcher de se demander comment les choses auraient tourné s'il avait réellement choisi de l'épouser. Que se passerait-il s'ils envoyaient au diable leur arrangement et cédaient à la passion brûlante qui les habitait ? Ce serait tellement merveilleux s'il l'emportait dans la chambre de maître et lui faisait l'amour...

Il la déposa au-delà du seuil, mais retint une de ses mains au creux de la sienne.

— Sois indulgente avec ma gouvernante, dit-il une fois Gianna hors de portée. C'est une incorrigible romantique.

— Je l'aime bien. Il y a longtemps qu'elle travaille pour toi ?

— Trop longtemps, c'est clair, puisqu'elle ne suit plus mes instructions, dit Andrea, pince-sans-rire. Je vais lui demander de te faire faire le tour du propriétaire, j'ai des choses à régler dans mon bureau. Gianna ! appela-t-il. S'il vous plaît, montrez la chambre d'amis à Isabella !

Izzy suivit Gianna dans l'escalier d'honneur en se demandant si Andrea avait réellement des affaires urgentes à traiter ou s'il prenait ses distances à cause de la réaction de sa gouvernante. Celle-ci la conduisit dans une suite ravissante au premier étage de la villa, qui en comportait quatre. Elle offrait un panorama sur la côte à couper le souffle.

— La suite du *signor* Vaccaro est juste à côté. Là, vous voyez ? Il y a une porte communicante, lui signala la gouvernante avec un sourire pétillant. Je ne crois pas que vous aurez besoin de la clé, n'est-ce pas ? Je vois bien comme il vous regarde.

Izzy s'empourpra.

— C'est réellement un mariage de convenance, insista-t-elle. Nous ne désirions vraiment pas nous marier, et surtout pas l'un avec l'autre.

Gianna n'était-elle pas au courant de sa réputation ? Il

semblait curieux qu'elle soit si enthousiasmée par leur union, vu ce qu'on avait publié sur elle pendant des années.

— Pff ! fit encore Gianna, qui se mit en devoir de retaper les oreillers. Il vous connaît depuis longtemps, non ?

— En effet, mais nous ne sommes pas précisément les meilleurs amis du monde...

La gouvernante se redressa et se tourna face à elle.

— Votre père a manifesté beaucoup de bonté à son égard. Il l'a aidé à se lancer dans les affaires. Le *signor* Vaccaro n'est pas un homme qui oublie ceux qui l'ont aidé.

— Avez-vous eu l'occasion de rencontrer mon père ?

Gianna se tourna vers un vase de fleurs placé près de la fenêtre, mais Izzy avait capté son expression, qui était devenue un peu aigre.

— Il a été reçu ici une fois ou deux. Il me parlait beaucoup des causes charitables qu'il défendait, dit-elle en ramassant un pétale tombé pour le glisser dans la poche de son tablier. J'ai été désolée d'apprendre son décès, à cause de tous ces gens qu'il aidait, en tout cas. Pardonnez-moi. Mes propos sont déplacés. Il doit vous manquer, n'est-ce pas ?

Izzy eut un léger haussement d'épaules.

— Oui et non.

Gianna plissa les yeux, l'air interrogateur.

— Vous n'étiez pas proches ?

— Pas particulièrement.

La gouvernante parut songeuse.

— Ah ! Eh bien, je me suis posé la question lorsque Andrea m'a parlé du testament de votre père. Il est étrange de faire une chose pareille à son unique fille.

— Pas si étrange que cela quand on a connu mon père, soupira Izzy. Nous avions une relation compliquée.

— Mais tout va s'arranger, maintenant que vous avez épousé Andrea. Il prendra bien soin de vous. Il veillera à ce que vous ayez votre héritage, affirma Gianna. C'est un homme honorable. Oh ! il n'est pas du genre à se vanter de ses bonnes œuvres, lui ! Vous n'avez pas idée de toutes les entreprises caritatives qu'il finance. Il tient à garder l'anonymat. Si je le sais, c'est uniquement parce que je fais le ménage dans son bureau et que je vois les papiers. Vous êtes un peu amoureuse de lui, hein ?

Izzy répugnait à détruire les illusions romantiques de la gouvernante, mais elle éprouvait pour Andrea des sentiments complexes qu'elle n'aurait pas pu expliquer à quelqu'un d'autre. Surtout à une personne qu'elle connaissait à peine.

— Disons que je commence à le voir sous un autre jour, lâcha-t-elle.

Gianna sourit.

— Je vous laisse vous installer. Aimeriez-vous boire quelque chose ? Un thé ou un café ? Une boisson fraîche ?

— J'aimerais bien du thé. Mais je descendrai, vous n'êtes pas obligée de vous donner tant de peine.

— Cela ne me dérange pas. Après tout, vous êtes la première femme qu'Andrea invite ici. Cela doit tout de même signifier quelque chose, non ?

« La première femme qu'Andrea invite ici... » Il y avait quelque chose de jubilatoire dans cette information. Izzy était ravie qu'il n'ait jamais partagé avec aucune de ses maîtresses son sanctuaire privé. Pourquoi instaurait-il tant de distance entre les autres et lui ? Il était assez inhabituel de rechercher la solitude à ce point-là. Il n'était pas étonnant que la gouvernante soit si enchantée par l'arrivée d'une épouse, même de convenance ! Cependant, cela ne signifiait en rien qu'Andrea tenait à elle. C'était un homme d'honneur, et il l'avait aidée à préserver son héritage en l'épousant pour respecter les clauses du testament de son père. Il lui avait même promis de ne pas consommer leur union pour ne pas compliquer leur séparation le moment venu.

Alors pourquoi se demandait-elle si leur mariage pouvait

aller au-delà de ce qui était prévu ? Les absurdes rêveries romantiques de la gouvernante commençaient-elles à déteindre sur elle ?

Izzy regarda la porte communicante et réprima un frisson. Elle traversa la chambre, toucha la clé en cuivre logée dans la serrure. Ses doigts se replièrent sur le métal, et elle donna un tour, mais au lieu de verrouiller la porte elle obtint l'effet inverse : un net déclic d'ouverture se fit entendre.

Le souffle bloqué, elle considéra sa main posée sur la clé comme si elle appartenait à quelqu'un d'autre. Puis elle fit tourner la poignée, et la porte s'ouvrit sur une vaste suite qui donnait sur la côte, les collines boisées et les promontoires rocheux de l'autre versant. Il flottait dans l'air des effluves de citron et de cèdre, une odeur qu'Izzy ne pouvait s'empêcher d'associer à Andrea. Le décor crème et blanc comportait des notes noir et or qui conféraient aux lieux quelque chose de royal.

Alors qu'elle contemplait l'immense lit, des images jaillirent dans son esprit : le corps nu d'Andrea allongé sur les draps immaculés. Elle s'approcha et effleura un oreiller. Personne n'avait jamais dormi avec Andrea dans ce lit. Personne. Qu'est-ce que cela signifiait ? Qu'il attachait de l'importance à son intimité. Qu'il venait ici pour fuir les regards inquisiteurs des journalistes. Cela n'indiquait nullement qu'elle représentait dans sa vie quelque chose de spécial. Elle n'était qu'une épouse temporaire, la solution de leur double problème.

Elle fut tirée de ses pensées par un bruit de porte. Avant qu'elle ait pu faire demi-tour, Andrea entra.

Il referma la porte derrière lui, puis posa sur Izzy un regard brillant, ténébreux et intense.

— J'espère que les divagations romantiques de Gianna ne t'ont pas troublé l'esprit, dit-il.

Le trouble n'affectait pas seulement son esprit, il affectait aussi son corps, dévoré d'un désir nostalgique.

— Je contrôlais la fermeture, c'est tout, dit-elle en désignant d'un geste la porte de communication.

— J'avais demandé à Gianna de t'installer dans une suite à l'autre bout du couloir.

— Pour ma tranquillité ou pour la tienne ?

— Les deux.

Izzy éprouva une sorte d'ivresse en comprenant qu'il essayait de garder ses distances, et qu'il était aussi tenté qu'elle d'oublier les termes de leur accord pour s'abandonner à une liaison torride.

— Selon Gianna, je suis la première que tu aies invitée ici.

Andrea lâcha un rire sonore.

— Il serait bizarre que je ne t'amène pas ici, non ? Puisque nous sommes mariés.

— Je crois que Gianna nous croit secrètement amoureux l'un de l'autre.

— Et tu es amoureuse de moi ? demanda Andrea, direct.

Ce fut au tour d'Izzy de rire, mais elle n'y parvint pas avec autant d'aisance que lui.

— Bien sûr que non !

— Et tu serais avisée de n'y rien changer, dit-il avec un sourire crispé.

— Sois tranquille. Je n'ai nullement l'intention de tomber amoureuse de toi.

— Mais tu me désires. N'est-ce pas, *cara* ?

Elle déglutit, le cœur battant alors qu'il la maintenait dans l'envoûtement de son regard intense, inquisiteur. Des courants de désir circulaient entre eux ; ils la troublaient dans ses replis les plus intimes, mettaient son corps en émoi.

— Nous sommes convenus d'éviter tout contact physique, bredouilla-t-elle.

Bon sang ! Pourquoi ne parvenait-elle pas à se maîtriser ?

Andrea vint se placer devant elle, ce qui exacerba la conscience déjà aiguë qu'elle avait de sa présence. Il leva la main, lui enveloppa la joue avec une tendresse désarmante qui démultiplia le désir qu'elle éprouvait. Lentement, il la caressa du bout du pouce. Ce geste doux éveilla des sensations perturbantes, accéléra les battements de son cœur.

— Tu n'aurais pas dû entrer ici, lui dit-il d'une voix basse. Tu aurais dû fermer cette porte à double tour et passer le verrou de ton côté.

Il lui releva le menton et plongea dans le sien un regard ouvertement sensuel, qu'elle enregistra avec un frisson.

— J'essaye de me comporter décemment à ton égard, mais tu n'arrêtes pas de me mettre des bâtons dans les roues, continua-t-il, lui effleurant les lèvres. Une relation sexuelle ne ferait que compliquer les choses.

— Je ne te demande pas de coucher avec moi.

— Vraiment ? fit-il avec une note de cynisme.

Elle baissa les yeux, et son regard tomba alors sur sa bouche, ce qui ne fit qu'accroître son trouble.

— Je ne sais pas vraiment ce que je veux...

C'était un mensonge. Elle savait très bien ce qu'elle voulait : Andrea.

— Si nous couchons ensemble, ce sera seulement pour la durée de notre mariage. Tu le comprends, n'est-ce pas ? lui demanda-t-il.

Izzy plaça une main sur son torse ; ses doigts se refermèrent sur le tissu de sa chemise.

— Nous ne sommes pas libres d'avoir des relations extérieures pendant notre mariage. Alors qu'est-ce qui nous empêche de tirer le meilleur parti possible de ces six mois ? fit-elle valoir, stupéfaite de parler ainsi alors qu'elle n'avait cessé jusque-là de nier son désir pour lui.

Mais il ne rimait à rien de nier puisqu'il savait si bien lire en elle et voir qu'il la troublait au-delà de toute raison. Ne l'avait-il pas toujours su, d'ailleurs ?

Andrea amena sa bouche contre la sienne et l'effleura, en douceur, comme pour la tester, mais dès qu'il entra en contact avec ses lèvres, le baiser prit une tournure passionnée.

Il écrasa ses lèvres contre les siennes dans un élan de désir avide, primitif.

La fougue de ce baiser, les coups de langue brûlants qu'il lui dispensait embrasèrent Izzy immédiatement. Il lui sembla qu'elle allait défaillir. Ses lèvres se soudèrent à celles d'Andrea, sa langue entama un ballet érotique avec la sienne, et des sensations aiguës, telles des lames de feu, électrisèrent ses sens. Son cœur s'emballa sous l'effet de l'excitation et du désir. Elle n'avait jamais ressenti quelque chose d'aussi violent. Son corps, à l'unisson avec celui d'Andrea, régissait à chaque glissement de sa langue, chaque attouchement de sa main, chaque pression. Il y avait de la fermeté et pourtant de la douceur dans la caresse d'Andrea ; de l'audace et de la possessivité, mais aussi du respect. Elle n'avait pas le sentiment qu'il cherchait à la contraindre, à s'imposer. Leur échange était une exploration mutuelle, la découverte de leur osmose sensuelle restée dormante pendant des années.

Andrea la serra contre lui. Son membre en érection butait contre elle, suscitant des contractions au cœur de sa féminité. Leurs corps écrasés l'un contre l'autre semblaient faits pour s'unir à la perfection.

Elle leva les mains vers sa chevelure et les plongea dans les mèches brunes sans cesser de s'abandonner à la magie que sa bouche exerçait sur la sienne. Les doigts d'Andrea, quittant ses hanches, glissèrent vers le haut de son corps. Ils s'immobilisèrent juste au-dessous de ses seins. En les sentant si proches, Izzy lâcha un gémissement de frustration et de volupté mêlées. Elle désirait tant ses caresses ! Doucement, la main d'Andrea lui enveloppa un sein ; son pouce vint en exciter la pointe, ce qui lui arracha un léger cri d'extase. Son autre main se faufila sous le tissu, à même sa peau. Andrea dégrafa son soutien-gorge et accueillit ses seins dénudés au creux de ses paumes. Sa tête s'inclina vers la rondeur de son sein droit, sa langue se promena sur sa courbe, décrivit un cercle humide et chaud autour de son aréole avant de s'attacher enfin à en titiller la pointe. Izzy hoquetait, pantelante de plaisir.

Il explora intimement son autre sein, exacerbant à chaque coup de langue, chaque mordillement, chaque succion les sensations étourdissantes qui la transportaient. Et toutes ses attentions sensuelles attaquaient la barrière protectrice qu'elle avait érigée autour de son cœur.

Andrea la mena alors vers le lit, s'abattit avec elle sur les draps et lui dispensa un baiser dévastateur. Izzy se demanda pourquoi elle lui avait résisté pendant si longtemps. Comment avait-elle pu s'interdire ces délicieux instants de magie, ces caresses enivrantes, ce plaisir que seul Andrea savait faire naître ?

— Tu es bien sûre de vouloir cela ? lui demanda-t-il.

Il écarta les mèches qui avaient glissé sur son visage pour la regarder dans les yeux.

— Tout à fait sûre.

Andrea renouvela ses attouchements, promena la bouche sur sa chair offerte, y dessina des traînées de feu. Et tout en lui dispensant ces bonheurs sensuels, il la dévêtait avec une lenteur langoureuse, sans hâte aucune.

Izzy s'attaqua aux boutons de sa chemise, découvrit les muscles déliés de son torse et, d'une main vagabonde, l'explora ainsi que son ventre. Une ligne brune de poils courait jusqu'au-dessous de la ceinture de son pantalon. Il émit un soupir rauque lorsqu'elle effleura son sexe raidi à travers le tissu, avec une hardiesse dont elle ne se serait pas crue capable quelques heures auparavant.

— Je te veux. Je te veux, bon sang ! lâcha-t-il sans la quitter du regard, d'une voix bourrue où perçait presque de la rancune.

— À t'entendre, on croirait que c'est un malheur, le taquina-t-elle.

— Ça l'est, dit-il entre deux baisers. Cela m'a tourmenté pendant des années.

— Combien d’années ?

Il eut un étrange sourire en coin qui la rendit toute chose.

— Sept.

— Alors, tu me désirais vraiment, en ce temps-là ?

— À la folie, avoua Andrea.

— Tu m’as pourtant dit de partir, et de devenir adulte.

— Ce que tu as fait, fit-il, les yeux rivés sur ses seins nus, le regard étincelant. J’arrivais tout juste à m’empêcher de te toucher.

Izzy lui prit les mains et les plaça sur sa poitrine.

— Je veux que tu me touches, dit-elle. Je veux te sentir en moi.

— Tu prends la pilule ?

— Oui.

— Tant mieux. Faire l’amour est une chose, avoir un enfant une tout autre.

— Je ne tomberai pas enceinte, Andrea, répliqua-t-elle avec une vivacité involontaire.

Elle n’avait pas eu l’intention de le fustiger, mais son attitude laissait entendre qu’il la soupçonnait de vouloir le piéger en lui faisant un enfant dans le dos.

— Cela peut arriver, même lorsqu’on prend des précautions.

— Cela ne s’est pas produit jusqu’ici.

— Mais si cela arrivait malgré tout, que ferais-tu ? voulut-il savoir.

Izzy n’avait jamais envisagé d’avoir un enfant. C’était réservé aux autres. Les gens se mariaient quand ils croyaient s’aimer, puis ils avaient des enfants ensemble. Elle s’était entraînée à ne pas vouloir cela. Après avoir vu souffrir sa mère sous le joug tyrannique de son père, elle n’aurait permis à aucun homme d’avoir sur elle une telle emprise. Et même si elle avait à peine cinq ans lorsque Hamish était mort, le chagrin dévastateur de ses parents, en particulier de sa mère, l’avait convaincue de rester célibataire et sans enfants. Si elle s’éprenait de quelqu’un, elle serait trop dépendante et trop vulnérable. Un enfant n’aurait fait qu’accroître cette vulnérabilité. Il lui avait toujours semblé plus sensé, et plus sûr, de garder une distance émotionnelle avec les hommes.

Réunir dans une même pensée Andrea et la maternité, voilà qui était dangereux. Cela ouvrait dans son esprit une porte qu'elle avait jusque-là soigneusement verrouillée. Elle se vit bercer un nouveau-né aux fins cheveux bruns, et une émotion inconnue lui serra le cœur.

Elle inspira pour reprendre la maîtrise d'elle-même, et tenta un peu d'humour :

— Tu as l'art de casser l'ambiance, hein ?

Andrea ne parut pas sensible à son léger trait d'ironie. Il lui prit la main, y déposa les lèvres sans cesser de la regarder.

— Il s'agit d'un sujet important, puisque nous n'avons que six mois devant nous. Un enfant changerait tout.

— Rassure-toi, je ne désire pas devenir mère. As-tu ce genre de conversation avec toutes les femmes qui partagent ton lit ?

— Je mets toujours un préservatif, dit-il en fronçant légèrement les sourcils. En fait, mes relations ne se prolongent jamais au-delà de quelques semaines.

— Pourquoi donc ?

— Je n'aime pas donner de faux espoirs à mes partenaires. Je ne suis pas du genre à me caser. Je m'ennuie trop facilement.

— Alors, tu mets fin à tes liaisons avant de te sentir piégé.

— Cela me convient ainsi.

Pourquoi, à trente-quatre ans, Andrea s'était-il toujours contenté de quelques semaines de passion sexuelle avec une partenaire qu'il laissait ensuite partir sans jeter un regard en arrière ? Ne voulait-il donc pas quelque chose de plus ?

Et toi ? Ne désires-tu pas quelque chose de plus ?

Elle repoussa cette pensée comme on claque la porte au nez d'une personne indésirable. Elle savait ce qu'elle voulait : racheter la maison de ses grands-parents pour réaliser le souhait de sa mère. C'était son but, et elle n'aurait de cesse que lorsqu'elle l'aurait atteint.

— Eh bien, avons-nous fini de discuter ? ironisa-t-elle en effleurant la joue d'Andrea.

— Tu as autre chose en tête ? fit-il avec un sourire en coin.

— Devine..., répondit-elle en approchant les lèvres.

Il l'embrassa, et ses mains se promenèrent sur elle avec un art subtil qui aviva son excitation, ranima ce désir éperdu qui, en elle, aspirait à être comblé. Elle voulait sentir l'étreinte et le poids du corps d'Andrea.

Il s'attarda, flattant chaque zone sensible – ses seins, la face interne de ses poignets, ses cuisses... Ses baisers en pluie tout le long de son corps lui électrisaient la peau et lui arrachaient des contorsions de volupté, des gémissements sourds. Leurs vêtements ne tardèrent pas à rejoindre le sol. Lorsqu'ils furent nus, pour une fois Izzy ne sentit ni exhibée ni gênée.

Andrea posa une main entre ses jambes et, du bout des doigts, la caressa. Des sensations aiguës montèrent alors de son bas-ventre pour se diffuser dans chacun de ses nerfs. Sa bouche et sa langue remplacèrent bientôt ses doigts. Izzy tressaillit. Jamais elle n'avait autorisé un homme à oser des attouchements aussi intimes – à vrai dire, aucun n'y avait songé. Mais les caresses d'Andrea étaient si suaves, si respectueuses et si généreuses qu'elle fut transportée par leur érotisme brut. Elle oublia ses inhibitions pour s'abandonner au plaisir. Sous les caresses de son délicieux amant, des ondes voluptueuses la parcouraient de part en part, déchaînaient une tempête de sensations primitives, d'une violence exquise. Soudain, elle jouit, un orgasme d'une stupéfiante violence.

Izzy n'osait parler. Elle craignait de rompre la magie en prononçant des paroles maladroites qui révéleraient à Andrea le fossé qui les séparait en matière d'expérience sexuelle. Il venait de lui prouver son savoir-faire, jouant de son corps en virtuose au doigté incomparable, faisant vibrer les cordes avec tant d'harmonie et d'équilibre qu'elle ne pouvait même plus imaginer de s'abandonner aux caresses d'un autre.

Il écarta les mèches de cheveux qui avaient glissé sur son

visage, puis posa sur elle un regard à la fois voilé et intense, un brin songeur.

— Te voici soudain bien silencieuse, *cara*.

Elle se força à sourire.

— N'as-tu pas envie... d'aller au bout ?

— À quoi bon se précipiter ? Je tiens à savourer chaque instant.

Izzy se mordilla la lèvre, évita son regard. De la main, elle effleura les contours fermes et sculptés de son torse.

— Je n'ai jamais couché avec quelqu'un de si peu pressé...

Elle lut alors dans les yeux de son partenaire une expression tendre et inquiète, et se demanda si l'hostilité qu'elle avait éprouvée à son égard n'était pas fondée sur une méprise.

— Ton plaisir est important pour moi, lui dit-il. Notre relation sexuelle doit nous combler tous les deux au lieu d'être un de ces échanges sommaires et expéditifs qui te laisserait frustrée.

Il marqua un arrêt, lui effleurant la lèvre inférieure avec la pulpe de son pouce.

— Cherches-tu à me dire que tu n'as pas toujours eu du plaisir ?

Izzy contempla les prunelles chocolatées d'Andrea, se laissa happer par son regard chaud. Comment parvenait-il à lire si facilement en elle ? À capter le langage de son corps, ses émotions ?

— Je ne suis pas aussi expérimentée que je l'ai laissé entendre ou que les médias en ont donné l'impression, dit-elle avec un soupir. Je n'ai jamais été très à l'aise avec l'intimité physique. Je n'arrivais pas à y consentir sans m'étourdir d'abord avec quelques verres d'alcool. Aucun de mes partenaires ne s'est soucié de me donner du plaisir. Tout le monde me prenait pour une fêtarde et une fille facile, mais en réalité... Eh bien, en fait, c'est la première fois que j'ai un orgasme en compagnie d'un homme. Avant, je faisais semblant pour en finir au plus vite.

— Oh ! Isabella..., murmura avec compassion Andrea.

Coucher, ce doit être un échange et non un parcours en solitaire. Tes amants auraient dû se préoccuper de savoir si ce qu'ils faisaient ne te mettait pas mal à l'aise. Tu aurais dû avoir du plaisir, et non pas subir.

Il était si compréhensif... Émue, Izzy eut soudain peur de se laisser aller à ses émotions.

— Puisqu'il est question de parcours en solitaire, ne veux-tu pas me faire l'amour jusqu'au bout ? demanda-t-elle.

De nouveau, Andrea parut préoccupé.

— Est-ce réellement ce que tu veux ?

— Oui. Je veux que tu me fasses l'amour. Je veux avoir l'expérience de ton plaisir autant que du mien, chuchota-t-elle, sincère.

— En es-tu sûre ?

— Tout à fait sûre.

Et pour le lui prouver, elle l'embrassa avec passion.

8

Dès qu'elle entra en contact avec les lèvres d'Andrea, Izzy s'enflamma. La sensualité de leurs caresses effaça tous ses mauvais souvenirs passés. On aurait dit que sa chair s'éveillait, tout comme son plaisir – et sa capacité à en donner et en recevoir. Elle en profitait pleinement.

Andrea lui dispensait des baisers et des caresses sans oublier aucun centimètre carré de chair, même les replis les plus secrets. Elle était aussi passionnée que lui dans l'exploration de son corps si viril. Elle caressa ses muscles fermes, son ventre plat. Elle enveloppa son érection de ses doigts et découvrit les caresses qu'il appréciait. Elle savourait ses réactions et le sentiment de puissance inédit que lui procurait cette exploration sensuelle.

Le moment ultime de la possession, une fois son amant gainé d'un préservatif, fut d'une grande puissance érotique, mais aussi d'une surprenante tendresse. Izzy accueillit Andrea en elle avec transport, sans peur ni réticence, et sans faire semblant. Ses va-et-vient de plus en plus rapides et profonds suscitèrent une réponse fiévreuse à mesure que ses sens grisés l'emportaient sur les hauteurs du plaisir ultime. Une main entre leurs corps joints, Andrea accentua son vertige en titillant son clitoris. Il sembla alors à Izzy qu'elle basculait dans un maelström de sensations jusqu'à l'ivresse absolue. Son corps transporté de volupté n'était plus qu'une explosion de plaisir.

Andrea jouit presque en même temps qu'elle, et sa libération n'eut rien de comparable avec les abandons égoïstes de ses anciens partenaires, qui l'écrasaient sous leur corps. Il accueillit l'orgasme avec un gémissement guttural, profond, qui se réverbéra en elle comme si le plaisir qu'il ressentait était inséparable du sien. Elle vécut ses spasmes de jouissance comme si elle les éprouvait elle-même, et se sentit plus intimement liée à lui qu'à quiconque auparavant. Une émotion inattendue lui noua la gorge, des larmes lui picotèrent les yeux. Elle était mise à nu, vulnérable soudain. Elle enfouit le visage au creux de son cou, espérant qu'il mettrait son silence sur le compte de la satiété sensuelle.

Lorsque Andrea se redressa sur les coudes et la regarda, Izzy craignit qu'il constate qu'elle avait pleuré. Ce qui fut sans doute le cas, car il plissa le front.

— T'ai-je fait mal ? demanda-t-il d'une voix inquiète, qui accrut l'émotion qui la dominait.

Elle lui adressa un demi-sourire.

— Bien sûr que non. Tu as été d'une douceur merveilleuse. C'est juste que… Je ne savais pas que faire l'amour pouvait combler à ce point. Et n'avoir rien de sordide, expéditif ou honteux.

Du bout du pouce, Andrea cueillit la larme qui avait roulé sur la joue d'Izzy. Il la dévisageait avec tant de tendresse qu'elle eut peur d'éclater en sanglots. Lors de ses expériences passées, ses amants s'étaient levés après avoir joui et étaient partis, point final. L'attitude d'Andrea était si différente, si émouvante… On aurait dit qu'il avait fait l'amour à son esprit et à son âme autant qu'à son corps.

— Toi aussi, tu as été merveilleuse, lui dit-il. J'ai toujours su que nous nous entendrions bien sur ce plan.

— Pourquoi as-tu tant attendu pour passer à l'acte ? Nous aurions pu faire l'amour au lieu d'être constamment en guerre l'un contre l'autre.

Il eut un sourire contrit.

— Si j'ai gardé mes distances, c'est justement parce que je n'étais jamais sûr de pouvoir répondre de moi quand nous étions en présence l'un de l'autre. Mais Gianna a su que j'étais vaincu à l'instant où elle t'a vue. Et même avant.

— Parce que je suis la première que tu as amenée ici ?

— Parce que tu es la première que j'ai épousée.

Izzy contempla les anneaux qui ornaient sa main gauche. Ils étaient très concrets, et pourtant… Une émotion étrange lui serra le cœur. Six mois seulement. Ils n'avaient que six mois. Andrea ne voulait pas d'une épouse. Pas plus qu'elle-même ne voulait d'un époux. Leur accord n'avait rien d'éternel. Il était limité au présent. Passager. Ils l'avaient conclu pour l'argent. Chacun en retirait un avantage.

— Mais Gianna sait bien que ce n'est qu'un mariage de convenance. Nous le lui avons dit tous les deux.

Andrea s'éloigna pour se débarrasser du préservatif.

— C'est une incorrigible romantique. Pour elle, un mariage arrangé, c'est une occasion de tomber amoureux. Elle a épousé son mari pour apurer des dettes familiales, et ils ont vécu heureux ensemble pendant trente ans avant qu'il meure voilà deux ans. Ne te laisse pas contaminer par elle. Nous ferons à notre manière et, le moment venu, nous nous séparerons sans larmes. D'accord ?

Izzy n'était pas enchantée par le détachement presque clinique que manifestait Andrea. Ils n'avaient tout de même pas conclu un vulgaire contrat d'affaires, si ? Leurs vies s'interpénétraient, leurs corps échangeaient et se donnaient du plaisir. Elle dissimula pourtant ses doutes derrière un sourire.

— D'accord.

Andrea se pencha pour l'embrasser brièvement sur la bouche, puis se redressa et enfila son pantalon.

— J'ai quelques broutilles à régler dans mon bureau concernant l'acquisition dont je t'ai parlé. J'espère que ça ne t'ennuie pas d'être livrée à toi-même pendant une heure ou deux. Nous dînerons sur la terrasse. Nous pourrons même prendre un bain de minuit, ensuite. J'ai donné sa soirée à Gianna, nous ne serons pas dérangés.

— C'est très alléchant, répondit Izzy, le corps déjà en fête à l'idée d'un bain de minuit avec son incroyable amant.

Andrea n'avançait pas dans son travail. Il ne cessait de repenser à ses ébats avec Isabella. Il avait peine à croire qu'il avait franchi la ligne qu'il s'était interdit de passer pendant si longtemps. Mais les confidences que la belle Anglaise lui avait faites sur son passé et son manque d'assurance avaient eu raison de sa résistance. Entre eux, une barrière était tombée, ouvrant la voie à un monde de sensualité qu'il avait évité jusque-là.

Leur échange avait été à la fois tendre et passionné, et il en vibrait encore. Il n'ignorait pas qu'il était dangereux de modifier leur arrangement, mais se rassurait en se disant qu'il n'y en avait que pour six mois. C'était un peu plus long que ses liaisons habituelles, certes, mais ils tireraient tous les deux profit de cet accord. Le mariage de Patrizio Montelli avait lieu dans une quinzaine de jours ; puisqu'il couchait avec Izzy à présent, leur union n'en paraîtrait que plus authentique.

Il avait d'ailleurs le sentiment qu'elle était réellement authentique ! Et c'était une pensée qu'il avait intérêt à chasser. Par bonheur, Izzy ne voulait pas plus que lui d'une union à long terme, ce qui le rassurait. Ils avaient été très clairs dès le départ sur le but poursuivi. Elle avait beaucoup plus à perdre que lui, aussi escomptait-il qu'elle respecterait les règles pour avoir ce qu'elle voulait : son héritage. Qu'elle méritait de toucher.

Andrea était maintenant convaincu que son père l'avait maltraitée. Il était en colère à l'idée d'avoir eu autant d'estime pour Benedict Byrne pendant que ce dernier se montrait cruel et manipulateur envers sa fille. Il connaissait suffisamment Isabella désormais pour savoir qu'elle était beaucoup plus tendre et sensible qu'elle ne le laissait paraître. Son attitude coriace n'était que comédie, une ruse pour tenir les autres à distance et leur dissimuler sa vulnérabilité.

En faisant l'amour avec elle, Andrea avait compris qu'il devrait faire très attention s'il ne voulait pas finir par lui faire du mal. Ils avaient un accord de six mois. Il n'avait pas envie de prolonger au-delà leur relation – ni aucune autre relation à venir, d'ailleurs. Il ne voulait plus s'exposer au rejet. À être repoussé quand les sentiments étaient morts. À être chassé de la vie de quelqu'un comme s'il ne valait rien.

Il se garderait de s'impliquer sur le plan émotionnel et jouirait de son osmose sensuelle avec Isabella. Oui, il s'en tiendrait à sa résolution initiale. Ce n'était pas compliqué, si ?

Izzy se doucha, passa une robe en soie nacrée – la seule toilette présentable qu'elle avait eu le loisir d'emporter – puis descendit au rez-de-chaussée, à temps pour recueillir les instructions de Gianna à propos du dîner à réchauffer qu'elle avait préparé.

Une table parée d'une nappe blanche et éclairée aux chandelles était dressée sur la terrasse qui surplombait la piscine à débordement et la côte de Positano. Deux fauteuils capitonnés étaient disposés de part et d'autre, et de sublimes guirlandes de fleurs fraîches s'enroulaient de chaque côté des bougies parfumées. Izzy n'avait jamais rien vu d'aussi romantique, et elle était aux prises avec des sentiments partagés. Ses ébats avec Andrea avaient modifié leur relation. Elle ne le détestait plus. Son hostilité envers lui avait été une défense, et elle affrontait désormais le combat à mains nues. Car qu'aurait-elle pu opposer à Andrea, sinon son antipathie pour lui ? Or, impossible d'éprouver de l'antipathie pour quelqu'un qui lui faisait découvrir des sensations aussi merveilleuses…

Son corps frissonnait encore des vibrations magiques que son… *mari* avait su créer. Il suffisait qu'elle se rappelle le moment où il l'avait prise, et un désir éperdu l'envahissait. Il y avait du danger à baisser sa garde. Mais comment aurait-elle pu réagir autrement ? Ils allaient vivre ensemble pendant six mois, et après l'intimité qui s'était instaurée entre eux, elle ne pouvait pas revenir en arrière. Un changement s'était produit, une force avait été activée, un désir nourri et entretenu comme un feu qui avait couvé sous la cendre.

Andrea arriva sur la terrasse avec une bouteille de champagne. Il s'était douché lui aussi – ses cheveux étaient encore humides. Il l'enveloppa du regard.

— Tu es très belle. Tes affaires devraient arriver ici demain. Mais nous pouvons faire des achats si tu en as besoin.

— Merci, dit-elle, peu à l'aise avec les compliments, comme toujours.

Elle fut troublée par le mouvement des muscles de ses avant-bras hâlés pendant qu'il faisait sauter le bouchon de champagne. Puis elle s'attarda sur sa bouche, qui avait établi avec la sienne un dialogue si érotique et sensuel… Quand leurs regards se rencontrèrent, elle éprouva un émoi très intime. Se rappelait-il ce qu'il avait ressenti en la pénétrant ? Se rappelait-il l'intensité de leur passion, qui effaçait tout le reste et ne leur laissait que du désir ? Soudain mal à l'aise, Izzy lissa la nappe pourtant impeccable, pour se donner une contenance.

— Il fait si bon, ce soir, dit-elle. Il y a une éternité que je n'ai pas dîné dehors par une aussi belle soirée.

Andrea posa une main chaude sur son épaule dénudée.

— Tu es nerveuse, constata-t-il, une légère lueur de surprise dans les yeux.

Les joues d'Izzy rosirent, trahissant son trouble.

— C'est juste que… Je ne suis pas habituée à ce genre de relation avec toi, avoua-t-elle. Tu vois ce que je veux dire : sans qu'on croise le fer. C'est plutôt bizarre. Mais agréable.

Un lent sourire éclaira le visage d'Andrea, qui se pencha pour lui donner un baiser juste au-dessous de l'oreille. Elle huma les senteurs citronnées de son eau de toilette avec une légère ivresse. Son souffle lui caressa la joue, puis sa langue se promena le long de la courbe de sa mâchoire, avant de finir par frôler ses lèvres. Son baiser fut lent et sensuel. Izzy s'embrasa. Elle ouvrit les lèvres sous la pression impérieuse de celles d'Andrea, noua les bras autour de son cou, se colla à son corps puissant et chaud. Elle avait les seins nus sous sa robe à fines bretelles, et la tension du tissu alors qu'elle se plaquait contre son torse lui parut d'une sensualité folle. Les paumes d'Andrea lui avaient enveloppé les hanches. Le bassin soudé au sien, il lui était impossible de ne pas percevoir l'impressionnante vigueur du désir d'Andrea. Envahie de sensations exacerbées, le cœur battant la chamade, elle se prêta à l'exploration sensuelle de sa bouche à présent câline, surprise d'éprouver, en un seul baiser, tant de sensations étourdissantes...

Andrea s'écarta un peu d'elle, le regard malicieux.

— C'est bien plus agréable d'avoir une relation de ce genre, n'est-ce pas ?

— Beaucoup plus, acquiesça Izzy, souriante.

Il l'embrassa de nouveau, profondément, la retenant contre lui, tandis qu'alentour le parfum des bougies, des fleurs et de l'air marin lui excitaient les sens de leur magie. Elle avait l'impression d'avoir pénétré dans un monde enchanté, sans avoir su jusqu'alors qu'il était celui où elle rêvait d'être : un cadre romantique, une nuit tiède et odorante, du champagne et des mets délicieux, un homme qui n'avait d'yeux que pour elle. Que désirer de plus ?

Andrea s'écarta de nouveau d'elle.

— Nous ne profiterons pas du dîner de Gianna si nous nous laissons distraire. Du champagne, *cara* ? Pour célébrer notre trêve.

Izzy tendit la main pour saisir la coupe qu'Andrea lui tendait. Puis il lui tira un fauteuil. Elle s'assit et contempla la vue en contrebas.

— C'est un si bel endroit ! Depuis combien de temps le possèdes-tu ?

— Je l'ai acheté il y a cinq ans, expliqua Andrea en s'asseyant face à elle. J'en avais assez de vivre dans mes hôtels. Je voulais un point d'ancrage, un lieu où me couper du travail. Même si ce n'est pas toujours aussi simple : Gianna me sermonne parce que je passe beaucoup trop de temps dans mon bureau.

Tout en savourant son champagne, Izzy nota qu'Andrea semblait nettement plus détendu que d'habitude. Sa chemise était largement entrouverte, les manches retroussées. Elle se demanda pourquoi elle le trouvait si bourru et intimidant, auparavant.

— Comment es-tu entré dans l'hôtellerie ? Pourquoi ne pas avoir choisi un autre secteur ? s'enquit-elle.

— Lorsque j'ai quitté la maison, à quatorze ans...

— Quatorze ans ? s'exclama Izzy. Tu n'avais que quatorze ans quand tu es parti ?

— Pas par choix personnel, avoua-t-il, avec un sourire qui évoquait plutôt une grimace. Même s'il s'avérait plus que difficile de cohabiter avec mon beau-père.

Izzy jeta un coup d'œil à la cicatrice qui barrait son sourcil gauche, soudain remuée à la pensée de ce qu'il avait pu subir dans son enfance.

— C'est de lui que te vient cette cicatrice ?

Il effleura la marque comme pour vérifier qu'elle était toujours là ; une ombre passa sur son visage, comme si les souvenirs de cette époque-là étaient déplaisants.

— C'était un salaud, dit-il d'un ton amer. Un lâche qui se servait de ses poings plutôt que de son intellect. Non qu'il ait eu beaucoup de cervelle, remarque !

Izzy déglutit avec difficulté. Elle ne se rappelait que trop bien à quel point il était terrifiant de vivre avec un homme au caractère instable.

— Il était violent envers ta mère ?

Le regard d'Andrea flamboya, menaçant, et il crispa les mâchoires.

— Il s'y prenait avec astuce, déclara-t-il, il ne lui laissait pas de marques visibles. Je m'interposais chaque fois que je pouvais, mais finalement elle a choisi de rester avec lui. C'est ce qui m'a le plus atteint. Quand il m'a jeté dehors, je suis revenu le lendemain et j'ai supplié ma mère de partir avec moi. Je lui ai promis de la mettre à l'abri, de trouver un toit pour nous deux. Mais elle m'a assené qu'elle ne voulait plus jamais me revoir. Elle voulait rester avec mon beau-père. Tu te rends compte ?

Izzy avait du mal à respirer. Comment une mère pouvait-elle repousser ainsi son fils, le laisser se faire jeter à la rue, surtout si jeune ?

— Oh ! Andrea. Quelle horreur ! Tu as dû être si désemparé. Qu'as-tu fait ? Où es-tu allé ?

Il avala une gorgée de champagne, puis encore une autre, avec lenteur.

— J'ai vécu à la rue pendant un mois ou deux, finit-il par répondre. Jusqu'à ce que je rencontre ton père. Il m'a trouvé en train de quêter de quoi manger à l'arrière d'un hôtel, à Florence. L'aide-cuisinier avait l'habitude de guetter mon passage pour me donner des restes.

Andrea marqua une pause, puis esquissa un sourire en coin.

— Ton père n'était sans doute pas un ange, mais s'il n'avait pas parié sur moi, va savoir comment j'aurais fini…

Izzy connaissait cette facette positive de son père, bien sûr, mais les organismes de charité qu'il finançait et les personnes qu'il avait prises sous son aile ne compensaient nullement dans son esprit – et encore moins dans son cœur – ce qu'il lui avait fait vivre.

— Comment t'a-t-il aidé ?

— Benedict m'a trouvé un abri, puis m'a proposé du travail. Rien de bien compliqué au début, du nettoyage, ce genre de chose. Mais il m'a dit plus tard que mon sérieux l'avait impressionné.

Andrea lui resservit du champagne. Izzy remarqua qu'il ne remplissait pas sa propre coupe.

— Je suis retourné au collège, puis j'ai préparé un diplôme de commerce. Lorsque j'étais à la rue, je m'étais juré qu'un jour j'aurais un hôtel où les sans-abri seraient les bienvenus et auraient à manger. Mais assez parlé de moi. Parle-moi plutôt de Hamish. Comment était-il ?

Izzy prit une grande inspiration. Quelqu'un d'autre connaissait-il le côté sombre du passé d'Andrea ? Elle était touchée qu'il lui ait fait ces confidences. Elle voyait qu'il n'était pas habitué à parler de cette période. Il avait un air fermé, comme s'il avait emprisonné ses souvenirs et n'était pas près de leur rendre à nouveau la liberté.

— Hamish était beaucoup plus âgé que moi, comme tu le sais. Ma mère a fait plusieurs fausses couches avant de m'avoir. Il était merveilleux. Intelligent et drôle. Le grand frère idéal. Je l'idolâtrais, et il me chouchoutait. Puis il a eu son sarcome, et tout a été bouleversé dans notre famille. Le fils adoré, l'héritier n'a pas pu être sauvé, malgré les plus grands spécialistes et les meilleurs traitements. C'était une période très dure. Au fil des ans, mon père a attendu de moi que je prenne la relève de Hamish, que je fasse tout ce qu'il aurait fait s'il avait vécu. Mais je n'étais pas faite pour les études. Je n'arrivais pas à gérer le stress, je me rebellais... Je regrette de n'avoir eu personne à qui parler. Mon frère était le seul à qui j'aurais pu m'ouvrir, mais il n'était plus là. Alors j'ai pataugé.

— Et ta mère ? Vous étiez proches ?

Izzy était toujours triste lorsqu'elle pensait à sa mère. Quand elle en parlait, elle comprenait qu'elle lui manquait toujours. Elle regrettait tous ces bons moments qu'elles avaient partagés avant que la tragédie frappe leur famille.

— J'en étais proche avant que Hamish tombe malade. Nous étions une famille heureuse, avant ; en tout cas, c'était le sentiment que j'avais, enfant. L'atmosphère était plus heureuse lorsque mon père n'était pas là, néanmoins. C'est pour ça que j'adorais aller chez mes grands-parents : il ne nous y accompagnait jamais, il ne s'entendait pas avec ses beaux-parents. Et puis Hamish est tombé malade. Maman a été dévastée. Elle avait l'impression d'avoir échoué en tant que mère et en tant que femme. Lorsque mes grands-parents sont morts dans un accident de voiture, un ou deux ans plus tard, elle s'est recroquevillée encore plus sur elle-même. Peu après, elle a eu un cancer du foie. C'était comme s'il y avait une malédiction sur notre famille.

Andrea l'écoutait avec une inquiétude et une compassion presque palpables.

— Comment ton père a-t-il réagi à tout ça ?

— Il a travaillé. Il était souvent en voyage, ce qui me convenait parce que nous nous disputions tout le temps lorsqu'il était là. Il ne me voyait jamais sans me faire une remarque blessante sur mes vêtements, sur une mauvaise note à un examen, sur ma conduite déplorable et la déception que je lui causais. Je redoutais ses retours à la maison, et pourtant, souvent, je le provoquais exprès, parce que c'était un moyen d'attirer son attention. C'était immature de ma part, quand j'y pense.

— Tu n'as jamais été proche de lui ? Même dans ta prime enfance ?

Izzy secoua la tête et ricana.

— Il n'était pas à l'aise avec les jeunes enfants. Il ne comprenait pas leurs besoins, ou n'avait pas envie d'essayer de comprendre. Maman a laissé échapper une fois qu'il avait été pareil avec Hamish jusqu'à ce qu'il ait un peu grandi. Mais moi, je me suis rendu compte que je ne trouverais jamais grâce à ses yeux, juste parce que je n'étais pas un garçon. Mon père ne désirait qu'une chose : un héritier, un fils pour perpétuer la lignée. En revanche, j'étais proche des parents de ma mère. Ils étaient adorables avec moi et avec Hamish.

Elle marqua une pause, le regard dans le vide, puis leva les yeux vers Andrea.

— C'est la raison pour laquelle je veux récupérer mon héritage, poursuivit-elle. Je veux racheter la maison de mes grands-parents. Mon père a voulu à tout prix la vendre après leur mort. Maman ne voulait pas, mais il n'en a pas tenu compte.

— Où se trouve-t-elle ?

— Dans le Wiltshire. À quelques kilomètres d'un petit village dont personne n'a jamais entendu parler. Mais pour moi, c'est le paradis. Certains de mes plus anciens et meilleurs souvenirs sont rattachés à ce lieu, avec mes grands-parents, Hamish et maman. C'était la période la plus heureuse de notre existence. Je ferai tout pour la récupérer. Le propriétaire actuel m'a promis de ne pas la mettre en vente avant six mois.

— Qu'en feras-tu, une fois que tu l'auras achetée ? Tu y vivras ?

— C'est mon intention, dit Izzy. Je dois encore peaufiner certains détails, mais j'aimerais en faire un lieu de vacances pour les familles qui traversent une période difficile. Peut-être aussi pour les enfants cancéreux. Il y a un ravissant cottage de jardinier qui pourrait être aménagé pour des hôtes, comme la grande maison. Je suppose qu'un homme d'affaires comme toi, qui possèdes plein de palaces, trouve tout ça un peu farfelu. Je n'ai même pas encore établi un vrai projet. Il y a des années que je ne suis pas allée là-bas.

Andrea lui prit la main et la serra.

— J'ai débuté petitement, et je me suis développé ensuite. Tu te passionnes pour ce projet, et c'est plus important que tout.

Izzy considéra leurs mains jointes, la bague de fiançailles et l'alliance qui scintillaient comme pour lui faire un clin d'œil, lui rappeler les termes de leur mariage. Elle retira la main. Elle saisit un petit pain, qu'elle entreprit de beurrer.

— Est-ce que tu revois ta mère ? demanda-t-elle.

Andrea resta silencieux si longtemps qu'elle eut le temps de manger tout son pain.

— Andrea ?

Il cilla, comme s'il revenait soudain au présent.

— Non.

— Tu as essayé de reprendre contact ?

— À quoi bon ?

Un pli dur contractait sa bouche et révélait l'amertume que lui inspirait toujours son enfance. Izzy se demanda si elle venait de s'aventurer en terrain miné.

— Je ne sais pas..., lâcha-t-elle. Je pensais seulement que lui reparler pourrait t'aider à comprendre pourquoi elle a agi ainsi.

— Elle a fait son choix. En ce qui me concerne, ça s'arrête là.

— Mais si elle n'avait pas choisi, en réalité ? suggéra Izzy en croisant son regard. Si elle avait eu peur de ton beau-père ? Ou craint ce qu'il lui ferait, ce qu'il *vous* ferait si elle partait avec toi ? Il l'a peut-être forcée à te chasser.

Quelque chose d'indéfinissable passa sur le visage d'Andrea, telle la glace qui se fend sur un lac gelé.

— Elle aurait eu tout le temps de me retrouver si elle en avait eu le désir. Je n'ai pas précisément disparu dans la nature.

— Mais accepterais-tu de la voir si elle cherchait à te joindre ?

— Et pourquoi diable le voudrait-elle après tant d'années, si ce n'était pour mon argent ? dit Andrea d'un ton amer.

— Je comprends ton cynisme, cependant...

— Isabella, la coupa-t-il. S'il te plaît, changeons de sujet. Tu as eu tes problèmes avec ton père, j'ai les miens avec ma mère, restons-en là.

— Mais toi, ta mère est peut-être encore vivante !

Izzy essaya d'ignorer la douleur qui lui étreignait le cœur. Il était trop tard à présent pour qu'elle fasse la paix avec son père, ce qui n'allait pas sans sentiment de culpabilité ni regrets.

Le regard d'Andrea perdit de sa dureté, et il la prit de nouveau par la main.

— *Cara*..., fit-il d'une voix adoucie, presque tendre, lui donnant le sentiment d'être comprise et soutenue. Pardonne-moi. Tout cela remonte à si loin ! J'ai l'impression que c'est arrivé à quelqu'un d'autre et non à moi. Mais ton chagrin est encore à vif. Ton père a eu tort de te tourmenter. Il avait certainement ses propres problèmes. Les gens malheureux font du mal aux autres parce que c'est un moyen de les contrôler.

Izzy se força à sourire.

— Je me demande ce qu'il aurait pensé de notre mariage. A-t-il envisagé qu'il puisse se produire, à ton avis ?

— Va savoir... L'essentiel, c'est que tu touches ton héritage.

Andrea se recula au fond de son siège et se passa la main dans les cheveux.

— À propos de mariage, celui de Patrizio a lieu dans deux semaines. À Venise. Ce sera un événement très sophistiqué, alors si tu as besoin que je t'aide à choisir une toilette, dis-le-moi. Je te l'offre, bien sûr.

— Tu n'es pas obligé de me payer des vêtements !

Il haussa les épaules et prit sa coupe de champagne.

— Considère que c'est un bonus dans notre accord. S'il s'agit de te faire plaisir, toute dépense en vaut la peine.

— Pourquoi tiens-tu tant à acquérir cet hôtel ? demanda Izzy. Tu en possèdes déjà tellement ! Qu'est-ce que celui-ci a de si spécial ?

— C'est l'hôtel de Florence où ton père m'a surpris à mendier de la nourriture. Il y a des années que j'ai des visées sur cet hôtel, et quand je veux quelque chose, je l'obtiens. L'hôtel de Patrizio Montelli est petit, mais il me le faut. Seulement, je dois d'abord résoudre le problème que pose sa belle-fille.

— J'espère qu'elle croira l'authenticité de notre mariage et n'y verra pas une supercherie. Pour un homme de ta fortune et de ton rang, tu t'es marié plutôt vite et sans fanfare.

Andrea l'enveloppa d'un regard brûlant.

— Dès qu'Alessandra nous verra ensemble, elle saura que notre union n'a rien de factice. On ne peut pas feindre une osmose sensuelle comme la nôtre.

Izzy, tentée de céder à l'attraction magique qu'il venait de souligner, prit elle aussi sa coupe de champagne.

— Allons-nous faire enfin honneur au dîner que Gianna nous a préparé ? Il doit être en train de refroidir.

— Très bien, dînons, lâcha Andrea avec un petit sourire. Et ensuite, bain de minuit !

— Zut ! s'exclama Izzy. Je n'ai pas emporté de maillot.

Une lueur pétilla dans le regard d'Andrea.

— Tu n'en auras pas besoin...

9

Une fois la table débarrassée, Izzy suivit Andrea jusqu'à la piscine. Il éteignit la majorité des lumières du jardin pour leur donner plus d'intimité, et le clair de lune baigna la surface de l'eau dans l'air embaumé du soir.

Il déboutonna sa chemise et adressa à Izzy un regard torride qui fit courir sur son corps un frisson.

— T'es-tu déjà baignée nue sous la lune ? demanda-t-il.

— Non, répondit-elle en faisant glisser une bretelle de sa robe, c'est une première.

Il acheva de se déshabiller et, nu, s'approcha d'elle. Sa main fit sensuellement glisser sa deuxième bretelle, et la robe glissa aux pieds d'Izzy, formant une flaque de soie, la laissant seulement vêtue de son slip. Les yeux d'Andrea enveloppèrent ses seins nus d'un regard gourmand, et ses paumes les accueillirent avec douceur. Ses pouces en titillèrent les pointes, les amenant à se raidir, éveillant des sensations presque trop exquises, puis sa bouche vint se poser sur la rondeur de chaque sein, la redessina d'un coup de langue, buta sur leur pointe et la mordilla doucement, l'enveloppa de sa langue humide et chaude, déclenchant des ondes de plaisir.

Enfin, Andrea la débarassa de sa culotte. Izzy s'avança vers lui, désireuse d'entrer en contact étroit avec le corps de son amant. Une faim ardente, presque douloureuse, la dévorait. Elle n'avait jamais éprouvé un tel désir, si puissant, si envoûtant.

Andrea s'agenouilla devant elle. Izzy lui posa les mains sur la tête, puis s'abandonna à l'exploration érotique de sa langue, à la tension qui montait en elle, jusqu'à ce qu'elle se contracte et vibre, frémissante sous l'assaut des vagues du plaisir.

Andrea se redressa pour l'enlacer, le regard brûlant de désir.

— Tu es si réactive. J'adore ça, murmura-t-il d'une voix rauque.

Izzy lui effleura les lèvres du bout des doigts.

— Je n'aurais jamais pensé accepter qu'on me fasse jouir de cette manière. Je n'arrive pas à imaginer y consentir avec un autre que toi...

Quelque chose passa dans le regard d'Andrea, avec la rapidité de l'éclair. Son expression se détendit pourtant, même si elle ne s'accordait pas tout à fait avec le sourire qu'il lui offrit.

— Je t'avais promis une baignade, dit-il. Allons-y.

Il plongea. Son corps athlétique fendit l'eau. Izzy s'attarda au bord du bassin. Elle hésitait à plonger à son tour, car elle n'aurait pas pu rivaliser avec lui. Elle le regarda effectuer plusieurs longueurs, admirant en secret son aisance. Il lui rappelait Hamish, excellent nageur lui aussi. Elle n'avait pour sa part aucun talent en ce domaine, ce que son père n'avait pas manqué de lui reprocher, au point qu'elle n'avait pas nagé depuis des années.

Andrea s'approcha du bord et lissa en arrière sa chevelure mouillée.

— Viens donc ! L'eau est délicieuse !

Izzy s'approcha de la partie la moins profonde du bassin et entra dans l'eau jusqu'à la taille.

— Je vais barboter un peu de ce côté-ci.

— Qu'est-ce qu'il y a ? demanda Andrea. Tu n'aimes pas nager ?

— Ce n'est pas mon point fort, contrairement à Hamish.

— Est-ce que ton père vous comparait à ton détriment ?

— Il restait au bord du bassin et pointait toutes mes maladresses, alors ça gâchait tout mon plaisir.

Andrea lui saisit les mains, attendri et un peu inquiet.

— Il était très exigeant, il voulait la perfection et était frustré lorsque les gens n'étaient pas à la hauteur. Mais il n'aurait jamais dû te maltraiter ainsi. Personne ne devrait l'être, surtout pas un enfant.

Izzy s'approcha de lui et l'enlaça, puis se plaqua contre lui.

— Merci d'être si compréhensif. Il doit t'être difficile de voir mon père sous un jour différent. Je sais qu'il a été bon pour toi. Il l'était aussi pour d'autres personnes. Il était seulement incapable d'être le père dont j'avais besoin.

— Je lui suis reconnaissant de m'avoir aidé, dit Andrea, après un baiser sur son front. Mais je n'étais pas aussi proche de lui qu'il le prétendait. Je n'étais proche de personne.

Il eut un bref soupir et ajouta :

— Je ne le suis toujours pas.

Pas même de moi ? Sa question informulée sembla planer entre eux. Elle lui avait pourtant confié des choses qu'elle n'avait révélées à personne, et de son côté il lui avait révélé de son passé des épisodes dont elle était sûre qu'il ne les avait racontés à personne. Ils avaient également partagé une intimité physique si bouleversante ! Que fallait-il pour qu'il abaisse la garde, et se sente proche d'elle ?

Elle lui caressa le creux des reins, sentit se détendre ses muscles crispés.

— Je suppose qu'il est difficile pour toi d'être intime avec quelqu'un après avoir été abandonné par ta mère, avança-t-elle. Comment pourrais-tu faire confiance, après ça ?

Andrea esquissa un sourire.

— Hé ! Je croyais qu'on était venus nager ?

— C'est réellement ce que tu veux ? lui répliqua-t-elle avec un sourire lascif.

— Pas maintenant, dit-il en s'emparant de sa bouche.

Les quinze jours suivants se déroulèrent dans un enchantement sensuel qu'Izzy aurait voulu ne jamais rompre, même si elle savait qu'il le faudrait un jour. Elle avait conscience, à l'arrière-plan de son esprit, que ces heures avec Andrea dans cette superbe villa de la côte amalfitaine n'étaient qu'un rêve éphémère. Gianna, elle, restait convaincue que leur mariage deviendrait réel comme par magie. Elle souriait d'un air entendu quand Izzy sortait de la chambre de maître.

Izzy devait se rappeler sans cesse que malgré leurs ébats passionnés, Andrea n'était pas amoureux d'elle et ne tenait nullement à ce que leur union se prolonge au-delà du délai fixé. Elle essayait de ne pas trop penser à sa joie d'être avec lui, pour ne pas se surprendre à désirer des choses qu'elle avait cru ne pas vouloir jusqu'à présent. Elle tâchait de se satisfaire d'une liaison réussie en tout point, pas seulement physiquement mais intellectuellement aussi. Andrea ne lui donnait jamais l'impression qu'elle était une ratée. Il avait avec elle toutes sortes de discussions, et s'ils n'étaient pas toujours d'accord, il ne la traitait pas en inférieure parce qu'elle était d'un autre avis.

Il réussissait le tour de force d'assumer son travail tout en réservant du temps pour elle. Il l'emmenait s'acheter des vêtements, l'invitait dans des restaurants locaux où la nourriture était aussi divine que sa compagnie. Quand Gianna était en congé, Izzy se chargeait de la cuisine, oubliant volontiers ses convictions féministes pour faire plaisir à Andrea.

La veille de leur départ à Venise pour le mariage du partenaire en affaires d'Andrea, Izzy fut réveillée pendant la nuit par des maux de ventre. Elle avait ses règles. Attentive à ne pas réveiller son compagnon, elle se faufila dans la salle de bains, mais il n'y avait pas les comprimés qu'elle cherchait dans sa trousse de toilette. Elle descendit dans la cuisine, qui abritait une armoire à pharmacie. Elle y trouva ce qu'elle cherchait et avala un comprimé de paracétamol avec un verre d'eau, en espérant qu'il agirait vite.

Alors qu'elle se tenait à la fenêtre, contemplant la côte baignée par le clair de lune, elle éprouva une étrange déception. Sa main vint se poser sur son ventre endolori, et elle laissa libre cours à la pensée qui s'était faufilée dans son esprit : un enfant d'Andrea, conçu par amour et pas seulement dans l'attirance sexuelle. Un enfant qu'ils élèveraient ensemble, comme un couple authentiquement marié et impliqué dans une vraie relation amoureuse, désireux de fonder une famille…

Sa main retomba le long de son flanc. Qu'elle était stupide de caresser de telles idées ! Que diable ferait-elle d'un enfant ? Elle n'en avait jamais tenu un dans ses bras, ignorait tout de la maternité et avait vu sa mère peiner à s'affirmer et n'avoir guère de ressource pour défendre ses enfants… Qu'est-ce qui lui permettait de croire qu'elle serait plus apte à la maternité qu'elle ne l'avait été dans d'autres domaines ? Elle n'avait même pas achevé ses études ! Quel genre de mère pourrait-elle prétendre devenir ?

— *Cara* ? Que fais-tu ici en pleine nuit ?

La voix grave et profonde d'Andrea la fit tressaillir. Elle sortit de sa songerie. Elle avait laissé la boîte de comprimés sur la table. Il s'approcha d'elle pour lui tâter le front.

— Tu ne te sens pas bien ? Tu ne sembles pas avoir de fièvre, pourtant, même si tu es un peu rouge.

Izzy s'écarta de lui, croisa les bras.

— Ce n'est rien, je t'assure. Juste… des douleurs liées à mes règles.

— Que puis-je faire pour toi ?

M'aimer. Tomber amoureux de moi. Izzy baissa la tête, de peur qu'il ne lise dans ses pensées.

— Rien, répondit-elle. Les comprimés ne vont pas tarder à agir.

— Tu aurais dû me réveiller, *mia piccola*. T'arrive-t-il souvent d'avoir mal dans ces circonstances ?

L'émotion lui noua la gorge. La tendresse d'Andrea allait lui manquer quand leur mariage prendrait fin. Personne ne l'avait jamais réconfortée ainsi, ni regardée avec tant de sollicitude.

— Cela m'arrive de temps à autre, dit-elle en jugulant

son émotion et en se forçant à sourire. Tout va bien, Andrea. Retourne te coucher. Je te rejoindrai dans un instant.

— Veux-tu que je t'apporte une bouillotte chaude ? Je sais que Gianna en a une quelque part.

— Je t'en prie, ne fais pas de manières.

— Arrête de me repousser, Isabella ! Je me fais du souci pour toi.

— Tu devrais plutôt te sentir soulagé.

Elle s'approcha de l'évier pour remplir un verre d'eau.

— Pourquoi ça ?

— Je ne suis pas enceinte.

Une ombre furtive passa sur le visage d'Andrea.

— Tu craignais de l'être ?

— Pas vraiment, dit-elle avec un haussement d'épaules.

Il y eut un silence pesant, comme s'il envisageait le scénario inverse – ainsi qu'elle l'avait fait un instant plus tôt. Imaginait-il que son ventre s'arrondissait, alourdi par un enfant à naître ? Imaginait-il un bébé aux yeux noirs, avec de petits membres potelés ?

Andrea s'éclaircit la voix et se passa une main dans les cheveux.

— Je vais te préparer cette bouillotte. Va donc te recoucher, je n'en ai pas pour longtemps.

Il alla prendre dans un tiroir à l'autre bout de la pièce une bouillotte adaptée au micro-ondes puis la plaça dans le four. Alors qu'Izzy atteignait le seuil, elle jeta un coup d'œil en arrière et vit qu'il contemplait fixement le plateau en train de tourner.

Andrea sortit la bouillotte du four. Il se rembrunit. Izzy avait raison, il aurait dû éprouver du soulagement. Bon sang, il *était* soulagé ! Extrêmement soulagé, car il n'avait nul besoin qu'elle tombe enceinte. Cela aurait tout changé, et il ne voulait pas de ça. Il n'y avait déjà que trop de changements dans sa vie, et il avait du mal à garder le contrôle. Il était heureux de la tournure que les choses avaient prise. Il savourait leur relation, mais cela ne signifiait pas qu'il voulait la prolonger au-delà des six mois. Il se gardait bien d'impliquer ses émotions dans l'équation. Il ne risquait pas de brouiller les cartes, n'est-ce pas ? *Non, aucun danger !* se répéta-t-il, résolu.

Izzy était-elle soulagée de ne pas être enceinte ? Il l'avait examinée avec attention, mais elle savait dissimuler ses sentiments. Parfois même mieux que lui. Elle avait vingt-cinq ans. Son horloge biologique se faisait-elle soudain entendre ? Elle lui avait affirmé ne pas vouloir d'enfants ; n'était-elle pas susceptible de changer d'avis ? C'était un sujet important. Un bouleversement qu'il fallait envisager avec soin.

Pour sa part, il avait réglé cette question depuis des années et n'avait jamais remis en cause sa décision. Pourquoi l'aurait-il fait ? Il ignorait ce qu'était une famille heureuse. Sa « famille » avait été un désastre total. Son père biologique n'avait pas vécu assez longtemps pour l'accueillir en ce monde. Son beau-père – que d'autres avaient précédé – ne l'avait jugé bon qu'à recevoir des coups. Andrea aimait l'idée d'une famille soudée et heureuse, mais il y en avait si peu ! Il lui avait paru plus simple, moins douloureux, d'avancer dans la vie sans s'encombrer, affectivement parlant, d'une femme et d'un enfant.

Il refusait d'envisager qu'il puisse se sentir bien seul lorsque Izzy et lui auraient repris le cours normal de leurs vies. Il était habitué à être seul. Pendant la majeure partie de son existence, il n'avait connu que la solitude.

Il emporta la bouillotte chaude dans la chambre de maître, où Izzy était allongée sur le côté, la tête sur son avant-bras replié, la main sur le ventre. Il s'assit à côté d'elle et plaça la bouillotte sur son abdomen, puis lui effleura la joue.

— Te sens-tu un peu mieux ?

— Oui...

— Pourras-tu m'accompagner demain à Venise pour le mariage de Patrizio Montelli ?

Izzy roula sur le dos, retenant la bouillotte contre son ventre.

— Bien sûr, Andrea. Je ne suis pas malade. J'ai mes règles, c'est tout. Comme tous les mois depuis l'âge de treize ans.

Il eut un sourire.

— Et moi qui croyais que c'était une épreuve d'avoir à se raser tous les jours.

Elle éleva la main et lui frôla la mâchoire. Ce geste doux et léger comme le battement d'une aile de papillon éveilla en lui un désir impétueux.

— Tu devrais essayer de dormir.

— Andrea ?

— Oui, *cara* ?

Elle ouvrit la bouche pour parler, puis détourna les yeux.

— Non, rien.

Lui relevant le menton, il la regarda dans les yeux.

— Quelque chose te tracasse, *mia piccola* ? Le mariage de demain ? Il y aura peut-être des journalistes, mais j'essayerai de...

— Non, il ne s'agit pas de ça.

— Quoi alors ?

— Rien, soupira-t-elle, esquissant un sourire qui paraissait un peu triste. Je me sens un peu émue, c'est tout. Les hormones, j'imagine.

— Je peux aller dormir dans une chambre d'amis, si tu veux. Tu te reposerais peut-être mieux comme ça.

Izzy l'agrippa par un bras.

— Non, s'il te plaît, ne fais pas ça, dit-elle. Je... Tu veux bien me tenir dans tes bras ?

Andrea se coula de nouveau dans le lit, l'enlaça et la tint lovée contre son torse. Le souffle d'Izzy devint plus régulier, et il lui caressa la tête comme s'il rassurait un enfant. Il n'avait pas souvenir d'avoir étreint une femme d'une façon aussi intime, non pas sur le plan sexuel mais avec une authenticité émotionnelle qui le remuait étrangement.

Une sonnette d'alarme retentit dans son esprit, qu'il n'écouta pas. Non, il ne devenait pas trop proche d'Izzy. Ils étaient clairs sur les termes de leur mariage. Elle avait seulement une petite baisse de régime due à ses hormones, et il la réconfortait. Tout homme digne de ce nom aurait réagi de même, non ? Il n'était pas en train de tomber amoureux. C'était une ligne qu'il ne franchirait jamais. Ni avec Izzy ni avec une autre.

Elle soupira dans son sommeil, puis roula sur elle-même, le dos tourné vers lui. Il l'enveloppa de ses bras, savoura ce contact, puis plaqua une paume contre son ventre plat pour remplacer la bouillotte refroidie. Malgré lui, une pensée s'immisça dans son esprit, et il imagina que le ventre d'Izzy s'arrondissait, accueillant un bébé en train de grandir. *Son* bébé. Il repoussa cette idée, qui s'obstina à revenir, comme de la fumée se faufilant sous le pas d'une porte. Il ne s'était jamais vu en mari, et en père moins encore. Les enfants, c'était pour les autres. Quand il croisait une famille, il se disait : « Pas pour moi. » C'était une réaction automatique qu'il n'avait jamais remise en cause.

Or, Izzy dans les bras, la main posée sur son ventre, il se demandait d'où lui venait son sentiment de vide. Comme s'il manquait quelque chose dans sa vie, dont il n'aurait pu préciser la nature. Cela venait peut-être du rachat d'hôtel pas encore finalisé. Quand ce serait réglé, il se sentirait mieux. Plus maître de son existence. Et c'était bien ce dont il avait besoin !

10

Quand Izzy se réveilla, Andrea était déjà prêt. Il lui apporta une tasse de thé et des toasts, et s'assit sur le bord du lit, lui calant le plateau sur les genoux.

— Comment te sens-tu ?

— Beaucoup mieux, dit-elle en prenant la tasse entre ses mains. Merci de t'occuper si bien de moi. Il y a longtemps qu'on ne m'a pas dorlotée.

— Tu mérites de l'être. J'étais un peu inquiet, tu sais.

— Il aurait été beaucoup plus inquiétant que je n'aie pas eu mes règles.

— C'est juste, dit-il, rembruni.

Il y eut un silence. Puis, ayant savouré plusieurs gorgées, Izzy reposa sa tasse sur le plateau.

— Quand partons-nous à Venise ?

— Notre avion décolle dans une heure environ. Le mariage a lieu en fin d'après-midi, alors nous aurons tout le temps de nous préparer à l'hôtel avant la cérémonie.

— C'est un grand mariage ?

— Plutôt.

— Tu n'as pas très envie d'y aller, n'est-ce pas ?

Il lui adressa un bref sourire.

— Disons que j'ai hâte d'être à demain.

Leur hôtel de Venise était l'un des plus petits que possédait Andrea, mais il était magnifique. Izzy rafraîchit son maquillage et se recoiffa, puis passa l'une des toilettes qu'Andrea lui avait offertes quelques jours auparavant. C'était un fourreau en satin bleu marine qui épousait à ravir les courbes de son corps, qu'elle accompagna d'une étole et d'escarpins assortis.

Alors qu'elle s'apprêtait à relever la robe avec des bijoux fantaisie, Andrea lui apporta un écrin.

— C'est pour toi, lui dit-il simplement.

Elle ouvrit la boîte raffinée, qui contenait un pendentif et des pendants d'oreilles en saphirs et diamants d'une beauté époustouflante.

— Oh ! mon Dieu ! s'écria-t-elle. Quelle splendeur !

Elle leva les yeux vers Andrea sans réussir à déchiffrer son expression.

— Tu n'aurais jamais dû faire une pareille dépense ! continua-t-elle.

Il haussa les épaules.

— Tu dois donner le change au mariage de Patrizio et Elena.

Izzy ne put empêcher une pointe de déception de lui serrer le cœur. Ce n'était pas pour elle qu'il avait acheté cette parure, mais pour convaincre les invités que leur mariage n'était pas un faux-semblant.

— Tu as très bon goût. Je croyais que tu n'achetais jamais de bijoux pour tes maîtresses...

— En effet, dit Andrea en lui prenant l'écrin pour en sortir le pendentif. Mais là, c'est différent. Tourne-toi, que je l'accroche à ton cou.

Différent ? En quoi ? se demanda-t-elle. Cela signifiait-il qu'il commençait à s'attacher à elle ? Pour de bon ? À se sentir *proche* d'elle ?

Elle pivota pour lui présenter sa nuque et souleva ses cheveux pour lui faciliter la tâche. L'effleurement de ses doigts alors qu'il lui passait le collier autour du cou la fit frémir.

— Pourquoi est-ce différent ? lui demanda-t-elle lorsqu'il eut fini.

Il promena le regard sur sa bouche, puis ses yeux, avec une expression plus indéchiffrable que jamais.

— Tu es ma femme. Les gens s'attendront que tu portes de jolis bijoux.

— Mais je ne suis qu'une épouse temporaire. Il est tout de même exagéré de faire une telle dépense dans ces circonstances.

Il serra les mâchoires, comme si sa remarque lui avait fait l'effet d'un coup de poing.

— Personne ne sait que c'est temporaire, à part nous.

— Et Gianna.

Andrea émit un grognement qui aurait pu passer pour une approbation, du dédain, ou les deux à la fois. Il enfila son veston.

— Je commence à me demander si j'ai bien fait de la mettre dans le secret... Tu es belle, tu sais. Cette couleur te va bien.

Izzy lissa sa robe, ravie par le compliment.

— Merci. Est-ce que je ferai l'affaire ?

Elle saisit les pendants pour les accrocher à ses oreilles. Andrea lui octroya un sourire dévastateur.

— Tu feras beaucoup mieux que ça.

La cérémonie de mariage des Montelli se déroulait à la basilique Saint-Marc. Izzy prit place sur le siège qui lui revenait, à l'avant, tandis qu'Andrea rejoignait à l'autel Patrizio, dont il était le témoin et garçon d'honneur.

Les abords de l'autel étaient ornés de fleurs ; des rubans et guirlandes florales décoraient les bancs. Un chœur de jeunes garçons aux voix de sopranos chanta à la perfection, et Izzy sentit les larmes lui monter aux yeux. Si elle avait dû concevoir le mariage idéal, celui-ci en aurait été très proche – il lui rappelait douloureusement le caractère impersonnel de la cérémonie qui l'avait unie à Andrea. Ce n'avait été qu'une transaction d'affaires, et même si leur relation s'était améliorée depuis, il n'en demeurait pas moins que leur union n'avait rien d'éternel.

L'organiste attaqua la *Marche nuptiale*. Un soupir collectif accueillit l'apparition des demoiselles d'honneur, menées par Alessandra, la belle-fille du marié. Vêtues d'un rose très doux, elles portaient chacune un bouquet de roses thé, et l'adorable petite-fille de trois ans qui tenait le rôle de la porteuse de fleurs tenait un petit panier rempli de pétales de roses. Elle était si intimidée qu'elle baissait la tête et serrait très fort la main de la demoiselle d'honneur la plus proche.

Puis ce fut au tour de la future mariée d'arriver. Elle remonta la travée dans une robe de conte de fées : avec son corsage en dentelle, sa jupe ondoyante, sa traîne courte et son voile enveloppant, la belle Elena était l'image même du bonheur.

Izzy tenta de réprimer sa jalousie, mais plus la mariée approchait de son futur époux, plus une douleur sourde lui étreignait le cœur alors qu'elle se remémorait son mariage de pacotille, ses témoins impersonnels et son officiante blasée, les promesses vides de sens, sans engagement réel ni sentiments, sans espoir d'avenir.

Elle chercha Andrea du regard. Il était concentré sur son rôle de témoin. Elle remarqua qu'Alessandra glissait vers lui des regards furtifs et rougissait. L'adolescente lui rappela celle qu'elle avait été au même âge : gauche, pas encore tout à fait adulte et plus vraiment enfant, dénuée de la maturité nécessaire pour affronter son émoi. C'était un rappel douloureux de toutes les erreurs qu'elle avait commises pour obtenir l'attention de son père. Des erreurs qu'elle payait encore aujourd'hui.

La cérémonie se déroula, émouvante, puis le marié et la mariée prononcèrent des vœux profonds, sincères. Lorsqu'ils échangèrent un baiser, la gorge d'Izzy se serra. Elle s'aperçut qu'Andrea la fixait et lui décocha un sourire crispé.

Les invités quittèrent la basilique, et ce fut l'heure des photos officielles. Izzy ne pouvait pas approcher Andrea. Elle avait l'impression d'être une figurante sur un plateau de cinéma. Et c'était au fond exactement ce qu'elle était dans la vie d'Andrea : une figurante, une épouse temporaire qui n'avait aucun espoir de tenir un rôle plus durable. Comment avait-elle pu accepter un tel arrangement alors qu'elle aurait pu avoir ce qu'avaient Patrizio et Elena ? En les voyant, personne ne pouvait douter de l'authenticité de leurs sentiments ! Pourquoi Andrea ne pouvait-il pas la regarder ainsi ?

Elle tenta de se convaincre qu'il posait parfois sur elle des regards amoureux, mais elle dut admettre qu'il tenait son rôle de mari dévoué, et voilà tout. C'était un rappel éprouvant de la comédie que son père avait eu coutume de jouer lorsqu'il était en public. Il n'y avait rien de vrai dans sa relation avec Andrea, en dehors de leur désir réciproque. Combien de temps faudrait-il pour que le désir du bel Italien se dissipe ? Il était connu pour ses liaisons éclair, ne restant pas plus d'un mois avec la même compagne. Lui et elle vivaient ensemble depuis deux semaines. Pourrait-elle retenir son intérêt pendant encore cinq mois et demi ? Comment pourrait-elle partager sa vie et faire semblant d'être heureuse de ce qui se passait ?

Elle n'était pas heureuse. Comment aurait-elle pu l'être ? Elle avait toujours rêvé d'être aimée et appréciée telle qu'elle était. Pourrait-elle réellement faire semblant de se contenter de ce qu'ils avaient, puis le quitter en souriant au bout de quelques mois après tout ce qu'ils avaient partagé, physiquement et émotionnellement ? Elle s'était plus ou moins convaincue qu'Andrea devenait proche d'elle. Ils avaient partagé des souvenirs douloureux. Fallait-il en conclure qu'il éprouvait à son égard des sentiments qu'il n'avait éprouvés pour aucune autre ?

La réception avait lieu dans une villa privée au bord d'un canal. Les invités y furent menés en gondole. De nouveau, Izzy eut l'impression de n'être qu'une pièce rapportée, assise auprès de gens qu'elle ne connaissait pas – Andrea était à la table d'honneur.

Au cours de la fête, il la présenta à Patrizio, Elena et Alessandra. Il la tenait serrée contre lui et lui souriait en homme fou d'amour. Ces démonstrations d'affection accentuèrent le sentiment d'imposture qui taraudait Izzy. Chaque fois qu'Andrea la touchait, elle avait un accès de désespoir, parce qu'elle connaissait la vérité que tous ignoraient.

Andrea n'avait pas d'amour pour elle. S'il l'avait aimée, ne le lui aurait-il pas dit ? N'aurait-il pas aboli la limite des six mois ? N'aurait-il pas au moins suggéré que ses sentiments pour elle avaient changé ?

Vers la fin de la réception, il la prit à part.

— Est-ce que tout va bien, *cara* ?

— Il faut qu'on parle, lui dit-elle, sans cesser de sourire pour donner le change.

Il lui prit le visage entre les mains, avec une expression inquiète.

— Tu es lasse ? Désolé, c'est une bien longue journée pour toi. Nous ne pouvons pas partir avant le marié et la mariée. Ils ne vont plus tarder à le faire, maintenant.

Izzy n'y tenait plus. Elle ne supportait pas de continuer une minute de plus sans lui dire ce qu'elle éprouvait. Contenant ses larmes, elle lâcha :

— Je ne peux pas faire ça, Andrea. Je ne peux pas.

— Tu n'es pas bien ? Pardonne-moi, j'aurais dû te le demander plus tôt.

Izzy se libéra de son étreinte et s'écarta.

— Je ne suis pas malade, je suis écœurée de faire semblant. Je n'arrive pas à continuer. C'est mal de tromper tout le monde sur la nature réelle de notre relation.

Une expression de contrariété se peignit sur le visage d'Andrea.

— Cela ne pourrait pas attendre qu'on soit revenus à notre hôtel ?

Izzy se raccrocha à sa fierté pour ne pas céder.

— As-tu seulement ressenti *quelque chose* pendant la cérémonie d'aujourd'hui ? demanda-t-elle.

— Isabella, le moment et le lieu sont mal choisis pour une telle discussion, lui assena Andrea, dur.

— Je t'ai posé une question très simple.

— Et je t'ai répondu que je n'aborderai pas ce sujet ici, répliqua-t-il, glacial.

— Je vais te dire ce que j'ai ressenti, moi. Je me suis sentie coupable. Coupable, déçue et honteuse parce que j'ai accepté de t'épouser pour de mauvaises raisons. J'ai regardé Elena et Patrizio, et j'ai vu un couple qui s'aime. C'est ça que je veux. Je veux ce qu'ils ont.

Il fronça les sourcils.

— Tu veux que nous ayons une cérémonie traditionnelle, c'est ça ? Un mariage en grand tralala à l'église, alors qu'il ne nous reste que quelques mois à tenir ?

Izzy eut la sensation que son cœur se brisait, volait en éclats en même temps que sa fierté.

— Tu ne comprends pas, hein ? Je ne te parle pas d'un grand mariage tape-à-l'œil, Andrea. Je veux un vrai mariage, sans mensonges ni faux-semblants. Un mariage avec de vrais sentiments, faits pour durer une vie entière.

— Personne ne peut rien garantir de tel. Ni toi ni moi.

— Peut-être, mais je voudrais essayer.

Le silence se fit entre eux. Un long silence, suffocant. Andrea finit par pousser un grand soupir, mais il restait tendu.

— Tu me demandes quelque chose que je suis incapable de donner. Nous sommes tombés d'accord pour six mois de vie commune. Je t'ai dit ce que je suis prêt à t'accorder, et un engagement à long terme n'en fait pas partie.

Izzy cherchait désespérément une trace de chaleur et d'émotion sur ses traits, qui ne reflétaient qu'une indifférence clinique.

— Pourquoi ? Pourquoi t'est-il si difficile de t'engager ?

Il parut soupeser ses mots avant de répondre :

— Je ne suis pas disposé à discuter de cela maintenant. Nous sommes tombés d'accord sur...

— Je n'aurais jamais dû accepter ! le coupa Izzy. Mais je voulais tellement récupérer la maison de mes grands-parents que je n'ai pensé qu'à ça. Je réalise maintenant que c'est autre chose que je veux, et c'est beaucoup plus important. Je ne veux plus m'efforcer d'être ce qu'on attend ou exige de moi. Je veux être moi-même. Pendant la majeure partie de ma vie, j'ai cru que je rejetais le mariage. Je n'arrive pas à croire que j'aie pu me raconter de tels mensonges. En fait, c'est le mariage de mes parents que je rejetais. Mon père n'aimait pas ma mère. S'il l'avait aimée, il n'aurait pas tenté de la dominer, d'écraser sa personnalité.

— Je ne veux ni te dominer ni écraser ta personnalité, alors s'il te plaît ne m'insulte pas en me comparant à ton père, dit Andrea, mâchoires serrées.

— Mais tu ne m'aimes pas, n'est-ce pas ?

Izzy eut le sentiment de faire un saut dans le vide en posant une telle question. La tension d'Andrea était visible. Son regard s'était fermé, et ce fut d'une voix aussi impersonnelle que celle d'un robot qu'il reprit :

— Cela ne faisait pas partie du marché.

Elle avait eu conscience d'espérer l'impossible, mais s'était tout de même raccrochée à un semblant d'espoir. Et cet espoir était presque mort, à présent.

— Je ne veux pas d'une relation conçue comme un contrat d'affaires, avec des clauses, des règles et des conditions. Je veux ce que désirent la plupart des gens. L'amour. L'engagement.

— Écoute, nous allons rentrer à l'hôtel, et après une bonne nuit de sommeil tu verras les choses différemment, dit Andrea d'un ton plus conciliant. Tu es fatiguée, trop émotive.

Izzy savait que si elle rentrait à l'hôtel avec Andrea, elle terminerait la soirée dans son lit. Puis elle retournerait à Positano, et nourrirait pendant cinq mois l'espoir qu'il changerait d'avis. Elle avait trop longtemps aspiré à ce qu'elle ne pouvait pas avoir. Elle devait être forte. Elle se le devait à elle-même. Elle ne pouvait pas continuer à vivre pour réaliser le projet de quelqu'un d'autre.

— Je ne rentrerai pas avec toi. Ni à l'hôtel ni dans ta villa. C'est fini. Nous ne continuerons pas ensemble parce que nous n'avons jamais été un vrai couple dès le départ.

Il cilla, comme si une vive lumière l'aveuglait. Puis son expression se figea. Il désigna la salle de réception voisine, dont le brouhaha parvenait jusqu'à eux.

— C'est du sabotage délibéré ? Tu voulais détruire tout ce que j'ai tant lutté pour construire ?

Izzy soupira.

— Si tu es capable de faire une telle supposition, c'est que tu ne me connais vraiment pas. Si ma décision compromet tes projets, j'en suis désolée. Mais mes besoins ne comptent pas moins qu'un contrat d'affaires. Je ne prétendrai plus que je suis satisfaite de notre accord, parce que je n'en suis pas heureuse. Et je ne pourrai jamais être heureuse avec quelqu'un qui est incapable de m'aimer.

— Es-tu en train de dire que tu m'aimes ?

Il plissait si fort le front qu'on ne savait s'il était furieux ou dérouté. Izzy envisagea de lui avouer ses sentiments, mais elle se rendait compte que ça ne changerait rien, et préférait préserver sa fierté. Offrir son cœur à Andrea et n'avoir droit qu'à un rejet aurait été trop douloureux pour elle.

— Je dis que je veux plus que ce que tu peux me donner.

— Si tu m'aimais, tu accepterais mon offre quelle qu'elle soit, fit-il valoir. Et tu en serais reconnaissante parce que sans moi tu perdras jusqu'au dernier sou.

Comment avait-elle pu croire que l'argent lui suffirait ? Même le triple de sa fortune n'aurait pas suffi à compenser à ses yeux une vie sans amour. Il lui suffisait de penser à sa mère pour savoir qu'une telle existence était intolérable. Même son désir de racheter la maison de ses grands-parents lui semblait vain, à présent. En réalité, elle avait voulu racheter son bonheur perdu ; qu'elle aspirait à éprouver de nouveau.

Mais il lui était impossible d'y consentir, si cela devait la déconsidérer à ses propres yeux.

— Je ne vivrai pas avec toi dans ces conditions, dit-elle. Je ne serais qu'une maîtresse entretenue, à la merci de ta décision sur la fin de notre liaison. Je veux une relation d'égalité, et non être un pion qu'on déplace sur un échiquier.

— C'est ton père qui t'a placée sur un échiquier, pas moi. Tu devrais m'être reconnaissante d'avoir été prêt à t'aider. Personne d'autre ne l'aurait fait.

— Et de quoi devrais-je t'être reconnaissante, exactement ? lança-t-elle avec amertume. D'avoir de *l'inclination* pour moi ? Cela va durer combien de temps ? Une semaine ou deux ? Un mois ? Tu n'es pas capable de garder une maîtresse plus de quelques semaines. Je ne peux pas vivre comme ça. Je ne *veux* pas vivre comme ça.

— Alors, va-t'en, dit Andrea, désignant la sortie d'un signe de tête. Va-t'en, et tu verras où ça te mène. Tu vas revenir me supplier en rampant de te reprendre dans moins de vingt-quatre heures.

— Tu ne m'as pas écoutée, je crois. Je ne changerai pas d'avis. J'ai enfin grandi, comme tu m'as conseillé de le faire voici des années. Je sais ce que je veux, et je n'accepterai rien de moins. Je vais aller chercher mon étole et ma pochette à la réception, et à moins que tu ne veuilles provoquer une scène qui s'étalera demain à la une de tous les médias, et fera du mariage de ton ami une farce encore plus grotesque que le nôtre, je te suggère de me laisser partir sans histoires.

La bouche d'Andrea s'incurva en un rictus cynique.

— Serait-ce du chantage, *cara* ?

— N'en doute pas une seconde, lui répliqua-t-elle, menton levé.

11

Andrea n'en revenait pas. Il refusait de croire ce qui venait de se produire. Comment Izzy pouvait-elle laisser tomber son héritage ? Comment pouvait-elle laisser tomber une fortune aussi importante ? Comment pouvait-elle le laisser tomber, lui ?

Ses sentiments étaient aussi à vif qu'à l'époque de ses quatorze ans, quand on l'avait mis dehors comme s'il n'était rien. Il était effrayé par la similitude entre les deux ressentis. Pendant toute sa vie, il avait évité ces sentiments-là, avait appris à se passer des autres parce qu'il ne voulait pas avoir à les tester.

Il se sentait vide. Pris en traître. Mis au rebut.

Il avait tout juste été capable de parler à Izzy sans trahir son état de choc et sa déception. Il n'avait pas vu venir le coup. Et elle n'aurait pas pu choisir un pire moment pour le lui porter. Il ne s'était pas du tout attendu qu'elle lâche une telle bombe. Il s'était raconté des histoires, convaincu qu'elle ne mettrait pas son héritage en péril. Il s'était persuadé à tort que ce qu'il y avait entre eux était... Quoi donc ? Plus durable ?

Non ! Il ne donnait pas dans les serments éternels. Ce n'était pas son genre. « Éphémère et sans complications », tel était son credo. Il avait signifié d'emblée qu'il ne voulait pas d'une relation à long terme. Il admettait que ça marchait pour d'autres, mais n'en voulait pas pour lui-même. Comment l'aurait-il voulu alors qu'il avait vécu de plein fouet la brutalité d'un rejet ?

Mais à quoi pensait Izzy, bon sang ? Elle avait trop à perdre pour se retirer maintenant. Ils n'avaient passé que deux semaines ensemble, il leur restait encore des mois. Des mois qu'il avait savourés d'avance avec plus d'impatience qu'il ne l'aurait dû. Il avait su qu'il était dangereux de se rapprocher d'elle. Et pourtant, il l'avait fait quand même. Et maintenant, elle l'avait plaqué. Elle l'avait rejeté, et pourquoi ? Sans lui, elle ne pouvait pas avoir son héritage.

Elle le provoquait, voilà tout. Elle tentait un coup de poker. De quoi d'autre pouvait-il s'agir ? Elle lui avait fait une scène pour attirer son attention, pour l'amener à avouer une chose qu'il n'avait jamais avouée à personne et n'avouerait jamais. Elle s'était laissé influencer par ce mariage. C'était une cérémonie grandiose et romantique qui aurait impressionné n'importe qui. Même lui avait un peu jalousé l'engagement de Patrizio et Elena.

Mais cela ne signifiait pas qu'il voulait la même chose. La situation lui convenait telle qu'elle était. Izzy et lui s'étaient si bien entendus ! Leur relation était mutuellement satisfaisante, excitante, passionnée. Et intime...

Oui, c'était là le problème, n'est-ce pas ? Andrea lui avait permis de devenir proche de lui. Beaucoup trop proche. Il avait été aveuglé par leur intimité partagée, non seulement physique, mais aussi émotionnelle. Il en était venu à connaître la véritable Izzy, au-delà de la façade d'enfant gâtée et rebelle qu'elle brandissait en guise d'armure. Sa proximité avec elle avait éveillé ses instincts protecteurs. C'était la première femme qu'il avait laissée s'approcher au point de remuer cela en lui, au point de montrer sa douleur et sa honte au sujet de son passé troublé.

Irait-elle jusqu'à mettre à exécution sa menace ? Il était impossible qu'elle le plaque au beau milieu de la noce de Patrizio. Elle connaissait l'importance de l'enjeu, pour lui aussi bien que pour elle. Cherchait-elle à avoir sa vengeance ? À lui faire payer de l'avoir contrainte à l'épouser ? Cela ne cadrait pas avec ce qu'il savait d'elle à présent. Izzy n'était pas une vengeresse effrontée. Elle était impulsive, pleine de feu, un peu trop sensible et émotive, des traits de caractère qu'il en était venu à admirer.

Il avait pensé qu'ils s'entendaient à merveille. Il avait cru que leur relation évoluait selon son désir. Ils aimaient être en compagnie l'un de l'autre, s'entendaient merveilleusement bien au lit, et il avait savouré par avance les mois de délices sensuels qui l'attendaient.

Une colère sourde monta en lui, une colère terrible mélangée à de la déception – et à un désarroi encore plus perturbant que tout le reste. Il n'était pas du genre à se sentir bouleversé ou anéanti. Il n'avait rien éprouvé de ce genre depuis l'époque où il était un adolescent sans famille et sans toit.

Jamais il n'avait donné à quiconque l'occasion de lui faire du mal comme alors. Mais Izzy était sans doute encore un peu troublée par ses hormones. Elle se calmerait d'ici une heure ou deux et, prenant la mesure de l'enjeu, reconsidérerait sa décision. Quand il rentrerait à leur hôtel, elle serait pelotonnée au lit, en train de l'attendre. Il comptait là-dessus.

Izzy ne resta à l'hôtel que le temps de prendre son passeport et son sac de voyage. Elle réserva une place sur un vol matinal pour Londres, puis partit dans un autre hôtel pour ne pas voir Andrea. Comment aurait-elle pu passer encore une nuit avec lui en sachant qu'il ne l'aimait pas ? Qu'il refusait de l'aimer ? Elle avait beau le désirer, elle commettrait une sorte de suicide affectif en continuant à coucher avec lui. Même s'il revenait et lui déclarait son amour, qu'est-ce qui lui prouverait qu'il ne jouait pas la comédie ? N'avait-elle pas entendu son père prononcer de tels mots, trop souvent sans les penser une seule seconde ?

Elle dormit à peine, cette nuit-là, et ce fut le cœur lourd qu'elle monta à bord de l'avion. Elle fut accueillie à Londres par la pluie et un ciel lugubre et, lorsqu'elle téléphona à Jess, sa colocataire, elle découvrit que sa chambre avait été louée à quelqu'un d'autre.

— Je suis vraiment navrée, Izzy, mais je croyais que tu ne reviendrais pas, dit son amie. Que s'est-il passé ? Où est Andrea ?

— Nous ne sommes plus ensemble. J'ai commis une erreur. Je n'aurais pas dû l'épouser. Il ne m'aime pas.

— Et toi, tu l'aimes ? demanda Jess d'une voix douce et inquiète.

Izzy lutta contre un afflux de larmes.

— Je suis idiote d'être tombée amoureuse de quelqu'un comme lui. Je ne comprends pas comment c'est arrivé. Au départ, je le détestais, et tout à coup...

— Mais que vas-tu faire ? Si tu romps avant le délai de six mois, vas-tu perdre ton héritage ?

— Je me fiche de l'argent. Enfin, juste un peu.

— Où vivras-tu ? Je peux t'accueillir sur le canapé pour une nuit ou deux, mais...

— Ne t'inquiète pas, je trouverai un point de chute. Je ne suis pas tout à fait sans le sou.

Pas encore.

Andrea s'attendait à trouver Izzy, calmée, à Positano lorsqu'il y revint de retour de Venise, le lendemain du mariage. Le personnel de l'hôtel lui avait dit qu'elle était partie, sans savoir où elle s'était rendue. Il avait passé quelques coups de fil, mais les hôteliers étaient réticents à donner des détails sur leurs clients, une politique qu'il approuvait entièrement. Frustré, il avait passé la nuit à arpenter sa chambre, rongé par l'inquiétude et imaginant les pires scénarios. Il avait tenté de téléphoner à Izzy, mais elle avait éteint son mobile. Il n'avait pas laissé de message : il ne savait pas très bien quoi dire. « Reviens, j'ai besoin de toi » n'était pas une phrase qui faisait partie de son répertoire.

Gianna l'accueillit avec son grand sourire chaleureux, qui s'effaça quand elle vit qu'il était seul.

— Où est Isabella ?

— J'espérais la trouver ici, dit-il en surmontant sa déception.

— Pourquoi n'est-elle pas rentrée avec vous ? demanda la gouvernante avec des yeux écarquillés. Que se passe-t-il ?

— Je préfère ne pas en parler.

— Mais où est-elle ?

Andrea la dépassa pour gagner son bureau.

— Je ne veux pas être dérangé. Prenez votre semaine. Prenez même un mois de congé.

Il s'assit devant son ordinateur et fixa l'écran. Comment en était-il arrivé là ? Il avait espéré qu'Izzy serait revenue. Combien de temps lui fallait-il pour comprendre qu'elle commettait une stupidité ? Elle sabotait son avenir. Elle jetait aux orties sa chance d'indépendance financière. Il était absurde d'agir ainsi. Personne de sensé n'aurait refusé une pareille fortune.

« L'argent n'est pas tout. » Andrea serra les mâchoires. Si, l'argent était tout. Il n'achetait peut-être pas le bonheur, mais il vous sortait de la rue, de l'ornière, et vous procurait un style de vie enviable. Il vous nourrissait, vous habillait, vous transportait en des lieux dont on n'osait à peine rêver quand on était enfant et qu'on vivait dans une pauvreté abjecte.

Repoussant sa chaise, il se mit à faire les cent pas. Malgré sa fortune, il ne s'était jamais senti aussi impuissant. Il avait l'habitude de mener l'attelage. C'était lui qui commençait une relation et y mettait fin. Il n'était pas habitué à rester dans le vide, espérant il ne savait quoi. Sa fierté en avait pris un sacré coup. C'était pour cette raison qu'il se sentait si peu dans son assiette. Il n'y avait pas d'autre explication. Il avait été si sûr qu'Izzy ne voudrait pas perdre son héritage ! Elle désirait plus que tout racheter la maison de ses grands-parents. Il savait ce que signifiait vouloir quelque chose au point que tout le reste ne comptait pas. Avait-elle eu une déception ? Était-elle anéantie parce que cette propriété était hors d'atteinte et qu'elle ne pourrait pas réaliser son rêve ?

Il alla se poster près de la fenêtre et contempla la vue. La mer scintillait en contrebas, le soleil brillait, mais en lui, Andrea se sentait vide et glacé. Il était tel un roi prisonnier de son château, entouré de richesses qui ne lui apportaient plus de satisfaction.

Il soupira. Il devait s'occuper. Faire quelque chose, n'importe quoi. Le travail était un remède universel, n'est-ce pas ? Il pouvait racheter pour Izzy cette fichue propriété. C'était peut-être stupide et sentimental, mais il ne supportait pas qu'elle perde son rêve. Il se rassit et effectua une recherche en ligne. Moins d'une heure plus tard, il avait fait une offre plus que généreuse. Il faudrait quelques jours pour effectuer l'inspection légale et établir le contrat, mais il voulait qu'Izzy ait cette maison. Et quand il voulait quelque chose, il l'avait.

Enfin, la plupart du temps...

Pour se remettre, il devait s'étourdir de travail, arrêter de penser à Izzy et se concentrer sur autre chose. Il n'allait pas se laisser anéantir par la désertion de cette femme. La pensée de ce que les médias diraient de leur rupture une fois qu'elle serait publique lui faisait horreur. Ce ne serait pas lui en tout cas qui diffuserait la nouvelle.

Izzy trouva un logement temporaire et, quelques jours plus tard, loua une voiture pour aller voir une dernière fois la maison de ses grands-parents.

Elle avait reçu la veille un appel des propriétaires. Ils avaient été sollicités par un acheteur, dont l'offre était si importante qu'ils avaient décidé de vendre. Ils étaient navrés, mais pragmatiques. Izzy ne pouvait leur en vouloir. Elle s'était plus ou moins attendue à un tel appel ; sans accord légal, la promesse qu'ils lui avaient faite comportait un risque. Elle n'avait pas eu les moyens de signer quoi que ce soit. Elle avait seulement espéré. Naïvement, et en vain. Sa visite à la maison était sa façon de dire adieu à son rêve.

Elle n'avait aucune nouvelle d'Andrea depuis son arrivée à Londres. Elle avait remarqué ses appels manqués la nuit où elle avait quitté Venise, néanmoins il n'avait pas laissé de message. Elle s'était attendue qu'on annonce dans les médias l'échec le leur mariage ; or, jusqu'ici rien n'avait filtré.

La route campagnarde bordée de haies qui menait à la maison de ses grands-parents l'amena à se remémorer, la gorge nouée, ses promenades avec Hamish, qui étaient autant de précieux souvenirs. Ici, chaque champ, chaque arbre, chaque fleur sauvage, étaient des amis familiers. Il y avait là le vieux chêne entre les branches duquel son frère, à son grand émerveillement, lui avait bâti une petite maison suspendue. Il y avait le petit pont qui franchissait le ruisseau où elle l'avait accompagné à la pêche. Et le bouquet d'arbres où ils avaient pique-niqué et joué à cache-cache. Il lui semblait même sentir l'odeur des pâtisseries que confectionnait sa grand-mère, entendre le bruit de la tondeuse de son grand-père...

En ces lieux, elle s'était sentie plus proche de sa mère, et elle avait espéré l'honorer en rachetant la maison.

La demeure géorgienne du XVIIIe siècle apparut à la vue, et elle eut le cœur serré en voyant la pancarte « VENDU » installée par les agents immobiliers. C'était donc bel et bien fini, pensa-t-elle, abattue.

Malgré l'appel des propriétaires, elle avait espéré qu'il n'en était rien. Mais son rêve était mort. Étrangement, elle n'était pas aussi dévastée qu'elle l'aurait cru. La maison semblait avoir grand besoin de rénovation : le jardin était envahi de mauvaises herbes, la peinture des murs s'écaillait par endroits. Mais même si les lieux avaient été magnifiquement restaurés, aurait-elle été heureuse de l'habiter sans avoir à ses côtés quelqu'un qui partageait sa vision des choses ? Le seul avec lequel elle aurait aimé partager son rêve était Andrea, et il ne voulait partager la vie de personne – surtout pas la sienne.

Cette maison avait autrefois été un lieu de bonheur. Toutefois, les artisans de ce bonheur n'étaient plus là. En un sens, pourtant, ils vivaient dans le cœur d'Izzy, et elle pouvait les honorer aujourd'hui en menant une vie pleine et authentique.

Elle fit demi-tour, laissant derrière elle ses souvenirs d'enfance, et la petite part d'elle-même qui y était rattachée.

Quand Andrea reçut à Positano un colis d'Izzy qui contenait la bague de fiançailles, l'alliance et les bijoux qu'il lui avait offerts, il en resta abasourdi. Pourquoi les lui avait-elle retournés au lieu de les vendre ? Cela lui aurait apporté une sorte de compensation financière. Il trouva un mot manuscrit au fond du paquet.

Cher Andrea,

Je ne pouvais pas conserver plus longtemps ceci sans me sentir mal à l'aise. Je te laisse le soin de prendre les dispositions pour le divorce. Transmets mon bonjour à Gianna, s'il te plaît, et mes excuses pour être partie sans lui dire au revoir. J'espère qu'elle comprendra.

Au fait, la maison de mes grands-parents a été vendue, mais je l'accepte. Elle nécessite d'importantes rénovations que je n'aurais jamais eu les moyens d'entreprendre.

Izzy.

Andrea fixa ce billet pendant un long moment. Il prit l'alliance qu'elle avait renvoyée, et s'avisa soudain qu'il portait encore la sienne. Pourquoi ne l'avait-il pas ôtée ? Il poussa un lourd soupir. Il savait pertinemment pourquoi. C'était pour la même raison qu'il s'était donné la peine de racheter la maison des grands-parents d'Izzy, même s'il faudrait dépenser des centaines de milliers de livres pour la remettre en état. C'était contraire à tous ses principes professionnels, et pourtant il avait tenu à ce qu'elle ait au moins une partie de ce qu'elle désirait. Il aurait peut-être dû la contacter plus tôt, mais avait préféré éviter qu'elle y voie un chantage pour la ramener à lui. La maison était un cadeau.

Or, Izzy se moquait des biens matériels. Elle voulait de l'amour. Comme tout le monde, non ? Même lui ? Oui, même lui.

Qu'il avait été stupide de la laisser partir sans même combattre ! En réalité, il n'avait pas eu le cran de lui demander de rester. Il n'avait pas eu le courage d'admettre ce qu'il éprouvait pour elle. Il n'avait même pas su reconnaître ses propres sentiments, parce qu'il s'était fermé à toute émotion pendant la majeure partie de son existence. Il avait agi de même avec sa mère. Elle l'avait rejeté, et il était parti sans essayer de comprendre ce qu'elle vivait. Il avait cependant tout récemment accompli quelques pas pour arranger les choses avec elle. Grâce à Izzy, qui avait su lui faire toucher du doigt son aveuglement. Il avait honte d'avoir eu de la rancune envers sa mère pendant de si nombreuses années alors qu'il aurait pu l'aider, la protéger.

Mais pour le moment sa priorité absolue, c'était Izzy. Il avait fermé son cœur par peur de souffrir et, résultat, il avait fait souffrir Izzy. Si elle ne lui avait pas dit qu'elle l'aimait, les signes révélateurs ne manquaient pas. Il devait la voir pour lui dire ce qu'il ressentait. Il devait lui prouver qu'il méritait une seconde chance, parce qu'il ne supportait pas de vivre sans elle.

12

Izzy était sur son lit et regardait distraitement un film lorsque la sonnette de la porte d'entrée retentit. Qui pouvait bien venir la voir ? Elle alla répondre, et… Seigneur !

Andrea.

Qu'est-ce qu'il pouvait bien faire là ?

Elle s'aperçut alors qu'il portait un paquet et une enveloppe d'allure officielle. Elle eut un coup au cœur. Les papiers du divorce. Il lui apportait les documents pour hâter la procédure.

— Salut, dit-elle, étonnée de pouvoir parler. Entre, je t'en prie.

Il franchit le seuil et referma la porte derrière lui.

— Comment vas-tu ? demanda-t-il d'une voix étrangement enrouée.

Elle tenta de sourire, mais n'y réussit pas vraiment.

— Je vais bien. Et toi ?

Que de politesses ! On dirait deux étrangers. Elle fit un geste de la tête en direction de l'enveloppe qu'il tenait.

— C'est ce que je pense ?

— Et que penses-tu, exactement ?

Quelque chose dans l'expression d'Andrea lui donna l'impression qu'il souriait, alors que ses lèvres restaient pincées. Quelle cruauté de sa part ! Il s'amusait de la fin de leur relation. Mais pourquoi aurait-il réagi autrement ? Ce n'était pas lui qui perdrait tout, après leur divorce.

— Les papiers du divorce, répondit-elle, et ces mots lui firent horriblement mal.

— Et si tu ouvrais cette enveloppe pour savoir si tu as vu juste ? dit Andrea en la lui tendant.

Izzy la prit avec des doigts tremblants, rompit le sceau officiel et sortit les documents. Il lui fallut plusieurs secondes pour comprendre de quoi il retournait. Il s'agissait bien d'un document légal, mais il était sans rapport avec un divorce.

C'était un titre de propriété.

Celui de la maison de ses grands-parents.

Elle leva les yeux, déroutée.

— Je ne comprends pas... Pourquoi me donnes-tu ceci ?

— Parce que c'est à toi, Izzy. Le domaine t'appartient. Je l'ai acheté pour toi.

Elle n'aurait pas su dire ce qui la surprenait le plus : le fait qu'Andrea l'avait appelée Izzy, ou l'achat de la propriété.

— Je ne sais pas quoi dire..., bafouilla-t-elle. Je suis sidérée que tu aies pu faire une chose pareille, et je ne comprends vraiment pas pourquoi.

— N'en as-tu aucune idée, *cara* ?

Le regard d'Andrea commençait à pétiller. Izzy s'humecta les lèvres, posa le document, puis regarda le paquet qu'il tenait.

— Qu'est-ce que c'est ? balbutia-t-elle, gagnée par un début d'espoir.

Andrea lui rendit les bijoux qu'elle lui avait fait parvenir quelques jours plus tôt.

— Je veux que tu remettes ces bagues, *cara*. Je t'aime, et je ne veux pas passer un jour de plus sans toi.

Izzy ouvrit la bouche, mais aucun son n'en sortit. Son cœur battait à cent à l'heure.

— Tu... m'aimes ? fit-elle enfin.

Andrea la saisit par le haut des bras, avec un sourire si tendre qu'elle en fut plus bouleversée encore.

— Quel idiot j'ai été, *tesoro mio* ! Je n'en reviens pas d'avoir pu te laisser partir. J'étais si furieux de ta décision qu'il m'a fallu un bon moment pour comprendre ce que je ressentais. Je t'aime tant ! Sans toi, ma vie est vide. Je ne fais que travailler et me traîner d'un air morose à la maison. Gianna ne me supporte plus, elle menace de démissionner. Tu dois mettre fin à mon malheur, et au sien aussi. Reviens-moi, je t'en prie. Pardonne-moi de n'avoir été qu'une brute insensible et de ne pas t'avoir dit plus tôt ce que j'éprouve. Je t'aime à la folie.

Izzy se jeta dans les bras d'Andrea et l'étreignit à l'étouffer.

— Oh ! Andrea, je t'aime tant, moi aussi ! Si tu savais comme je me sentais seule ! J'étais si malheureuse.

Il lui releva le visage, plongeant le regard dans le sien.

— Tu es ce qu'il m'est arrivé de meilleur. Avec toi, je me sens vivant comme jamais. Je regrette que nous nous soyons disputés pendant des années. Pourquoi avons-nous perdu tant de temps ?

Soulagée de voir son amour payé de retour, Izzy avait l'impression d'être sur un nuage. La douleur et la tristesse du passé s'étaient envolées.

— Nous nous rattraperons. Plus d'hostilité, seulement de l'amour ! affirma-t-elle, étourdie de bonheur.

— Ces derniers jours, j'étais à la torture en rentrant dans une maison vide. Ne plus te voir, ne plus entendre ta voix, ne plus dormir avec toi... Tu m'as tellement manqué !

Izzy sourit à l'homme de sa vie, le regard embué par des larmes d'allégresse.

— Toi aussi, tu m'as manqué. Je n'ai mesuré l'étendue de mon amour pour toi qu'au mariage de Patrizio et Elena. J'étais si triste que notre mariage ne soit pas authentique. Notre cérémonie m'a fait horreur. Je me sentais si minable. Je ne veux plus jamais éprouver ça. Promets-moi que nous ne nous infligerons plus jamais rien de tel.

— Nous nous remarierons, dit Andrea en l'étreignant. Nous aurons tout le faste possible, du moment que tu acceptes d'être ma femme pour la vie.

Izzy se pendit à son cou :

— Il me semblait que tu ne croyais pas à l'amour éternel, le taquina-t-elle.

Il l'embrassa à pleine bouche, puis s'écarta et lui sourit.

— Je n'y croyais pas jusqu'à ce que je tombe amoureux de toi. Je veux vieillir à tes côtés. Je veux avoir des enfants avec toi. Nous pouvons fonder une famille, du genre de celle qui nous a tant manqué. Tu m'as appris tant de choses sur l'amour, ma belle Isabella ! Pendant toutes ces années, j'ai reproché à ma mère de m'avoir jeté dehors, mais tu m'as amené à réfléchir sur sa situation. J'ai réussi à la retrouver, et tu avais raison : elle m'a renvoyé parce qu'elle avait peur que mon beau-père finisse par me tuer. Il la terrorisait. Je ne te remercierai jamais assez de m'avoir ouvert les yeux. Notre relation commence à peine à se restaurer, mais je veux lui acheter une belle maison dans un endroit sûr. Je veux aussi ouvrir un abri pour femmes battues. J'espère qu'elle me permettra de lui donner son nom, pour compenser un peu mon aveuglement passé.

— Mon amour, je suis si contente qu'elle soit de nouveau dans ta vie ! s'écria Izzy. Tu es un homme si bon, elle doit être fière de ce que tu es devenu.

Elle secoua la tête, assaillie par des émotions si fortes que des larmes perlèrent à ses paupières.

— Avant de te rencontrer, j'étais contre le mariage parce que j'avais peur de me retrouver dans une union comme celle de mes parents, reprit-elle. Mais tu n'as rien de commun avec mon père. Avec toi, j'ai l'impression de valoir quelque chose. D'être une princesse. Tu m'as acheté cette maison sans même savoir que je te reviendrais.

Andrea sortit un mouchoir et lui essuya avec douceur les larmes. Lui-même avait les yeux humides.

— Tu es tout pour moi, Izzy. La fortune que j'ai accumulée n'est rien, en comparaison. Quand j'ai cru t'avoir perdue, j'ai compris que je me fichais bien de la richesse et du statut social. Je n'aime que toi. Tu es tout mon univers, et pour moi tu vaux plus que tout au monde.

— On ne m'a jamais dit des choses aussi merveilleuses,

soupira Izzy en reniflant. Je suis si heureuse que je n'arrive pas à m'empêcher de pleurer.

Andrea sourit et la serra dans ses bras.

— J'espère ne pas te faire pleurer trop souvent. Je ne peux pas te promettre que notre vie commune sera parfaite, mais je peux te jurer en revanche que je serai toujours là pour toi, quoi qu'il arrive. Et cette fois, lorsque nous nous marierons à l'église, sais-tu ce que je ferai lorsque le prêtre dira : « Vous pouvez embrasser la mariée » ?

— Quoi donc ? le provoqua Izzy, tout sourire.

Le regard brillant, Andrea inclina la tête.

— Ceci.

Et il l'embrassa, le plus merveilleux baiser qu'elle ait jamais partagé, un baiser qui lui promettait une vie entière de bonheur aux côtés de l'homme merveilleux dont elle était amoureuse.

JENNIE LUCAS

Le play-boy de Nob Hill

AZUR

HARLEQUIN

Titre original :
A NIGHT OF LIVING DANGEROUSLY

Ce roman a déjà été publié en 2019.

1

— Il y a quelqu'un ? lança une voix d'homme.

Lilley Smith porta une main à sa bouche pour étouffer un sanglot et recula pour se dissimuler dans la pénombre. Normalement, à part le vigile de faction au rez-de-chaussée, il n'y avait personne dans les locaux. Qui pouvait bien s'aventurer un samedi soir au vingt-deuxième étage de l'immeuble ? Dès qu'elle avait entendu le signal de l'ascenseur, Lilley s'était engouffrée avec son chariot rempli de dossiers dans le premier bureau venu pour se cacher.

Elle tendit la jambe pour repousser la porte du bout du pied, puis elle essuya ses yeux rouges et gonflés en retenant ses larmes pour ne pas faire de bruit. Après la journée épouvantable qu'elle venait de passer, elle ne pouvait même pas pleurer en paix !

Décidément, tout allait de mal en pis. En revenant plus tôt que prévu d'une tentative avortée de jogging, elle avait trouvé son petit ami au lit avec sa colocataire. Ses rêves de bonheur s'étaient effondrés tout à coup. Ensuite, comme si cela ne suffisait pas, son père, au lieu de la réconforter, lui avait appris par téléphone qu'il la déshéritait.

Le bilan était impressionnant...

En temps ordinaire, elle se serait désolée de devoir encore une fois travailler le week-end pour rattraper son retard. Mais, là, elle était si malheureuse que cela ne lui faisait ni chaud ni froid. Depuis maintenant deux mois qu'elle s'occupait du classement des dossiers chez Caetani Worldwide, il lui fallait toujours deux fois plus de temps que Nadia pour s'acquitter de sa tâche.

Nadia... La collègue avec laquelle elle partageait son appartement et, jusqu'à ce matin, sa meilleure amie. Mortifiée d'être surprise en flagrant délit, celle-ci avait revêtu en hâte un peignoir et s'était mise à pleurer pendant que Jeremy tâchait de se disculper.

Lilley s'était sauvée pour ne plus entendre les accusations de Jeremy qui rejetait tous les torts sur elle, et elle avait pris le premier bus pour le centre-ville. Perdue, en mal de réconfort, elle avait appelé son père pour la première fois depuis trois ans...

Heureusement qu'elle avait du travail ! C'était tout ce qui lui restait maintenant. Mais quand donc partirait l'intrus qui avait pénétré dans le hall ? Elle ne pouvait pas se montrer dans cet état. Et qui était-ce ? Pourquoi n'était-il pas en train de danser et de boire du champagne avec les autres, alors que la fête battait son plein ?

Lilley frissonna en examinant le lieu où elle se trouvait. Elle n'était encore jamais entrée dans ce bureau immense, aux meubles imposants, de bois sombre et massif, avec un magnifique tapis persan et une paroi de verre qui donnait sur San Francisco et sa baie. Elle leva les yeux sur les fresques qui ornaient le plafond. C'était un décor royal. Princier...

Tout à coup, une panique sans nom s'empara d'elle et elle réprima un petit cri de terreur quand la porte grinça sur ses gonds. Obéissant à un pur instinct de survie, elle se réfugia dans le placard le plus proche.

— Il y a quelqu'un ici ? lança l'homme d'une voix dure.

Le cœur battant, Lilley entrevit, à la lumière du hall, une silhouette massive qui lui barrait la seule issue. En s'apercevant que son chariot était resté derrière le canapé de cuir noir, elle se couvrit la bouche de ses mains. Il suffisait à l'homme d'appuyer sur l'interrupteur pour le voir. Il aurait été humiliant d'être découverte en train de pleurer dans les couloirs, mais ce n'était rien en comparaison de ce qui l'attendait maintenant. On ne rôdait pas impunément dans le bureau du P.-D.G. Elle risquait un renvoi pur et simple.

— Sortez de là tout de suite !

Elle reconnut avec effroi ce léger accent étranger. Il ne s'agissait pas d'un gardien ou d'un vulgaire employé. C'était le P.-D.G. en personne.

Le prince Alessandro Caetani, self-made-man et milliardaire, dirigeait une multinationale qui avait des ramifications dans le monde entier. C'était aussi un play-boy et un séducteur invétéré. Toutes les femmes qui travaillaient au siège de la société étaient amoureuses de lui, de la petite secrétaire à la directrice adjointe, une respectable quinquagénaire.

Et voilà qu'il était sur le point de surprendre Lilley cachée dans son bureau !

Retenant sa respiration, elle se tapit tout au fond, contre le mur, derrière une rangée de vestes et de costumes qui fleuraient bon le musc, le santal et le pouvoir. Elle qui se désolait souvent qu'on ne la remarque pas aurait bien voulu, pour une fois, devenir invisible.

Le placard s'ouvrit à la volée et une main large et puissante poussa les cintres pour l'attraper par le poignet et l'obliger à sortir.

— Je vous tiens ! grogna-t-il. Espèce de...

Il alluma la lumière et s'interrompit, visiblement surpris, tandis que Lilley, bien malgré elle, posait pour la première fois les yeux sur son patron.

Le prince Alessandro Caetani était l'homme le plus séduisant qu'elle ait jamais vu. On devinait son corps musclé et sculptural sous le smoking et son nez romain soulignait l'expression aristocratique de ses yeux noirs, contrebalancée par le dessin carré et volontaire de sa mâchoire. Le prince était aussi un conquérant.

— Je vous connais, dit-il en fronçant les sourcils. Que faites-vous ici, à vous cacher comme une petite souris ?

— Je...

Sa peau la brûlait à l'endroit où il la touchait.

Il la lâcha brusquement.

— Comment vous appelez-vous ?

— Lilley, dit-elle avec effort. Je suis préposée au classement.

Plissant les yeux, le prince Alessandro la détailla de pied en cap. Très gênée dans son vieux jogging gris informe, la jeune femme s'empourpra.

— Que faites-vous dans mon bureau, seule, un samedi soir ?

Elle s'humecta les lèvres.

— Je... Je travaillais, bredouilla-t-elle en apercevant son chariot.

Il suivit son regard et haussa un sourcil perplexe.

— Pourquoi n'êtes-vous pas au gala Preziosi ?

— Je... Mon cavalier m'a laissée tomber.

Le prince esquissa un sourire sans joie.

— Vous aussi ? Décidément...

Le timbre de sa voix sensuelle s'insinua comme un élixir par tous les pores de sa peau. Elle était incapable de bouger ou de détacher les yeux de cette silhouette massive campée solidement devant elle.

Depuis que Jeremy lui avait trouvé cet emploi, Lilley s'efforçait de ne surtout pas se faire remarquer par son patron. Et voici qu'elle avait envie de s'expliquer avec lui ! D'abord, elle avait horreur des mensonges. Et, ensuite, il lui semblait que le prince Alessandro non seulement la comprendrait, mais lui pardonnerait.

Cependant, une petite voix intérieure la mit en garde. Il valait mieux se méfier de cet homme impitoyable. S'il apprenait qui était son père, *et son cousin*, il la renverrait sur-le-champ. Ou pire encore.

— Lilley, reprit-il à voix haute.

Une petite lueur s'alluma au fond de ses yeux.

— Quel est votre nom de famille ?

— Smith, répondit-elle en réprimant un petit sourire.

Il n'aurait aucun indice de ce côté-là.

— Et que faites-vous dans mon bureau, mademoiselle Smith ?

L'odeur de son eau de toilette, délicieusement virile, lui chatouilla les narines et elle frissonna malgré elle.

— Je rapportais des dossiers.

— Il aurait fallu les remettre à Mme Rutherford.

— Oui, admit-elle d'un air contrit.

Il s'approcha, menaçant.

— Expliquez-moi la raison véritable de votre présence ici.

Elle baissa les yeux sur ses vieilles chaussures de sport, déplacées sur le somptueux tapis.

— Je voulais juste rattraper du travail en retard. Tranquillement, sans personne pour me déranger.

— Un samedi soir ? Vous étiez plutôt en train de fouiller dans mes papiers !

— Non !

Imperturbable, le prince Alessandro croisa les bras.

— Je me cachais, avoua-t-elle dans un murmure à peine audible.

— Pourquoi donc ?

Lilley pouvait à peine respirer, et encore moins réfléchir.

— Je suis partie de chez moi bouleversée. Comme je ne savais pas où aller, je me suis réfugiée ici pour travailler. Mais je ne voulais pas qu'on me voie dans cet état. Surtout vous !

— Ah... Je comprends un peu mieux, répliqua-t-il doucement.

Les yeux du prince recelaient des profondeurs insondables, mystérieuses.

— Vous l'aimiez ?

Lilley cilla des paupières.

— Comment ? Qui ?

Un sourire sensuel étira les lèvres du prince.

— Cet homme. Quand une femme pleure, c'est toujours à cause d'un homme, non ?

Elle eut un petit rire qui ressemblait à un sanglot.

— Tout est allé de travers aujourd'hui. J'ai voulu commencer un régime amaigrissant en allant courir, mais j'aurais mieux fait de m'abstenir. Ma colocataire a cru que j'étais partie travailler. Quand je suis rentrée, elle était au lit avec mon petit ami.

Alessandro lui caressa la joue.

— Je suis désolé.

Décontenancée par cette réaction inattendue, la jeune femme sentit un frisson la parcourir de la racine des cheveux à la pointe des orteils.

— Vous êtes belle.

Belle ? Elle s'écarta vivement, comme si elle avait reçu une gifle.

— Ah non, s'il vous plaît !

Comme il fronçait les sourcils sans comprendre, elle ajouta avec colère :

— Je ne suis ni belle ni intelligente et d'ailleurs je m'en fiche ! Ne vous moquez pas de moi avec vos airs supérieurs, c'est non seulement cruel, mais ridicule.

En se rendant compte qu'elle était allée trop loin, Lilley se mordit la lèvre.

— Excusez-moi. Vous allez me licencier, maintenant, j'imagine. Je vais ranger mes affaires avant de partir.

Comme elle se dirigeait vers son chariot, la tête basse, il la rattrapa par le bras.

— Pourquoi un compliment serait-il une moquerie ? Vous êtes un être étrange, Lilley Smith.

Un instant, elle crut deviner une certaine curiosité. Mais non...

— C'est ce que m'a toujours dit mon père, murmura-t-elle, la gorge nouée.

— En tout cas, rassurez-vous, vous n'avez pas perdu votre emploi.

— Vraiment ? lança-t-elle en retrouvant un peu d'espoir.

— Oui. Je songe à un autre châtiment.

— La guillotine ? La chaise électrique ?

Imperméable à son humour, il demeura impassible. Mais toujours aussi beau.

— Vous allez m'accompagner au bal.

— Pardon ?

— Vous serez ma cavalière.

Le cœur battant, Lilley le fixa avec de grands yeux stupéfaits. Etait-elle en train de rêver ? Elle se retourna pour voir s'il n'y avait pas une star de cinéma ou un top model derrière elle.

— Je ne comprends pas, dit-elle enfin.

— Il n'y a rien à comprendre.

Lilley s'éclaircit la gorge.

— Je trouve la plaisanterie de mauvais goût.

— Je ne plaisante jamais.

— Vous êtes sérieux ?

— Oui.

— Mais... Il s'agit du gala Preziosi di Caetani, bredouilla-t-elle. Le maire sera là. Le gouverneur aussi. Sans compter les paparazzi.

— Et alors ?

— Toutes les femmes sont à vos pieds...

— C'est vous que je veux.

Cette petite phrase dévasta le cœur de Lilley, qui se mit à trembler comme une feuille.

— Mais... votre amie ? Les journaux ?

— Non.

— Olivia Bianchi...

— *Non*, répéta-t-il fermement.

Il ne disait pas la vérité, mais elle n'insista pas, car une menace sourde se dégageait de sa personne. Si jamais il découvrait qui elle était, elle se retrouverait peut-être au tribunal, inculpée d'espionnage industriel. Son instinct de préservation lui commandait de s'enfuir au plus vite.

— Désolée, mais je ne peux pas.

Sa réponse le choqua.

— Pourquoi ?

— Mon travail...

— Donnez-moi une raison valable, la coupa-t-il.

Elle ne pouvait évidemment pas lui dire qui était son père, et encore moins son cousin... Il existait bien une autre raison à son refus, guère plus avouable : son pouvoir de séduction la terrifiait. Aucun homme n'avait jamais produit sur elle un tel effet.

— Mon petit ami... enfin, mon ex-petit ami sera au gala avec Nadia. Je ne peux pas y aller.

— Cet homme qui vous a fait pleurer... Je le connais ?

— Il fait partie d'une équipe de dessinateurs pour les bijoux Preziosi.

— Alors, c'est une bonne raison d'accepter. Quand il vous verra à mon bras, il sera tellement dépité qu'il vous suppliera de renouer. Vous pourrez le snober ou vous réconcilier, comme bon vous semble.

Lilley pinça les lèvres. Si elle accompagnait le prince Alessandro Caetani, elle serait la femme la plus enviée de toute la Californie. Quelle belle revanche sur Nadia et Jeremy...

— Je ne sais pas danser, argua-t-elle.

Il promena longuement son regard sur elle.

— J'ai du mal à le croire.

— J'ai pris des cours de danse de salon qui ne m'empêchent pas de marcher sur les pieds de mes cavaliers. Tous mes petits amis s'en sont plaints.

L'expression d'Alessandro se radoucit.

— La faute en incombe à eux, pas à vous. Ce sont les hommes qui conduisent.

— Je n'avais jamais envisagé les choses sous cet angle.

— Eh bien, c'est dommage. Par simple curiosité, combien en avez-vous eu ?

— Pardon ?

— De petits amis ?

Oh... Elle releva fièrement le menton.

— Quelques-uns.

— Plus de dix ? insista-t-il.

Elle baissa le nez en s'empourprant.

— Deux, avoua-t-elle. Un au lycée... Et Jeremy.

— Celui qui vous a brisé le cœur ?

— Il m'a trompée, mais ce n'est pas cela qui me rend malheureuse.

Comme elle ne s'expliquait pas davantage, il reprit :

— Eh bien, il faut sortir, vous amuser. De toute façon, nous ne danserons pas.

— Vous avez peur pour vos pieds ?

— Je ne danse jamais.

— Pourquoi avez-vous organisé ce bal ?

— Pour lever des fonds et renflouer les caisses de mes actions humanitaires, expliqua-t-il froidement. C'est une bonne publicité pour Caetani Worldwide.

Comme elle le fixait sans réagir, il ajouta en tendant la main :

— Venez. Dépêchons-nous.

Elle recula d'instinct.

— Pourquoi moi ?

— Pourquoi pas vous ?

Elle croisa les bras.

— Le prince Alessandro s'encombrerait d'une obscure petite employée de bureau ?

Il rejeta la tête en arrière et partit d'un grand éclat de rire. Puis il se dirigea vers un tableau abstrait accroché au mur, dissimulant un coffre-fort, qu'il ouvrit pour en sortir des boutons de manchette sertis de diamants.

— Vous m'intriguez, Lilley Smith. Aucune femme n'a jamais demandé pourquoi avant de me dire oui.

Tout en fermant d'un geste sûr les poignets de sa chemise, il poursuivit :

— Ma cavalière s'est décommandée il y a dix minutes.

— Miss Bianchi ?

— Oui.

Elle avait vu dans la presse des photos de l'héritière milanaise, une beauté blonde éthérée, à mille lieues de ce qu'elle était.

— Je n'ai rien de commun avec elle.

— Justement, c'est parfait. Olivia verra de quelle façon je réponds à ses ultimatums. J'avais besoin de quelqu'un pour la remplacer et je vous ai trouvée dans mon bureau. C'est le destin...

— Le destin, murmura-t-elle, mal à l'aise, quand il se rapprocha pour plonger les yeux dans les siens.

— Pourquoi hésitez-vous encore ? demanda-t-il. Vous êtes amoureuse ?

Elle secoua la tête.

— C'est que...

— Quoi ?

Elle se détourna, de plus en plus gênée.

— Rien.

— Cela fait des semaines que je vous observe, toujours en train de m'éviter.

Elle sursauta.

— Dès que vous m'apercevez, vous tournez les talons. De la part d'une femme, ce genre de comportement est très... bizarre. Mais maintenant je comprends.

— Ah bon ? lança-t-elle, affolée.

Il posa une main sur sa joue.

— La fidélité est une qualité rare. L'homme qui vous a trompée est un sot.

Incapable de proférer un son, elle demeura immobile, comme paralysée.

— Vous n'avez absolument rien à craindre, ajouta-t-il. Notre aventure d'un soir n'est qu'une illusion. Je ne vous appellerai pas demain, ni jamais. Vous redeviendrez mon employée et je recommencerai à faire comme si de rien n'était quand vous vous cacherez à mon approche.

Lilley se détendit un peu.

— Vous me le promettez ?

— Oui.

Elle poussa un soupir soulagé. S'il oubliait son existence, elle ne risquait rien. Il ne découvrirait pas les éléments embarrassants qu'elle avait omis dans son curriculum vitæ.

Elle n'était pourtant pas complètement rassurée. Les accusations de Jeremy se mirent à résonner dans sa tête.

« Tu fuis sans cesse, Lilley. Tu es soi-disant venue à San Francisco pour te former au commerce des bijoux et passer du temps avec moi. Mais tu m'évites. Soit tu n'as pas vraiment envie d'être avec moi, soit tu es d'une lâcheté et d'une inconséquence incompréhensibles. »

Lilley ferma les yeux. Ce matin, la colère l'avait empêchée de prêter attention aux paroles de Jeremy. Il l'avait trahie, purement et simplement. Elle n'avait rien fait de mal et n'y était pour rien...

Soudain, elle eut envie de prouver à Jeremy qu'il se trompait. Elle pouvait très bien être comme toutes les autres, insouciante, légère et superficielle.

Elle n'avait pas peur.

— J'accepte, déclara-t-elle en rouvrant les paupières.

— Vous avez bien compris, Lilley ? Il s'agit de faire semblant. C'est de la comédie. Demain il n'y aura plus rien entre nous. Absolument rien.

— Oui. Lundi je retournerai à mes occupations de classement et vous à Rome, avec Miss Bianchi, et vous me laisserez tranquille. C'est parfait.

Il secoua la tête avec un petit rire incrédule.

— Vous continuez à me surprendre, Lilley, murmura-t-il en posant une main sur sa taille. Venez, nous n'avons pas beaucoup de temps.

Toute tremblante sur ses jambes, elle essaya de surmonter son trouble.

— Mais... Le chariot...

— Quelqu'un s'en occupera.

— Il me faut une robe !

— Vous en aurez une.

— Je ne suis pas Cendrillon !

Dans le hall, il appela l'ascenseur et la prit par la main.

— Laissez-moi faire et vous passerez une soirée inoubliable.

Lilley huma son parfum aux effluves de santal et de séduction tandis qu'un frisson délicieux la saisissait.

— Très bien. D'accord pour tout, Votre Majesté.

— Appelez-moi Alessandro.

Il effleura sa main d'un baiser.

— Et les femmes sont presque toujours consentantes, murmura-t-il.

Tout étourdie, elle s'humecta les lèvres.

— Comment ?

Il lui adressa un sourire sensuel et mystérieux.

— Dites simplement oui. A tout.

2

La limousine déposa Alessandro devant le manoir de Nob Hill, au pied du tapis rouge. Une brume froide et poisseuse, inhabituelle au mois d'août, le surprit lorsqu'il mit pied à terre. Les flashs crépitèrent tandis que Lilley faisait le tour de la voiture pour le rejoindre.

Il se raidit, de nouveau assailli par le désir étrange qui s'était emparé de lui à la vue du visage de la jeune femme. Depuis, cela n'avait fait qu'empirer. Le trajet en limousine, à côté d'elle, lui avait presque semblé insupportable. *Elle était vraiment belle*.

Le bras de Lilley se glissa gracieusement sous le sien et il sentit la pression légère de sa main à travers la manche de son smoking.

Il avait remarqué depuis quelques semaines cette employée aux joues roses et aux cheveux bruns, d'une vingtaine d'années à peine. Elle portait toujours des robes informes et semblait venir tout droit de la campagne. A force de l'éviter dès que leurs chemins se croisaient, elle avait piqué sa curiosité au point qu'il avait demandé une copie de son dossier à Mme Rutherford. Mais il n'avait rien découvert d'intéressant. Elle était arrivée à San Francisco en juin et ce travail était apparemment son premier emploi depuis un poste de gouvernante dans un hôtel de Minneapolis, quelques années auparavant. Tout en elle était terne et sans relief, jusqu'à son nom.

C'était du moins ce qu'il avait cru au premier abord.

Alessandro soupira. Il avait voulu donner une bonne leçon à Olivia en la remplaçant par la première venue, une fille sans attraits et mal dégrossie. Mais il s'était piégé lui-même.

Comment avait-il pu passer à côté de Lilley Smith jusqu'à aujourd'hui sans percevoir sa vraie nature ? Il l'avait pourtant observée de loin, mais sans la percer à jour.

Dans une boutique de luxe, une styliste de mode l'avait parée d'un long fourreau rouge à fines bretelles, qui lui dénudait complètement le dos et moulait sa poitrine en un décolleté suggestif. La robe mettait en valeur des formes qu'elle s'ingéniait à cacher d'habitude sous des vêtements amples. Elle avait des hanches et des seins généreux, la taille fine, le genre de silhouette à la Marilyn Monroe qui affolait les hommes dans les années 1950. Et aujourd'hui encore… Rien qu'à la regarder, Alessandro sentait la sueur perler à ses tempes.

Et son visage, loin d'être terne et sans attraits, même sans maquillage, était maintenant magnifié par le savoir-faire de Sergio et son équipe. Le khôl et le mascara donnaient de la profondeur à ses grands yeux bruns et le rouge à lèvres accentuait la sensualité de sa bouche généreuse. Ses longs cheveux châtain clair flottaient sur ses épaules nues.

C'était une vraie beauté. Une bombe sexuelle !

Tandis qu'ils s'avançaient sur le tapis rouge vers le perron de Harts Mansion, les questions des paparazzi fusèrent autour d'eux.

— Où est Olivia ? Avez-vous rompu avec elle ?

— Qui est votre nouvelle conquête ?

— Oui, qui est cette jolie brune ?

Alessandro leur adressa un vague sourire et les congédia d'un geste brusque. Il avait l'habitude d'être harcelé par les journalistes et les photographes, de son palais romain à son yacht en Sardaigne, en passant par son quartier général de San Francisco. Pour ce don Juan célibataire, c'était la rançon de la gloire.

Mais Lilley, loin d'être aussi à l'aise, ralentit le pas en tremblant un peu.

— Qu'y a-t-il ? souffla-t-il.

— Tout le monde me regarde. Aidez-moi !

Devant son air effrayé, il raffermit la pression de son bras et se tourna à demi pour la protéger des photographes les plus agressifs qui se penchaient par-dessus les barrières de sécurité. D'ordinaire, la publicité étant un mal nécessaire, il se prêtait de bonne grâce aux assauts des journalistes. Cette fois-ci, par égard pour Lilley, il les ignora.

— Merci, murmura-t-elle quand ils eurent enfin franchi les contrôles à l'entrée. Quelle épreuve !

— Le plus souvent, les femmes adorent ce genre de situations, au contraire.

— Eh bien, pas moi ! Je me sens ridicule et déplacée, répliqua-t-elle en remontant maladroitement son décolleté.

Alessandro suivit son geste d'un regard appréciateur. Puis, presque aussitôt, il se ressaisit, furieux. Il avait trois règles absolues : pas d'employées, pas de femmes mariées, pas de jeunes filles vierges. Il y avait bien assez de femmes au monde pour ne pas rechercher de complications inutiles. En plus d'être son employée, Lilley était sous le coup d'un chagrin d'amour, donc beaucoup trop fragile et vulnérable. C'était hors de question.

Pourtant...

Il observa à la dérobée son cou gracieux, ses pommettes roses et sa peau laiteuse. Bien qu'interdit, le désir, de nouveau, le submergea.

Il s'imposait peut-être des règles stupides et inutiles...

— Je me sens déguisée, reprit Lilley d'un ton maussade.

N'avait-elle donc aucune conscience de sa beauté ? Pourquoi ne cherchait-elle pas à se mettre en valeur pour attirer l'attention sur elle, comme les autres femmes ?

— Vous êtes magnifique, Lilley.

Elle fronça les sourcils avec une expression fâchée.

— Ah non, ne…

— Taisez-vous et écoutez-moi, la coupa-t-il en scrutant son regard. Pourquoi vous mentirais-je ? Vous savez quel genre d'homme je suis, un connaisseur… Quand je vous dis que vous êtes belle, vous pouvez me croire et vous fier à mon bon goût.

Elle lui parut soudain très jeune, timide et innocente. Non, ce n'était pas possible. Elle n'était pas… Elle jouait forcément la comédie.

Lui aussi s'était montré confiant et très naïf. Mais il y avait si longtemps que cela ressemblait à un rêve lointain. Bien malgré lui, il eut tout à coup envie de la protéger.

Lilley se mordit la lèvre.

— Vous me trouvez vraiment jolie ?

— *Jolie ?* répéta-t-il, surpris. Vous êtes une beauté, petite souris.

— Vous ne pouvez pas m'appeler Lilley ?

— Désolé. C'est le surnom que je vous ai donné sans même vous avoir vue. Et ce n'est pas vous qu'on va envier ce soir, c'est moi.

Une lueur espiègle s'alluma dans les yeux de la jeune femme.

— Attention, ne me flattez pas trop ! Sinon je ne croirai plus en votre sincérité.

Alessandro sourit malgré lui. Comment avait-il pu la trouver sans intérêt ? Pourquoi n'avait-il pas été immédiatement sensible à ce mélange de douceur et d'insolence qui se dégageait d'elle ? Sexy et innocente tout à la fois, elle possédait un charme qui résonnait jusqu'aux tréfonds de son âme.

Son âme ? Quelle idée ridicule… C'était physique, sans aucun doute, et rien d'autre.

Néanmoins, il résisterait, en homme adulte et responsable qui refusait d'être esclave de ses désirs. D'ailleurs, avec toutes les responsabilités qui lui incombaient, il était grand temps pour lui de se marier et de mettre un terme à sa vie dissolue. Olivia Bianchi ferait une épouse parfaite. Lorsqu'elle aurait en outre hérité de la maison de couture de son père, la sphère d'influence de Caetani Worldwide s'accroîtrait considérablement. Il ne l'aimait pas plus qu'elle ne l'aimait, mais leur union allait de soi à cause de tous les avantages mutuels qu'ils en retireraient. Il aurait sans doute abordé la question avec elle tout à l'heure si elle ne lui avait pas infligé ce caprice ridicule.

Ils étaient dans la limousine, en route vers le bureau d'Alessandro où il avait oublié ses boutons de manchette, quand Olivia avait exprimé son dépit et son impatience.

— J'en ai assez d'attendre, Alessandro ! Quand vas-tu officialiser notre relation ? Si tu ne te décides pas ce soir, tu peux trouver quelqu'un d'autre pour t'accompagner à ton gala de bienfaisance !

Cinq minutes plus tard, il déposait Olivia devant son hôtel. Aucune femme, fût-elle la perfection incarnée, ne lui poserait jamais un ultimatum, avait-il décidé.

A présent, tout en conduisant Lilley vers la salle de bal de Harts Mansion, Alessandro se félicitait d'être resté un homme libre. Cette nuit riche en surprises promettait d'être très agréable.

Lorsqu'il apparut au balcon de la mezzanine, sous l'énorme lustre de cristal qui étincelait de mille feux, les conversations se turent brusquement et des centaines de regards se tournèrent vers lui. Lilley, peu accoutumée à se retrouver au centre de l'attention, se raidit à son bras.

— Je ne vais pas vous complimenter encore une fois pour vous tranquilliser, murmura-t-il. Vous risqueriez de me frapper.

Elle esquissa un sourire tremblant.

— Allons-y…

Alessandro la mena jusqu'en bas des marches, où l'attendaient tous ses amis et collaborateurs. Puis ils traversèrent la salle pour saluer le maire, le gouverneur et d'autres invités prestigieux, parmi lesquels des stars de cinéma et des têtes couronnées. Les hommes, en riant, demandaient à Alessandro des conseils pour jouer en Bourse et les femmes faisaient les coquettes. Tous, en tout cas, dévisageaient Lilley. Mais personne ne la reconnut, même ceux qui l'avaient croisée cent fois dans les couloirs de Caetani Worldwide.

Tout en remerciant chacun pour ses dons généreux, Alessandro s'efforçait de rassurer sa compagne, terriblement intimidée. Il pressait la main sur sa peau nue, au creux de ses reins, et ce simple contact se teintait d'un érotisme étonnant. Il n'avait désormais plus qu'une envie : s'esquiver avec elle pour se réfugier dans un endroit tranquille. Sa villa de Sonoma, par exemple.

Une petite fille s'approcha pour s'incliner avec respect devant lui.

— Votre Majesté, pouvez-vous dire quelques mots pour annoncer la vente aux enchères ?

— Volontiers, répondit Alessandro avec un sourire de circonstance.

Entraînant Lilley, il se dirigea vers la scène en fendant la foule qui s'écarta comme par magie sur son passage. De plus en plus paniquée, la jeune femme tentait de se libérer, mais il ne consentit à la lâcher qu'une fois arrivé dans les coulisses.

— Merci d'avoir accepté de m'accompagner ce soir, dit-il en déposant un baiser sur sa joue.

Ce n'était presque rien, pourtant elle parut chavirée. Lui-même sentit une brûlure étrange sur ses lèvres et ils demeurèrent un instant sans bouger, les yeux dans les yeux. Le cœur battant, il faillit la serrer dans ses bras pour l'embrasser, réellement cette fois. Mais il parvint à se dominer, sans rien trahir de son tumulte intérieur.

— Excusez-moi un instant. Ce ne sera pas long.

— Je vous en prie, répondit-elle d'une voix faible.

Alessandro s'avança sur la scène jusqu'au micro, sous les applaudissements. Il avait l'habitude de parler en public. Ce genre de corvées l'ennuyait mais il s'en acquittait avec beaucoup d'aisance. Malgré tout, ce soir, la présence de Lilley dans les coulisses le rendait nerveux. Elle lui inspirait un désir d'autant plus irrépressible qu'il refusait de s'y soumettre. Il eut à peine conscience de prononcer les mots qui se formaient dans son esprit.

— ... Merci à vous tous, conclut-il. Buvez, dansez, amusez-vous ! Et n'hésitez pas à faire monter les enchères. Les enfants que vous aiderez à sauver vous en seront éternellement reconnaissants.

Il salua sous les vivats et rejoignit en hâte Lilley, qui semblait avoir recouvré ses esprits.

— Six minutes, lança-t-elle en jetant un coup d'œil à sa montre. Bravo. D'ordinaire, les discours durent beaucoup trop longtemps.

Il se pencha à son oreille avec un petit sourire.

— Je sais aussi prendre mon temps quand il le faut.

Alessandro eut la satisfaction de la voir frissonner. Elle était donc aussi troublée que lui... Sa spontanéité lui rappelait sa propre jeunesse. Avant la trahison qui avait changé le cours de son existence, il avait été comme elle, plein d'espoir et d'ambition, malgré sa pauvreté...

Remarquant tout à coup la montre de Lilley, dont le cadran de platine était serti de diamants, il l'attrapa par le poignet.

— C'est un beau bijou. Mais je ne reconnais pas la marque.

— Hainsbury's, répondit-elle à mi-voix.

Hainsbury's. Cette maudite chaîne de bijouterie discount qui avait failli racheter Caetani Worldwide dans le seul but d'utiliser son nom et son logo prestigieux ! Brusquement, il plissa les yeux d'un air soupçonneux.

— Qui vous l'a offert ?

La gorge de Lilley se contracta.

— Ma mère.

Il n'avait aucune raison de se méfier. Venant du Midwest, il était normal qu'elle possède une montre Hainsbury's. Il s'agissait d'une pure coïncidence. La guerre que lui menait son concurrent français, l'impitoyable comte de Castelnau, ne devait pas le rendre paranoïaque…

— Elle est très jolie, ajouta-t-il en lâchant son poignet. Beaucoup plus que leurs modèles habituels.

Elle détourna le regard.

— Ma mère l'a fait faire spécialement pour moi, dit-elle d'une voix bizarre.

Alessandro regretta de l'avoir mise dans l'embarras. Elle était sans doute gênée de porter un bijou Hainsbury's au gala Preziosi di Caetani. Il n'aurait pas dû le lui faire remarquer.

— Vous êtes ici pour prendre une revanche, fit-il en changeant de sujet. Mais vous ne l'avez pas encore aperçu ?

— Non.

— Il en tombera à genoux, quand il vous verra.

Il la prit par la main pour traverser une nouvelle fois la salle de bal, au milieu des couples qui se pressaient sur la piste. Autrefois, Alessandro n'aurait pas hésité à entraîner Lilley pour la serrer contre lui en se mouvant au rythme de la musique. Mais cela faisait seize ans qu'il n'avait pas dansé et il ne s'arrêta même pas.

D'innombrables personnalités se pressaient autour d'Alessandro pour lui témoigner leur gratitude ou lui serrer la main et échanger quelques mots avec lui. Tout en s'acquittant avec patience de sa corvée, il savourait la tiédeur du corps de Lilley contre le sien et contemplait à la dérobée la rondeur de ses seins. Elle ne portait pas de soutien-gorge et il n'était visiblement pas le seul homme à s'en être rendu compte.

Un instant, il fut tenté d'échapper à ses obligations en signant un chèque de dix millions de dollars pour s'éclipser avec elle et l'emmener dans son lit…

Mais il ne fallait pas songer à cela. Ils étaient là tous les deux dans un but bien précis : rétablir le rapport de forces avec leurs partenaires respectifs. Une brève aventure ne le mènerait à rien, sinon à des reproches et à des larmes — si cela ne se terminait pas en procès pour harcèlement sexuel.

Pourtant, chaque instant qui passait amenuisait sa résistance. Au contact de la jeune femme, il se sentait revivre, avec une intensité qu'il n'avait pas ressentie depuis des années. Il avait l'impression de retrouver sa jeunesse, l'époque où son cœur n'était pas encore mort...

C'était bien là le danger. Il ne devait pas la séduire.

Quand Lilley le regarda, les lèvres entrouvertes, il eut envie de prendre sa bouche sauvagement, de lui arracher sa robe, de la coucher sous lui...

Basta ! Le front moite de transpiration, il écouta à peine l'ambassadeur lui parler de la fluidité des taux de change en Asie. Qu'était-il advenu de son self-control ?

Tout à coup, Lilley se crispa en fixant quelqu'un dans la foule.

— Jeremy..., dit-elle à voix basse.

L'espace de quelques secondes, Alessandro ne comprit même pas de quoi il était question. Puis une rage sourde le saisit contre cet employé de sa société qui avait obtenu les faveurs de Lilley et l'avait laissée partir.

— Excusez-nous, dit-il au petit groupe qui les entourait.

Il entraîna Lilley à l'écart.

— Où est-il ?

— Là-bas.

Il suivit son regard avec irritation. Pourquoi diable lui avait-il promis de l'aider à reconquérir cet homme insignifiant ? Il n'en valait pas la peine et ne la méritait pas.

— *Va bene*, maugréa-t-il. Si cet idiot vous intéresse toujours, je consens à me sacrifier.

— C'est trop aimable à vous, répondit-elle avec une pointe de malice.

— Dites-moi juste une chose...

— Laquelle ?

Il caressa doucement la rondeur de ses épaules.

— Pourquoi voulez-vous revenir avec un homme qui vous a fait pleurer ?

Un voile de tristesse passa sur ses traits. Puis, elle soupira en levant son poignet gauche.

— Regardez.

Essayait-elle de détourner la conversation ? Il examina son bracelet, dont il avait d'ailleurs déjà remarqué l'assemblage de matières, des cristaux colorés enfilés sur une chaîne de cuivre, avec un numéro sur une plaque de métal.

— C'est moi qui l'ai fabriqué, expliqua-t-elle. Je crée des bijoux artisanaux à partir de matériaux que je trouve dans des marchés aux puces ou chez des brocanteurs. J'ai rencontré Jeremy à une foire-exposition à San Francisco et mes créations lui ont beaucoup plu. Nous avons décidé de nous associer pour ouvrir une boutique. C'est lui qui devait se charger du côté financier.

Elle cligna des paupières, avant d'ajouter :

— Mon rêve s'est effondré quand il m'a trompée avec ma colocataire.

Voyant qu'elle était au bord des larmes, il s'efforça de la consoler.

— Cet homme est stupide, mais cela vaut peut-être mieux ainsi. Le commerce est une activité hasardeuse. Par ailleurs, les gens préfèrent les vrais bijoux aux colifichets.

— Je ne suis pas d'accord avec vous, rétorqua-t-elle en tremblant. Mais maintenant je n'aurai plus la possibilité de vous prouver que j'ai raison.

Comment la réconforter ? se demanda Alessandro.

L'orchestre entama une valse à ce moment-là. Lilley prétendait ne pas savoir danser, mais il ne la croyait pas un seul instant. Rien qu'en marchant, elle se mouvait avec une grâce et une sensualité étonnantes.

Il serra les poings. Il ne pouvait pas danser avec elle. Il n'avait rien à lui offrir.

Et s'il lui faisait l'amour ?

Après tout, quel mal y aurait-il à cela ? Elle ne risquait pas de s'attacher à lui pour une seule nuit de plaisir, quelques heures de réconfort... Ce n'était plus une adolescente.

Cependant, avec seulement deux petits amis, elle n'avait pas beaucoup d'expérience. Que penserait-elle de lui, s'il lui disait avec combien de femmes il avait couché ? Le savait-il lui-même ?

Il huma la senteur de rose de ses cheveux et s'approcha plus près, fasciné par la courbe délicate de sa nuque et la finesse de son grain de peau.

— Quel âge avez-vous, Lilley ?

Ses pommettes se teintèrent de rose.

— Vingt-trois ans. Et vous ?

— Trente-cinq.

— Ah bon ? Et vous êtes toujours célibataire ? Autour de moi, tout le monde est marié avant trente ans.

— A la campagne, c'est différent.

Elle plissa le front.

— Je ne suis pas vraiment de...

— Dans le monde où je vis, la coupa-t-il, un homme se marie pour assurer sa descendance, afin de léguer son titre et ses biens à son fils après sa mort.

— Quel romantisme !

— Le mariage est avant tout une institution, Lilley. Ma femme aura un rang social à tenir. La mère de mes enfants devra être issue d'une grande famille.

— Comme Olivia Bianchi.

— Oui, acquiesça-t-il sans parvenir à masquer son irritation.

Lilley écarquilla des yeux surpris.

— Je me demande pourquoi j'occupe sa place ce soir à vos côtés.

— Je l'ai plantée là quand elle a menacé de me quitter si je n'officialisais pas notre relation.

— Je la plains.

— Olivia ne mérite pas votre sympathie. Et elle n'en a pas besoin non plus.

— Elle est amoureuse de vous ! Je n'aurais pas dû me prêter à cette mascarade. Vous essayez simplement de tout contrôler...

— Je n'ai aucun désir d'être avec Olivia, déclara Alessandro.

Lilley haussa les sourcils d'un air sceptique.

— Depuis quand ?

— Depuis que je vous ai vue dans cette robe.

Elle resta un instant sans voix, puis toussa pour se donner une contenance.

— Je voudrais boire quelque chose. Et grignoter un peu. Je n'ai rien mangé de la journée.

— *Certamente*. Restez là, *cara*, dit-il en posant une main sur sa joue. Je vais chercher du champagne.

— Je vous attends, murmura-t-elle en tremblant.

Il s'éloigna, mais ne résista pas à l'envie de se retourner après quelques pas. Superbe dans son fourreau rouge, Lilley, immobile, le suivait des yeux. Il ne se souvenait pas avoir autant désiré une femme.

Elle était déjà séduite, en tout cas. Même si elle était son employée, il pouvait peut-être enfreindre les règles qu'il avait lui-même érigées ?

Une image s'imposa à son esprit. Lilley étendue nue sur son lit, un sourire sensuel aux lèvres, les yeux brillants de désir. Il faillit trébucher et tomber de tout son long.

Et, brusquement, il prit sa décision, dans une sorte d'ivresse joyeuse et légère : Lilley serait à lui.

Cette nuit même.

3

Dévisagée avec curiosité par une foule d'hommes en smoking et de femmes en robes noires, Lilley maîtrisait à grand-peine son tremblement. La tête brune d'Alessandro dominait tout le monde tandis qu'il se dirigeait vers le bar, sous les regards enamourés d'innombrables adoratrices.

Si elle n'y prenait garde, Lilley ne tarderait pas à en faire partie. Elle était sur la mauvaise pente... Alessandro l'avait prévenue, cette soirée serait sans lendemain. Pourtant tout, dans son comportement, semblait indiquer le contraire. Une sensation de brûlure persistait sur la peau de la jeune fille à l'endroit où il l'avait touchée, dans le dos et sur le bras, ainsi que sur sa joue, là où ses lèvres s'étaient posées.

Le seul fait d'être avec lui la métamorphosait, comme si elle devenait subitement plus hardie et sûre d'elle-même.

Elle ne s'expliquait pas pourquoi. C'était peut-être à cause de la façon dont il la regardait ou des picotements que provoquait le contact de son corps musclé. En tout cas, elle se sentait bouleversée comme jamais auparavant.

Lilley porta une main à son cou pour masser sa nuque tendue. Il fallait juste tenir quelques heures. Si elle réussissait à garder ses distances pendant la soirée, il ne lui arriverait rien de fâcheux. Lundi matin, elle retrouverait son travail de classement et le prince Alessandro aurait oublié son existence.

En effet, comment aurait-il pu s'intéresser à elle ? En même temps que cette question se formait dans son esprit, l'écho de la voix d'Alessandro résonna à ses oreilles. « Je n'ai aucun désir d'être avec Olivia depuis que je vous ai vue dans cette robe ». Une légère décharge électrique la parcourut au souvenir de son bras posé sur sa taille et de son regard appuyé, dans la boutique, lorsqu'elle était sortie de la cabine d'essayage. Elle éprouvait une tension nouvelle, inconnue. Son cœur battait plus vite que d'ordinaire, avec des palpitations incontrôlables.

Heureusement qu'Alessandro ne dansait pas. Qui sait si elle ne se serait pas évanouie entre ses bras ? Chaque fois qu'il la regardait, chaque fois qu'il la touchait, un désir irrépressible montait en elle, qu'elle n'osait même pas s'avouer.

— Lilley ?

Debout devant elle, bouche bée devant sa robe rouge, Jeremy remonta ses lunettes sur son nez.

— Que fais-tu ici ?

— Oh ! bonsoir, Jeremy, murmura-t-elle.

Elle s'humecta les lèvres en jetant un coup d'œil à une jolie brune, derrière lui.

— Bonsoir, Nadia.

Cette dernière, visiblement très malheureuse, était au bord des larmes.

— Je suis désolée, Lilley. Je regrette...

— Arrête de t'excuser, l'interrompit Jeremy.

Il foudroya Lilley du regard.

— Je t'aurais parlé depuis longtemps si tu ne m'évitais pas sans cesse.

— Moi ? C'est ridicule !

— Tu aurais dû avoir le courage de rompre au lieu de me jeter dans les bras de Nadia. Ce qui est arrivé n'a rien d'étonnant. Tu n'étais tout simplement jamais là.

Lilley secoua la tête avec véhémence.

— Tu te cherches des excuses. Alors que c'est toi le fautif !

Il se campa devant elle en la détaillant des pieds à la tête.

— Tu plaisantes ! En tout cas, tu ne t'es jamais habillée

comme cela pour moi. Tu dois être avec quelqu'un qui compte beaucoup plus que moi. Qui est-ce, Lilley ?

L'heure de la vengeance avait sonné. Ils mourraient de jalousie, tous les deux, lorsqu'elle leur jetterait le nom d'Alessandro à la figure. Mais, juste comme elle ouvrait la bouche, elle remarqua la main de Jeremy sur le dos de Nadia.

C'était un geste protecteur que Lilley avait toujours refusé de la part de Jeremy. A la vérité, après le week-end de leur première rencontre, à la foire-exposition, leurs relations avaient toujours été tendues. Même si elle avait quitté son travail en France pour commencer une nouvelle vie à San Francisco, elle ne cherchait plus à concrétiser ses rêves. Elle se dérobait chaque fois que Jeremy essayait de l'embrasser et l'évitait le plus possible en prétextant un surcroît de travail et des horaires épouvantables. Rétrospectivement, elle ne pouvait pas le blâmer de se consoler avec Nadia, qui prenait beaucoup de plaisir à sa compagnie.

En fait, elle ne l'aimait pas. C'était surtout la perspective d'ouvrir une boutique qu'elle regrettait car, sans l'aide de Jeremy, elle n'y arriverait jamais. Elle ne connaissait strictement rien aux démarches administratives ou à la gestion. Elle savait juste créer des bijoux amusants et originaux pour une clientèle hors normes.

La trahison de Jeremy avait brisé ses rêves. Mais elle avait une grande part de responsabilité.

— Avec qui es-tu, Lilley ? demanda Nadia, presque soulagée. Tu as rencontré quelqu'un ?

Oui, Lilley rejetait Jeremy depuis des mois. Et elle ne pouvait pas vraiment accuser Nadia de lui avoir volé son petit ami après lui avoir tant de fois demandé de le faire patienter ou de lui transmettre ses excuses...

Elle s'était comportée avec une grande lâcheté.

— Je... Oui, je suis avec un nouvel ami, bredouilla-t-elle.

Puis elle se tourna vers Jeremy.

— Tu as raison. Je n'étais jamais disponible. Ni pour toi ni pour nos projets. Je suis désolée.

— Moi aussi, je regrette, répondit-il avec calme. Tu es très douée, Lilley, et très généreuse. Tu ne méritais pas de subir la scène de ce matin. Je ne voulais pas te faire de mal. Mais depuis ton arrivée à San Francisco tu es devenue… insaisissable.

— Je sais.

Elle avait la gorge nouée. Chaque fois que Jeremy lui proposait un rendez-vous, à la banque pour négocier un prêt ou avec un agent immobilier pour visiter un local, elle se découvrait d'autres obligations. Elle se cachait derrière son travail. Uniquement par peur.

— Pourras-tu jamais me pardonner, Lilley ? chuchota Nadia.

Lilley esquissa un pâle sourire.

— Si tu me promets de faire la vaisselle jusqu'à la fin du mois.

— C'est d'accord. Je m'occuperai aussi des courses et du ménage !

— Je regrette vraiment, pour la boutique, dit Jeremy en passant une main dans ses cheveux blonds, car tes bijoux sont fantastiques. Mais tu n'es peut-être pas prête à faire le grand saut… Un jour, peut-être…

— Oui, un jour, murmura-t-elle sans y croire.

— Merci, chuchota Nadia en la serrant dans ses bras.

La gorge nouée, Lilley regarda Jeremy et Nadia disparaître dans la foule. Puis, une voix sardonique s'éleva derrière elle.

— Vous ne leur avez rien dit ?

Elle se tourna vers Alessandro qui lui tendit une flûte de champagne.

— J'attendais pour vous laisser le temps de savourer votre vengeance. Pourquoi ne leur avez-vous rien dit ?

— Parce que Jeremy a raison. Je n'étais pas très attachée à lui. Et si je manque de volonté pour réaliser mes rêves ce n'est pas la faute des autres. Je n'ai pas à leur en vouloir.

Elle avala une gorgée de champagne et rejeta la tête en

arrière en fermant les yeux. Elle avait si peur de l'échec qu'elle n'osait rien tenter.

Mais au bout du compte cela revenait au même : elle se retrouvait les mains vides.

— Vous pleurez, dit Alessandro doucement, désemparé.

— Non, prétendit-elle en s'essuyant les yeux.

— J'ai bien observé son expression. Si vous voulez encore de lui, il est à vous.

Jusque-là, Lilley ne s'était jamais rendu compte de la situation. Mais, depuis qu'Alessandro avait allumé en elle une petite étincelle, elle comprenait que Jeremy ne l'avait jamais attirée.

Elle secoua la tête.

— Je leur souhaite d'être heureux ensemble.

— Vous êtes trop aimable ! protesta Alessandro en repoussant une mèche de cheveux qui retombait sur sa joue.

Encore un homme qui la jugeait timide… En réalité, elle souffrait d'une timidité maladive, qui confinait à la peur, quelquefois même à la panique, et qui l'inhibait affreusement. Alessandro avait raison de la comparer à une petite souris craintive.

Elle baissa les yeux sur sa robe rouge provocante et ses talons aiguilles sexy.

— Vous me trouvez lâche ? demanda-t-elle.

— De quoi parlez-vous ?

Il prit sa flûte vide et la remplaça par un autre verre.

— Tenez.

— Je n'aurais jamais dû dire cela. Vous allez penser…

— Je ne pense rien du tout. Et ne vous excusez pas. Il n'y a rien entre nous. Rien n'a d'importance.

— C'est vous qui êtes gentil, maintenant.

— Voilà une accusation inédite ! ironisa-t-il. Allez, buvez…

Pendant qu'elle s'exécutait, il poursuivit, comme s'il réfléchissait à voix haute :

— Ce vin blanc est délicieux, n'est-ce pas ? Il vient d'une

propriété brésilienne que j'ai achetée récemment et qui m'a coûté une fortune. Mais je ne regrette pas mon argent parce que j'ai damé le pion à mon pire ennemi.

Aussitôt, Lilley se figea.

— Ce n'est pas le château Saint-Raphaël...

— Ah, vous le reconnaissez ! lança-t-il avec satisfaction. Il a appartenu au comte de Castelnau. Maintenant, il est à moi.

Lilley fut prise d'une nausée. Elle avait entendu parler de cette histoire par Théo, son cousin et ancien employeur, qui avait vendu ces vignes sans se rendre compte de leur véritable valeur.

Les deux hommes s'affrontaient depuis que Théo, cinq ans auparavant, avait acquis une petite société italienne qui fabriquait des produits de luxe et qu'Alessandro désirait acheter. S'il découvrait qu'elle était la cousine de Théo, il l'accuserait d'espionnage, surtout après l'avoir surprise seule dans son bureau !

Elle se mit à trembler.

— Tout va bien ? demanda-t-il avec inquiétude. Peut-être avez-vous bu un peu trop vite ?

Dans son curriculum vitæ, elle avait sciemment omis de parler de son père et de son cousin, parce que Caetani Worldwide ne l'aurait jamais engagée, même avec la recommandation de Jeremy. Non seulement avouer la vérité à Alessandro ne lui rapporterait rien, mais cela lui coûterait son emploi. Elle serait obligée de retourner chez son père, et peut-être même d'épouser l'homme qu'il lui destinait — un barbon deux fois plus âgé qu'elle.

— Lilley ?

— J'ai besoin de manger quelque chose. Je n'ai rien pris de la journée et j'ai couru au moins un kilomètre...

— Bien sûr.

Le visage du prince s'éclaira d'un large sourire.

— J'ai demandé au maître d'hôtel de préparer un plateau

pour le donner à mon chauffeur. Nous pique-niquerons dans ma limousine pendant le trajet de retour.

— Ah ? répliqua Lilley avec une pointe de déception. Je... La soirée est déjà finie ?

— Même les meilleures choses ont une fin, déclara-t-il en la prenant par la main pour la guider vers la sortie.

— Il doit être minuit, fit-elle quand ils se retrouvèrent au-dehors.

— Presque, en effet.

Elle leva sur lui des yeux pleins de gratitude.

— Avant de redevenir Cendrillon, je tiens à vous remercier du fond du cœur pour cette merveilleuse soirée.

Il fronça les sourcils, puis la poussa abruptement contre une colonne de marbre.

— Vous ne m'avez pas bien compris. Je ne vous raccompagne pas chez vous, mais chez moi.

Le cœur battant, incapable de proférer un son, elle le fixa sans mot dire.

— Vous êtes mon employée, mais j'ai décidé d'enfreindre certaines règles. Je vais vous embrasser. Je n'ai pensé qu'à cela toute la soirée.

Lilley eut l'impression de se perdre dans un rêve lorsque Alessandro l'enlaça.

— Si vous voulez que j'arrête, dites-le-moi tout de suite, murmura-t-il à son oreille.

Elle ferma les paupières, comme pour mieux savourer la chaleur de ses doigts sur sa peau nue. Instinctivement, elle entrouvrit les lèvres en sentant son visage à quelques centimètres du sien. Ils étaient seuls au monde en cette nuit d'août...

Quand les paparazzi se mirent à affluer autour d'eux, Alessandro s'écarta en la saisissant par le poignet.

— Venez !

Assourdis par les questions des journalistes, à demi aveuglés par les flashs, ils s'engouffrèrent dans la limousine.

— Démarrez ! ordonna Alessandro.

Les gravillons crissèrent sous les pneus.

— Prenez les petites rues, pour le cas où ils nous suivraient.

— Bien, Monsieur. Je vous conduis à l'appartement ?

— Non, à Sonoma, annonça Alessandro avant de remonter la vitre de séparation.

— Sonoma ? demanda Lilley, décontenancée.

— Oui, nous serons plus tranquilles dans ma villa.

La gorge de Lilley se contracta. Tout arrivait trop vite.

— Je ne sais pas...

— Je promets de vous ramener saine et sauve à votre travail lundi matin, l'interrompit-il avec un sourire taquin.

Ce n'était pas le travail qui l'inquiétait. Comme pour la rassurer, Alessandro posa une main sur sa joue.

— Je pensais que les femmes comme vous n'existaient que dans les rêves.

— Comme moi, c'est-à-dire ? Gentille ?

Il se mit à rire.

— Vous avez le don de transformer les compliments en insultes. En tout cas, ce n'est pas parce que vous êtes gentille que je vous emmène chez moi.

— Alors pourquoi ? souffla-t-elle.

— Je vous veux dans mon lit.

Il lui caressa la lèvre inférieure avec le pouce, et un frisson la parcourut tout entière.

— Je n'ai jamais autant désiré une femme. J'ai envie de connaître le goût de votre bouche, de vos seins, de sentir votre corps contre le mien et de vous faire pleurer de plaisir. Je ne m'arrêterai pas avant d'avoir assouvi mon désir. Et le vôtre.

Elle pouvait à peine respirer. Sans même s'en rendre compte, elle renversa la tête en arrière, rapprochant imperceptiblement sa bouche de la sienne.

La main d'Alessandro glissa le long de son cou, vers son épaule nue.

— Je vous offre une nuit de plaisir. Rien de plus.

Sa paume se fit caressante.

— Et rien de moins.

Le sang afflua aux tempes de la jeune femme. Il fallait refuser. Elle ne pouvait pas suivre ainsi son patron pour lui offrir sa virginité. C'était impensable.

Mais son corps refusait d'écouter les mises en garde de sa raison. Elle se sentait comme aspirée dans un tourbillon qui annihilait sa volonté.

— Ce serait une folie d'accepter, souffla-t-elle.

Un sourire sensuel, mais non dénué de cruauté, étira les lèvres d'Alessandro.

— Il revient à chacun de nous, dans cette vie, de choisir entre la sécurité d'une prison ou les risques de la liberté.

Il semblait deviner ses désirs et ses peurs les plus secrètes.

— Vivez dangereusement, ajouta-t-il.

Elle ferma les yeux et son baiser l'embrasa. Ses lèvres douces, son menton râpeux, la puissance de ses bras, tout se conjugua pour l'emporter dans une vague dont l'intensité se concentra au creux de son ventre.

Quand il s'écarta, elle sut, avec une certitude absolue, qu'elle se souviendrait de ce premier baiser jusqu'à sa mort. Les lumières de la ville et le clair de lune se mêlaient pour jeter une clarté diffuse à l'intérieur de la limousine. Cramoisie, Lilley avait l'impression de flotter dans un rêve.

Le prince Alessandro, qui avait toutes les femmes à ses pieds, avait jeté son dévolu sur *elle*. Il la serra contre lui et, en un clin d'œil, elle oublia sa timidité. La petite souris grise et craintive s'était envolée.

Elle se sentait belle. Insouciante. Dans ses bras, elle n'avait plus peur de rien.

— Je n'ai jamais ressenti cela avec personne, murmura-t-elle quand il l'embrassa au creux du cou. Personne ne m'a jamais touchée ainsi.

— Vous avez pourtant eu des amants. Au moins deux.

Sa gorge se noua.

— Enfin... Pas exactement.

— Que voulez-vous dire ?

— Techniquement, je n'en ai eu aucun.

Il se redressa avec une expression choquée.

— Vous êtes... vierge ?

— C'est un problème ? répliqua-t-elle, la bouche sèche.

Alessandro crispa les mâchoires et descendit la vitre de séparation.

— Monsieur ?

— Nous raccompagnons Mlle Smith chez elle.

— Mais... pourquoi ? protesta Lilley, le rouge aux joues. Je... Cela ne change rien.

— Donnez votre adresse à Abbott, ordonna-t-il.

Lilley obtempéra de mauvaise grâce tandis qu'Alessandro se détournait ostensiblement. Elle avait froid. Elle se sentait seule et abandonnée.

Apercevant une assiette de canapés posée sur une tablette, elle se mit à grignoter pour se donner une contenance. Comment accepter que la magie si brièvement entrevue s'évanouisse aussi vite ? C'était impossible. Elle n'allait pas se retrouver seule dans son appartement vide !

— Vous attachez de l'importance à une chose qui n'en a pas beaucoup, déclara-t-elle, le cœur battant.

— Je ne suis pas d'accord.

— Ce n'est pas parce que j'ai un peu moins d'expérience que les autres...

— Vous n'avez sans doute pas bien compris ce que j'ai à vous proposer. Une nuit. Peut-être deux. Rien de plus !

— Je n'en espère pas davantage, protesta-t-elle, vexée.

— Je n'irai jamais voir vos parents pour leur demander votre main, Lilley. Je ne vous épouserai pas. Je ne tomberai pas amoureux de vous.

Cette froideur la choqua, mais elle releva le menton avec défi.

— Qui parle de sentiments ?

— Les jeunes filles rêvent toujours du grand amour, Lilley. Ne soyez pas stupide, ordonna-t-il, péremptoire.

Ils étaient arrivés. Le chauffeur descendit pour lui ouvrir la portière et l'air froid la saisit.

— Bonne nuit, dit Alessandro sans même la regarder.

— Vous allez vraiment finir la soirée en me jetant sur le trottoir ?

Il daigna se tourner vers elle.

— Au moins, *cara*, vous comprenez qu'il n'est pas toujours agréable d'être ma maîtresse.

— Je comprends surtout que vous n'avez pas envie de moi, fit-elle d'une voix étranglée.

— Pas du tout. Je vous évite de commettre une énorme bêtise.

— Eh bien, au revoir, alors...

Elle posa le pied sur le trottoir sale et défoncé. Un vieux journal traînait sur l'asphalte. Elle vivait là depuis deux mois à peine, mais il lui semblait que c'était depuis toujours. Que ce soit à San Francisco, en France ou dans le Minnesota, elle échouait toujours dans le même genre d'endroit. Nadia finirait sans doute la nuit chez Jeremy tandis qu'elle se recroquevillerait sur le canapé du salon pour regarder une émission stupide à la télévision.

Etait-ce là son pauvre destin ? Depuis qu'elle était arrivée à San Francisco, elle était au-dessous de tout.

« Il revient à chacun de nous, dans cette vie, de choisir entre la sécurité d'une prison ou les risques de la liberté. »

— Lilley, allez-vous-en.

Elle inspira profondément avant de lui faire face. Puis, sans un mot, elle remonta dans la limousine en claquant la portière.

— Savez-vous bien quel choix vous êtes en train de faire ? demanda le prince d'un ton dur.

— J'ai souvent rêvé de mon premier amant. J'imaginais un chevalier dans une armure étincelante, qui m'aimerait jusqu'à la nuit des temps.

— Et maintenant ?

Elle refoula ses larmes.

— Je n'ai plus envie d'avoir peur. J'en ai assez de me cacher tout le temps.

Il la fixa longuement avant de faire signe au chauffeur, qui s'installa de nouveau au volant.

— Sonoma, ordonna-t-il en remontant la vitre.

Puis il l'enlaça, dans une étreinte rude, impitoyable, et lui donna un baiser cruel qui instilla un doux poison dans ses veines.

Lilley écarta les lèvres pour répondre aux assauts de sa bouche. Elle était prête à se donner à lui.

4

Une heure plus tard, ivre de baisers, Lilley descendit de la limousine en clignant des yeux sous le clair de lune. Une lumière argentée jetait un éclat irréel sur le paysage de vignobles qui entourait la villa de style espagnol.

Elle leva des yeux éblouis sur Alessandro, dont l'imposante silhouette se découpait sur la nuit étoilée. Avec un regard de braise, il la souleva dans ses bras pour la porter jusque sur le perron, où il composa le code d'entrée sur un clavier. Non loin, elle aperçut une piscine et des courts de tennis au fond d'une pelouse agrémentée de massifs de fleurs.

A l'intérieur, tout était calme et silencieux. Il l'emmena à l'étage, par un escalier en fer forgé des années 1920. Aucun mot ne fut échangé. C'était inutile. Leurs yeux parlaient pour eux.

Sur le palier, Alessandro poussa la porte du fond. Un lit immense occupait tout l'espace, inondé par la clarté laiteuse qui se déversait par les grandes baies vitrées. Avec une révérence infinie, il la déposa dessus, puis il enleva sa veste de smoking, son nœud papillon et ses chaussures, et la rejoignit.

Il se mit à la caresser et l'embrasser avec une fébrilité croissante, mêlant sa langue à la sienne, lui arrachant une exclamation surprise lorsqu'il toucha ses seins à travers l'étoffe de sa robe. Ses mains descendirent ensuite vers sa taille et remontèrent le long de ses bras nus et frissonnants. Finalement, il enserra son visage entre ses paumes et son baiser s'approfondit avec une ferveur renouvelée. Lilley le lui rendit avec toute la passion de ses vingt-trois ans de solitude amoureuse.

Rien ne compte que l'instant présent, songea-t-elle, fascinée. *Rien d'autre n'a d'importance.*

Elle retint son souffle lorsqu'il glissa les mains sous son corsage pour presser doucement entre ses doigts les pointes de ses seins dressés. Quel plaisir exquis… Tout à coup, d'un geste brusque, il tira avec impatience sur sa robe, arrachant les bretelles.

Mais sa brutalité n'alla pas plus loin. Il demeura d'une délicatesse exemplaire avec le corps de Lilley, ce trésor fragile et précieux qui s'offrait à lui. Lentement, ses lèvres se promenèrent sur sa gorge et sa poitrine, avec d'abord une infinie douceur, l'effleurant à peine de son souffle chaud, puis accentuant la pression de sa bouche quand elle poussa un gémissement, les doigts crispés sur le drap chiffonné.

Sans cesser ces baisers dévastateurs, il releva sa robe longue et explora ses jambes du bout des doigts, le mollet, l'intérieur du genou, la cuisse…

Lilley s'accrocha au matelas. Alessandro, qui pesait sur elle de tout son poids, se redressa et déboutonna sa chemise, jetant à terre ses boutons de manchette en diamants. Torse nu, il ressemblait à un dieu romain, une sculpture de marbre surgie des temps antiques.

Lilley ne résista pas quand il tira sur le fourreau pour la déshabiller complètement. En baissant les yeux, elle se rendit compte qu'elle n'avait plus ses chaussures. Où les avait-elle perdues ? En descendant de la limousine, dans l'escalier ? Tout se brouillait dans son esprit embrumé par les sensations délicieuses qu'il avait fait naître en elle.

Lilley retint son souffle tandis qu'il retirait son pantalon et son caleçon de soie. C'était la première fois qu'elle voyait un homme nu. Alessandro était magnifique. Son regard s'attarda sur ses cuisses puissamment musclées avant de se fixer sur son sexe dressé. Une angoisse la saisit. Pourrait-il entrer en elle ? Saurait-elle l'accueillir ?

Incapable de bouger, hypnotisée par son regard d'un noir profond, elle demeura immobile, sans chercher à couvrir ses seins ni sa culotte en dentelle quand il s'allongea près d'elle. Il promena le bout de l'index de son épaule à sa hanche, en suivant la courbe de son corps. Subjuguée, elle frissonna.

Il lui prit la main pour lécher tour à tour deux de ses doigts, très lentement. Puis il posa sa paume sur son torse, près de son cœur. Il paraissait attendre quelque chose. Mais quoi ?

S'armant de courage, elle se souleva pour l'embrasser et gagna un peu de confiance. Puis, comme il la repoussait contre les oreillers avec un grognement sourd, elle émit un soupir de plaisir.

Il ne restait plus qu'une fine dentelle pour la protéger de sa virilité triomphante. Fermant les yeux, elle s'agrippa aux épaules d'Alessandro et s'abandonna à son baiser.

Bientôt, il délaissa ses lèvres pour embrasser sa gorge et descendre entre ses seins, vers son ventre... Avec beaucoup de délicatesse, il lui écarta les cuisses et elle s'arrêta un instant de respirer en sentant son souffle chaud. Sa bouche se referma sur un point particulièrement sensible du mont de Vénus. Au moment où elle poussa un cri, il ôta sa petite culotte pour la jeter à terre. Elle eut à peine le temps d'ouvrir les yeux qu'il recommença son supplice exquis, goûtant sa saveur jusque dans les moindres replis cachés de sa féminité. Le plaisir qu'elle éprouvait était au-delà de tout ce qu'elle avait pu imaginer, si intense que c'en était presque une torture. Un maelström l'aspira, qui l'engloutit dans un déferlement d'extase. Ses hanches se soulevèrent à la rencontre de son amant cependant que la tension montait, l'emmenant de plus en plus haut, de plus en plus loin.

Elle ne pourrait pas endurer beaucoup plus longtemps le tourment qui la ravageait. Elle tenta d'y échapper, mais Alessandro la maintint prisonnière. Non seulement il refusa d'écarter sa bouche, mais ses doigts s'insinuèrent en elle… L'espace d'un instant, le choc d'une douleur inattendue se substitua aux autres sensations.

Lilley se tordit dans une ultime tentative pour se soustraire à ce contact. Ce fut peine perdue. Ses poings se recroquevillèrent sur le drap et un élan impétueux, irrépressible, l'emporta quand le plaisir explosa. Le cri qui sortit de sa gorge résonna étrangement à ses oreilles, comme s'il avait été proféré par une inconnue.

Elle était encore arc-boutée contre Alessandro quand il s'écarta pour mettre un préservatif.

— Je suis désolé, murmura-t-il à son oreille en se couchant de nouveau sur elle.

Il la pénétra d'une seule poussée, et le cri de Lilley se transforma en une protestation étouffée. Il s'immobilisa alors pour lui laisser le temps de s'habituer à cette sensation nouvelle d'une présence en elle.

— Je suis désolé, répéta-t-il en embrassant son visage, ses joues, ses lèvres. Je suis obligé d'utiliser la force. C'est le meilleur moyen, le plus rapide et le moins douloureux.

Elle étouffa un sanglot, la tête enfouie dans l'oreiller.

Puis, très lentement, il commença à se mouvoir en elle et le miracle survint. La vague de plaisir qui avait reflué, laissant Lilley désemparée, revint. D'autres sensations l'emportèrent. Elle se croyait rassasiée, mais le désir naquit de nouveau, plus intense à chaque mouvement d'Alessandro.

Celui-ci, enhardi, accéléra le rythme. Le souffle leur manqua bientôt à tous deux tandis que le martèlement des coups gagnait en puissance. Eperdue, Lilley ferma les paupières en rejetant la tête en arrière. Tout au fond d'elle-même, la tension se concentra de plus en plus avant de se relâcher d'un coup. Au même moment, elle entendit Alessandro pousser un grognement indistinct qui se mua en cri sauvage quand il s'abattit sur elle dans un dernier assaut.

Lorsque Lilley rouvrit les yeux, Alessandro la serrait dans

ses bras dans un geste protecteur. Tout de suite, elle referma les paupières. Sans savoir pourquoi, elle avait envie de pleurer. Elle venait de découvrir un univers inconnu.

Pourquoi avait-elle redouté une expérience aussi magique et merveilleuse ?

— Je t'ai fait mal. Pardonne-moi...

Emue par le son de cette belle voix grave, elle tenta de déchiffrer l'expression un peu mystérieuse de ses yeux sombres. Il y avait du regret et du désir à peine assouvi, mêlés à quelque chose d'autre, qu'elle ne parvenait pas à définir.

— Un peu, avoua-t-elle en remontant les bras au-dessus de sa tête. Mais cela valait la peine de souffrir. Je recommencerais sans hésiter.

Il l'embrassa sur le front. Puis, quand il prit ses lèvres meurtries avec une ardeur renouvelée, elle tressaillit.

— Doucement, chuchota-t-elle.

Il roula sur le dos en l'attirant sur lui et lui adressa un sourire sensuel et malicieux tout à la fois.

— A ton tour...

Lilley le fixa sans comprendre, le cœur battant. Elle était beaucoup trop gauche et maladroite, incapable de prendre l'initiative.

— Je... Je ne peux pas. Je ne saurai pas.

— Mais si. Je vais t'apprendre.

Il se souleva pour l'embrasser et elle oublia sa peur. S'accrochant à lui, elle se laissa guider pour trouver son propre rythme, suivre son plaisir tout en accompagnant le sien. Un mélange de joie et de liberté l'envahit. Pour la première fois de sa vie, Lilley avait vaincu sa peur. Elle devenait la femme sûre d'elle et libérée qu'elle rêvait d'être.

Alessandro découvrait avec Lilley un univers de passion et de sensualité inconnu de lui jusqu'alors.

Il ne s'était jamais senti aussi insatiable qu'avec elle. Très honoré d'être son premier amant, il songea qu'il n'oublierait jamais cette nuit. Il avait adoré être son guide et son mentor, et elle s'était peu à peu débarrassée de sa timidité pour acquérir une confiance grandissante.

Quand ils s'étaient douchés tous les deux dans l'immense salle de bains en marbre, il avait contemplé les courbes magnifiques de son corps de femme et le désir s'était aussitôt rallumé en lui. Il l'avait pressée contre la paroi de la cabine pour lui faire l'amour une nouvelle fois.

Lilley était une bonne élève qui apprenait vite. La vierge innocente se métamorphosait rapidement en déesse de l'amour.

Epuisés, ils s'étaient couchés un peu avant l'aube pour se réveiller quelques heures plus tard, affamés. Cela ne les avait pas empêchés de céder une quatrième fois à l'appel des sens avant de descendre pour le petit déjeuner.

Alessandro, qui avait congédié ses domestiques pour le week-end, chercha à impressionner Lilley en préparant lui-même du pain perdu, avec la cannelle et de la noix de muscade. Ils s'assirent au soleil, à la table de la cuisine, pour boire un jus d'orange frais et savourer leur café.

Pour la première fois de sa vie d'adulte, Alessandro n'éprouvait pas le désir de consulter ses messages professionnels ou de lire les journaux. Il lui suffisait de regarder Lilley, de la toucher, en un mot d'être avec elle. Il ne se rassasiait pas de sa peau délicate et de son corps si doux.

Mais ce n'était pas uniquement physique.

Avec Lilley, il se sentait... différent. Elle faisait vibrer son cœur. Pendant toutes ces années, il avait trompé l'ennui en jouant le jeu, en amassant de l'argent, en couchant avec des femmes qu'il connaissait à peine et en évitant les assauts d'une foule de gens qui recherchaient ses faveurs. Avec Lilley, il pouvait enfin baisser la garde. Elle ne réclamait rien. Elle ne lui ferait jamais aucun mal et était incapable de mentir. Sa spontanéité et sa franchise lui rappelaient la personne qu'il avait été autrefois, avant que tous ceux qu'il aimait ne le trahissent.

Il ne lui était pas indifférent. Et, même, elle l'aimait bien. Pas pour son titre ou son argent, mais pour l'homme qu'il était, au-delà des apparences. Pendant qu'il la contemplait dans la lumière du matin, une certitude se fit jour dans son esprit : contrairement à sa promesse de la veille, il n'en resterait pas là. Tant pis si c'était pur égoïsme.

Il ne se contenterait pas d'une brève rencontre.

— C'est délicieux, murmura Lilley en se penchant vers lui avec un sourire malicieux. Je ne t'imaginais pas doté de talents culinaires.

Les pans de son peignoir trop grand s'ouvraient sur sa poitrine généreuse, et il eut de nouveau envie d'elle.

— Je fais rarement la cuisine, mais tu m'as inspiré.

Alessandro se perdit dans la profondeur de ses yeux noisette. Le désir qu'elle faisait naître en lui semblait aussi naturel que le besoin de respirer.

Mais avait-il le droit de prolonger leur brève rencontre ?

Je n'ai aucune raison de me sentir coupable, se dit-il. Il avait essayé de la renvoyer. C'est elle qui avait insisté, de son propre choix. Elle était prévenue. Jamais il ne l'aimerait ni ne l'épouserait. A elle de se protéger.

Il lui caressa la joue, puis fit lentement glisser sa main le long de son cou, jusqu'à ses seins. De surprise, elle entrouvrit les lèvres et il ne résista pas à cette invite. Egoïste ou pas, rien ne l'arrêterait. En tout cas pas maintenant. Pas encore...

Il se leva et l'attira à lui tout en dénouant à la hâte sa ceinture. Le peignoir tomba à terre, révélant sa nudité triomphante dans une flaque de lumière d'or.

— Marche un peu devant moi, dit-il d'une voix rauque. Que je te voie.

Elle haussa un sourcil taquin et, d'un geste vif, lui ôta aussi sa robe de chambre.

— Toi d'abord, suggéra-t-elle d'un air mutin.

Trente secondes plus tard, Lilley hurlait de rire dans l'escalier tandis qu'il la poursuivait en courant. Ils n'arrivèrent pas jusqu'à la chambre, mais s'effondrèrent sur le tapis persan du palier, au premier étage.

Ils passèrent le dimanche à faire l'amour dans toutes les pièces de la villa. Dans la bibliothèque, dans le bureau, mais aussi dans le jardin, et, bien après minuit, de nouveau dans le lit d'Alessandro. Ils s'endormirent dans les bras l'un de l'autre, tendrement enlacés.

Alessandro se réveilla avant l'aube, le lundi matin, alors que Lilley dormait encore. Il ne savait même plus combien de fois ils avaient fait l'amour au cours des trente dernières heures... Incrédule, il secoua la tête avec une expression perplexe.

Chaque fois, loin de s'assouvir, son désir se ranimait. Une passion intense le consumait, insatiable.

Pourtant, le week-end touchait à sa fin, songea-t-il en l'embrassant sur le front. Dans son sommeil, elle poussa un soupir et prononça un mot qui ressemblait à son prénom.

Un sentiment de culpabilité, très inhabituel, glaça Alessandro. Les jeunes filles vierges tombaient amoureuses, il ne le savait que trop. Elles n'avaient pas assez d'expérience pour séparer le cœur et le corps, les sensations et les émotions. Une personne aussi vive, chaleureuse et intelligente que Lilley méritait un homme capable de lui offrir un avenir. Et de l'amour, beaucoup d'amour...

Contrairement aux femmes qu'il avait l'habitude de choisir pour maîtresses, Lilley Smith n'utilisait pas son corps comme une arme pour obtenir un statut ou des avantages. Il n'y avait aucune comparaison possible entre la froideur d'une Olivia Bianchi et la générosité de Lilley, qui s'offrait tout entière avec une joie sincère.

Déjà, le désir revenait, lancinant.

Furieux, Alessandro se passa la main dans les cheveux et se

leva sans faire de bruit pour sortir sur le balcon. En s'efforçant de calmer son trouble, il contempla le vignoble qui baignait encore dans la douce clarté de la lune.

Il ferma les paupières. Soudain, ses trente-cinq années lui pesèrent. Lilley était si fraîche et si jeune, comparée à lui ! Avait-il le droit de lui voler son optimisme et son innocence, comme un vampire, alors que les ombres de la désillusion planaient sur lui ?

— Alessandro ?

Le murmure ensommeillé de Lilley le tira de ses réflexions. Il regagna la chambre, les poings serrés.

— Qu'y a-t-il ? demanda-t-elle.

— Rien.

Elle hésita en se mordant la lèvre.

— Tu regrettes d'avoir passé tout ce temps avec moi ? Tu n'as pas pensé... à Olivia ?

— Non !

Secouant la tête, il saisit la première idée qui lui traversa l'esprit.

— Je réfléchissais à l'entreprise mexicaine que je vais acheter. Mon équipe de San Francisco va moderniser les dessins de Joyería.

Il se tut presque aussitôt, choqué par son imprudence impardonnable. L'information, confidentielle, concernait uniquement le conseil d'administration. Il ne fallait rien ébruiter, sous peine de compromettre les transactions. Jusque-là, il avait laissé entendre à Miguel Rodriguez, l'actuel propriétaire de Joyería, que les ateliers de Mexico garderaient une certaine indépendance par rapport à Caetani Worldwide. Si Rodriguez avait vent de ses projets, il risquait d'annuler la vente.

Alessandro scruta l'expression de Lilley qui, heureusement, ne semblait pas au courant et ne soupçonnait pas l'importance d'une telle révélation.

— Tu n'arrêtes jamais de travailler ? demanda-t-elle d'une voix douce. C'est sans doute la clé de ta réussite, d'ailleurs.

Son regard se troubla et elle serra un oreiller sur sa poitrine, avant d'ajouter :

— Je ne serais pas une telle calamité si je te ressemblais un peu plus.

Il fronça les sourcils.

— Qui te traite de calamité ?

— Personne. Je suis venue à San Francisco pour monter ma propre bijouterie, mais je manque de cran. Je ne suis pas courageuse comme toi.

Il s'assit sur le bord du lit à côté d'elle.

— Il y a différentes formes de courage, *cara*. Tu es droite, sincère. Tu fais confiance aux gens comme moi-même je ne l'oserais pas. Et tes bijoux sont très beaux et originaux. Comme toi. Tu te lanceras un jour, quand le moment sera venu. Je le sais.

— Vraiment ? lança-t-elle d'une voix incertaine, presque douloureuse.

— J'en suis sûr. Moi-même, j'ai échoué de nombreuses fois, avant de faire fortune. En vendant des bracelets pour enfants en plastique !

— Toi ?

— Oui. J'ai gagné mon premier million comme cela. Je voulais réussir, coûte que coûte. Aucun échec ne m'a jamais obligé à abandonner.

Il tendit la main pour lui caresser les cheveux.

— Tu es comme moi. Même si tu l'ignores encore.

— Tu crois ? souffla-t-elle en écarquillant des yeux immenses.

Il hocha la tête.

— Si quelque chose a de l'importance pour toi, tu t'y accrocheras. A n'importe quel prix.

— Pourquoi tenais-tu tant à réussir ?

Il pinça les lèvres.

— Quand mon père est mort, il m'a laissé des montagnes de dettes. J'ai dû abandonner mes études pour travailler vingt heures par jour. Pour rien au monde je ne voudrais me sentir aussi démuni et impuissant qu'alors.

— Impuissant ? Mais tu es prince !

— Prince de rien du tout, répondit-il durement. C'est un titre creux, hérité d'un seigneur de la guerre du XVe siècle. Les hommes de ma famille ont toujours été faibles et corrompus.

— Mais pas toi. Tu diriges Caetani Worldwide d'une main de fer. Tu as construit à partir de rien une société qui vaut maintenant un milliard de dollars. Tu es un homme aimé et respecté.

L'adoration qu'il lut dans ses yeux le mit mal à l'aise.

— Je n'ai pourtant rien de spécial. Ce que j'ai fait, tu peux le faire aussi si tu en as envie. Pour démarrer une affaire, il suffit de dessiner les grandes lignes, d'additionner des chiffres.

— Pour moi, cela risque d'être difficile. Je suis dyslexique.

Il sourit.

— Et tu es préposée au classement !

— Tu comprends pourquoi je suis obligée de faire des heures supplémentaires... En dehors de la création de bijoux, je ne sais pas faire grand-chose. Mon père me croit incapable de subvenir à mes propres besoins. Il menace de me déshériter si je ne rentre pas dans le Minnesota pour épouser un de ses collaborateurs.

Alessandro imagina un rude fermier propriétaire de quelques arpents de terre dans les immenses plaines du Nord.

— Il veut que tu reprennes la ferme ?

Une expression étonnée se peignit sur les traits de Lilley.

— Mon père n'est pas agriculteur. Il est dans les affaires.

— Ah... Il gère un restaurant ? Une chaîne de magasins ?

— Quelque chose comme ça, répondit-elle évasivement. Mes parents ont divorcé il y a quelques années, quand ma mère était malade. Le jour de sa mort a été la pire journée de ma vie. J'ai été obligée... de partir. J'ai trouvé du travail auprès d'un... parent éloigné. Un cousin.

Elle butait sur les mots, et se sentait très anxieuse.

— Je suis désolé pour toi, répliqua Alessandro à mi-voix. Ma mère est morte il y a longtemps et j'entretenais avec mon père des relations très compliquées.

Ce qui était un euphémisme. Le prince Luca Caetani avait épousé la mère d'Alessandro pour sa fortune, qu'il avait ensuite dilapidée avec d'innombrables maîtresses. Agé de dix-neuf ans à sa mort, Alessandro était son unique fils légitime, héritier du titre et du nom. Mais Luca Caetani avait eu aussi beaucoup d'enfants naturels qui surgissaient parfois pour réclamer de l'argent en vertu des lois du sang.

— Tu verras, lui avait prédit son père sur son lit de mort. D'ici à quelques années, tu seras comme moi.

Mais Alessandro s'était juré de ne jamais devenir comme lui, un monstre d'égoïsme.

— Heureusement que je t'ai rencontré, dit Lilley. Parce que j'ai bien failli retourner là-bas, dans le Midwest. Tu m'en as dissuadée. Je me sens... plus courageuse, désormais. Prête à courir des risques.

Alessandro serra les poings. Même si elle n'en avait pas encore conscience, Lilley était en train de tomber amoureuse. Il ne se sentait pas le droit d'étouffer cette petite flamme qui brillait dans son cœur.

En lui volant son innocence, il avait franchi une ligne invisible. N'était-ce pas assez monstrueux ?

Il n'y avait qu'une solution pour ne pas trop la faire souffrir : la quitter.

— L'aube va bientôt se lever, déclara Lilley tristement. Dans quelques heures, je retrouverai la salle des archives. Et toi, où iras-tu ?

Il prit une profonde inspiration.

— A Mexico.

— Alessandro, chuchota-t-elle. Je veux te dire...

Il posa un doigt sur ses lèvres.

— Ne dis rien.

Il la serra contre lui pour respirer son parfum fleuri et enivrant.

— Je viens de vivre avec toi le plus beau jour de ma vie, chuchota-t-elle. Maintenant, je suis un peu triste car je sais que bientôt tu m'auras oubliée.

— Je ne t'oublierai jamais, Lilley, protesta-t-il très sincèrement.

— Oh…

Un mélange de soulagement et de gratitude emplit ses yeux comme si ces mots lui ouvraient une perspective, alors qu'ils sonnaient au contraire le glas de leur relation.

Elle posa une main sur son torse.

— Donne-moi un dernier baiser, en souvenir.

Une dernière fois, se dit Alessandro farouchement. Ensuite, il lui rendrait sa liberté pour ne pas la faire souffrir.

Prenant son visage entre ses mains, il prit sa bouche avec passion. Puis, il arracha l'oreiller derrière lequel elle se cachait et roula avec elle sur le lit en contemplant son beau visage. La joie et la confiance qui illuminaient son regard le hanteraient longtemps et, contre toute attente, il sentit un regret douloureux transpercer son âme.

Puis il ferma les yeux pour s'enfoncer en elle.

5

Un mois plus tard, Lilley crut qu'elle allait s'évanouir devant le directeur des ressources humaines. Avait-elle bien entendu ?

— Comment ? fit-elle, les lèvres sèches.

— Je regrette, mademoiselle Smith, mais nous devons nous séparer de vous, déclara le vieux monsieur assis en face d'elle en remuant nerveusement sur sa chaise. Caetani Worldwide n'est pas le meilleur endroit où exercer vos talents.

Au désespoir, Lilley prit une profonde inspiration pour combattre la nausée qui lui soulevait l'estomac. Cela devait arriver, en dépit de tous les efforts qu'elle avait fournis pour compenser sa lenteur et ses difficultés…

Comme son père s'ingéniait à le répéter, elle était peut-être incapable de se débrouiller seule. Elle avait commis une énorme bêtise en couchant avec son patron… Il avait disparu avant même qu'elle ne se réveille, ce lundi matin. Fidèle à sa promesse, il n'avait jamais cherché à reprendre contact avec elle.

— Cependant, nous vous octroyons une prime de licenciement très généreuse, reprit son interlocuteur.

— Je suis trop lente, c'est cela ? chuchota-t-elle en refoulant ses larmes.

L'homme secoua la tête d'un air contrit. Il ne semblait pas du tout désireux de la renvoyer.

— Votre travail nous donnait entière satisfaction, mademoiselle Smith. De plus, vous aviez d'excellentes relations avec vos collègues. Mais votre code de conduite…

Il s'interrompit un instant.

— Nous vous remettrons une lettre de recommandation et vous retrouverez très vite du travail. Très, très vite.

Il commença à expliquer en détail des clauses de départ, mais Lilley l'écoutait à peine. Elle se concentrait sur sa respiration pour tenter de calmer ses sensations nauséeuses, les yeux fixés sur la corbeille à papier posée près du bureau.

— Je suis désolé que nous ayons dû en arriver là, dit-il enfin. Mais...

Il s'interrompit en voyant qu'elle ne l'écoutait pas et lui tendit une feuille de papier.

— Une signature ici, s'il vous plaît.

Elle prit un stylo et parcourut le document, où on lui demandait de ne pas porter plainte pour harcèlement sexuel. *Harcèlement sexuel ?*

Ce n'était donc pas son travail qui était en cause. Elle était renvoyée par...

Incapable d'évoquer le nom de cet homme, elle chassa cette pensée de son esprit, gribouilla une signature et se leva pour serrer la main du directeur des ressources humaines.

— Bonne chance, mademoiselle Smith.

— Au revoir, monsieur.

Saisissant le dossier qu'il lui tendait, elle courut s'enfermer dans les toilettes pour vomir.

Quelques instants plus tard, elle s'aspergeait le visage d'eau froide. Malgré sa pâleur, elle essaya de figer sur ses traits le masque de gaieté qu'elle portait depuis un mois en endurant les plaisanteries et les sous-entendus au sujet de ses relations avec le prince Alessandro. Mais elle n'arrivait même plus à sourire.

Renvoyée. Elle était renvoyée !

Elle se dirigea d'un air hagard vers l'ascenseur et descendit au troisième étage pour prendre ses affaires personnelles dans le coin de la salle des archives qu'on lui avait réservé. Elle n'avait qu'un petit géranium rose et une carte postale que la femme de son cousin, Carrie, lui avait envoyée de Provence. Sur sa table, bien en évidence, quelqu'un avait posé un magazine people. Encore un...

Elle se glaça en regardant la couverture du dernier numéro de *Celebrity Weekly*. On y voyait Alessandro à Mexico, où il négociait depuis un mois l'achat de Joyería. Théo, son ennemi juré — qui était aussi le cousin de Lilley —, avait fini par remporter le marché. Au lieu de s'en féliciter, par vengeance, Lilley se désola pour Alessandro.

Ses yeux tombèrent sur une petite photo en bas de page, prise en mai au festival de Cannes. En smoking, superbe, Alessandro donnait le bras à une blonde éblouissante habillée de noir. Olivia Bianchi.

LE MARIAGE DU PRINCE PLAY-BOY ENFIN ANNONCÉ !

Une main malveillante avait souligné au feutre rouge le gros titre tapageur. Depuis la soirée qu'elle avait passée au bal avec Alessandro, Lilley était en butte à d'innombrables tracasseries. Dévorées par la jalousie, ses collègues ne lui laissaient aucun répit...

La jeune femme sursauta lorsque Larry, un vigile qu'elle connaissait bien, apparut sur le seuil. Contrairement à son habitude, il avait l'air triste et résigné.

— Désolé, Lilley. Je suis obligé de te raccompagner jusqu'à la porte.

La gorge nouée, elle hocha la tête et rassembla dans un grand sac son géranium, le magazine, la carte postale, son vieux cardigan beige accroché au portemanteau et un paquet de caramels qu'elle gardait au fond d'un tiroir. Puis elle suivit Larry en s'efforçant d'ignorer les regards curieux et insistants des autres employés.

Dans le hall, Larry vérifia le contenu de son sac, comme si on la soupçonnait d'avoir volé quelque chose. Mais quoi ? Des stylos, du papier ? Ensuite, il récupéra sa carte magnétique.

— Désolé, bredouilla-t-il de nouveau.

— Ce n'est pas grave...

Elle s'éloigna fièrement, sans verser une larme, et prit le bus pour rentrer.

Comme elle arrivait chez elle, la sonnerie de son téléphone portable retentit. Elle jeta un coup d'œil au numéro. C'était Nadia. Se sentant incapable de supporter la compassion de sa colocataire, qui s'inquiétait beaucoup trop pour ses nausées, elle mit son téléphone sur silencieux et le jeta sur la table avant d'engloutir quelques crackers avec un verre d'eau pour calmer son estomac. Elle se mit ensuite en pyjama, puis s'allongea sur le canapé et s'enveloppa dans la couverture qui avait appartenu à sa mère.

Le vibreur de son portable la réveilla en sursaut. La nuit tombait. Elle avait dormi plusieurs heures. Elle enfouit la tête sous un coussin mais un nouvel appel l'obligea à se lever. Le numéro indiquait une communication extérieure à la Californie. *Alessandro,* songea-t-elle aussitôt, à peine sortie du rêve qui la poursuivait depuis un mois. Elle sentait encore la tiédeur de ses lèvres sur sa peau...

— Allô ?

— Lilley Smith ? lança une voix joviale. Vous ne me connaissez pas, mais votre curriculum vitæ a retenu mon attention. Je vous propose un poste dans mon entreprise, à New York.

Les espoirs de Lilley s'effondrèrent d'un coup. Alessandro ne se contentait pas de la licencier. Il la gommait de son existence en l'envoyant à l'autre bout des Etats-Unis.

Ses yeux tombèrent sur *Celebrity Weekly,* posé sur la table basse. Elle s'en empara pour scruter la photo d'Alessandro et Olivia Bianchi. Aussitôt, prise d'une nouvelle nausée, elle dut se précipiter à la salle de bains. Le test de grossesse que Nadia avait acheté à la pharmacie quelques jours plus tôt était posé en évidence près du lavabo, mais elle ne pouvait pas être enceinte. C'était impossible. Alessandro avait mis chaque fois un préservatif.

Sauf...

Elle se figea. Sauf une fois, dans la cabine de douche.

Les yeux hagards, elle fixa son reflet dans le miroir. Cette histoire s'était décidément bien mal terminée. Après s'être endormie dans les bras d'Alessandro en rêvant du lendemain, elle s'était réveillée seule. Enroulée dans un drap de lit, elle était descendue, croyant le trouver dans la cuisine.

— Le prince a dû partir de très bonne heure, avait annoncé la gouvernante. Abbott vous reconduira en ville.

Elle lui avait tendu sa robe rouge, recousue et repassée, et lui avait servi un petit déjeuner à la même table où elle avait passé un si délicieux moment, la veille, avec Alessandro. Le chauffeur l'avait ensuite raccompagnée sans un mot. Elle en était encore rouge de confusion.

Néanmoins, en dépit de tout, elle ne regrettait rien. Car elle avait enfin été capable d'oublier sa peur pour prendre des risques. Elle se sentait plus vivante, maintenant. Elle avait découvert la passion, la vraie, celle qui embrasait tout à la fois le corps et l'âme.

Et tant pis si elle ne le revoyait jamais. De toute façon, elle n'avait pas le choix.

Mais... si elle était vraiment enceinte ?

Le cœur battant, Lilley décida d'utiliser le test, qui la rassurerait en deux minutes. Elle avait sans doute mal digéré les fruits de mer qu'elle avait mangés au restaurant. Elle regarda sa montre. Plus que quelques secondes...

Enceinte !

Hébétée, elle reposa le bâtonnet et regagna la cuisine d'un pas machinal pour brancher la bouilloire.

« Ma chérie, il y a peu de problèmes au monde qui résistent à un câlin accompagné d'une tasse de thé et d'un cookie », avait coutume de dire sa mère. La recette avait très bien marché quand elle avait neuf ans, et même plus tard, adolescente, lorsque ses professeurs se plaignaient de sa mauvaise orthographe. Elle avait aussi porté ses fruits quand son père avait demandé le divorce et quitté la maison de Minneapolis pour construire à sa maîtresse une villa sur les rives du lac Minnetonka.

Malheureusement, Paula Smith n'était plus là pour prendre sa fille dans ses bras et la consoler... Elle devait affonter seule la dure réalité, désormais.

Son thé à la main, Lilley retourna s'installer sur le canapé.

Elle attendait un bébé.

Le bébé d'Alessandro !

Une émotion presque insoutenable lui serra le cœur. Alessandro s'était bel et bien débarrassé d'elle. Non seulement il la renvoyait, mais il s'était arrangé pour lui trouver un travail à cinq mille kilomètres de là. Comment expliquer autrement ce coup de téléphone spontané qu'elle avait reçu tout à l'heure d'un bijoutier new-yorkais ? Il lui offrait le double de son salaire actuel. Alessandro ne voulait même pas risquer de l'apercevoir au fond d'un couloir, dans ses bureaux de San Francisco...

Lilley posa sa tasse et se mit à feuilleter le magazine. Comme tous les ans, Alessandro célébrait la fin des vendanges par une grande fête dans sa villa de Sonoma et allait sans doute en profiter pour annoncer ses fiançailles.

Vendredi... C'était ce soir.

Lilley caressa du bout des doigts le beau visage d'Alessandro sur la photo. Comment avait-elle pu se persuader qu'il avait envie de la revoir ? Quelle naïveté ! Elle avait espéré au moins un signe. Des fleurs, un petit mot... Mais non, rien.

Pourtant, au bout du compte, il lui avait fait le plus beau cadeau qu'une femme puisse recevoir : un enfant. Elle posa instinctivement la main sur son ventre. Elle qui avait toujours regretté d'avoir quelques kilos en trop se moquait maintenant de ne pas avoir la ligne mannequin. Son corps alllait se transformer. C'était magnifique.

Comment Alessandro réagirait-il à la nouvelle ?

Ses paroles claires et nettes lui revinrent soudain à la mémoire. « Je ne vous épouserai pas. Je ne tomberai pas amoureux de vous. »

Il l'avait prévenue dès le début, avec une grande franchise. Lilley n'avait qu'à s'en prendre à elle-même si elle avait le cœur brisé.

Reposant le magazine, elle se leva pour se diriger vers la fenêtre et écarta les rideaux en vichy. La lune brillait, comme la nuit où elle avait fait ce choix décisif qui avait révolutionné son existence, la nuit où elle avait décidé d'offrir sa virginité à Alessandro.

Elle regretterait San Francisco, cette ville qu'elle avait fini par aimer, surtout maintenant qu'elle s'était réconciliée avec Jeremy et Nadia. Mais New York lui plairait peut-être. Même si elle partait seule.

Puis, elle se rappela l'événement extraordinaire qui changeait tout : elle ne serait plus jamais seule.

Une vague de joie la submergea, aussi spontanée qu'un rire d'enfant. Avec une telle perspective, la tristesse n'était plus de mise.

L'étau qui lui serrait le cœur se relâcha. Elle partirait, ainsi que le voulait Alessandro. Mais avant elle devait lui annoncer la nouvelle. Il était inutile d'essayer de prendre rendez-vous par l'intermédiaire de Mme Rutherford, qui filtrait tous les appels. Ce n'était pas non plus le genre de chose qu'on annonçait par lettre ou par mail. Comme il ne lui avait jamais donné son numéro de téléphone personnel, il n'y avait qu'une solution, aussi désagréable fût-elle.

Elle revit en pensée la somptueuse villa de Sonoma, où elle avait fait l'amour pour la première fois, où elle était tombée enceinte...

Avant de quitter Alessandro pour toujours, elle devait lui annoncer sa paternité.

— *Alessandro*, enfin. Je t'ai manqué, chéri ?

Immédiatement, l'intonation boudeuse d'Olivia irrita Alessandro qui se força néanmoins à sourire. Olivia était en avance, ce qui ne lui ressemblait guère. Sans doute la rumeur répandue par les journalistes était-elle parvenue jusqu'à ses oreilles. En tout cas, la bague au diamant de cinq carats qu'il avait dans la poche pesait aussi lourd qu'une ancre marine...

— Toi, tu m'as manqué, susurra-t-elle.

Comme toujours impeccablement habillée, elle portait une robe de cocktail noire, asymétrique, qui dénudait une épaule et mettait en valeur son corps mince et bronzé. Avec ses bracelets en or qui tintaient à son poignet, elle était l'image même du luxe et de la sophistication. L'épouse parfaite pour le prince Caetani.

D'ailleurs, il devait à tout prix se ranger avant de devenir aussi instable et corrompu que son père. A ce propos, la nuit qu'il avait passée avec Lilley lui avait servi d'avertissement.

Alessandro repoussa le souvenir des grands yeux doux et confiants de la jeune femme, de son corps sensuel... Il n'aurait jamais dû la toucher. Jamais.

Olivia s'approcha pour l'embrasser sur la bouche, mais il se détourna au dernier moment et reçut son baiser sur la joue. Sa réaction abrupte les surprit tous les deux. Vexée, Olivia recula.

— Qu'y a-t-il ?

— Rien.

De toute façon, que pouvait-il lui dire ? Il n'avait guère eu le loisir de penser à elle pendant son séjour à Mexico, pendant qu'il luttait pied à pied contre son rival détesté, le Français Théo Saint-Raphaël. Joyería lui avait échappé.

En fait, ce n'était pas Olivia qui lui avait manqué le soir où il avait subi cette cuisante défaite, mais Lilley, qui était probablement en train de boucler sa valise avant de partir pour New York. Elle devait le détester, maintenant. Jamais il ne s'était conduit avec une telle muflerie. Il envoyait toujours au moins des fleurs, même à une conquête d'une nuit.

Cette froideur était pourtant délibérée, et sa cruauté apparente témoignait en réalité de son désir de la ménager.

Un sourire déterminé se dessina sur les lèvres peintes d'Olivia.

— J'ai été si heureuse que tu m'appelles ! murmura-t-elle. Je commençais à croire que tu avais rompu définitivement.

— C'était mon intention. Je déteste les ultimatums.

— Cela me servira de leçon, répliqua-t-elle avec une moue coquette en glissant une main dans la sienne. Je suis si heureuse d'être avec toi ! Nous sommes faits l'un pour l'autre, n'est-ce pas ?

Alessandro contempla son visage, avec ses pommettes hautes et ses magnifiques yeux verts. Physiquement, elle n'avait aucun défaut et s'intégrerait à merveille à son univers en s'acquittant de toutes ses obligations de *principessa*.

— *Sì*, acquiesça-t-il avec raideur. *E perfetto.*

Ils se dirigèrent vers la mezzanine. Les invités commençaient à arriver en nombre. Au départ, il avait prévu une réception avec quelques amis. Puis, ne doutant pas du succès de ses transactions avec le propriétaire de Joyería, il avait agrandi le cercle à des relations d'affaires pour fêter sa victoire.

Hélas, tout avait mal tourné, jusqu'aux vendanges qui étaient mauvaises cette année. Il se demandait bien d'où venait la fuite qui avait entraîné son fiasco à Mexico. Sans doute d'un employé subalterne et mal payé. Dans sa poche, le poids de la bague s'alourdissait à chacun de ses pas. Il l'avait depuis une semaine mais n'avait appelé Olivia que l'avant-veille.

Maintenant que sa décision était prise, il ne reviendrait pas en arrière. A trente-cinq ans, il était temps de mettre fin à son existence débridée et tapageuse. Il avait égoïstement séduit Lilley, tout en sachant qu'elle souffrirait par la suite. Il commençait à ressembler beaucoup trop à son père.

Olivia l'enlaça, un peu trop fermement à son goût, quand ils descendirent l'escalier. Comme la météo annonçait des orages, on avait installé le buffet à l'intérieur, mais quelques invités s'attardaient dehors, près de la piscine. Un trio de jazz jouait dans le grand salon. Tous les amis d'Alessandro étaient là, ainsi que des personnalités en vue de la Silicon Valley. Les femmes étaient belles, bien habillées, et le vin blanc de la propriété délicieux. Alors pourquoi se sentait-il aussi insatisfait ?

Dans le hall, il entendit la voix forte de Bronson. Son maître d'hôtel avait du mal à refouler un visiteur importun.

— L'entrée de service est à l'arrière !

— Mais je ne suis pas là pour une livraison. Je veux voir Alessandro !

— *Alessandro ?* répéta Bronson, comme si une telle familiarité l'insultait personnellement. Vous voulez dire Son Altesse Royale, le prince Alessandro Caetani ?

— Oui !

— Je crains que ce ne soit impossible en ce moment, répondit le maître d'hôtel, glacial. Veuillez prendre rendez-vous auprès de sa secrétaire. Bonsoir.

Il allait claquer la porte au nez de la visiteuse quand cette dernière l'en empêcha en glissant un pied à l'intérieur.

— Je suis désolée d'insister, mais je pars demain matin et je dois à tout prix le voir. Ce soir même.

Les cheveux d'Alessandro se hérissèrent sur sa nuque. Il connaissait cette voix, claire et cristalline comme un torrent de montagne. Lâchant la main d'Olivia, il se précipita.

— Otez vos doigts de là, s'il vous plaît ! grondait Bronson.

D'un geste brusque, Alessandro saisit la porte et l'ouvrit en grand.

— Votre Altesse, je suis désolé pour cet incident. Cette femme essaie de s'imposer. J'ignore comment elle a pu passer le barrage de la sécurité...

— Ne vous inquiétez pas, Bronson, l'interrompit Alessandro sans vraiment savoir ce qu'il disait.

La femme de ses rêves était là, sur le seuil de sa villa, encore plus belle que dans son souvenir. Sans aucun maquillage, ses longs cheveux ramassés en queue-de-cheval, elle portait un simple débardeur et une jupe fleurie qui mettaient en valeur ses rondeurs féminines. Elle paraissait si libre, à côté de toutes ces femmes qui osaient à peine bouger dans leurs fourreaux en lamé ! On aurait dit un ange tombé du ciel.

— Alessandro..., chuchota Lilley, les yeux dilatés par l'appréhension.

En l'entendant prononcer son nom, il ressentit comme une décharge électrique. Il la prit par le bras pour l'attirer à l'intérieur. Au contact de sa peau, il se mit à frémir, assailli par d'innombrables souvenirs. Ils avaient fait l'amour ici même, dans ce vestibule, songea-t-il en regardant le mur derrière lui.

Instantané, le désir se ralluma en lui. L'absence, loin de l'émousser, l'avait au contraire aiguisé. Un bourdonnement sourd emplit ses oreilles et il croisa les bras pour résister à la tentation de la toucher.

— Tu n'aurais pas dû venir.

— Je n'avais pas le choix.

— Que fait-elle ici ? demanda Olivia avec humeur, en s'approchant. L'as-tu invitée, Alessandro ?

Il avait complètement oublié Olivia ! Il lui lança un regard irrité avant de se tourner de nouveau vers Lilley.

— Que veux-tu ?

La jeune femme lui faisait l'effet d'une créature surgie d'un autre monde, magique et innocent, plein de douceur. Son visage irradiait d'une lueur étrange.

— Te voir, répondit-elle avec une spontanéité désarmante.

— Votre place n'est pas ici, lança Olivia. Partez !

Elle la foudroya du regard. Apparemment, elle avait reconnu la cavalière d'Alessandro au bal Preziosi di Caetani. Lilley ne manifesta ni peur ni colère, mais, au contraire, quelque chose qui s'apparentait à... de la sympathie.

— Ne vous inquiétez pas, je veux seulement parler à Alessandro un instant. S'il vous plaît. Ce ne sera pas long.

— Alessandro n'est pas disponible.

Comme celui-ci gardait le silence, Olivia ajouta méchamment :
— Partez avant que je vous jette dehors !
Loin de paraître affectée, la visiteuse adressa un sourire à Alessandro.
— Puis-je m'entretenir quelques minutes avec toi ?
Juste avant l'annonce de ses fiançailles avec Olivia, cela ne semblait pas une très bonne idée… Il s'apprêtait à refuser, mais presque malgré lui il s'adressa à Olivia.
— Veux-tu nous excuser un moment ?
— Certainement, siffla celle-ci entre ses dents, folle de rage. Je vais saluer le maire et mon bon ami Bill Hocking.
Cette allusion au célèbre milliardaire de la Silicon Valley ne pouvait pas être plus claire. Mais Alessandro s'en moquait.
— *Grazie.*
Olivia tourna les talons en affichant un mépris souverain. Avec son dos nu, elle avait presque l'air squelettique dans sa petite robe noire. Alors que Lilley était si appétissante, malgré la simplicité de sa mise…
— Je ne pensais pas te revoir, dit Alessandro. Tu ne manques pas d'audace, pour forcer ainsi ma porte, un soir de fête !
— Je suis courageuse, non ? Ou alors stupide.
— Courage et stupidité se confondent parfois.
Les yeux brillants, elle secoua la tête en riant.
— Je suis contente de te voir, Alessandro. Tu m'as manqué.
Elle se montrait si vulnérable qu'Alessandro sentit son cœur se serrer.
— Il n'empêche. Tu n'aurais pas dû venir.
— A cause de tes fiançailles ?
— Tu lis trop la presse à scandale.
— Malheureusement.
Redressant les épaules, il se prépara à l'inévitable, les larmes et les récriminations.
Lilley redressa le menton.
— Je te souhaite d'être heureux. Si vous vous aimez, Olivia et toi, je vous souhaite à tous les deux tout le bonheur du monde.

Alessandro s'attendait à tout, sauf à cela. Décontenancé, il ne savait plus comment réagir.

— Tu n'es pas… fâchée ?

Il rougit en même temps qu'il prononçait ce mot incongru, bien mal adapté aux circonstances.

— Il vaut mieux accepter une situation devant laquelle on est impuissant.

— Je ne comprends pas le motif de ta visite.

Elle leva sur lui ses yeux lumineux, pailletés d'ambre.

— J'ai quelque chose à te dire avant de quitter San Francisco.

Elle partait ? Il regrettait presque d'être intervenu auprès d'un de ses amis pour lui offrir un travail à New York, à cinq mille kilomètres de là.

La sonnette de la porte d'entrée retentit à cet instant et Bronson s'approcha d'un pas hésitant. Alessandro prit Lilley par la main.

— Où allons-nous ? demanda-t-elle.

— Là où nous pourrons être seuls et parler tranquillement.

Il la conduisit dans le salon de musique, dans une aile isolée, à l'écart de l'agitation. Le front moite, il contourna le piano à queue pour ouvrir les portes-fenêtres qui donnaient sur un petit jardin abrité des regards. De l'autre côté de la haie, on entendait le tintement des verres et le brouhaha des conversations. Il tenait toujours la main de Lilley.

Il baissa les yeux sur leurs doigts entrelacés et elle suivit son regard en tremblant. A l'horizon, le tonnerre gronda et le vent se mit à souffler dans les arbres. L'air se chargea d'électricité tandis que le désir montait en eux.

Alessandro lâcha la main de Lilley. Il devait la protéger, ne pas la faire souffrir. Elle n'avait pas appris, comme lui, qu'il ne fallait compter sur personne. L'amour et la confiance n'existaient pas. Seul le sexe et l'argent avaient quelque réalité.

Malgré son désir de la serrer contre lui pour sentir sa douceur, il résista en serrant les poings.

— Pourquoi es-tu venue ? grommela-t-il.

Le vent agita violemment les lampions multicolores suspendus dans les arbres. Haut dans le ciel, un éclair illumina le visage de Lilley.

— Tu es amoureux de Mlle Bianchi ?

— Le mariage est une alliance d'intérêts. L'amour n'a rien à voir là-dedans.

— Tu accepterais de te priver d'amour pendant le reste de ton existence ? protesta-t-elle sur un ton hésitant.

La pluie commença à tomber.

— Dis-moi ce que tu as à me dire et va-t'en !

Lilley baissa les yeux.

— C'est plus dur que je ne pensais.

Une grosse goutte roula sur la joue de la jeune femme, jusqu'au coin de ses lèvres pleines et généreuses. Résistant à l'envie de s'y abreuver, Alessandro réprima un gémissement. Il fallait en finir le plus vite possible, avant que la situation ne lui échappe.

— J'ai eu tort de te séduire, dit-il à mi-voix. Je le regrette sincèrement.

Une ombre passa sur le visage de la jeune femme.

— Pourquoi ?

La gorge d'Alessandro se contracta. Pour la première fois depuis dix-neuf ans, il avait devant lui un cœur qu'il n'avait pas envie de briser, mais les circonstances l'obligeaient néanmoins à le faire.

— Tu méritais mieux que moi, pour ta première fois. Pas une aventure d'une nuit.

— Ne sois pas si dur avec toi-même, répliqua-t-elle avec un sourire contraint. D'ailleurs… tu m'as offert non pas une mais deux nuits.

Il frissonna au souvenir des moments délicieux qu'il avait partagés avec elle.

— Tu trouveras quelqu'un de bien.

— A New York ?

— Comment as-tu deviné que j'étais intervenu ?

Elle haussa les épaules.

— Merci, en tout cas.

Devant sa générosité naturelle, Alessandro se faisait l'effet d'une brute.

— Je n'ai pas agi par gentillesse. Je t'éloigne de moi parce que je me marie. Par intérêt. Le père d'Olivia est un homme d'affaires puissant qui m'apportera des appuis appréciables. Une fois que j'aurai prononcé les vœux du mariage, je serai fidèle.

Lilley scruta son regard.

— M'aurais-tu choisie, si j'étais une riche héritière ?

L'espace de quelques secondes, il retint son souffle. Puis il secoua lentement la tête.

— Je risquerais de détruire tout ce que j'admire chez toi. Ta fraîcheur, ta gaieté...

Il faillit caresser sa joue mais se retint juste à temps. De nouveau, le tonnerre gronda au-dessus d'eux.

— Olivia est l'épouse qu'il me faut.

Lilley s'humecta les lèvres.

— Tu ne peux pas te marier avec elle sans savoir... ce que j'ai à te dire.

L'orage se déchaînait et ils étaient trempés, à présent. En scrutant les grands yeux éperdus de la jeune femme, Alessandro devina brusquement ce qu'elle voulait lui dire.

— Non, protesta-t-il. Tais-toi...

Elle hésita. Ses vêtements mouillés collaient à sa peau, révélant ses formes rondes et généreuses.

— Alessandro...

— Non, *cara*, l'interrompit-il en essuyant son visage ruisselant. Je t'en prie, ne prononce pas ces mots irrémédiables. Je lis dans ton cœur comme dans un livre ouvert. J'ai deviné tes sentiments.

Elle le regarda, indécise. Il avait posé les mains sur ses joues. Quelques centimètres à peine les séparaient.

Un désir fou s'empara de lui, l'empêchant presque de

respirer. Rassemblant toute la force de sa volonté, il réussit à reculer d'un pas.

— Pars à New York, Lilley.

— Attends ! s'écria-t-elle comme il se détournait. Ne t'en va pas. Pas avant de savoir...

Il fit volte-face.

— Ne t'oppose pas à ma volonté. Nous ne devons plus nous revoir. Jamais. Il n'y a rien qui puisse me faire revenir sur ma décision.

Elle inspira profondément.

— Je suis enceinte de toi, murmura-t-elle.

6

Un coup de tonnerre retentit, ébranlant la terre sous leurs pieds. Lilley retint son souffle en guettant sa réaction.

— Enceinte ? répéta-t-il d'une voix rauque.

— Oui.

Une lueur furtive éclaira son visage fermé.

— C'est impossible... Je me suis protégé.

Dans un geste d'impuissance, elle écarta les bras.

— Sauf une fois, dans la douche...

— Non.

— Mais...

— Non !

Passant une main dans ses cheveux, il fit trois pas sur la pelouse, sous les yeux désespérés de Lilley qui, même si elle avait prévu sa réaction, trouvait la souffrance presque insoutenable.

Elle croisa les bras autour de son corps frissonnant pour essayer de se réconforter. « Tout ira bien », se dit-elle en imaginant la voix de sa mère à ses oreilles. « Tout s'arrangera, ma chérie. » Comme par magie, elle sentit l'étau de l'angoisse se desserrer. L'amour était un don, un trésor inestimable, même s'il n'était pas payé de retour.

Elle considéra Alessandro, si beau et séduisant malgré son smoking trempé et ses cheveux plaqués sur son front. Au fond d'elle-même, la compassion l'emporta sur le chagrin. Tant pis pour le père et le mari qu'il ne serait jamais...

— Cela ne change rien pour toi, déclara-t-elle.

Il arrêta de faire les cent pas et tourna vers elle un visage sombre et menaçant.

— Comment ?

— Dès le départ, tu m'avais prévenue. Je n'attends rien de toi. Je voulais simplement que tu sois au courant.

— Dans quel but ? gronda-t-il. Quelles sont tes exigences ?

Elle cilla des paupières.

— Je ne comprends pas...

— Tu veux quoi ? Une maison ? De l'argent ?

Il s'exprimait avec violence, mais son corps tremblait. Quel genre de femmes avait-il fréquenté, pour que de telles pensées lui viennent ?

— Je n'ai besoin de rien.

Seulement d'une famille pour mon bébé, ajouta une petite voix intérieure. *Et d'un homme qui m'aime.*

— Merci de m'avoir offert deux nuits inoubliables. Et de m'avoir donné un aussi beau souvenir.

Elle cilla pour refouler ses larmes et le regarda une dernière fois, comme pour graver ses traits dans sa mémoire. Son nez aquilin. Sa mâchoire carrée. Ses yeux de braise...

— Je te souhaite beaucoup de joie. Je ne t'oublierai jamais. Au revoir.

Comme elle se détournait pour rentrer à l'intérieur de la villa, une main s'abattit sur son épaule.

— Tu crois vraiment pouvoir repartir comme si de rien n'était ?

Un peu effrayée par la lueur qui brillait au fond de ses yeux, Lilley retint son souffle.

— Je n'ai aucune raison de rester...

— Vraiment ? cria-t-il, incapable de se contrôler. Comment peux-tu te montrer aussi froide et insensible, si tu portes mon enfant ?

— Froide ? répéta-t-elle en se dégageant d'un geste vif. Je ne vais tout de même pas me traîner à tes pieds pour te supplier de nous aimer tous les deux, moi et ton enfant.

— Cela, au moins, je le comprendrais !

— Mais je ne changerais pas ta nature profonde ! s'écria-t-elle. Tu veux une femme dont tu puisses être fier. Olivia. Et, moi, tu veux m'envoyer au loin, à cinq mille kilomètres d'ici !

— Ce n'est plus pareil, maintenant.

— Rien n'a changé.

— Si. Tout. Si ce bébé est le mien, en tout cas.

Il fallut quelques secondes à Lilley pour comprendre ce qu'il insinuait.

— Tu me crois capable d'avoir couché avec un autre homme et de te mentir ?

Alessandro ne broncha pas, aussi immobile qu'une statue.

— Cela arrive parfois, dit-il d'une voix étrange, presque inaudible. Tu aurais pu renouer avec ton petit ami, tomber enceinte par accident et décider d'en tirer profit.

— D'en tirer profit ? lança-t-elle, incrédule. Mais comment ?

Il scruta les profondeurs de son regard.

— Tu me jures que c'est la vérité ? Cet enfant est bien le mien ?

— Bien sûr ! Tu es le seul homme avec qui j'aie couché dans toute mon existence !

— Je veux un test de paternité.

Elle se raidit.

— Comment ?

— Tu m'as très bien entendu.

C'en était trop. Il ne l'insulterait pas davantage.

— Oublie-moi, cela vaudra mieux. Je ne me soumettrai pas à ce test ridicule. Si tu me fais aussi peu confiance, si tu me crois capable de mentir sur un sujet aussi important, ce n'est pas la peine d'insister.

Secouée par d'irrépressibles sanglots, elle se sauva en courant presque. Mais Alessandro la rattrapa.

— Je suis désolé, Lilley, dit-il plus calmement. Excuse-moi. Je te connais. Tu es incapable de mensonge.

Elle soupira en relâchant la tension de ses épaules et il soutint son regard avant d'ajouter :

— Epouse-moi.

Le cœur de Lilley se mit à battre la chamade.

— C'est une plaisanterie ?

— Je ne plaisante jamais, tu ne te souviens pas ?

Lilley sentit la tête lui tourner. Jamais, même dans ses rêves les plus fous, elle n'avait envisagé une telle éventualité.

— Tu... Tu veux te marier avec moi ?

— Est-ce donc si surprenant ? Qu'imaginais-tu ? Que j'allais te jeter à la rue pour me fiancer avec une autre ?

Elle se mordit la lèvre.

— Euh... Oui.

— Alors, tu ne me connais pas.

— Non, chuchota-t-elle. C'est vrai.

Elle avait les jambes en coton. C'est à peine si elle était arrivée jusqu'à Sonoma dans la vieille voiture de Nadia, tant elle était nerveuse. Et maintenant... Quel dénouement invraisemblable ! Elle était au bord des larmes.

— Tu... veux m'aider à élever notre enfant ?

Alessandro crispa la mâchoire.

— Je veux vous protéger tous les deux. Je donnerai mon nom à cet enfant. C'est mon devoir.

Son devoir ? Lilley sentit l'espoir fou qui l'avait envahie s'effondrer.

— Tu n'as pas besoin de m'épouser pour assumer tes responsabilités.

— Si.

— Pourquoi ?

— Il le faut.

— Tu as des principes démodés, qui datent d'un autre âge.

— Oui.

— Tu ne m'aimes pas !

Il croisa les bras.

— Cela n'a rien à voir avec le sujet.

— Pour moi, si ! Ecoute, Alessandro, je ne t'empêcherai jamais de voir ton enfant…

— Cela semble difficile si nous sommes mariés.

— Je ne veux pas t'épouser !

— Bien sûr que si ! rétorqua-t-il froidement.

Elle secoua la tête avec vigueur.

— Un mariage sans amour ? Non merci !

— Je te comprends. Tu rêves toujours de ton chevalier blanc dans son armure étincelante. Mais il nous faut tous deux abandonner nos projets pour envisager l'avenir ensemble. Nous attendons un enfant. Nous devons nous marier.

— Non… Nous serions malheureux !

— *Malheureux ?* répéta-t-il, incrédule. Tu ne comprends donc pas ? Tu seras princesse ! Plus riche que tu ne peux l'imaginer !

— Cela ne m'intéresse pas.

Il l'agrippa par les épaules.

— Tu priverais ton enfant d'un nom et d'un destin à cause d'un rêve puéril de conte de fées ?

Elle ferma les yeux. Il n'avait pas le droit de se moquer de ses chimères.

— Tu es cruel.

— J'ai raison, décréta-t-il, la mine sombre. Tu ne peux pas refuser. Je promets même de t'être fidèle, Lilley.

Quelle magnanimité ! Il avait l'air de se sacrifier !

— Merci, répliqua-t-elle sur un ton sarcastique. Mais je n'ai pas l'intention de devenir ta femme par obligation.

— C'est le mot « devoir » qui te choque, n'est-ce pas ? Pourquoi se marie-t-on, d'après toi ?

— D'abord parce qu'on est amoureux. Pour se soutenir, s'épauler. C'est une union poétique entre deux âmes…

— Et le sexe ? Qu'en fais-tu ?

Il raffermit la pression de ses doigts sur son bras. Malgré elle, elle se sentit attirée par sa force, sa chaleur…

— As-tu oublié la passion que nous avons partagée ? insista-t-il en la caressant doucement.

Un frisson incoercible se logea au creux des reins de Lilley.

— C'était un feu de paille, souffla-t-elle. De toute façon, je ne suis pas la femme qu'il te faut.

— J'ai changé d'avis, déclara-t-il en la couvant de son regard de braise. Tout au long du mois qui vient de s'écouler, je n'ai pensé qu'à une chose : te retrouver la nuit dans mon lit.

Elle s'humecta les lèvres.

— C'est... C'est vrai ?

— Je résistais uniquement pour te laisser la chance de trouver un homme qui t'aime. Mais tout a changé. C'est notre enfant qui compte, désormais.

Ses yeux s'attardèrent sur sa bouche sensuelle.

— Ce n'est pas l'unique raison, poursuivit-il. Je te veux à moi. Toutes les nuits. Pendant le reste de mon existence.

Lilley pouvait à peine respirer.

— Olivia...

— Je l'aurais épousée sans désir. Uniquement par intérêt. C'est toi que je veux.

Il se pencha pour l'embrasser, et la plaqua contre la haie. Fébrilement, ses mains coururent sur son corps, caressant ses hanches et ses seins.

— Non, protesta-t-elle quand il remonta le bas de sa jupe.

— Ne te dérobe pas, la supplia-t-il.

Elle étouffa un sanglot.

— Je ne me refuse pas à toi, mais je ne peux pas t'épouser. Ce serait trop de renoncement. J'ai peur de me détruire à force de t'aimer.

— Alors, ne m'aime pas. Il est trop tard pour poursuivre nos rêves, Lilley. Occupons-nous plutôt de notre bébé.

Il avait raison, songea Lilley en fermant les yeux.

— Tu aimeras cet enfant ? Tu seras un bon père ?

— Oui, dit-il simplement.

Un instant encore, elle retint son souffle. Puis elle laissa ses rêves s'envoler et rouvrit les paupières.

— Je peux accepter un mariage sans amour. Mais pas sans

confiance ni respect. Je ne subirai pas un test de paternité humiliant. Ou tu me crois, ou tu me laisses partir.

Alessandro plongea son regard dans le sien et hocha la tête.

— D'accord, *cara*.

— Dans ces conditions, je veux bien t'épouser, murmura-t-elle, la gorge serrée.

Un large sourire illumina les traits d'Alessandro. Miraculeusement, la pluie avait cessé. L'orage et le tonnerre n'étaient plus qu'un souvenir lointain.

La passion et un bébé suffiraient peut-être, songea Lilley, un peu étourdie. En tout cas, ils n'avaient rien d'autre.

7

Les cheveux de Lilley flottaient au vent dans la Ferrari jaune décapotable qui filait dans le désert immense du Nevada. De temps à autre, elle observait Alessandro à la dérobée. La lune jetait des éclats argentés sur ses cheveux noirs.

La fête s'était terminée en un scandale retentissant quand Alessandro avait discrètement parlé à Olivia pour lui annoncer son intention d'épouser Lilley. Miss Bianchi avait quitté la villa avec beaucoup de tapage, non sans avoir fait une scène à Lilley.

— Vous le regretterez ! avait explosé la riche héritière milanaise en enfonçant ses ongles dans le bras de sa rivale. Vous êtes sans doute enceinte de son enfant, espèce de petite traînée, mais vous n'êtes pas digne de devenir sa femme. Vous croyez avoir gagné, mais je me vengerai. Je vous détruirai...

La blonde créature était partie comme une furie pendant que, dans le grand salon, Alessandro annonçait ses fiançailles avec Lilley à ses côtés. Malgré les applaudissements et les murmures de félicitations, la jeune femme avait perçu la stupéfaction générale.

— Nous allons nous marier à Las Vegas, avait ajouté Alessandro. Ce soir même...

Comme tout le monde, Lilley en était restée bouche bée. Ils iraient en voiture, avait-il expliqué, car son jet privé ravitaillait ce jour-là une île perdue dévastée par un ouragan.

— Nous serons mariés dès demain, lui dit-il après le départ des invités. Sauf si tu préfères attendre pour permettre à ton père d'assister à la cérémonie...

Un frisson de nervosité parcourut la jeune femme. Elle devait à tout prix parler de sa famille à Alessandro avant leur mariage. Elle secoua la tête.

— Non, je ne souhaite pas la présence de mon père. D'ailleurs, tu t'y opposerais si tu connaissais la vérité. Nous ne sommes pas en très bons termes. Je ne sais même pas s'il m'aime vraiment...

Elle inspira profondément.

— A ce sujet, je dois t'avouer une chose importante.

— Ce n'est pas la peine, déclara-t-il d'un ton froid. Je suis déjà au courant.

Alessandro savait tout sur sa famille ?

— Ah oui ? bredouilla-t-elle, stupéfaite.

Il acquiesça.

— Il est inutile d'en parler puisque nous ne pouvons rien y changer.

Elle se mordit la lèvre.

— Tu... Tu me pardonnes ?

— Oui. Mais moi, je ne pourrai jamais t'aimer.

De toute façon, il l'avait déjà mise en garde... Lilley avait tant redouté son mépris et son rejet qu'elle ressentit un immense soulagement. Il connaissait donc son secret... Probablement depuis longtemps, d'ailleurs. Encore une fois, elle s'était montrée bien naïve. Une information de cette importance n'aurait pas pu échapper au puissant magnat qu'était Alessandro Caetani. Avec une bouffée de joie et de légèreté, elle se jeta dans ses bras.

Surpris, il la serra contre lui.

— Abbott passera chez toi prendre tes affaires. De toute façon, tu n'as pas besoin de vêtements. Nous en achèterons sur place. Tu as un passeport ?

— Oui. Pourquoi ?

— J'ai une petite maison en Sardaigne. Parfaite pour une lune de miel.

Ils roulèrent toute la nuit à travers le désert du Nevada. Au bout de quelques heures, Lilley s'endormit sur l'épaule d'Alessandro.

En arrivant à Las Vegas, il la réveilla d'un baiser sur le front.

— C'est aujourd'hui que tu te maries, *cara*, chuchota-t-il.

Dans la lumière blanche de l'aube, on distinguait à peine une chaîne montagneuse, à l'horizon.

Ils descendirent au palace de l'Hermitage, dans une suite luxueuse où cinq serveurs s'affairèrent aussitôt pour leur offrir un petit déjeuner royal, avec des gaufres, des œufs au bacon, du pain aux noix de pécan et de merveilleuses salades de fruits exotiques, sans compter d'innombrables sortes de thé ou de café.

Ensuite, Alessandro accompagna Lilley à la boutique de l'hôtel pour choisir sa robe de mariée et, pour lui-même, un smoking. En voyant le prix sur l'étiquette, elle protesta.

— Ne t'inquiète pas de cela, la rassura-t-il avec un sourire.

Ils se rendirent dans un bureau du centre-ville pour remplir les papiers nécessaires. A leur retour dans leur suite, un joli bouquet les attendait, posé sur le piano. Une légère ivresse s'empara de Lilley et ils firent l'amour sur le lit immense, face au Strip, cette avenue démesurée qui traverse Las Vegas de part en part. Puis ils s'habillèrent.

Mais, en découvrant Lilley dans sa robe de mariée, Alessandro l'entraîna de nouveau sous les draps…

Pendant qu'ils s'habillaient de nouveau, un petit cœur en cristal rose pendu à une chaîne en cuivre attira l'attention d'Alessandro.

— Tu as un certain talent, je l'avoue.

Son expression changea.

— C'est vraiment dommage…

— Quoi donc ?

— Rien, soupira-t-il en la tirant par la main, comme s'il chassait une pensée importune. Dépêchons-nous. Sinon, nous risquons encore de nous laisser distraire...

Malgré leurs deux heures de retard, on les maria dans la petite chapelle privée de l'hôtel, avec pour seul témoin le propriétaire des lieux, Nikos Stavrakis, que connaissait Alessandro.

C'est ainsi que Lilley devint une princesse. Ensuite, dans un tailleur blanc que lui avait offert son mari, elle monta à bord du jet privé qui les avait rejoints à Las Vegas et qui s'envola pour la Méditerranée.

Elle y retrouva ses bagages qu'un domestique était passé prendre à son appartement, ainsi qu'un petit mot de Nadia lui souhaitant bonne chance. « Jeremy va habiter avec moi, et je sais que tu m'as pardonné, maintenant que te voilà mariée au prince Alessandro. J'ai de la peine à y croire ! Tu vas être célèbre ! »

Lilley s'endormit sur un divan, en serrant contre elle la couverture de sa mère. Quand elle se réveilla, Alessandro, assis dans un fauteuil de cuir blanc, la contemplait.

— Je te protégerai toujours, chuchota-t-il en se penchant. Toi et notre enfant.

— D'accord, répondit-elle avec un petit sourire. Mais ne nous étouffe pas. J'ai trop souffert à cause d'un père terriblement protecteur qui m'aurait empêchée de sortir de la maison si ma mère n'avait pas été là.

— Quand lui annonceras-tu notre mariage ?

Elle détourna les yeux.

— Je ne sais pas. C'est... compliqué.

— Je comprends.

Il hésita un instant avant de s'épancher.

— Mon père à moi a épousé ma mère pour son argent, qu'il a dépensé ensuite en menant la grande vie avec ses maîtresses.

Comme en plus il ne se souciait pas de contraception, il a plusieurs enfants illégitimes...

— Oh...

— J'avais dix-neuf ans quand il est mort, en laissant des montagnes de dettes derrière lui. Ma mère serait morte de faim dans la rue si je n'avais pas commencé tout de suite à travailler. Elle a passé la fin de sa vie à Rome, dans un palace. Je m'étais juré de lui offrir ce luxe.

Il soupira.

— Je te raconte cela pour te tranquilliser. Tu n'as aucune inquiétude à avoir. Je prendrai toujours soin de toi.

Elle tendit la main pour lui caresser la joue.

— Nous veillerons l'un sur l'autre.

— Tu ne regretteras pas d'avoir abandonné tes rêves pour m'épouser. De toute façon, avec un enfant, tu n'aurais pas pu te consacrer à une carrière. Je tâcherai de t'offrir des compensations. Même si je ne suis pas un chevalier en armure, je te traiterai avec respect.

Elle fronça les sourcils.

— Je ne pourrai pas travailler ? Et tu me dis cela maintenant ?

— C'était évident, non ? répliqua-t-il, embarrassé.

— Non, pas du tout. Tu le savais très bien, d'ailleurs. Sinon, tu ne serais pas aussi gêné.

— Si tu avais vraiment attaché de l'importance à ce rêve, tu l'aurais réalisé depuis longtemps.

C'était peut-être vrai. Mais la peur, jusque-là, l'avait paralysée...

— Tu auras tout ce que tu désires, promit-il. Tu ne manqueras jamais de rien. Et tu peux très bien continuer à créer des bijoux pour ton plaisir, si tu en as envie.

— C'est très généreux à toi, murmura-t-elle sur un ton moqueur.

— Nous verrons quand nous serons installés dans notre nouvelle vie, promit-il. Je veux que tu sois heureuse, Lilley. Je ferai tout pour cela.

La tendresse qui brillait dans les yeux de son mari la rassura. Tout se passerait bien...

— Moi aussi, répondit-elle.

— Tu me rends déjà très heureux, souffla-t-il. Promets-moi seulement de ne jamais me mentir.

— Je te le promets, de tout mon cœur.

— *Io bacio.*

— *Io bacio*, répéta Lilley en posant un livre en équilibre sur le sommet de son crâne, devant les fenêtres ouvertes qui donnaient sur les eaux bleues de la Costa Smeralda.

— *Tu baci.*

— *Tu baci*, dit-elle en faisant quelques pas juchée sur ses talons aiguilles.

— *Lui bacia.*

Elle apprit en souriant la conjugaison du verbe *baciare*, que son professeur particulier avait sans doute choisi à dessein. Elle suivait toutes sortes de cours, pour l'étiquette et le maintien, le protocole et la langue. Malgré toutes ces contraintes, elle était... heureuse.

Son nouvel univers n'avait rien de commun avec celui qu'elle avait laissé derrière elle dans le Minnesota. Son père, parti de rien, se souciait peu des convenances et des bonnes manières. Après une semaine en Sardaigne, elle était rompue de fatigue, mais pour des raisons intimes et tout à fait délicieuses... Elle s'empourpra en songeant à la nuit torride qu'elle avait passée, et à celle à venir. Elle s'enhardissait de plus en plus, pour le grand plaisir d'Alessandro.

— *Molto bene*, lança le professeur d'italien.

— Vous apprenez vite, *principessa*, ajouta la jeune femme qu'on avait fait venir de Suisse pour les leçons de maintien.

— *Grazie*, dit Lilley en riant.

Elle trouvait bien agréable, pour une fois, d'être complimentée sur ses performances. Connaissant ses difficultés orthographiques, son mari avait donné des instructions précises pour une approche audio-orale de la langue.

Son *mari*...

Lilley adorait ce mot. Elle avait un mari. Et il était presque 17 heures, constata-t-elle en jetant un coup d'œil discret à sa montre. Le moment de la journée qu'elle préférait.

— Nous avons terminé, dit le professeur d'italien en suivant son regard. *Buona sera, principessa*.

Mme Renaud ôta le livre relié posé sur la tête de Lilley.

— Bonsoir, *principessa*.

Principessa. Un autre mot exotique, à la consonance étrangère, qui sonnait bizarrement à son oreille.

Dès le départ de ses professeurs, elle se précipita dans la chambre de maître, aussi vite que le lui permettaient sa petite jupe droite et ses talons aiguilles. Dans le hall, elle passa devant des chefs-d'œuvre de l'art moderne sans même y prêter attention. Mais elle s'arrêta un instant devant une fenêtre pour admirer la belle couleur turquoise de la mer Méditerranée et la plage de sable blanc.

Elle était tombée amoureuse de la Sardaigne, en tout cas de la Costa Smeralda et de ses somptueux paysages écrasés de soleil. Avec ses huit chambres et sa nombreuse domesticité, la magnifique villa ne correspondait guère à la description modeste qu'en avait donnée Alessandro. Par chance, les domestiques disparaissaient tous les jours à 17 heures, selon des instructions de leur maître, afin de préserver leur intimité.

Lilley sourit intérieurement. Ils passaient ensemble des nuits inoubliables, extraordinaires.

Alessandro la couvrait de présents. La veille encore, il lui avait offert un collier d'émeraudes. Elle acceptait ses cadeaux avec gratitude, même si le style froid et impersonnel de ces bijoux n'était pas à son goût.

Elle avait parfois le plaisir de le retrouver dans la chambre en fin d'après-midi. Mais aujourd'hui la pièce était vide, ainsi que le bureau où Alessandro avait tenu des réunions toute la journée avec des membres influents de son conseil d'administration. Elle l'aperçut au bord de la piscine, en train de parler au téléphone. Pieds nus, vêtu d'un simple jean et d'un T-shirt, il réussissait à paraître élégant et raffiné. Lilley le dévora des yeux. Derrière lui, les palmiers bruissaient doucement contre le ciel bleu azur.

La jeune femme enfila l'un des six Bikinis qu'ils avaient achetés ensemble à Porto Cervo. Après avoir noué les liens dans son dos et sur ses hanches, elle observa son reflet dans le miroir. Les rondeurs qui l'embarrassaient tant naguère ne la gênaient plus le moins du monde. Alessandro l'avait réconciliée avec ce corps qui abritait maintenant leur enfant.

Pour la première fois de sa vie, elle se sentait bien dans sa peau. Les nausées du matin avaient miraculeusement disparu depuis son mariage. Par pure coïncidence ? Peut-être...

Quand elle sortit, l'énorme diamant jaune qu'elle portait à son doigt étincela de mille feux à la lumière du soleil. Alessandro l'avait choisi dans la boutique Caetani de Las Vegas sans se soucier du prix. Il avait pourtant coûté un million de dollars...

Installé dans un fauteuil avec son ordinateur portable, Alessandro resta concentré sur son écran quand Lilley s'approcha en ondulant les hanches. Elle passa derrière lui pour lui masser les épaules.

— *Buon pomeriggio, cara*, dit-il d'un air absent.

— *Buon pomeriggio* ? répéta-t-elle avec un sourire. *No, buona sera.*

Il leva les yeux, détailla sa silhouette et ferma son ordinateur.

— *Buona sera.* Tu fais des progrès en italien.

— Tu avais fini, ou je te dérange ?

— J'ai terminé, maintenant, dit-il en l'attirant sur ses genoux pour l'embrasser.

Elle ferma les paupières pour respirer son parfum. Au soleil, blottie contre Alessandro, elle éprouva immédiatement une délicieuse sensation de bien-être, comme une légère ivresse.

Une seule chose l'ennuyait, cependant : Alessandro ne savait pas s'amuser.

Ils avaient passé la semaine à faire l'amour, à dévorer de bon appétit de succulents repas et à dormir dans les bras l'un de l'autre. La veille au soir, après avoir dîné au restaurant dans le village, ils s'étaient promenés main dans la main dans les petites ruelles tortueuses. Devant un night-club, quelques couples virevoltaient jusque sur le trottoir au son de la musique. Lilley avait essayé d'entraîner Alessandro en riant, mais il avait refusé.

— Je ne danse pas, tu le sais.

— Oh ! s'il te plaît ! Juste une fois !

Elle n'avait pas réussi à le décider. Alessandro ne s'autorisait jamais rien de drôle ou de fantasque. Il était toujours sérieux, comme s'il avait peur de paraître vulnérable ou ridicule.

Mais il changerait. Elle lui apprendrait à rire et à plaisanter.

— J'ai besoin de me rafraîchir, lança-t-elle en se libérant son étreinte.

Elle se dirigea vers les marches et s'enfonça dans l'eau jusqu'à la poitrine, tout en surveillant Alessandro du coin de l'œil. Puis, elle plongea pour réapparaître à ses pieds.

— Viens !

Comme il refusait, elle renversa la tête en arrière pour tremper ses cheveux. Puis elle fit couler un filet d'eau translucide sur la peau bronzée de ses bras et de son cou.

— Allez ! soupira-t-elle.

Il résista encore.

Elle se mit alors à nager souplement jusqu'à l'autre bord et revint vers lui. Comme il ne semblait toujours pas décidé, elle finit par lancer quelque chose à ses pieds. Son Bikini.

— Viens ! l'implora-t-elle.

Cette fois-ci, il la surprit par sa rapidité. Sans même prendre la peine de se déshabiller, il sauta dans l'eau pour réapparaître à quelques centimètres d'elle. Se raccrochant d'une main au bord de la piscine, il l'enlaça par les épaules et captura ses lèvres dans un long baiser brûlant. Puis, battant des jambes pour rester à la surface, il prit son visage entre ses paumes.

Lilley jeta les bras autour de son cou. Ils restèrent encore quelques secondes en apesanteur avant de s'enfoncer dans l'eau, étroitement enlacés. Ils continuèrent ainsi à couler, jusqu'au fond. Puis, Alessandro donna un violent coup de pied pour les faire remonter.

Après avoir repris leur souffle, ils demeurèrent un long moment les yeux dans les yeux, à flotter librement. Une lumière blanche, éblouissante, les aveuglait.

Alessandro poussa Lilley jusqu'à un endroit où ils avaient pied pour la serrer contre lui et piller ses lèvres avec une ardeur renouvelée. Les paupières closes, elle s'abandonna quand il s'écarta pour embrasser ses seins. La fraîcheur de l'eau sur sa peau nue contrastait avec la chaleur de la bouche d'Alessandro. Elle eut l'impression fugitive d'un bonheur parfait.

— *Mi piacere stare con te*, murmura-t-il. Je suis bien avec toi.

— *Baciami*, répondit-elle. Embrasse-moi.

Avec une exclamation étouffée, il la prit dans ses bras pour la porter en haut des marches. Son T-shirt et son jean dégoulinants lui collaient au corps, moulant sa puissante musculature. Une expression étrange, qu'elle ne lui avait jamais vue, irradiait de ses traits.

— *Mia moglie*, murmura-t-il. Ma femme chérie.

Il continua jusqu'à la villa, laissant derrière lui un sillage mouillé. Au loin, on entendait le cri des mouettes et la corne des bateaux. Un parfum d'orange et de citron flottait dans l'air. Lilley plaça une main sur son torse, à l'endroit où battait son cœur.

A l'intérieur, tout était calme. Ils étaient seuls. Dans la chambre, une douce brise marine entrait par les fenêtres ouvertes et rafraîchissait l'atmosphère. Alessandro la déposa sur leur lit de noces où elle n'en finissait pas de découvrir les mystères de l'amour et du plaisir.

Il retira ses vêtements trempés et les jeta sur le carrelage en marbre. Une fois nu, il s'allongea à côté de Lilley et l'embrassa, impatiemment d'abord, puis plus tendrement, tout en murmurant à son oreille, en italien, des mots tendres qu'elle ne comprenait pas tous. Une émotion inexplicable, presque douloureuse par son intensité, envahit la jeune femme.

Elle se redressa à demi pour poser une main sur sa joue râpeuse.

Je t'aime.

Mais les mots ne franchirent pas ses lèvres. Elle manquait de courage, ou alors d'insouciance, pour les prononcer.

Alessendro lui fit l'amour avec une lenteur mesurée, après avoir exploré chaque centimètre de sa peau satinée. Leur plaisir explosa en même temps, dans un paroxysme d'une force inouïe. Ensuite, ils restèrent longtemps dans les bras l'un de l'autre et Alessandro s'endormit, un sourire de satisfaction sur les lèvres.

Lilley le contempla quelques minutes avant de se tourner vers la fenêtre ouverte sur le ciel bleu. Il ne servait à rien de le nier : elle était tombée amoureuse d'Alessandro. Dès leur première rencontre, ce samedi soir où il l'avait trouvée en train de pleurer dans son bureau.

Du bout des doigts, elle caressa la toison de son torse. Il l'avait initiée au plaisir, lui faisant découvrir une sensualité dont elle ne soupçonnait même pas l'existence. Mais était-elle condamnée à aimer un homme qui préférait lui offrir des bijoux coûteux à la place de son cœur ? Existait-il un moyen de conquérir son amour ?

Avec tous les cours qu'il lui imposait et le renouvellement de sa garde-robe, il était en train de la métamorphoser totalement. Cependant, elle n'était pas tout à fait certaine d'adhérer à tous ces changements. Il l'habillait comme une poupée, sans se soucier de ses goûts à elle et sans lui faire confiance.

Lilley soupira. Elle accepterait avec docilité de se couler dans le moule. Si c'était là le moyen de gagner son amour, elle se conformerait à son code de l'élégance et du savoir-vivre et deviendrait la femme qu'il voulait.

Cela en valait la peine.

Elle se mit soudain à frissonner et se blottit plus près contre lui. Elle y arriverait, par tous les moyens. Elle finirait bien par conquérir au moins une infime partie de son cœur et saurait s'en contenter.

Oui, elle réussirait.

8

— Empêchez-le. Par n'importe quel moyen, je m'en moque, mais empêchez-le !

Assis à son bureau, Alessandro hurlait au téléphone, invectivant son directeur financier. Après avoir raccroché, il se leva pour faire rageusement les cent pas, en lâchant un chapelet de jurons contre Théo Saint-Raphaël. Quel ignoble vautour ! Leur rivalité avait commencé quelques années plus tôt lorsque l'homme d'affaires français avait racheté une société italienne à Rome, juste à côté du quartier général de Caetani Worldwide. Le conflit s'était envenimé à Mexico le mois précédent avec le rachat de Joyería. Mais cette fois-ci c'en était trop ! La coupe était pleine. Son ennemi s'apprêtait à mettre la main sur une firme japonaise dont Alessandro avait besoin pour étendre sa sphère d'influence en Asie.

Alessandro poussa un grognement. Cela faisait des années qu'il cultivait des contacts à Tokyo. Saint-Raphaël n'avait aucune raison de lui mettre des bâtons dans les roues. Sauf pour se venger de l'affaire du vignoble. Visiblement, il n'en avait pas fini avec les représailles.

L'humiliation qu'il lui avait infligée à Mexico ne suffisait pas. Il s'acharnait.

En tout cas, le directeur des services financiers avait découvert pourquoi Miguel Rodriguez avait fini par céder son affaire à Saint-Raphaël. Quelqu'un les avait trahis. Le Français avait eu connaissance du projet d'Alessandro et l'avait dévoilé à Rodriguez, qui avait cherché à protéger ses employés.

Mais comment Saint-Raphaël avait-il obtenu l'information ?

Les yeux fixés sur son écran d'ordinateur, Alessandro soupira. Jusque-là, il avait réussi à garder le contact avec son équipe en travaillant à distance. Mais le problème de Tokyo échappait à leur contrôle. Il devait interrompre sa lune de miel pour avancer son retour à Rome.

Il regarda par la fenêtre, cherchant machinalement Lilley des yeux. Il était plus de 5 heures. Mais aujourd'hui encore il dérogerait à leurs habitudes. La nuit dernière, il s'était relevé pour téléphoner à son bureau de Hong Kong afin d'échafauder une stratégie et s'était endormi le nez sur le clavier.

En fait, il aurait dû rentrer à Rome depuis deux jours. En restant en Sardaigne, il donnait la priorité à une femme sur ses affaires, ce qu'il n'avait jamais fait jusque-là.

Mais ce n'était pas n'importe quelle femme. C'était *la sienne*.

Il l'aperçut soudain sur la plage, dans un maillot de bain violet, en train de jouer dans les vagues. Aussitôt, il se détendit. Un instant, Lilley se retourna vers la villa, comme si elle sentait son regard. Puis elle se dirigea vers un groupe d'enfants, parmi lesquels il reconnut les filles des voisins, et elle s'accroupit pour les aider à construire un château de sable.

Elle était si libre, si spontanée… Et il brillait tant de tendresse dans ses yeux quand elle parlait de leur bébé à naître ! Lilley était tout ce qu'un homme pouvait désirer, comme femme et mère de ses enfants.

Elle n'avait qu'un seul défaut : elle l'aimait.

Elle avait bien failli lui avouer son amour, juste avant leur mariage. Heureusement, il l'avait arrêtée à temps. Il poussa un long soupir. Tant que les mots n'étaient pas prononcés, ils avaient une chance. Ils pouvaient très bien être amants et amis. Quand leur enfant serait né, Lilley aurait un exutoire pour son amour. Elle l'élèverait avec beaucoup de tendresse, tandis qu'Alessandro continuerait à s'occuper du vaste empire qu'il laisserait plus tard en héritage à son enfant.

Sa famille vivrait dans l'opulence. Il se conduirait d'une manière irréprochable, avec un dévouement sans faille.

Il regrettait leur mariage précipité à Las Vegas, sans famille ni amis. Mais il fallait attendre encore un peu. La pierre précieuse était encore brute. Une fois taillée et polie, il l'exhiberait devant ses amis. Pour l'instant, c'était encore prématuré. Elle avait besoin de renforcer ses défenses avant de s'aventurer seule dans le monde.

Dans son entourage, à Rome, personne n'aurait épousé sa maîtresse parce qu'elle était enceinte. Les hommes qu'ils connaissaient se seraient contentés de signer un chèque généreux et peut-être d'offrir quelques cadeaux à la naissance.

Mais Alessandro s'était juré que ses enfants connaîtraient leur père. Il avait trop souffert lui-même pour ne pas en tirer des leçons et avait toujours observé une prudence extrême dans ses relations avec les femmes. Pendant sa première année d'études à Stanford, il était tombé amoureux d'une serveuse de vingt-cinq ans qu'il avait courtisée pendant des mois, en parfait gentleman. Jusqu'à ce que Heather le traîne chez elle en le suppliant de lui faire l'amour. Elle avait refusé le préservatif sous prétexte qu'elle prenait la pilule.

— Tu me fais confiance, non ? avait-elle susurré en battant des cils.

Il avait découvert le plaisir et la sensualité entre les bras de cette femme. Tout à cette révélation, il avait à peine réagi quand elle était tombée enceinte. Au contraire, cela lui avait presque semblé miraculeux.

Ensuite, son père était mort brutalement, et les créanciers s'étaient déchaînés pour réclamer leur dû. Alessandro avait dû arrêter ses études et chercher du travail afin de subvenir aux besoins de sa mère, mais aussi avec l'intention d'épouser Heather. La veille de sa demande en mariage, il avait soigneusement répété son discours. Bien sûr, au début, ils seraient pauvres.

Cependant, à force de travail et de prudentes économies, il lui offrirait un jour une vraie vie de princesse.

Il avait acheté une bague bon marché, à la mesure de ses faibles moyens, et avait préparé un pique-nique. Malheureusement, les choses ne s'étaient pas déroulées comme il l'avait prévu. Heather l'avait écouté en silence, sans presque toucher à son sandwich. Et, quand il l'avait emmenée danser, elle s'était immobilisée au milieu du premier morceau.

— Je t'aime beaucoup, Alessandro, je m'amuse bien avec toi et tu me donnes du plaisir, mais je t'ai menti. Le bébé n'est pas de toi.

— Comment ? s'était-il écrié, avec l'impression d'être poignardé en plein cœur.

Elle avait rougi.

— J'étais déjà enceinte la première fois que nous avons couché ensemble.

— Je ne comprends pas...

— L'autre homme est déjà marié. Il ne quittera pas sa femme pour moi. Mais il dirige une entreprise. Si je lui annonce ma grossesse, il me donnera de l'argent.

Elle avait hésité, avant d'ajouter :

— Je ne veux pas vivre dans la pauvreté avec un bébé. Je suis désolée.

Et elle l'avait planté là, sur la piste de danse.

C'était la dernière fois qu'Alessandro avait dansé, la dernière fois qu'il s'était tourné en ridicule en faisant confiance à une femme.

Jusqu'à Lilley...

Il aurait pu choisir de ne pas l'épouser, car elle n'attendait rien. Mais sa moralité et son sens du devoir l'avaient emporté. Malgré tout, il avait peut-être eu tort de ne pas exiger de test de paternité.

Des gouttes de sueur froide perlèrent à son front. Quelle preuve avait-il ? Presque aussitôt, il se ressaisit avec un sursaut.

Lilley était incapable de mentir. En outre, elle était vierge quand ils s'étaient connus.

— Alessandro ? Tu travailles encore ?

Il se retourna pour contempler les courbes pleines et appétissantes de sa jeune épouse, debout sur le seuil.

— Pourquoi ne m'as-tu pas rejointe sur la plage ?

— Je n'avais rien promis.

Elle s'approcha avec un sourire enjôleur pour masser sa nuque et ses épaules.

— Comment peux-tu posséder une villa en Sardaigne sans jamais profiter des plaisirs de la mer ?

— Je préfère les plaisirs que tu me donnes, répliqua-t-il en la prenant sur ses genoux.

Passé le premier instant de surprise, elle s'abandonna à ses baisers et ses caresses. C'était toujours ainsi entre eux. Combien de fois avaient-ils fait l'amour depuis qu'ils étaient mariés ? Pourtant, il n'était jamais rassasié.

Elle s'installa sur lui à califourchon et il enfouit son visage entre ses seins, à peine couverts par son minuscule Bikini. Elle commença à onduler en gémissant, une expression de pur ravissement sur les traits. Aurait-il assez d'une vie pour se repaître de sa beauté ?

Emmêlant les doigts dans ses cheveux, il dénoua le bas de son maillot de bain et défit sa braguette. Lilley rouvrit les yeux avec une expression choquée, mais il était déjà trop tard.

Il la souleva pour l'installer sur lui et la pénétra aussitôt en lui arrachant un cri de plaisir. Une vague de volupté le submergea et il recommença. Cette fois-ci, Lilley prit l'initiative, contrôlant le rythme des mouvements. Même s'il l'avait voulu, il n'aurait pas pu se retirer. Lilley s'arc-bouta, la tête en arrière, pour lui offrir ses seins.

Le plaisir était presque trop intense. Alessandro essaya de se retenir encore un peu... Comme par miracle, Lilley poussa un cri à ce moment-là, et il succomba lui aussi, tandis qu'une multitude de petites lumières explosaient derrière ses paupières closes.

Il la garda longtemps serrée contre lui avant de la libérer, encore tout désorienté. Comme elle frissonnait en se relevant, il ôta sa chemise pour la lui donner.

— Merci, murmura-t-elle. Je reviendrai souvent te voir dans ton bureau.

Il éclata de rire et la regarda. Sa chemise lui arrivait à mi-cuisse.

— Tu es... ravissante, habillée ainsi.

— Et toi, tu as enfin trouvé la bonne tenue de plage !

— Tu as vraiment de la suite dans les idées.

— Tu viens ? lança-t-elle avec un sourire malicieux.

— Non. De toute façon...

Il marqua une hésitation.

— Je dois partir à Rome.

— Pourquoi ?

— A cause de Théo Saint-Raphaël, tempêta-t-il.

Elle sembla saisir la gravité de la situation.

— Qu'a-t-il fait ?

— Cela ne lui a pas suffi de me voler Joyería. Il veut aussi m'empêcher de m'installer en Asie. On dirait qu'il m'en veut personnellement.

— C'est peut-être le cas. Je ne comprends pas pourquoi les hommes se font la guerre pour des choses qui n'en valent pas la peine. Appelle-le pour lui proposer une trêve, ou faire la paix...

— Tu plaisantes ? la coupa-t-il d'un air abasourdi. Je préférerais encore me couper un bras.

Puis il se radoucit.

— Je regrette seulement d'écourter notre lune de miel.

— Cela ne fait rien. J'adore la Sardaigne mais je suis sûre que Rome me plaira aussi. J'ai hâte de voir ton palazzo et de rencontrer tes amis.

Il fronça les sourcils.

— Lilley, il est encore un peu tôt... Nous en avons déjà parlé. Je préfère que tu restes ici pour l'instant.

— Ma place est auprès de toi.

— Tu as promis de m'obéir.

— Pas du tout ! protesta-t-elle avec indignation. Aurais-tu honte de moi ?

Il prit ses mains pour les porter à ses lèvres.

— Mes amis sont très critiques et pas forcément chaleureux ni accueillants. Tu risques de ne pas les aimer beaucoup.

— C'est plutôt eux qui ne m'aimeront pas.

— Tu me rejoindras très vite. Je te le promets.

Et, pour sceller cette promesse, il déposa un tendre baiser sur ses lèvres.

Mais Lilley, qui ne l'entendait pas ainsi, s'écarta, des éclairs dans les yeux.

— Non.

— Tu ne comprends donc pas ? J'essaie de te protéger.

— Je ne veux pas être protégée. Je veux être ta femme.

Il soupira, en s'efforçant de rester léger.

— Si tu en as assez de la Sardaigne, je peux te déposer dans ma propriété de Toscane. Tu visiteras les musées de Florence et...

— Non ! l'interrompit-elle en tapant du pied. Je t'accompagne à Rome.

— Lilley, s'il te plaît...

— Tes amis ne me font pas peur, insista-t-elle. Que peuvent-ils me faire ? Me donner des coups de poing ? Me rouler dans la boue ?

— Non, évidemment. Ils sont beaucoup plus subtils. Ils appuieront sur tes points faibles, ta façon de t'habiller, de te tenir, peut-être même ta dyslexie...

— Ils vont me faire subir un examen de passage ! s'écria-t-elle avec ironie.

Alessandro essaya de rester patient.

— Je veux juste t'épargner des désagréments.

— En me gardant prisonnière ?

Il croisa les bras.

— Tu n'es pas exactement malheureuse, ici.

Comme elle le foudroyait du regard, il ajouta :

— De toute façon, c'est temporaire. Tu me rejoindras quand tu auras terminé tes cours particuliers.

— Donc, tu as honte de moi.

— Ne sois pas ridicule !

— Je me ferai toute petite. Je t'en prie ! Ne me laisse pas ici sans toi. L'idée d'une séparation m'est insupportable.

— Tu risques de souffrir.

— Je suis plus forte que tu ne crois.

— Olivia est là-bas…

Pendant une seconde, Lilley resta silencieuse.

— Nous l'inviterons à dîner.

— Tu n'es pas obligée d'aller jusque-là.

— Je suis sérieuse. Je me sens un peu coupable. Nous lui avons fait du mal.

— Tu n'es pas responsable. Et si je l'ai traitée un peu durement elle est tout à fait capable de le supporter, crois-moi. Elle se mariera avec quelqu'un d'autre, deux fois plus beau et plus riche que moi.

— Ça, c'est impossible, murmura Lilley avec un sourire malicieux.

Puis elle se mordit la lèvre d'un air songeur.

— Etait-elle amoureuse de toi ?

— Pas le moins du monde. Pour elle comme pour moi, il s'agissait purement et simplement d'un mariage d'intérêt. Mais sur le papier nous étions faits l'un pour l'autre.

Lilley se rembrunit et il eut peur de l'avoir choquée par cette affirmation à l'emporte-pièce.

— Mais tu es là, maintenant, ajouta-t-il. La mère de mon précieux enfant.

Le menton de Lilley se mit à trembler. Il l'enlaça par la taille en continuant à la cajoler.

— La femme qui m'a donné le plus de plaisir dans toute mon existence.

Cette fois-ci, un petit rire échappa à Lilley.

— Je viens à Rome avec toi.

L'instinct d'Alessandro lui soufflait de refuser. Pourtant, les yeux de la jeune femme brillaient d'un tel désir qu'il se sentit incapable de dire non.

— D'accord, *cara*.

Elle se jeta à son cou.

— Merci ! Tu ne le regretteras pas, tu verras. Avec toi, je n'ai peur de rien.

Tandis qu'elle l'embrassait, folle de joie, Alessandro finit par se convaincre qu'il avait pris la bonne décision. Lilley n'avait-elle pas acquis une grande confiance en elle, au cours des dix derniers jours ?

Tout se passerait bien. Il avait tort de s'inquiéter. Ils étaient mariés et attendaient un enfant. Il n'avait rien à redouter de ce séjour à Rome.

9

Rome. *Roma*. La Ville éternelle.

Comment disait-on « désastre » en italien ?

Lilley s'était une fois de plus réfugiée dans les toilettes pendant l'un de ces innombrables repas dans les restaurants élégants et sophistiqués de la capitale italienne. Depuis trois semaines qu'ils étaient à Rome, Alessandro passait son temps au bureau. Elle le voyait à peine et presque jamais seul puisqu'ils dînaient le plus souvent avec ses amis, ravis de le retrouver.

En revanche, la présence de Lilley les enchantait beaucoup moins.

Elle venait de passer deux heures à s'ennuyer mortellement, un sourire de commande figé sur ses lèvres, pendant que les convives bavardaient avec animation. Ils parlaient beaucoup trop vite, mais c'est elle qui avait insisté pour qu'Alessandro abandonne l'anglais avec ses amis au profit de sa langue maternelle. « Cela me permettra de progresser plus vite », avait-elle dit. Elle ne voulait même plus du menu en anglais depuis que, trop nerveuse, elle s'était retrouvée incapable de le lire avec les lettres qui dansaient et se mélangeaient sous ses yeux.

En fait, elle se sentait mal à l'aise dans son nouveau milieu et aurait mille fois préféré rester à la maison avec son mari. Ou même seule, à réfléchir à de nouvelles créations de bijoux ou à la décoration de la chambre d'enfant.

Enfermée dans les toilettes, Lilley considérait d'un air absent ses escarpins Prada. Elle avait tenu deux heures avant de se lever de table. Heureusement qu'elle était enceinte, car cela lui permettait de s'éclipser sans attirer l'attention. Sa jupe la serrait à la taille. Elle n'aurait pas dû manger autant de pain, songea-t-elle. Les autres femmes grignotaient du bout des dents, ne se nourrissant apparemment que de ragots et de médisances.

Elle exagérait... De toute façon, elle n'était pas encore assez bonne en italien pour les comprendre. Et elle avait sans doute mal interprété les regards en biais...

La porte des toilettes s'ouvrit à la volée.

— Comment Alessandro a-t-il pu épouser cette créature bouffie et incapable d'aligner deux mots ?

Lilley se figea en retenant sa respiration.

— C'est tragique ! Un homme comme lui, pris au piège par cette petite chose insignifiante...

Lilley reconnut sans peine les voix de Giulia et Lucretia, deux héritières richissimes mariées à des hommes très fortunés eux aussi.

— Quel dommage ! soupira Giulia. Cela nous prive de la compagnie d'Olivia.

— Elle reviendra, assura Lucretia pour réconforter son amie. La petite aventurière ne restera pas longtemps. Après la naissance, Alessandro se fatiguera vite et la renverra en Amérique. Il se remettra avec Olivia.

— Bien sûr. Ils vont si bien ensemble !

Après leur départ, Lilley regretta d'avoir manqué de courage. Si elle était sortie tout de suite, les deux femmes n'auraient pas osé montrer autant de grossièreté et de cruauté. Le cœur battant, moite de sueur, elle prit subitement conscience... qu'elles avaient parlé en anglais.

— Oh ! souffla-t-elle à mi-voix.

Elle s'appuya contre le mur comme si elle avait reçu un coup de poing dans le ventre. En sortant, elle aperçut son reflet dans la glace. Ce petit tailleur tendance, minimaliste, ne lui allait pas du tout. Au lieu de ressembler à une gravure de mode, comme Giulia et Lucretia, elle était tout engoncée...

Mais tout de même, quel accueil ! Comment pouvait-on faire preuve d'une telle méchanceté envers une jeune inconnue perdue à l'étranger ? Qu'auraient pensé les deux commères si elles avaient su que Lilley était la fille de Walton Hainsbury ? Malheureusement, ces mauvaises langues auraient peut-être trouvé d'autres sujets de moquerie...

En tout cas, elle ne leur ferait pas le plaisir de montrer à quel point elles l'avaient blessée ! Redressant les épaules, Lilley regagna la salle de restaurant la tête haute. De loin, elle vit Alessandro qui riait à gorge déployée à côté de Giulia et Lucretia. Elle eut l'impression que ces dernières lui lançaient un regard sournois et, tout à coup, le courage lui manqua.

Elle se dirigea vers le bar.

— *Sì, signorina ?*

Elle qui ne buvait pourtant jamais aurait eu grand besoin d'un verre d'alcool, mais son état le lui interdisait.

— *Signorina ?* reprit le barman. *Prende qualcosa ?*

Elle se tamponna les yeux.

— *Acqua frizzante, per favore.*

Une main puissante se posa sur son épaule et elle se retourna avec appréhension. Ce n'était pas Alessandro, mais l'un de ses amis, un magnat russe qui possédait des mines d'or dans le Yukon.

— Prince Vladimir ! Bonsoir.

Il l'observa d'un air soucieux.

— Où est votre mari ? Vous êtes toute pâle.

Comme le garçon remplissait son verre, il ajouta :

— Vous ne voulez pas boire autre chose ?

— Je suis enceinte, annonça-t-elle.

— Félicitations !

— Merci.

Elle glissa un regard en direction d'Alessandro.

— Si j'y avais droit, un alcool fort me ferait le plus grand bien.

— Vous n'avez rien à craindre, *principessa*, dit Vladimir. Certains signes ne trompent pas. Votre mari est fou de vous.

— Il ne s'inquiète même pas de savoir où je suis.

— Alors, il est idiot.

Il remarqua le collier de Lilley.

— C'est ravissant. Où l'avez-vous acheté ?

— Je l'ai fabriqué moi-même.

— Vraiment !

— Alessandro trouve que je ne devrais pas le porter à Rome. Ce n'est pas assez sophistiqué pour ses amis. Mais je m'en moque... A leurs yeux, je suis de toute façon ridicule.

— C'est très beau. Très artistique, affirma Vladimir en effleurant le bijou du doigt.

Son geste la gêna. On pouvait lui prêter des intentions ambiguës... Mais personne ne faisait attention à eux. Alessandro continuait à rire et à discuter dans une langue qu'elle comprenait à peine.

Ses yeux se remplirent de larmes. Dire qu'elle avait insisté pour l'accompagner à Rome en espérant qu'il finirait par tomber amoureux !

— Venez, *principessa*, dit Vladimir d'une voix compatissante. Je vous raccompagne à votre table.

La tension qui étreignait Lilley monta d'un cran, surtout quand la conversation s'arrêta brutalement à leur approche.

— *Cara*, dit Alessandro. Je commençais à m'inquiéter...

En apercevant Vladimir, il se raidit.

— Ta femme ne se sent pas très bien, annonça le prince Vladimir. Vous devriez rentrer.

— Oui, tu as raison.

Alessandro se leva en jetant une poignée de billets sur la table.

— *Mi scusi. Buona notte.*

Sans un mot ni un regard pour Lilley, il l'escorta au-dehors et demanda qu'on lui apporte sa voiture.

Après avoir claqué la portière de la Ferrari, il démarra en

trombe et conduisit beaucoup trop vite dans les rues de Rome. Ses traits s'étaient durcis et fermés. Au lieu de s'améliorer, la situation empirait de jour en jour, songea Lilley, au désespoir.

— Je suis désolée d'avoir écourté ta soirée, chuchota-t-elle.

— Tu aurais dû me parler au lieu de te confier à Vladimir Xendzov.

— Je voulais simplement...

— Epargne-moi tes explications, la coupa-t-il en franchissant les grilles du palazzo.

Il se gara à la hâte dans la cour et ne l'attendit même pas pour gravir les marches du perron. Elle essaya de le rattraper en courant, mais il avait déjà gravi la moitié de l'escalier qui montait au premier étage.

— Tu es injuste ! s'écria-t-elle.

Il s'arrêta et se retourna avec une expression butée, en desserrant sa cravate.

— Tu viens te coucher ?

Interloquée, elle s'immobilisa. Malgré la colère et le désaccord qui couvaient entre eux, son corps, traîtreusement, avait envie de céder à Alessandro. Déjà, les pointes de ses seins se dressaient sous sa robe.

Pourtant, ils ne pouvaient pas faire l'amour dans cet état...

Elle se raidit et secoua la tête.

Alessandro descendit quelques marches.

— Je t'ai posé une question, dit-il avec une froideur trompeuse. Tu viens te coucher ?

— Non.

Un éclair de rage s'alluma dans les yeux d'Alessandro, qui la rejoignit en quelques secondes. A la manière dont il l'agrippa, elle devina tout de suite ses intentions. Enserrant sa nuque, il lui infligea un baiser cruel et dominateur. Et lorsqu'elle essaya de le repousser, il la tira violemment par les cheveux. Elle résista quelques instants, mais elle n'était pas de taille à lutter contre sa force brutale. Elle se retrouva bientôt allongée sur le tapis, en travers des marches. Alessandro releva prestement sa jupe et descendit la fermeture de sa braguette.

Ce geste la tira de son hébétude. Elle le regarda droit dans les yeux.

— Non, protesta-t-elle en lui agrippant le poignet.

Il hésita, puis poussa un long soupir et se redressa.

— Je ne veux plus te voir avec Vladimir Xendzov, lança-t-il avant de disparaître en haut de l'escalier.

Lilley se rassit, hagarde. Tout en remettant de l'ordre dans sa tenue, elle entendit l'eau couler sous la douche. Aux prises avec une fureur irrépressible, qu'elle avait du mal à s'expliquer, elle gagna la salle de bains, ouvrit la porte de la cabine à la volée et ferma le robinet.

— Qu'est-ce qui te prend ? s'emporta Alessandro.

Elle croisa les bras en le foudroyant du regard.

— Comment oses-tu me traiter ainsi, espèce de... mufle !

— Tu t'attendais à quoi ? Je n'allais pas te réciter des poèmes après t'avoir vue flirter avec un autre !

— Je ne flirtais pas ! Il me consolait !

Alessandro plissa les yeux.

— De quoi ?

La gorge nouée, elle ravala ses larmes.

— C'est sans importance.

Il sortit de la douche, nu et sculptural. A côté de lui, dans la glace, elle avait l'air empotée dans son tailleur beige trop serré.

— Je t'écoute, insista-t-il sur un ton menaçant.

— Je ne peux pas.

— Parle ! gronda-t-il en la secouant par les épaules.

Le menton de Lilley se mit à trembler.

— Tu avais raison. Je n'aurais pas dû venir à Rome.

— Pourquoi ? Que s'est-il passé ?

— Je les ai entendues dire du mal de moi.

— Qui ?

— Elles m'ont suivie aux toilettes où je m'étais réfugiée.

— Tu te cachais ?

— ... et elles se sont mises à parler en anglais, exprès. Elles m'ont traitée de petite chose insignifiante et bouffie, d'aventurière. Elles prétendent que tu vas divorcer pour renouer avec Olivia.

Alessandro la lâcha et se contenta de pincer les lèvres. Puis, sans prononcer un mot, il s'éloigna.

— Tu t'en moques ? lança-t-elle, la gorge nouée. Cela ne te fait rien ?

Quand il se retourna, la fureur qui déformait ses traits l'effraya.

— Au contraire, vociféra-t-il. Crois-moi, elles regretteront de s'être comportées de la sorte !

— Que vas-tu faire ?

— Ce sont des femmes. Je ne peux pas les frapper. Mais je connais leur point sensible : l'argent. Il me suffit de quelques coups de fil aux banques qui emploient leurs maris trop bien payés et elles se retrouveront ruinées, sans le sou.

Lilley le regarda sans comprendre.

— Je les croyais riches à millions...

— C'est une façade. Tous ces gens sont criblés de dettes.

— Mais ce sont tes amis !

— J'ai grandi avec eux. Nous partageons beaucoup de souvenirs, une histoire commune. Mais non, ce ne sont pas de vrais amis.

Lilley songea à ses amis d'enfance, dans le Minnesota, à leurs parties de billes et leurs promenades à bicyclette. A Katie et Lisa, et tant d'autres qui avaient passé des après-midi entiers à patiner sur le lac gelé avant de boire des chocolats chauds en mangeant des beignets.

Apparemment, Alessandro n'avait jamais connu cela. Emportée par un brusque élan de pitié, Lilley se sentit tout à coup obligée d'exprimer ses sentiments.

— Je n'ai pas besoin de me venger, dit-elle, les yeux brillants. Il n'y a qu'une chose qui m'intéresse : toi. Je t'aime, Alessandro.

Un muscle tressaillit au-dessus de la mâchoire d'Alessandro. Puis, ses yeux se voilèrent d'une tristesse mélancolique.

— Je sais, répliqua-t-il d'un ton calme. Je m'en suis rendu compte juste avant notre mariage. Tu étais sur le point de me le dire, mais je t'en ai empêchée.

— De quoi parles-tu ?

— Tu ne te rappelles pas ? Tu tenais à m'avouer quelque chose... Je n'ai pas voulu entendre cet aveu de peur que cela gâche tout entre nous.

— Il ne s'agissait pas de cela ! s'écria-t-elle.

Lilley fut prise d'un vertige. Elle se souvenait parfaitement de la scène. Alessandro ne savait rien de sa famille, en réalité. Dire qu'elle le trouvait si gentil et généreux de n'exprimer aucun reproche... Ce n'était pas de la magnanimité, mais de l'ignorance !

— Je ne sais pas si je suis capable d'aimer quelqu'un, Lilley.

La mâchoire serrée, il se détourna avant de poursuivre :

— Quand j'avais dix-neuf ans, j'ai été trahi par tous ceux qui m'aimaient. La femme que je voulais épouser était en fait enceinte d'un autre homme. Mon père est mort après m'avoir ignoré pendant toute son existence. Quant à ma mère... elle m'a avoué un jour qu'il n'était pas vraiment mon père.

— C'est horrible !

— Au bout de deux ans de mariage, elle ne le supportait déjà plus et a pris un amant. L'histoire n'a pas duré, mais je suis né à ce moment-là. Mon père n'a jamais rien su. Il a toujours cru que j'étais son fils, ce qui ne l'a pas empêché de me léguer d'énormes dettes, ainsi que des demi-frères et des demi-sœurs à foison.

Une expression douloureuse altérait son visage. C'était la première fois qu'il se confiait aussi ouvertement. Lilley l'enlaça avec tendresse.

— Je suis désolée. Qui est ton vrai père ?

— Quelqu'un que je n'ai jamais eu envie de connaître.

— Je suis désolée, répéta-t-elle sans rien trouver d'autre à dire.

Pour le consoler, elle l'embrassa sur les joues, les lèvres, le menton, les épaules…

— C'est moi, maintenant, ta famille, murmura-t-elle, les larmes aux yeux.

Il poussa un long soupir.

— En tout cas, Lilley, s'il y a une femme au monde que je voudrais être capable d'aimer, c'est toi.

Le cœur de Lilley se mit à battre la chamade.

— C'est vrai ?

— Depuis cette époque, tu es la première femme à qui je fais confiance. Je sais que tu es incapable de me mentir… Sur aucun sujet.

Un tremblement la secoua. Comment pourrait-elle jamais lui expliquer la situation, maintenant ? Il fallait trouver un moyen avant qu'il ne découvre par lui-même la vérité. Quand leur mariage serait plus solide, peut-être… Elle avait très peur qu'il se mette alors à la haïr.

— Je regrette de ne pas t'avoir offert une plus belle cérémonie de mariage, dit Alessandro en lui caressant la joue.

— Oh ! Pourquoi ?

— Tu aurais dû avoir tes amis et ta famille auprès de toi. As-tu annoncé la nouvelle à ton père ?

Sa gorge se noua.

— Euh… Non, pas encore.

Puis elle se força à ajouter :

— Mais je t'emmènerai dans le Minnesota pour te le présenter. Quand tu voudras.

— A Noël ? suggéra-t-il tendrement. J'espère bien conquérir son amitié.

— Bien sûr, murmura-t-elle, en proie à un affreux sentiment de culpabilité. Tu es irrésistible, pour tout le monde.

Il l'attira contre son corps nu.

— Les autres m'indiffèrent. Je n'ai besoin que de toi.

Soudain, Lilley eut envie de pleurer. Quand il déboutonna la veste de son tailleur pour la caresser, une vague de plaisir l'inonda.

— Tu es à moi, chuchota-t-il en lui ôtant son caraco de soie et son soutien-gorge en dentelle.

Ses paumes glissèrent sur ses seins gonflés, jusqu'à son ventre qui s'arrondissait déjà.

— Dis-le-moi.

— Je suis à toi.

— Pour toujours.

— Oui, pour toujours...

Alessandro s'agenouilla devant elle et remonta sa jupe pour lui enlever sa culotte. Puis, il lui souleva une jambe et la plaça sur son épaule. En sentant son souffle chaud entre ses cuisses, Lilley s'agrippa à lui de toutes ses forces.

Avant de l'embrasser, il releva la tête pour plonger son regard au fond du sien.

— Ne me mens jamais, Lilley. Si tu respectes cette règle, rien ni personne ne nous séparera jamais.

Puis il enfouit son visage entre ses jambes.

Lilley rejeta la tête en arrière, les yeux clos. Dans sa poitrine, son cœur battait à tout rompre. Elle aurait dû lui dire la vérité depuis le début. Dès le premier jour. A force de reculer, la situation était devenue impossible. Le jour où Alessandro découvrirait le pot aux roses, il ne lui pardonnerait pas de l'avoir trompé des mois durant.

Non, elle ne pouvait pas le perdre. Plus maintenant, songea-t-elle avec angoisse, tout en s'abandonnant aux sensations délicieuses qu'il lui prodiguait. Il fallait trouver le moyen de tout lui révéler. Et prier le ciel pour que cet aveu ne sonne pas le glas de leur union.

10

En voyant sa femme en haut du grand escalier, Alessandro en resta bouche bée.

Depuis cinq semaines qu'elle préparait cette réception pour fêter leur mariage, elle avait tenu à choisir sa toilette en grand secret. Maintenant, il comprenait pourquoi. C'était une robe de bal de soie, dont le haut corseté enserrait la poitrine, pour s'évaser ensuite en jupe vaporeuse, dans les tons rose et mauve. La jeune femme avait piqueté des fleurs dans ses longs cheveux bruns, qui tombaient librement sur ses épaules.

— Eh bien ? Qu'en penses-tu ? demanda-t-elle.

Alessandro faillit lui demander d'aller se changer. Elle ne pouvait pas paraître avec cette tenue tapageuse dans la haute société romaine. Son originalité heurterait la mentalité conventionnelle. Puis il aperçut la lueur d'espoir qui brillait au fond des yeux de sa jeune épouse.

En s'habillant ainsi, elle prenait un risque énorme, délibérément. Mais elle était superbe et il décida d'oublier le qu'en-dira-t-on pour lui tendre les bras avec un sourire.

— Tu es très belle.

Un mélange de soulagement et de gratitude envahit Lilley.

— *Grazie*, répondit-elle avec une expression malicieuse.

Elle accourut en relevant sa robe, dans un bruissement d'étoffe, et rajusta le nœud papillon de son mari.

— Tu n'es pas mal non plus !

Puis elle l'embrassa avec une telle ferveur qu'il l'aurait

volontiers emmenée dans leur chambre si les premiers invités n'avaient pas commencé à arriver. Ils s'acheminèrent vers la salle de bal en traversant plusieurs salons en enfilade. Depuis deux mois qu'ils étaient à Rome, Lilley avait métamorphosé le palazzo en renouvelant une partie du mobilier et de la décoration. Elle en avait fait une maison accueillante et confortable.

On était au début du mois de décembre. Des feux de cheminée brûlaient dans toutes les pièces. Dans le parc, des guirlandes lumineuses clignotaient dans les arbres et, à l'intérieur, des couronnes de houx et des bouquets de fleurs donnaient un air de fête.

Jetant un coup d'œil circulaire à la salle, Lilley poussa une petite exclamation.

— Oh ! oh, l'ambassadeur a jeté son dévolu sur Monica Valenti... *Mi scusi.*

En effet, le vieux monsieur à cheveux blancs serrait de près la jeune starlette de dix-neuf ans. Alessandro prit une flûte de champagne et suivit sa femme des yeux avec admiration. Le palazzo était bondé. Lilley avait invité tout Rome, les aristocrates, les dirigeants politiques et les hommes d'affaires, sans oublier le monde des arts et de la culture. Elle avait même envoyé un bristol à Lucretia et Giulia.

Lilley possédait une âme généreuse. Contrairement à lui, qui avait téléphoné aux deux femmes pour les décommander. Après l'humiliation d'avoir manqué une réception qui resterait dans les annales, elles se montreraient peut-être moins désagréables la prochaine fois qu'elles verraient Lilley.

En reposant sa flûte de champagne, il observa l'aisance avec laquelle sa merveilleuse épouse libérait Monica Valenti des griffes du vieux séducteur. Au lieu de s'en formaliser, ce dernier, visiblement charmé, entama la conversation.

Lilley enchantait tout le monde. Au milieu de toutes ces femmes en noir ou en beige, elle ressemblait à un oiseau de paradis. Que de chemin elle avait parcouru, depuis le bal Preziosi di Caetani ! La femme épanouie qu'elle était devenue n'avait plus rien à voir avec la jeune fille d'alors, dévorée par la peur et la timidité.

Il fronça les sourcils en reconnaissant la silhouette de Vladimir Xendzov. Ce dernier se pencha sur le collier qu'elle portait à son cou, sa dernière création, très originale, avec des pépites d'or et des pierres multicolores dénichées dans un magasin d'antiquités.

— Donnez-moi un scotch, commanda-t-il à un serveur.

Oui, songea Alessandro, la réception que Lilley avait organisée avec le plus grand soin était un succès. Pour le moment, personne ne dansait, mais le petit orchestre irlandais venu spécialement de Dublin créait une ambiance légère et enjouée. Le buffet offrait un vaste éventail de plats exotiques correspondant aux différentes parties du globe où Caetani Worldwide était implanté. Le mélange, qui aurait pu tourner au désastre, était très réussi.

Lilley avait accompli un tour de force. Elle était merveilleuse. Soudain, une émotion indicible l'étreignit. Comment ne s'en était-il pas rendu compte plus tôt ? Elle n'avait pas besoin de changer ou de s'adapter. Bien au contraire, elle devait cultiver son originalité.

Tout à coup, il eut envie de la serrer dans ses bras pour lui dire sa fierté et... En tout cas, il tenait beaucoup à elle. Trop ému pour trouver les mots, il s'avança sous les lustres de cristal et les guirlandes de lumière. Il avait besoin de l'embrasser. Tout de suite.

— Chéri...

Olivia surgit en lui barrant le passage. Pâle et filiforme dans un fourreau de satin noir, elle ressemblait à un ange des ténèbres.

— Que fais-tu ici ? demanda-t-il.

— Ta... femme m'a invitée, répondit-elle comme si ce mot lui écorchait la bouche.

— Lilley est trop généreuse.

— Cela ne lui coûte pas grand-chose.

— Que veux-tu dire ?

— Elle est riche.

Il sourit avec dédain.

— Contrairement à toi, elle est désintéressée et tout à fait digne de confiance.

Olivia eut un petit rire sarcastique.

— Comment ? Alors, tu n'es pas au courant ?

Elle posa un ongle rouge sur le col de son smoking et se pencha à son oreille.

— C'est la fille de Walton Hainsbury.

Alessandro la fixa sans mot dire. Un grondement sourd emplit ses oreilles et le sol sembla se dérober sous ses pieds.

La fille de Walton Hainsbury ? Le propriétaire de la chaîne de bijouteries qui avait failli absorber Caetano Worldwide au printemps dernier. Il secoua la tête.

— Tu es folle ! Lilley est originaire du Midwest.

— Minneapolis exactement, où sont installées de nombreuses multinationales, susurra Olivia.

Walton Hainsbury habitait en effet dans les environs de Minneapolis... Alessandro releva le menton.

— Lilley n'est pas sa fille.

— Non seulement sa fille, mais son enfant unique. Son héritière.

Des bribes de conversation affleurèrent à sa mémoire. « Mon père menace de me déshériter si je ne rentre pas dans le Minnesota pour épouser un de ses collaborateurs. »

Et cette montre Hainsbury que sa mère avait fait faire spécialement pour elle...

« Mon père est dans les affaires.

— Ah ? Il gère un restaurant ? Une chaîne de magasins ?

— Quelque chose comme ça... »

Alessandro essaya de calmer les battements précipités de son cœur. Il ne pouvait pas y croire.

— Quand j'ai rencontré Lilley, c'était une petite employée préposée au classement des dossiers.

Olivia considéra ses ongles laqués de rouge.

— L'endroit rêvé pour faire de l'espionnage industriel.

Alessandro étouffa un cri guttural. N'avait-il pas justement rencontré Lilley seule dans son bureau, un samedi soir ? « Je voulais juste rattraper du travail en retard. Tranquillement, sans personne pour me déranger. »

Les preuves s'accumulaient, écrasantes. En plus, elle était au courant de son projet concernant Joyería. C'était elle qui avait donné l'information à Théo Saint-Raphaël !

Il se ressaisit. Non, c'était impossible ! Lilley n'avait aucun lien avec le comte français. Même si elle avait de bons motifs de le haïr, à l'époque, après leur brève aventure à Sonoma, elle n'aurait pas été en mesure de...

— Je me demande comment elle a réussi à se faire employer par ta société, reprit Olivia, perfide. Son dernier emploi...

Alessandro tenta de rassembler ses souvenirs. Cela semblait si loin...

— ... était un poste de gouvernante dans un hôtel. A Minneapolis. Pour quelqu'un de sa famille, je crois...

Olivia lui lança un regard incrédule.

— Es-tu donc complètement aveugle ? Elle travaillait dans le sud de la France, pour Théo Saint-Raphaël, son cousin. Elle a quitté cet emploi quelques jours à peine avant de débarquer à San Francisco.

Alessandro eut l'impression de recevoir une gifle en pleine figure.

— Le comte de Castelnau est le cousin de Lilley ?

— Elle te mène en bateau depuis le début. Décidément, les femmes te perdront. Tu n'as pas enquêté sur elle avant de l'épouser ?

— Non, fit-il, la bouche sèche.

Tout se mit à tourner autour de lui. De l'autre bout de la salle de bal, Lilley lui sourit, plus belle et rayonnante que jamais. Il détourna le visage, au bord de la nausée.

— Elle est très habile, murmura Olivia. Je me demande quels autres mensonges elle t'a racontés.

— Elle attend un bébé.

— De toi ?

L'écho de la voix de Heather le transperça. « Je t'ai menti. Le bébé n'est pas de toi. »

— Evidemment ! protesta-t-il. Lilley ne mentirait pas là-dessus.

— Certaines femmes sont très rusées.

— Comme toi !

— Moi ? Ne change pas de sujet. Ta petite Lilley t'a bel et bien berné et avait probablement tout prévu. Qui sait si elle ne projetait pas de prendre le contrôle de Caetani Worldwide pour partager ensuite la société entre son père et son cousin...

Alessandro fixa Olivia d'un air hébété.

— Je ne te crois pas.

C'était faux. Malheureusement, elle l'avait presque convaincu.

— Eh bien, demande-lui donc !

Avec un juron, Alessandro bouscula Olivia pour se frayer un passage dans la foule. Le sentiment de joie qu'il avait éprouvé quelques minutes plus tôt s'était dissipé, faisant place à un sombre désespoir.

Et une fureur incoercible, qui le gagnait petit à petit et à laquelle il s'abandonnait avec un soulagement intense.

Il avait tout donné à Lilley et elle s'était moquée de lui. Depuis le tout début. Elle avait falsifié son nom, son CV. Elle lui avait peut-être même menti pour...

Non ! Il repoussa cette pensée en serrant les poings. Devant son expression de colère, les invités, perplexes, reculaient et s'écartaient.

Lilley bavardait et riait avec Vladimir Xendzov, qui la couvait des yeux avec admiration. Flirtait-elle avec lui pour l'utiliser et lui soutirer des informations ? Elle était très forte à ce petit jeu-là...

Elle pâlit en apercevant Alessandro.

— Que se passe-t-il ?

— Dis-moi comment tu t'appelles ! gronda Alessandro.

Un petit groupe de curieux se forma autour de Lilley, qui répondit, ébahie :

— Lilley Caetani.

— Non. Ton nom à toi.

Le silence se fit. Même l'orchestre s'arrêta de jouer. Après un regard à droite et à gauche, elle prit une profonde inspiration et murmura :

— Lilley Smith.

— Dis-moi ton nom. Ton vrai nom !

Brusquement, elle fut au bord des larmes.

— Alessandro... J'avais l'intention de tout te dire.

— Quand ? gronda-t-il. Après m'avoir ruiné en donnant ma société à Hainsbury et à ton cousin ?

— Non ! J'ai essayé de te parler avant notre mariage. Mais tu m'as fait taire en prétendant que tu étais déjà au courant. A t'entendre, tu sais toujours tout !

— Crois-tu que je t'aurais épousée en sachant cela ? Tu m'as menti de bout en bout !

Elle se mit à trembler.

— J'ai changé de nom il y a trois ans, quand mon père a divorcé alors que ma mère était mourante. Je ne voulais plus être une Hainsbury. J'ai pris son nom de jeune fille...

— Sinon tu n'aurais jamais été engagée chez Caetani Worldwide.

— Je le sais, admit-elle.

— Tu es une espionne.

— Non ! Je suis venue à San Francisco pour trouver un emploi et réaliser mon rêve...

— Assez de mensonges ! Tu as séduit Jeremy Wakefield dans l'intention de lui voler les dessins de la marque Preziosi. Ton père les aurait copiés et fait fabriquer en Chine en un temps record. Ensuite, quand je t'ai emmenée au gala, tu en as profité pour changer de plan. Tu pouvais jouer plus gros en devenant ma maîtresse.

— Jamais je ne t'aurais trahi ! protesta-t-elle en sanglotant. Sincèrement, je te croyais au courant. Jusqu'à ce jour où je t'ai dit que je t'aimais... Quand j'ai pris conscience de cet horrible malentendu, je me suis juré de te parler.

Elle paraissait bouleversée, mais il ne se laisserait pas attendrir par ses larmes. Pas cette fois-ci. Il la prit par les épaules et la secoua.

— Pourquoi as-tu attendu ? Cela fait déjà plusieurs semaines. Dire que, pendant tout ce temps, je faisais confiance à une femme qui s'apprêtait à me poignarder dans le dos ! Quelles manigances ton père et ton cousin ont-ils encore ourdies contre moi ?

— Je suis sincère et honnête, tu le sais, dit-elle dans un hoquet, en fixant sur lui des yeux effarés.

Le sang battait contre les tempes d'Alessandro, emplissant ses oreilles d'un bourdonnement sourd qui l'empêchait de respirer. Et de penser.

— Comme je regrette de t'avoir rencontrée ! Je dois encore te poser une question.

— Laquelle ?

Il effleura d'un geste sa taille et son ventre.

— Est-ce que le bébé est de moi ?

Choquée, elle tressaillit et ne répondit pas.

— Dis-moi la vérité, Lilley, insista-t-il sur un ton menaçant. As-tu couché avec un autre homme ?

Un sanglot s'échappa de la gorge de Lilley. Pendant qu'il scrutait son visage déformé par la souffrance, Alessandro oublia soudain le reste du monde, la salle de bal bondée, Caetani Worldwide, Olivia derrière lui... Une seule pensée l'obsédait, qui avait émergé du fond de son être quelques instants plus tôt et qu'il avait voulu partager avec elle : *il aimait Lilley.*

Hélas, cette femme était une hypocrite qui l'avait dupé, comme toutes les autres. Et il s'était laissé prendre naïvement à son jeu alors que tout n'était que mensonge, même ses grands yeux éperdus d'amour et de tendresse.

Devant lui, elle vacilla sur ses jambes, comme si elle allait s'évanouir.

— Comment peux-tu me croire capable d'une chose pareille ? murmura-t-elle. Je t'aime !

— Quel talent ! lança-t-il en prenant son menton entre le pouce et l'index pour tourner son visage vers la lumière. Tu as bien failli me convaincre.

Le chagrin de Lilley redoubla.

— Je t'aime vraiment...

— Arrête de répéter cela, la coupa-t-il d'un ton haineux. Tu n'as toujours pas répondu à ma question, mais cela ne change rien. Je ne t'aurais pas crue, de toute façon.

Atterrée, Lilley aperçut soudain Olivia, juste derrière Alessandro.

— Ah, je comprends ! rétorqua-t-elle en se tordant les mains. Olivia t'a manipulé en renversant la situation à son avantage. De toute manière, tu ne m'as jamais trouvée assez bien pour toi.

— Je te méprise.

Vladimir Xendzov plaça une main sur son épaule.

— Cela suffit. Tu en as assez dit

Alessandro se dégagea violemment.

— Ne t'en mêle pas !

Soudain, fou de rage et de douleur, il jeta un regard circulaire dans la salle et se mit à crier :

— Sortez d'ici, tous autant que vous êtes !

— Non, arrête, Alessandro, opposa Lilley d'une voix grave, méconnaissable. Tes invités ne méritent pas d'être traités de la sorte. Ni moi non plus, d'ailleurs.

Elle redressa fièrement les épaules.

— Si tu ne reviens pas sur tes accusations au sujet du bébé, je te quitte. Pour toujours.

Un ultimatum. Il se raidit.

— Et je devrais me fier à ta parole ?

Lilley blêmit.

— Je ne veux pas d'un mari qui doute de moi.

Elle indiqua Olivia d'un signe de tête.

— Voici celle qu'il te faut. Aussi parfaite et insensible que toi.

Elle tourna les talons, mais Alessandro la retint par le bras.

— Tu ne peux pas partir ainsi, sans faire un test de paternité.

Elle le regarda avec des yeux noyés de tristesse.

— Tout est fini.

Alessandro ne voulait pas paraître faible. Il ne pouvait pas lui avouer combien elle avait été près de briser ses résistances...

— Tu restes à Rome, ordonna-t-il sèchement. Jusqu'à ce que je t'autorise à partir.

Elle le foudroya du regard.

— Pas question !

Elle prit une profonde inspiration avant d'ajouter, d'un air égaré :

— Tu as raison. J'ai couché avec un autre homme. Et je l'ai aimé.

Touché au cœur, Alessandro vacilla.

— Et le bébé ? souffla-t-il en scrutant son regard.

Les yeux de Lilley s'assombrirent encore. Pour toute réponse, elle retira sa bague de fiançailles et la lui tendit. Puis, elle s'éloigna d'un pas vif, la tête haute.

Cette fois-ci, il ne chercha pas à la retenir. Enserrant le diamant de dix carats dans le creux de sa paume, il se frappa le front avec son poing tandis qu'un spasme de douleur le secouait.

11

Une semaine plus tard, Alessandro était assis dans son bureau, en train de lire les papiers du divorce.

Il n'avait pas revu Lilley depuis le jour où elle s'était enfuie du palazzo, en robe de bal, avec seulement son sac à main et son passeport. Il n'avait pas la moindre idée de l'endroit où elle se trouvait. De toute façon, il s'en moquait. Son avocat retrouverait bien sa trace.

Il considéra le dossier avec lassitude. Il n'avait pas besoin de Lilley. Ni de leur bébé. Pourtant, sa gorge se nouait chaque fois qu'il passait devant la nursery tapissée de jaune tendre, avec une peinture de Lilley accrochée au mur, représentant des girafes et des bébés éléphants.

Alessandro serra les mâchoires et appuya son front contre ses mains. Oui, il était mieux sans eux. La voix douce de Lilley ne lui manquait pas, ni ses yeux chavirés quand ils faisaient l'amour.

Va bene. Il reprendrait la vie qu'il avait menée avant elle, travaillant comme un fou pour gagner de l'argent dont il n'avait nul besoin, accumulant les conquêtes et les rencontres sans lendemain. Il serait seul, comme avant, et ne ferait confiance à personne. *Perfetto*.

Il se prit le visage dans les mains.

Le téléphone sonna.

— *Buon giorno*, chéri, lança Olivia gaiement. Tu viens déjeuner avec moi ?

— Je ne suis pas encore divorcé.

— Cela m'est égal.

Son intonation enjôleuse lui portait sur les nerfs... Il se tourna vers la fenêtre pour contempler la ville sous le ciel bleu. Où était Lilley ? Que faisait-elle ? Il se rappela la façon dont Vladimir Xendzov la regardait, et Jeremy Wakefield, quand il l'avait vue avec cette robe rouge, au bal du gala Preziosi di Caetani.

Qui était le père du bébé ?

« Tu as raison. J'ai couché avec un autre homme. Et je l'ai aimé. »

Il fit la grimace. De toute façon, elle ne l'aimait plus...

En voyant une limousine se garer devant le palazzo, Alessandro fronça les sourcils et tenta de distinguer les traits de l'homme brun qui en descendait. Un juron lui échappa.

— Qu'y a-t-il ? demanda Olivia.

— Théo Saint-Raphaël est devant chez moi !

— Quoi ? Tu n'as pas à le recevoir. Attends-moi, je passe te prendre...

— Non, l'interrompit-il en raccrochant.

Il descendit l'escalier quatre à quatre et traversa la cour en trombe.

— Laissez-le entrer, ordonna-t-il au gardien.

Vêtu d'un costume sombre avec une chemise claire et une cravate jaune, un porte-documents à la main, Théo Saint-Raphaël paraissait calme et sûr de lui. Contrairement à lui, Alessandro, en jean et en T-shirt, était dans tous ses états.

— Que voulez-vous ? lança-t-il avec colère, m'écraser de votre triomphe ?

Le visiteur le regarda comme s'il était devenu fou.

— Je ne comprends pas...

— Vous et votre... cousine avez dû bien rire de moi après le coup de Mexico. C'était très habile de m'extorquer des informations sur l'oreiller !

Vif comme l'éclair, Saint-Raphaël s'approcha et lui décocha un solide coup de poing dans la mâchoire.

— Pour Lilley ! lança-t-il en se massant le poignet.

Alessandro vacilla sur ses jambes puis, par réflexe, le frappa en retour.

— Au moins, vous avez l'honnêteté de m'attaquer en face, et pas dans le dos !

Il toisa son adversaire.

— Que voulez-vous ?

— Nous serions mieux dans votre bureau.

Alessandro se raidit, avant d'apercevoir la meute de paparazzi de l'autre côté de la rue, qui assiégeaient le palazzo depuis le scandale.

— Très bien, acquiesça-t-il en inclinant la tête.

Une fois assis en face de lui, Saint-Raphaël annonça le motif de sa visite.

— Je suis venu chercher les affaires de Lilley. Sa valise. Ses outils. La couverture de sa mère.

— Et les vêtements que je lui ai offerts ?

— Elle n'en veut pas.

Alessandro poussa un soupir de lassitude.

— Tout est dans le vestibule.

Saint-Raphaël lui jeta un regard froid, ouvrit son porte-documents et lui tendit un dossier.

— Qu'est-ce que c'est ?

— Joyería est à vous. Si vous êtes toujours intéressé.

Alessandro parcourut les feuillets. Le contrat proposait un échange de biens, le vignoble contre la bijouterie de Mexico. Il chercha un piège, sans en trouver.

— Je vous laisse également le champ libre à Tokyo.

— Je ne comprends pas.

— L'idée vient de Lilley.

— Pourquoi ferait-elle amende honorable après m'avoir trahi ?

— Elle ne vous a pas trahi, grommela Saint-Raphaël. J'ai eu l'information par quelqu'un d'autre, qui voulait se venger d'avoir été évincée par une simple petite employée. Evidemment, je ne soupçonnais pas que Lilley était en cause.

— Olivia ? lança Alessandro d'une voix étranglée. Olivia Bianchi ?

— Exactement. Vous êtes bien assortis, tous les deux.

Etait-ce possible ? Alessandro se rappela toutes les fois où il avait traité ses affaires par téléphone dans la limousine, à côté d'elle... Elle savait beaucoup de choses...

Le Français se pencha en avant.

— Mais vous devez me promettre, par écrit, de garder tous les employés mexicains, sans aucun licenciement. J'ai donné ma parole à Rodriguez. Contrairement à vous, je ne suis pas un menteur.

Alessandro plissa les yeux.

— Je ne vous permets pas...

— Vos mensonges sont autrement plus graves que celui de Lilley. Vous avez abusé de la confiance de Rodriguez en lui dissimulant vos intentions. Tout comme vous avez attendu d'avoir épousé Lilley pour lui interdire de travailler.

Alessandro se sentit rougir. Puis, son orgueil reprit le dessus.

— Lilley a essayé de me faire endosser une paternité dont je ne suis pas responsable.

Saint-Raphaël secoua la tête avec une expression de profond dédain.

— Si vous croyez vraiment ce que vous dites, vous êtes encore plus stupide que je ne pensais.

Il lui tendit ensuite une dernière feuille de papier.

— Tenez. Vous donnerez cela à votre avocat.

« J'ai couché avec un autre homme. Et je l'ai aimé. »

Alessandro se rappela les yeux de Lilley remplis de désespoir, sa voix tremblante... Et tout à coup il comprit. Elle parlait de lui, bien sûr, avant qu'il ne l'interpelle en public, devant sa maîtresse qui se délectait de la scène.

Comment avait-il pu se montrer aussi indélicat ? Après avoir juré de la respecter et de la protéger... Il l'avait attaquée comme un chien enragé, sans lui accorder une chance de s'expliquer.

— Où est-elle ? chuchota-t-il.

— Elle a quitté la France il y a quelques heures. Pour voir son père et repérer quelques ateliers afin de travailler à sa collection de bijoux.

— Elle se lance vraiment ?

Saint-Raphaël le foudroya d'un air mauvais.

— Je devrais vous remercier. Ce divorce est la meilleure chose qui soit arrivée à ma cousine depuis longtemps. Lilley est la personne la plus gentille que je connaisse. Elle et son bébé méritent mieux que vous.

Il referma son porte-documents avec un bruit sec.

— Nous n'avons pas besoin de nous revoir. Vos avocats reprendront contact avec moi si vous le désirez.

Après le départ de Théo Saint-Raphaël, Alessandro tomba dans une profonde hébétude. Brusquement, il avait l'impression de voir le monde avec les yeux de Lilley.

« Je t'aime, Alessandro.

Je suis à toi. Pour toujours. »

Il ferma les yeux. Mais la petite voix triste de Lilley résonnait dans sa tête. *« Tout est fini. »*

La vérité lui explosa au visage. Lilley ne l'avait pas trahi. *C'était lui qui l'avait trahie.*

Il l'avait empêchée d'être elle-même pour tenter de la façonner à son idée. Il lui avait aussi interdit de poursuivre le rêve si cher à son cœur. Il n'avait rien su lui offrir en échange de l'amour infini qu'elle lui portait, sauf des bijoux impersonnels dont elle n'avait que faire.

Comment n'aurait-elle pas abandonné tout espoir, le soir où il l'avait invectivée si durement devant tout le monde ? Depuis des mois, elle s'efforçait de lui plaire en se conformant à ce qu'il attendait. Malgré son romantisme et sa loyauté, elle avait dû capituler et se rendre à la réalité : il n'était pas digne de son amour.

Il n'était pas le chevalier à l'armure étincelante qu'elle espérait.

Lilley avait raison. Il avait peur de se laisser aller à l'amour, peur de s'exposer en se rendant vulnérable. Pendant seize ans, il avait cadenassé son cœur. Et, quand Olivia lui avait offert une échappatoire, il s'y était engouffré sans hésiter.

Furieux contre lui-même, Alessandro contempla les feux du crépuscule à l'horizon.

« Il revient à chacun de nous, dans cette vie, de choisir entre la sécurité d'une prison ou les risques de la liberté », lui avait-il dit un jour.

Il l'avait comparée à une petite souris grise et timide, alors qu'elle était au contraire pleine d'audace et de courage. C'est lui qui se cachait, pas elle.

Mais plus maintenant. Cette époque était révolue.

Il ramènerait la joie et la confiance dans ses yeux. Il la retrouverait pour la reconquérir.

Il la mériterait.

Lilley commençait à avoir mal au dos. Cela faisait *six heures* qu'elle patientait sur le sofa du salon pour voir son père, dans l'immense manoir qu'il avait fait construire pour sa maîtresse. Cette punition marquait la mesure du mécontentement de son hôte, après les trois ans d'absence de Lilley et son refus de venir en juin rencontrer le mari qu'il lui destinait.

Elle se leva pour admirer la vue sur le lac Minnetonka au travers des arbres dénudés et fit quelques pas dans le salon à la décoration impersonnelle. Des affiches publicitaires encadrées comme des œuvres d'art étaient accrochées aux murs. Sur la plus proche, on voyait un couple qui s'embrassait dans un parc, avec l'image d'une bague de fiançailles superposée, et le slogan des bijoux Hainsbury :

EXIGEZ LA PERFECTION.

A présent, Lilley détestait de près ou de loin tout ce qui évoquait l'amour. Pourquoi avait-elle le don de s'attacher à des hommes qui la rejetaient ?

Son mariage avec Alessandro l'avait anéantie. Comment avait-il pu la repousser d'une manière aussi indigne ? Il avait cru Olivia les yeux fermés, sans même écouter sa défense. Comme si elle avait pu le tromper ! L'homme qu'elle avait aimé était en fait un pur fantasme, qui n'avait rien à voir avec le véritable Alessandro. Elle porta la main au cœur de cristal rose accroché à son cou. Ce bijou était devenu son talisman, son porte-bonheur.

Le travail la sauverait. Après ce qu'elle avait enduré, elle n'avait plus peur de l'échec.

En fuyant Rome, Lilley s'était réfugiée dans le château de son cousin. Après avoir passé de longues journées à pleurer, enfermée dans son ancien appartement de gouvernante, elle avait enfin refait surface pour jouer avec le bébé de Théo.

— Quel magnifique collier ! s'était exclamée Carrie, la femme de son cousin.

Quelque chose, à ce moment-là, s'était déclenché en Lilley.

— C'est moi qui l'ai fait. J'ai d'ailleurs décidé de me lancer dans les affaires, en créant ma propre collection de bijoux pour les vendre à des boutiques de luxe. Je vais partir aux Etats-Unis pour solliciter un prêt bancaire.

— Ne fais pas cela ! avait protesté Carrie. Je cherchais justement à investir de l'argent. Laisse-moi t'aider.

Pour Lilley, c'était inespéré... Sa malheureuse histoire avec Alessandro lui aurait au moins permis de s'endurcir et de renforcer sa confiance en elle. Et elle préférait être seule que mal accompagnée.

Quand l'horizon se teinta de rose, elle décida de repartir. Son père refusait de la recevoir. Il valait mieux en prendre son parti.

Juste comme elle se tournait vers la porte, Walton Hainsbury apparut sur le seuil.

— Qu'est-ce que tu veux? demanda-t-il durement.

Lilley sursauta devant le regard hostile qu'il lui lançait par-dessus ses lunettes cerclées de métal. Walton Hainsbury avait vieilli, depuis l'enterrement de sa mère, trois ans plus tôt. Pâle, ridé, méconnaissable, il fumait un gros cigare qui fit aussitôt plisser le nez à la jeune femme.

— Que viens-tu faire chez moi? reprit-il en la détaillant avec une expression de mépris. Si tu espères encore avoir ton nom sur mon testament, c'est trop tard! Je laisse tout aux bonnes œuvres.

Lilley se raidit.

— Je ne suis pas venue réclamer de l'argent.

— Tu me surprends, ironisa-t-il.

— Je ne t'ai jamais rien demandé, tu le sais, protesta-t-elle.

Il avait la peau grise et avait beaucoup maigri. Elle le regarda droit dans les yeux.

— Tu vas être grand-père.

Il tira plusieurs fois sur son cigare.

— Tu es enceinte?

Comme elle hochait la tête, il baissa les yeux sur son annulaire.

— Mais pas mariée. Pourquoi n'as-tu pas épousé celui que je te destinais au lieu de te mettre dans l'embarras?

— Il avait deux fois mon âge.

— Je lui aurais légué ma société et tu aurais été à l'abri du besoin. Mais à ton habitude tu n'as pas voulu entendre raison. Et maintenant il est trop tard.

Son intonation pleine de regret émut Lilley malgré elle.

— Tout ira bien pour moi, ne t'inquiète pas.

— Non, tu es incapable de t'occuper de toi correctement. En plus, tu reviens avec une bouche supplémentaire à nourrir, en comptant sur moi pour résoudre tes problèmes.

Injustement accusée, Lilley explosa.

— Tu n'as jamais aplani aucune difficulté pour moi ! Tu n'as fait que renforcer mon sentiment d'impuissance, au contraire. En apprenant que j'étais dyslexique, tu m'as condamnée à l'échec, au lieu de m'aider à progresser. Tu as fait la même chose avec maman quand elle est tombée malade.

— J'aimais ta mère, répondit-il d'une voix bourrue. Comme je t'aimais. J'ai voulu prendre soin de vous...

— En demandant le divorce ? En nous abandonnant pour construire ce manoir pour ta maîtresse ?

Elle s'interrompit.

— Au fait, où est Tiffany ?

Walton détourna le regard.

— Elle m'a quitté il y a quelques mois.

— Oh ! murmura Lilley en ajoutant « bon débarras » dans son for intérieur.

— Je n'ai jamais voulu quitter ta mère, reprit-il. C'est elle qui m'a demandé de partir.

— Quoi ? s'écria Lilley, interloquée.

— Quand ta mère est tombée malade, je lui ai avoué ma liaison avec Tiffany en implorant son pardon. Je désirais sincèrement repartir d'un bon pied. Mais elle m'a jeté dehors en m'interdisant de chercher à la revoir.

— Je ne l'ai jamais su...

— Paula ne voulait pas t'immiscer dans nos histoires. J'ai respecté son souhait.

— En prenant tous les torts sur toi...

— Je ne méritais pas mieux, avoua-t-il en baissant les yeux. Alors, qui est le père de ce bébé ? Un musicien ? Un artiste sans le sou ? Peut-on espérer de lui un sursaut d'honneur et de sens moral ?

— Il m'a épousée en septembre dernier à Las Vegas.

Walton devint livide.

— Tu t'es mariée sans me le dire !

— Tu étais fâché au point de m'avoir déshéritée. Je pensais que j'avais cessé de t'intéresser.

— Tu as établi un contrat de mariage ?

— Non.

D'une main tremblante, il pointa son cigare dans sa direction.

— Je n'ai pas travaillé comme un forçat toute ma vie pour qu'un gigolo mette le grappin sur ma fortune !

— Il se moque de ton argent. De toute façon, nous sommes en instance de divorce.

— Déjà ? Qui s'occupera de toi et de l'enfant ?

— Moi. Théo me réserve un emploi dans sa société à Paris. Il apprécie ma manière originale d'envisager les choses. Mais j'ai d'autres projets. Carrie et moi...

— Tu es incapable de vivre seule et de prendre soin de mon petit-fils ou ma petite-fille, s'écria-t-il. Tu vas t'installer chez moi.

Lilley soupira.

— Pourquoi ne peux-tu pas croire en moi, papa ? Juste une fois ? Oublie ma dyslexie et mes difficultés passées. Je t'assure que je peux faire des choses bien.

Walton fronça ses sourcils broussailleux.

— Lilley...

— Oh ! Et puis tant pis. Au revoir...

Lilley tourna brusquement les talons, mettant un terme à cette entrevue désolante. Dehors, l'air froid de décembre la saisit. Une nappe de brouillard se levait au-dessus du lac gelé. Elle monta dans sa voiture de location et démarra.

Quand elle arriva devant le portail, le gardien, un téléphone à l'oreille, l'ignora. Elle se mit à gesticuler pour attirer son attention et sortit pour tambouriner à sa porte.

— Ouvrez tout de suite !

— M. Hainsbury vous demande d'attendre.

— Non, je m'en vais !

En redémarrant, elle aperçut son père qui courait en criant et en agitant les bras. Un instant, elle hésita, puis freina et ferma les yeux en appuyant le front contre le volant. Le cœur battant, elle coupa le moteur et descendit, mais sans faire un pas à la rencontre de Walton, qui finit par la rejoindre, à bout de souffle.

— Tu n'es pas au courant, n'est-ce pas ? dit-il en reprenant son souffle avec peine. Jusqu'à ce que tu me parles du bébé, j'étais persuadé que tu venais pour cela.

— Pour quoi ?

— Je vais mourir, Lilley.

Elle resta sans voix, immobile.

— Les médecins me donnent quelques mois, un an tout au plus. C'est la raison qui me poussait à hâter ton mariage avec Gerald… Je voulais te savoir en sécurité.

Toute tremblante, Lilley considéra son père dans la lumière du crépuscule. Elle avait passé une enfance heureuse, avec des parents qui s'aimaient, à l'époque. Son père lui avait appris à faire du vélo. Il lui avait enseigné la soudure, et aussi à reconnaître les pierres et les minéraux. Par son travail et sa ténacité, il lui avait montré le chemin de la réussite. Elle poussa un long soupir.

— Il n'y a aucun espoir ?

Il jeta son cigare et l'écrasa sous son pied.

— Non. J'ai fait beaucoup d'erreurs, Lilley. D'abord avec ta mère, ensuite avec toi… Mais je ne peux pas te laisser partir ainsi, en sachant que je ne te reverrai peut-être pas.

Il s'interrompit un instant.

— Je t'aime profondément, Lilley. J'ai toujours été fier de toi. Je suis désolé de ne pas avoir toujours été un bon père. Mais avant de mourir je te demande… de me pardonner.

Lilley le regarda, le cœur serré. Même sa mère avait fait la paix avec lui avant son dernier soupir. Elles avaient souffert toutes les deux à cause de lui, mais elle ne pouvait pas le laisser mourir seul.

Elle secoua la tête.

— Il n'est pas question de cela.

Comme son père se voûtait avec une expression de vaincu, elle s'empressa d'ajouter :

— Tu ne vas pas mourir si vite, papa. J'en suis persuadée. La mort elle-même ne pourrait pas t'imposer une échéance que tu n'as pas décidée.

Il soupira longuement en levant des yeux humides de larmes.

— J'ai toujours prétendu que tu ne pouvais pas te passer de moi. C'était un mensonge. En vérité, c'est moi qui ai besoin de toi. Si je vis encore un peu, je te promets d'être un grand-père attentif et affectueux.

— Merci, papa.

Comme elle s'approchait pour le serrer dans ses bras, un grondement sourd et un coup de Klaxon, derrière eux, troublèrent le silence. Une camionnette suivie par un semi-remorque se gara derrière la voiture.

— Bonté divine ! s'exclama Walton. Qui diable...

— Abbott ! le coupa Lilley en reconnaissant le chauffeur d'Alessandro.

L'esprit en déroute, elle se dirigea vers lui. Mais il était déjà descendu pour ouvrir la porte arrière de la camionnette.

Pour sa plus grande consternation, un chevalier en armure en sortit, qui semblait surgir tout droit de l'époque moyenâgeuse. Quand il releva sa visière, elle reconnut le beau visage d'Alessandro. Une telle adoration brillait dans ses yeux noirs que sa stupéfaction redoubla, teintée d'incrédulité.

Etait-elle en train de rêver ou de délirer ?

— Que fais-tu ici ? demanda-t-elle dans un souffle.

— Je suis venu te chercher. Je me suis conduit comme un lâche et un imbécile. Viens avec moi, Lilley. Laisse-moi te prouver que je peux être le mari dont tu as toujours rêvé.

Les yeux pleins de larmes, elle se précipita dans ses bras.

Sous le choc, la visière se referma avec un bruit sec et, brusquement déséquilibré, Alessandro s'effondra à terre dans un épouvantable vacarme de ferraille. Le poids de l'armure l'empêchait de se relever et elle s'agenouilla auprès de lui, affolée.

— Tout va bien ? Tu t'es fait mal ? s'écria-t-elle en lui ôtant son heaume.

Elle fut rassurée en le voyant rire sous cape.

— Oh ! mon Dieu ! As-tu perdu l'esprit pour t'amuser à des jeux pareils ?

— Tu me reprochais d'être trop sérieux..., répondit-il. J'ai voulu te surprendre. Je combattrais les pires dragons pour conquérir la femme que j'aime.

Qu'avait-il dit ? Le cœur de Lilley se gonfla démesurément.

— Viens, je vais t'aider à te relever.

Mais seule, elle n'y arriva pas. Abbott et son père durent voler à son secours.

— Bonjour, monsieur, dit Alessandro avec un sourire. Nous n'avons jamais eu le plaisir de nous rencontrer. Je suis Alessandro Caetani.

Interdit, Walton cligna plusieurs fois des yeux, avant de se tourner vers sa fille.

— C'est ton mari ?

Incapable de parler, elle hocha la tête. Son père émit alors un sifflement.

— Nos deux sociétés réunies formeront un empire invincible ! s'exclama-t-il avec une mine réjouie.

Comme Lilley ouvrait la bouche pour protester, en fronçant les sourcils, il prit Abbott par le bras.

— Venez chez le gardien boire quelque chose pour vous réchauffer.

Lilley et Alessandro se retrouvèrent bientôt seuls. Il soufflait un vent glacial, mais Lilley ne sentait pas le froid.

— Je ne risque pas d'oublier pareille mise en scène ! assura-t-elle en souriant.

— Si tu savais à quel point je regrette ma muflerie... Je n'aurais jamais dû douter de toi. Je t'aime, Lilley.

Un rayon de soleil couchant tomba sur son armure qui étincela soudain de mille feux.

— Il a fallu que je te perde à Rome pour me rendre compte que tu avais raison. J'avais peur de mes sentiments. Maintenant, je ne veux plus vivre sans toi, Lilley. Je ferais n'importe quoi pour regagner ta confiance. Absolument n'importe quoi.

Les couleurs grises et sombres de l'hiver s'évanouirent comme par enchantement, tandis que des paillettes d'or et d'argent s'allumaient dans les yeux de Lilley.

— Je t'aime, Alessandro.

D'un signe de tête, elle indiqua le semi-remorque.

— Qu'y a-t-il là-dedans ?

— Oh... J'avais peur de nous tuer tous les deux si je m'avisais de t'enlever sur un cheval... J'ai donc choisi une autre solution.

Sur un signe de lui, le chauffeur installé au volant du semi-remorque descendit et alla ouvrir les portes arrière. On entendit un ronflement de moteur, puis une Cadillac de collection, rose fuchsia, exactement de la même couleur que la robe de bal, surgit pour s'arrêter à côté d'eux.

— Cela remplacera mon destrier, *cara*.

— Et si je n'avais pas été là ? Si j'étais déjà repartie ?

— J'aurais remué ciel et terre pour te retrouver.

— Déguisé en chevalier au volant d'une Cadillac rose décapotable ? Les paparazzi se seraient régalés en te traitant de fou !

— C'est toi qui m'as rendu fou, dit-il doucement. Mais comme c'est agréable ! Je n'ai plus peur de rien, même pas du ridicule. Tout ce que je veux, c'est vivre auprès de toi jusqu'à la fin de mes jours.

Lilley se hissa sur la pointe des pieds pour l'embrasser avec ferveur et passion. Quand elle s'écarta, au bout d'une éternité, ses joues étaient baignées de larmes.

— Merci d'avoir osé ce coup de folie pour réaliser mon rêve de petite fille.

Il posa sur elle des yeux éperdus d'amour.

— Et moi, je te remercie de m'avoir redonné envie de danser…

Ils dansèrent à leur premier anniversaire de mariage, au mois de septembre suivant. Quand ils ouvrirent le bal, dans le grand salon de la villa de Sonoma, les invités les acclamèrent. Après avoir pris des cours tous les deux, ils virevoltaient avec une aisance extraordinaire.

Lilley lança un regard en direction de son bébé, Teo, dans les bras de son grand-père, et sourit de bonheur. Depuis dix mois, les joies s'accumulaient. Ils partageaient maintenant leur existence entre Rome et San Francisco, où Lilley avait fondé sa propre société, Lilley Caetani Limited. Ses premières créations avaient rencontré un vif succès à la foire internationale de San Francisco et elle commençait à être connue.

Tant de choses avaient changé, au cours de la dernière année… Quinze mois plus tôt, alors qu'elle visitait la foire en touriste, elle osait à peine rêver d'y exposer un jour ses propres modèles… Avec le soutien financier de Carrie, elle était même cotée en Bourse. Les commandes affluaient du monde entier. Il lui faudrait bientôt engager des employés. Avec son mari et leur bébé, elle voyageait beaucoup, de la Norvège à Singapour, en puisant dans les différents pays l'inspiration pour ses motifs.

Malgré l'insistance d'Alessandro, elle refusait une fusion entre son entreprise et Caetani-Hainsbury Worldwide.

— Désolée, mais ma société n'est pas à vendre. Je préfère rester indépendante.

— Nous pourrions doubler les bénéfices, expliquait Alessandro. Réfléchis-y.

Mais elle tenait bon pour conserver intact le symbole de sa réussite personnelle.

Alessandro avait organisé tout seul la réception. Les vendanges, cette année, promettaient un vin d'une qualité exceptionnelle. Naturellement, il avait écarté Olivia Bianchi de la liste des invités et Lilley n'avait même pas plaidé sa cause. Elle n'avait plus rien à prouver et n'essayait plus de plaire à tout le monde. Tous ceux qu'elle aimait étaient présents. Nadia et Jeremy, qui s'étaient fiancés, son cousin et sa femme Carrie avec leur bébé. Alessandro et Théo ne seraient sans doute jamais de grands amis mais ils maintenaient les apparences d'une entente cordiale et avaient transposé leur rivalité dans le domaine sportif.

Même son père allait mieux, maintenant qu'il avait pris sa retraite et délégué la direction de ses affaires à son gendre. Il avait déménagé pour s'installer à San Francisco et se rapprocher d'eux. Miraculeusement, il reprenait des forces, et adorait s'occuper de son petit-fils.

Seule comptait la chaleur des relations humaines, songea Lilley. Peu importaient la fortune et la célébrité. Les sourires des êtres chers étaient les seuls diamants qu'elle désirait.

A la fin du morceau, Walton s'approcha pour mettre le bébé dans ses bras.

— Il veut danser, dit-il avec un sourire.

— Nous allons lui apprendre, répondit Alessandro.

Il enlaça Lilley qui appuya tendrement la tête contre l'épaule de son mari et ils se balancèrent tous les trois au rythme de la musique. Leurs vies étaient devenues indissociables. Les jours heureux qui s'annonçaient brilleraient de mille facettes, comme un bijou précieux.

CAROL MARINELLI

Dans le lit du patron

Traduction française de
CHRISTINE MAZAUD

AZUR

HARLEQUIN

Titre original :
CLAIMING HIS HIDDEN HEIR

Ce roman a déjà été publié en 2019.

Prologue

Luka avait pris sa décision : il ne recevrait pas la troisième et dernière candidate, celle qu'il venait de rencontrer serait sa nouvelle secrétaire particulière.

— Mlle Andrews est arrivée, annonça Hannah.

Il leva les yeux sur la jeune femme qui avait été sa fidèle collaboratrice pendant des années, et dont il avait accepté la démission quelques semaines auparavant.

— Inutile que je la reçoive, rétorqua-t-il. J'embauche la numéro deux.

— Luka ! s'insurgea Hannah, osant s'affirmer pour une fois. Ayez au moins la décence de la recevoir. J'ai déjà eu deux entretiens avec elle, et dehors il tombe des cordes. Elle a traversé tout Londres sous l'orage pour venir !

— Je n'ai pas de temps à perdre.

Chaque seconde de son temps de magnat des résidences hôtelières était importante. Se rappelant subitement que cette Mlle Andrews lui avait été recommandée personnellement par Justin, un contact qu'il fallait chouchouter, il rappela Hannah :

— Très bien, faites-la entrer.

Il allait la recevoir très vite et se débarrasser d'elle encore plus vite.

Impatient, agacé plutôt, il pianotait sur son bureau quand elle entra.

— Ah ! Mademoiselle Andrews !

Il se leva et lui serra la main, notant au passage qu'elle

portait une bague de fiançailles. Raison de plus pour ne pas l'engager, pensa-t-il. Le fiancé le plus patient du monde n'admettrait jamais les heures démentielles de travail que Luka imposerait à sa promise. Et puis, tout le monde connaissait sa réputation...

Il allait lui consacrer quelques minutes, histoire de dire à Justin qu'il l'avait reçue.

— Asseyez-vous.

Cecilia avait lu beaucoup de choses sur Luka Kargas. Au cours des deux entretiens qu'elle avait eus avec son actuelle secrétaire particulière, elle en avait appris davantage encore. Côté moralité, ce n'était pas brillant !

Elle avait déjà connu ce genre de personnage à la conduite sulfureuse — et pas seulement au travail. Elle détestait le style de vie que menaient ces gens-là et avait une bonne raison de détester cet univers de strass, de paillettes et de débauche. Harriet, sa mère, avait vécu ces mêmes excès et en était morte.

Toutefois, les comportements de Luka Kargas ne la regardaient pas. De son côté, elle avait pour objectif d'être un jour au service de la famille royale et elle voyait le poste proposé comme un tremplin pour atteindre son but. Elle n'avait qu'une idée en tête : pouvoir inscrire à l'avenir le nom de Luka Kargas, une référence de poids, sur son CV. Et dans un an, elle partirait vers d'autres cieux.

— Hannah m'a dit que vous avez été prise sous l'orage, dit Luka qui, du haut de son quarantième étage, avait vu le ciel s'obscurcir sur Londres.

Hannah avait même ricané : « Elle est trempée et a l'air d'un rat mouillé. »

Or la femme assise devant lui n'avait rien d'un rat mouillé.

— Je me suis mise à l'abri, répondit Cecilia, nerveuse.

C'était étrange, cet homme lui faisait un effet incroyable. Elle n'avait jamais rien ressenti de pareil. Elle s'était pourtant juré de ne pas tomber sous le charme de ce golden boy dévoyé. Mais il dégageait quelque chose de très fort. Costume sombre très bien coupé, cravate, chemise blanche impeccable qui accentuait son teint hâlé, il ne pouvait que plaire. Il ne s'était pas rasé, ce matin.

L'air dans le bureau avait changé, comme s'il s'était subitement raréfié.

Luka Kargas incarnait tout ce contre quoi sa tante l'avait mise en garde ; et, bien qu'elle se soit dit qu'elle ne risquerait jamais d'être attirée par un individu comme lui, elle éprouvait depuis l'instant où il avait tenu ses doigts dans les siens une excitation qu'elle avait du mal à contrôler.

Après quelques formalités d'usage, il en vint au fait :

— Hannah vous a certainement parlé des horaires. En fait, je n'en ai pas. On termine souvent à 22 heures.

— Effectivement, je suis au courant.

— Et des déplacements ? J'en fais beaucoup. En semaine. Vous aurez vos week-ends.

L'air dubitatif, un peu narquois aussi, elle sourit.

— Si, si, confirma-t-il, les yeux rivés sur ses lèvres malicieusement retroussées.

Des week-ends sûrement raccourcis, pensa Cecilia.

— Au fait, pourquoi avez-vous cessé de travailler avec Justin ?

— Je ne voulais pas vivre à Dubaï.

— J'y vais souvent, et, vous irez aussi.

— Pas de problème. Je ne veux pas y vivre à temps plein, c'est tout.

Elle avait compris tout de suite que Luka faisait allusion au fait qu'elle avait un fiancé, ce qui aurait un impact sur sa vie professionnelle. Il n'avait pas tort : Gordon n'apprécierait pas, si elle devait être sans cesse par monts et par vaux.

— Vous parlez le grec ?

— Non.

Avec un peu de chance, cette lacune allait mettre fin à la torture qu'elle vivait. Oui, une vraie torture. Son estomac se tordait. Ses seins lui paraissaient plus lourds qu'à l'ordinaire. Elle n'avait jamais eu pareille réaction devant personne. C'était très violent.

En face d'elle, Luka Kargas parut ennuyé.

— Une autre langue, peut-être, alors ?

— Le français. Enfin, un peu, précisa-t-elle, alors qu'elle parlait couramment cette langue pour avoir vécu et travaillé en France.

Sa réponse ne sembla pas du tout l'intéresser. Tant mieux, car il était devenu clair pour elle qu'elle ne voulait pas de ce poste. Elle aimait sa routine, son monde calme et organisé ; or voilà qu'après dix minutes à peine avec cet homme, elle était sens dessus dessous.

Devant son apparente indifférence, elle décroisa les jambes, prête à partir.

— Mademoiselle Andrews...

— Cecilia, corrigea-t-elle afin de ne pas passer pour une vieille fille coincée.

Il la regarda. Ses yeux noirs la tétanisaient. Jusqu'à présent, elle avait considéré ses expériences sexuelles comme plaisantes, sans plus. Et parfois des corvées...

Bon sang ! Pourquoi diable pensait-elle à ça maintenant ? Pourquoi imaginait-elle subitement une aventure inopinée et torride, un lundi après-midi à 14 heures, avec l'homme assis en face d'elle ?

Elle perdait la raison !

Elle était fiancée, serait bientôt mariée, pas question de s'écarter du droit chemin !

— Cecilia, susurra-t-il d'une voix sensuelle. Je vois que vous n'avez aucune expérience dans le domaine de l'hôtellerie.

— C'est exact. Pas un poil d'expérience.

Il releva les yeux du CV posé devant lui. Elle nota alors que ses yeux n'étaient pas noirs mais d'un brun profond, couleur chocolat, velouté.

— Je note aussi que vous avez une bague de fiançailles au doigt.

— C'est exact aussi, mais cela n'entre pas en ligne de compte dans un entretien d'embauche.

Luka fixa la jeune femme assise face à lui. Ses grands yeux verts pétillaient. Nouveau coup d'œil au CV : la personne à prévenir en cas d'urgence était sa tante et non le fiancé. Cela l'intrigua.

— Vous êtes fiancée ou pas ?

— Oui. Mais j'insiste, cela ne vous regarde pas, et n'interférera jamais avec ma vie professionnelle.

Et pour cause, je vais refuser le job !

Son interlocuteur la pria de s'approcher. Elle avança. Il s'était levé. Bon sang ! Il était immense et dégageait une odeur très spéciale, comme s'il s'était baigné dans un mélange de bergamote et de testostérone. Cet entretien était incroyable, elle n'en avait jamais vécu de pareil.

— Vous voyez la vue ?

— Superbe ! dit-elle.

Les toits gris de Londres étaient luisants de pluie, mais le ciel commençait à se dégager.

— Eh bien voilà ! Ce sera la vôtre du lundi matin au vendredi soir.

Il laissa le silence s'étirer, avant de reprendre :

— Quand pouvez-vous commencer ?

Cecilia masqua sa surprise. Elle n'avait pas anticipé une telle proposition. Elle fit le tour des avantages du poste : un salaire deux fois supérieur à l'actuel, des voyages et la référence Kargas sur son CV. Puis elle pensa aux inconvénients, et surtout au principal : soixante heures par semaine à côtoyer ce bellâtre qui exerçait sur elle une attirance aussi inattendue que dérangeante.

Que faire ?

— Laissez-moi le temps d'y réfléchir.

— Je veux une personne capable de prendre des décisions sur-le-champ, rétorqua Luka.

Finalement, c'était cette Cecilia Andrews qu'il voulait engager. Contre toute attente, elle l'impressionnait, et son petit doigt lui disait que si elle partait maintenant, il ne la reverrait jamais.

Il perçut son hésitation et décida de lui mettre la pression.

— Je vous repose la question : quand pouvez-vous commencer, Cecilia ?

Jamais ! lui cria une petite voix intérieure. Mais elle avait tellement voulu ce poste ! Le défi qu'il supposait l'excitait. Quant à l'attirance qu'elle éprouvait pour Luka Kargas, elle se connaissait et savait qu'elle n'aurait jamais d'aventure avec un patron ou un collègue. Elle serait tout à fait capable de gérer la situation.

— Tout de suite, s'entendit-elle dire, stupéfiée par sa propre réponse. Je commence tout de suite.

— Alors bienvenue à bord !

1

Luka, finalement j'ai décidé de...

Allongée dans son lit, les yeux ouverts avant même que son réveil n'ait sonné, Cecilia réfléchissait. Comment et quand annoncer à Luka qu'elle refusait le renouvellement de son contrat ?

Tout le monde allait lui dire qu'elle était folle. Le salaire était mirobolant, les voyages épatants — bien qu'épuisants — mais depuis onze mois qu'elle travaillait avec lui, elle avait atteint les limites de ce qu'elle était capable d'endurer.

Luka était un concentré de play-boy. Un séducteur impénitent. Et ce n'était pas une opinion infondée. C'était un fait. Elle était bien placée pour en parler puisqu'elle gérait son agenda !

En d'autres termes, elle n'en pouvait plus.

Alors vendredi en fin de journée, tandis qu'il grimpait sur la terrasse de son immeuble pour embarquer dans son hélicoptère direction un week-end de débauche en France, elle avait décroché son téléphone pour accepter un contrat de six mois comme assistante personnelle d'un diplomate étranger, tout à fait respectable, lui. Le salaire et les avantages seraient certes moins alléchants, mais c'était le prix à payer pour sa tranquillité d'esprit. Elle avait passé son samedi et son dimanche à ruminer sa décision.

Cecilia saisit son portable. La date sur l'écran lui rappelait quelque chose. Ah oui, son anniversaire ! Elle n'en avait jamais fait grand cas. Son oncle et sa tante, qui l'avaient élevée depuis ses huit ans, ne s'encombraient pas de *trucs pareils*, et jusqu'à sa mort, sa mère ne les lui avait pas souvent fêtés non plus.

Un texto lui était parvenu pendant la nuit. De Luka.

Serai absent aujourd'hui, Cece. Annulez mes RDV. Je vous appelle plus tard.

Cece ? Quel aplomb ! Elle lui avait interdit de l'appeler par ce petit nom. Et lui qui ne s'absentait jamais, il fallait que ce soit justement aujourd'hui, le jour où elle voulait le voir ! En plus, il avait des rendez-vous qu'elle allait avoir du mal à annuler. Elle avait du pain sur la planche, il fallait qu'elle se lève.

Elle prit une douche, puis, vêtue de son peignoir, elle avala son petit déjeuner. Chaque matin, c'était le même rituel. Elle y était attachée. Cela la rassurait. Les huit années passées avec sa mère avaient été un tel chaos...

Elle était naturellement rousse, mais s'était fait teindre en blond. Elle lissa ses cheveux et les noua en une queue-de-cheval bien nette. Puis elle se maquilla. Légèrement. En tant que secrétaire particulière de Luka Kargas, elle se devait d'être toujours tirée à quatre épingles.

Elle posait du mascara sur ses cils quand une nouvelle à la radio attira son attention. Il était question de Luka Kargas. D'émotion, elle se flanqua le mascara dans l'œil et jura. En fait, ce n'était pas d'entendre son nom à la radio — ce qui était courant —, c'était le fait que même à 7 heures du matin, alors qu'elle se préparait tranquillement chez elle, on la bassinait encore avec lui.

Luka était un entrepreneur très en vue. Sa réussite faisait souvent les gros titres des pages financières, et ses frasques la une des journaux à scandale. Apparemment, il avait passé la soirée de vendredi sur son yacht, dans le port de Nice, et on s'était bien amusé. La fête s'était poursuivie à Paris avec des invitées triées sur le volet. Des femmes pleines d'espoir qui n'avaient que leurs yeux pour pleurer, maintenant que le week-end était terminé.

L'attitude de Luka avec les femmes n'était un secret pour

personne : tout le monde savait son côté don Juan sulfureux. Pourtant, ses excès ne cachaient-ils pas une face mystérieuse ? Le connaissait-on vraiment ?

D'après les informations qu'elle avait glanées, Cecilia avait compris que Luka avait eu une vie facile. Son père était propriétaire d'un complexe touristique à Xanero, le célèbre Kargas Resort. Le restaurant étoilé que Luka y avait ouvert était maintenant le premier d'une longue liste d'établissements disséminés dans le monde entier. Mais plus que les restaurants, l'objectif de Luka était de développer la part hôtelière de son empire ; et semblait-il de continuer à brûler la chandelle par les deux bouts. Il avait toutes les filles qu'il voulait, les prenait et les jetait sans état d'âme. Trop souvent à son goût, Cecilia avait dû prendre les appels de maîtresses éconduites et sécher leurs larmes.

Luka Kargas était un play-boy éhonté, et cela la mettait mal à l'aise.

Elle avait eu un aperçu de ce style de vie avec sa mère. Son décès avait embarrassé sa famille bien sous tous rapports, car Harriet était morte de ses excès. Elle avait laissé en route une fille dont personne n'avait très bien su que faire. Le nom de son père n'apparaissait pas sur son extrait de naissance, et Cecilia avait entraperçu ce monsieur une seule fois dans sa vie. Et ne tenait pas à le revoir. Finalement, son oncle et sa tante, qui désapprouvaient totalement l'existence bohème d'Harriet, s'étaient chargés d'elle.

D'aussi loin qu'elle se souvienne, Cecilia avait eu envie d'une vie rangée. C'était même elle qui, très jeune, avait introduit un semblant d'ordre dans l'existence de sa mère. Le matin, elle se levait seule, enfilait son uniforme d'écolière et prenait de l'argent dans le sac d'Harriet pour acheter de quoi manger. Puis elle partait toute seule à l'école. Après un début dans la vie aussi peu conventionnel, elle menait désormais une vie très sage. Et même si elle voyageait beaucoup pour son travail, elle était le plus souvent au lit à 22 heures en semaine, à 23 le week-end.

Elle avait des amis gentils, mais pas assez proches pour s'être souvenus de son anniversaire ; et l'an passé, à cette date, elle s'était fiancée. Sa rupture d'avec Gordon était l'unique souci qu'elle avait causé à son oncle et sa tante, qui n'avaient pas compris pourquoi elle avait brutalement mis un terme à sa relation avec lui. « Il était si bien, ce garçon ! » avaient-ils répété à l'envi. Ce n'était pas la faute de Gordon, et elle le lui avait dit. C'était à cause de ce satané Luka — explication qu'elle avait gardé pour elle.

Allez, ce n'est pas le moment de ressasser tout ça ! Tu n'as pas le temps, ce matin.

Elle mit ses petits dessous couleur chair et regarda dehors. Le ciel était très bleu. Tant pis pour l'ensemble en lin bleu marine qu'elle avait décidé de porter. Il faisait trop beau, aujourd'hui. Et comme Luka ne serait pas là de la journée, elle pouvait mettre n'importe quoi. Pourquoi pas cette robe ivoire qu'elle aimait tant ? Évidemment, elle était un peu décolletée dans le dos… Mais avec son petit cardigan vert anis par-dessus, ce serait parfait. La robe lui tombait aux chevilles, pas besoin de mettre ni bas ni collant. Pour être tout à fait à l'aise, elle n'avait qu'à mettre sa paire d'espadrilles, et le tour serait joué. Sachant qu'elle allait bientôt quitter la holding Kargas, elle se sentait nettement plus détendue.

Tout en fermant la porte de chez elle, Cecilia décida d'annoncer sa démission aujourd'hui. Luka ne serait pas là et ce serait plus facile au téléphone ou par mail.

— Vous êtes bien printanière, lui lança Mme Dawson, qu'elle croisa dans le hall.

Cecilia ne releva pas.

— Vous partez au bureau ? insista sa voisine.

— Oui, oui.

Elle marcha jusqu'à la station de métro et prit l'escalator pour descendre. Il faisait chaud et lourd, alors elle ôta son cardigan. Dans le wagon, un passager lisait un quotidien people qui faisait un gros titre des « frasques du magnat Luka Kargas ». Une fois de plus, il défrayait la chronique. Dessous, une photo le montrait sur le pont de son yacht à côté d'une beauté refaite et bronzée. Ils ne se touchaient pas, cependant il se dégageait de leur posture une sensualité troublante.

Cecilia détourna le regard mais l'image continua de danser devant ses yeux.

Sortie du métro, elle longea les immeubles jusqu'au gratte-ciel qui abritait la holding Kargas. Elle sourit au garde en passant et emprunta l'ascenseur jusqu'au quarantième étage, le fief du patron. Et le sien, fatalement. Outre des bureaux, il comprenait des salles de réunion, de sport, et une piscine — que Luka n'utilisait guère, la laissant à l'usage de son personnel. On y trouvait aussi une suite au luxe digne d'un hôtel cinq étoiles. Quand il était à Londres et travaillait tard dans la nuit, ou avait un vol tôt le lendemain matin, Luka y dormait.

L'humeur d'autant plus badine qu'elle savait que son patron n'était pas là, Cecilia pénétra dans son univers feutré.

Il était 8 heures tout juste, et l'équipe de ménage terminait de passer l'aspirateur. La fleuriste, comme tous les jours, était venue avec ses compositions florales puis repartie.

Cecilia se fit un café à la machine et se dirigea vers son bureau, qui se trouvait dans l'open space qui jouxtait l'immense antre de son séducteur de patron. Il l'appelait parfois sa gardienne. En effet, en plus de recevoir les clients et autres invités, elle avait la délicate mission de refouler les amoureuses en furie qui réussissaient à franchir le barrage de la sécurité en bas de l'immeuble.

Elle accrochait son cardigan sur le portemanteau quand une voix la fit sursauter :

— C'est pour moi le café, Cece ?

Cecilia pivota. Luka sortait de son bureau, pas rasé, chiffonné, visiblement mal remis de son week-end de luxure. Il portait un pantalon noir et une chemise blanche qui collait à sa musculature régulièrement entretenue par des séances de culturisme. Sa tignasse noire était ébouriffée.

Seigneur, qu'est-ce qu'il fiche là ?

— Je croyais que vous ne veniez pas aujourd'hui, dit Cecilia.

— Pourquoi donc ?

— Parce que vous m'avez envoyé un texto au milieu de la nuit pour m'en informer.

— Eh bien, je suis venu.

Luka plissa les yeux. Son assistante, d'habitude un peu raide dans ses ensembles noirs ou bleu marine, était complètement différente aujourd'hui, et pas seulement à cause de sa robe printanière. Il prit la tasse qu'elle tenait à la main et la remercia en riant.

Mal à l'aise, elle voulut à tout prix dire quelque chose pour se donner une contenance.

— Heu... Vous avez... passé un bon week-end ? bafouilla-t-elle.

— Comme le dernier, dit-il, s'approchant d'elle. Et vous ?

Elle ne répondit pas et s'assit à son bureau. Il posa le bout des fesses sur le bord de son bureau.

— Ça vous arrive de vous ennuyer ? lui demanda-t-il.

— Non, pas vraiment.

Encore que, avec Gordon, ça n'avait jamais été très folichon. Leur vie était réglée comme du papier à musique. Pub le mercredi, copains le vendredi, seuls tous les deux le samedi — avec, le soir, un peu de sexe (loin d'être un feu d'artifice) — et, le dimanche, après quelques kilomètres en voiture, un lunch barbant dans un pub au bord de la route. Et peut-être, le soir, de nouveau, une partie de jambes en l'air, toujours aussi peu agitée...

Cela n'avait pas été la faute de Gordon. Cecilia était incapable de se lâcher, pas plus dans la vie qu'au lit. Sauf qu'aujourd'hui, cet homme, là, à côté d'elle, lui inspirait de drôles de pensées.

Et d'envies. Oui, il lui ouvrait des horizons insoupçonnés autrement plus enthousiasmants que le peu que lui avait fait découvrir son fiancé.

— Mais ça ne vous lasse pas de faire toujours les mêmes vieux trucs ?

— J'aime les « mêmes vieux trucs », comme vous dites.

Pour provoquer la jeune femme et tenter de lui arracher une réaction, Luka empoigna son pot à crayons et le posa de l'autre côté de son bureau.

— Vivez, bon sang !

— Non, merci. Ma vie me va très bien.

Elle sourit et remit les crayons à leur place.

Contrairement aux femmes qu'il fréquentait habituellement, Cecilia Andrews était indéchiffrable. Il n'avait jamais essayé de lui faire la cour, encore moins de flirter avec elle. À sa tenue, à ses regards, il avait vite compris que c'était « pas touche ». Néanmoins, il n'aimait pas qu'on lui résiste.

— Vous savez que je vous trouve jolie. Vous êtes en robe.

— Finement observé ! ricana-t-elle. Il a fait chaud pendant le week-end, je n'ai pas eu envie de mettre mon *uniforme*.

— Non, mais...

— Luka, l'interrompit-elle, si ma tenue est trop décontractée à votre goût et vous pose un problème, dites-le et je ne recommencerai pas.

— Pas du tout.

— En ce cas, restons-en là, d'accord ?

— Avez-vous un autre rendez-vous chez le dentiste aujourd'hui, Cecilia ?

Elle se raidit. Le ton de Luka avait changé et il ne l'avait pas appelée Cece. Son cœur manqua un battement à l'idée qu'il se doutait peut-être de quelque chose.

— Plus de caries, alors ?

Mon Dieu, il sait ! Elle en était sûre, à présent.

Luka retint un juron. Cecilia allait partir, il en était certain. D'autant plus certain qu'elle était gênée et rougissait. Curieusement, cette décision, qu'il subodorait, le contrariait. Il aimait sa présence et voulait la garder. Ses prétendus rendez-vous chez le dentiste, trois à la file, lui avaient mis la puce à l'oreille. Elle allait refuser de renouveler son contrat. D'ailleurs, elle s'était arrangée pour éviter d'en discuter.

— Vous êtes sûre de n'avoir rien à me dire ? insista-t-il.

— Si, chuchota-t-elle en baissant la tête, pâle comme un linge à présent. Je pourrais vous parler dans votre bureau ?

2

Pas certaine d'avoir pris la bonne décision, Cecilia suivit Luka en traînant presque les pieds. Elle qui n'avait pourtant que sa carrière en tête était en train de jeter aux orties un avenir possiblement brillant chez Kargas. L'empire de Luka se développait de façon exponentielle. Des hôtels à New York, des projets à Singapour... Ce serait fabuleux sur son CV.

Certes, mais elle n'avait d'autre choix que de partir.

— Asseyez-vous, proposa-t-il, lui montrant un siège.

Luka la regarda s'asseoir avec grâce et élégance. Comme toujours. Un jour, il l'avait croisée avec son fiancé dans un musée. Il s'était demandé ce qu'elle lui trouvait. Teint blafard comme souvent les Anglais, jambes maigres. Rien de sexuellement attirant. Ils ne se tenaient même pas la main et marchaient côte à côte comme deux étrangers tout en contemplant pourtant des toiles incroyablement érotiques.

Elle avait sursauté quand elle l'avait vu et rougi en lui présentant Gordon. En fait, Luka s'était dit qu'il aurait bien aimé les voir au lit.

Cecilia leva les yeux vers celui qui était encore son patron. Quel beau gosse ! Ce n'était décidément pas une légende. Elle chercha son regard de velours. Il avait les pommettes hautes et une bouche pulpeuse. Elle était sensible aux bouches. Gordon avait les lèvres minces et pincées, elle s'en était rendu compte après avoir rencontré Luka.

Elle n'aurait jamais dû accepter ce poste. À la seconde où

elle était entrée dans son bureau et où il s'était levé pour la saluer, elle avait su qu'elle aurait dû fuir.

Jusque-là, les choses allaient bien avec Gordon, mais tout avait changé à l'instant même où Luka lui avait serré la main.

Le soir du jour où ils s'étaient croisés au musée, tout en faisant l'amour avec Gordon, elle avait compris qu'elle devait rompre ses fiançailles ; en effet, elle avait imaginé que c'était Luka qui la prenait et elle avait joui comme jamais. Quelle expérience !

— Il y a quelque chose dont vous souhaitez discuter, reprit Luka.

Déstabilisée par son ton très officiel — cherchait-il à la mettre mal à l'aise ? —, elle fit oui de la tête.

— Je pars, affirma-t-elle.

— Pardon ?

— Je ne renouvelle pas mon contrat. J'ai beaucoup réfléchi. J'ai passé une année formidable, mais j'estime que je dois passer à autre chose. Pour progresser.

— Nous aurions pu en discuter.

— Je n'ai pas besoin de votre permission pour démissionner !

Elle tremblait. Des coups frappés à la porte la sauvèrent. L'hôtesse d'accueil entra.

— Désolée, votre téléphone sonne occupé alors je suis venue. Une certaine Katiya à la réception demande à vous voir. Elle insiste et dit que vous devez savoir pourquoi.

— Je n'ai pas le temps. Dites à la sécurité que si quelqu'un la laisse monter, ils sont tous virés.

La jeune femme hocha la tête et sortit.

— Ah, les femmes ! s'exclama Luka. Quand donc comprendront-elles que non c'est non ?

— Et mon patron, il le comprend ? répliqua Cecilia sans ciller.

— Un point pour vous !

Il décida sur-le-champ de changer de stratégie. Pourquoi ne pas jouer la carte de l'émotion, de la compassion ? se dit-il.

— Cecilia, une des raisons pour lesquelles j'ai décidé de

ne pas prendre ma journée, c'est que j'ai appris que ma mère a de graves ennuis de santé.

— Je suis désolée pour vous. Si je peux...

Elle se tut. Si son rusé patron cherchait à l'attendrir...

— Vous disiez ? reprit Luka au vol.

Elle resta silencieuse.

— Il y a effectivement une chose que vous pouvez faire pour moi, Cece. Je vais devoir m'absenter fréquemment dans les mois à venir. Ma mère souffre d'un cancer et va subir un traitement lourd.

Tiens, tiens ? Il ne parlait pas de sa famille, d'habitude ! Jamais !

— Je vais passer beaucoup de temps à Xanero. Vous êtes une secrétaire particulière absolument exceptionnelle et vous savez combien je vous apprécie.

Luka vit Cecilia avaler sa salive avec difficulté et donna l'estocade :

— Cette période va être difficile pour moi et très franchement, je ne me sens pas le courage de former quelqu'un d'autre.

— Je suis vraiment désolée pour votre mère, Luka. Mais je ne reviendrai pas sur ma décision. C'est impossible.

Le ton était ferme, glacial même. Son visage était tendu et son regard faisait tout pour éviter le sien.

— Puis-je vous demander de rester six mois de plus ? Vous serez encore mieux payée, bien entendu.

— Ce n'est pas une question d'argent.

Il vit des éclairs passer dans ses yeux verts. Évidemment, elle croyait qu'il n'était qu'un gosse de riche, devenu un play-boy bourré de privilèges. Or personne ne connaissait la vérité. Même ses parents faisaient semblant de croire le mensonge qui se perpétuait depuis le départ, à savoir que le *resort* de l'île de Xanero et le prestigieux restaurant Kargas qu'il abritait, c'était eux. Autrement dit, que c'était eux qui lui avaient mis le pied à l'étrier. Que, grâce à eux, il avait pu débuter facilement dans la vie.

Eh bien, c'était faux.

C'étaient des femmes qui le lui avaient permis. Des touristes fortunées en mal d'aventures avaient pavé le chemin qui l'avait conduit de la quasi-pauvreté à l'existence dorée qu'il menait aujourd'hui. Le reste n'était que mensonges.

Mais rien de tout cela ne regardait Cecilia Andrews, songea-t-il.

— Et si je vous laisse plus de temps libre ?

— J'ai déjà accepté un autre poste, annonça-t-elle.

Puisque le registre de la compassion ne fonctionnait pas, il l'agressa :

— Chez qui, Cece ?

— Je ne suis pas obligée de vous répondre. Et puis, cessez de m'appeler par ce surnom ridicule.

Ah ! pour une fois, elle réagissait !

— Vous partez parce que je ne vous appelle pas Cecilia ? Sachez, ma chère, que votre contrat stipule que vous ne pouvez pas travailler chez un concurrent pendant un an et que vous ne pouvez pas...

— Arrêtez ! Je pars et c'est tout. J'en ai le droit.

— Absolument.

Même s'il n'aimait pas cette perspective...

— J'ai encore quatre semaines à faire chez vous, je vais m'employer à me trouver une remplaçante.

Sur ces mots, la jeune femme se leva et sortit.

Adossée au mur de marbre des toilettes, Cecilia repensa à ce qu'elle venait de faire. Sans doute la plus grosse bêtise de sa vie. Puis elle se ressaisit. Le métro aux heures de pointe, fini. Les face-à-face avec son séducteur dépravé de patron, fini. Son parfum entêtant quand il se penchait sur elle, fini. En gros, fini le chaos que Luka Kargas avait mis dans son cœur, l'ordre serait rétabli.

Elle revint à son bureau. On avait livré des fleurs, un somptueux bouquet posé sur son bureau. Quelqu'un aurait-il pensé à son… Non, elles étaient pour Luka. Bêtement, elle lut la carte qui les accompagnait. Le message était explicite. Signé Katiya.

— Des fleurs pour vous, annonça-t-elle en poussant la porte du bureau directorial. J'ignore de qui.

Luka lut la carte.

— Prenez-les si ça vous chante, ou mettez-les où vous voulez. Tenez, aux toilettes ! En tout cas, je ne veux pas les voir.

Le téléphone se mit à sonner. Cecilia décrocha.

— Il faut que je lui parle, supplia une femme en pleurs, probablement Katiya.

— Je suis désolée mais M. Kargas est en conférence.

Luka ne daigna même pas lever les yeux de son ordinateur. Cecilia raccrocha.

— À quelle heure finissez-vous aujourd'hui ? demanda-t-il.

— Je n'ai pas d'heure. Pourquoi ?

— Je veux que vous avanciez mon rendez-vous avec Garcia à ce soir et que vous organisiez mon vol pour Xanero demain. Je serai absent deux semaines.

— Deux semaines ? s'étonna-t-elle.

— Je vous l'ai déjà dit, ma mère est malade.

Sa fortune le lui permettant, il avait son jet privé et l'utilisait comme d'autres prennent le métro. Cecilia regagna son bureau et se remit à la tâche, tout en se disant que la journée risquait d'être bien longue…

Une fois Cecilia sortie de son bureau, Luka appela sa mère pour lui annoncer qu'il serait auprès d'elle dès le lendemain.

— Mais je ne viens pas te tenir la main, ajouta-t-il. Ni te voir baisser les bras. Tu vas te battre.

— Je suis fatiguée, mon chéri. Je ne veux pas d'histoires. Je veux juste revenir chez moi, à Xanero.

La voix était celle d'une femme résignée, abattue, et il savait pourquoi. Son traitement signifiait des séjours réguliers à

Athènes ; or Theo Kargas aimait avoir sa femme à la maison en permanence.

Il passa ensuite la journée sur des dossiers complexes et particulièrement pénibles.

— Votre mère sur la deux, lui annonça Cecilia en fin d'après-midi.

— Dites-lui que je suis en réunion.

Il réglerait les problèmes de famille plus tard. Il était fatigué d'écouter les plaintes de sa mère. Il avait presque espéré que son père décéderait le premier, de façon à laisser celle-ci respirer un peu.

Il regarda sa montre. Déjà 19 heures ! Il gagna le bureau de son assistante.

— Garcia, c'est à 22 heures, c'est bien cela ? Faisons la paix et allons dîner.

Cecilia sursauta. Dîner avec Luka ? Elle détestait cette idée autant qu'elle en rêvait ! C'était un séducteur-né, mais de compagnie agréable. Très agréable, même. C'était bien le problème...

— D'accord. Je reviens tout de suite, ajouta Cecilia en ajustant la bandoulière de son sac sur son épaule.

— Je vous attends.

Arrivée dans les toilettes, elle se regarda dans la glace, se disant que d'ici un mois sa torture serait terminée.

Elle renoua ses cheveux, remit un soupçon de rouge à lèvres et, incapable de se retenir, vérifia si quelqu'un l'avait appelée sur son portable pour son anniversaire.

Personne. Même pas son oncle ni sa tante. Déçue, elle se consola en pensant qu'un dîner d'anniversaire avec Luka était diablement plus sympathique qu'une soirée entre ces deux personnages, toujours critiques sur ses choix.

Si ce n'est que ce ne serait pas une soirée galante mais un dîner de travail. Il faudrait qu'elle garde bien cela en tête tout au long de la soirée.

3

— Prête ? On y va.

Le chauffeur les déposa devant un restaurant grec réputé, ouvert récemment, qui donnait sur la Tamise.

Luka était étrangement joyeux. Seule ombre au tableau, l'affreux petit haut de Cecilia, d'une couleur indéfinie. Il préférait et de loin voir sa jolie peau pâle. Il grillait d'envie de le lui dire, mais avec elle, mieux valait parfois faire attention à ses paroles.

— On dînera dehors, dit-il au maître d'hôtel. Cette musique va me rendre fou.

En fait, l'air conditionné qui marchait à fond dans la salle contrariait ses plans : il voulait qu'elle ôte son affreux cardigan verdâtre pour voir ses bras.

— C'est parfait, ici, dit Cecilia. J'adore voir la brise courir sur le fleuve.

Ils avaient déjà pris des repas ensemble. Pas très souvent. En voyage, elle se faisait apporter son petit déjeuner dans sa chambre d'hôtel car elle ne supportait pas de le voir au petit matin avec sa maîtresse du moment. À midi, il invitait en général des clients ou des relations, et le soir… Le soir, elle aimait autant ne pas le savoir, aussi optait-elle pour le *room service*.

Les yeux fixés sur le menu, elle faisait semblant de choisir ; en fait, elle ne pensait qu'à lui, certaine qu'il allait encore tenter de la dissuader de partir.

Elle se trompait. Il était plongé dans la carte des vins.

— Pas de vin pour moi, dit-elle. Juste une salade et de l'eau.

L'endroit était chic. Leur échange, poli. Mais Cecilia attendait l'attaque. Toutes griffes dehors. Autant pour résister à sa tentative de persuasion qu'au magnétisme de sa voix de satin.

— Vous aimez être là-bas ? demanda-t-elle. Chez vos parents, j'entends.

Il haussa les épaules.

— Le *resort* est très vaste. Nous vivons dans deux villas séparées.

— Et Xanero, c'est comment ?

— L'île est à couper le souffle. Magnifique.

— C'est votre père qui gère les affaires de famille en Grèce ?

La vérité, c'était que son père n'avait jamais rien géré à Xanero. Enfin si, autrefois, mais pas longtemps. Luka avait entretenu le mythe pour que sa mère puisse marcher la tête haute.

— Il est en semi-retraite, répondit Luka.

Ce n'était pas complètement faux. Theo Kargas avait passé la moitié de sa vie à la retraite, ou presque. Mais Luka préférait ne pas s'étendre sur le sujet. Les aléas de sa famille ne regardaient personne.

— Je vais dire à Garcia que j'annule New York pour l'instant.

— Il ne va pas aimer ça, rétorqua Cecilia.

— C'est moi qui décide. Vous savez, il a beaucoup plus besoin de moi que moi de lui. J'ai peur qu'il ne l'ait un peu oublié.

— Quand vous reviendrez de Xanero, vous y verrez plus clair, je pense. Votre nouvelle secrétaire particulière pourra peut-être reprogrammer ce voyage à New York.

Agacé par cette réflexion — il ne voulait pas l'entendre faire allusion à son départ —, Luka regarda Cecilia aspirer son eau gazeuse avec une paille, comme une enfant. Elle avait encore cet affreux pull anis sur ses épaules qu'il avait tellement envie de voir nues.

Qu'est-ce qui avait bien pu l'attirer chez son Gordon ? se

demanda-t-il une nouvelle fois. Cela l'intriguait. En fait, Cecilia Andrews l'intriguait. Elle était froide comme un serpent, et si raide et coincée que, même si elle était fiancée, il se demandait si elle n'était pas toujours vierge tant il l'imaginait mal au lit.

En revanche, il s'y voyait très bien avec elle !

— Comment va Gordon ? demanda-t-il soudain. Je peux aborder votre vie privée maintenant, puisque vous quittez la société.

Cecilia commença par se taire, essayant de piquer une olive avec sa fourchette sans y parvenir.

Elle n'allait sûrement pas dire la vérité à Luka, à savoir qu'elle n'avait que lui dans la tête et qu'elle en avait tiré la conclusion.

— J'ai fini par admettre, se décida-t-elle enfin, que mon oncle et ma tante avaient raison. Que Gordon et moi, ça ne pourrait pas marcher. Trop différents. Il est trop parfait. Trop sérieux pour moi.

Elle mentait, mais c'était pour les besoins de la cause. Luka ne le saurait jamais.

— Votre oncle et votre tante ? s'étonna-t-il.

— Oui, ce sont eux qui m'ont élevée au décès de ma mère.

Il se rappelait maintenant qu'en effet, sa tante était la personne à prévenir en cas d'urgence. Il l'avait lu sur son CV.

— Vous aviez quel âge ?

— Huit ans.

— Et votre père ?

— Oh ! lui...

Et elle se tut, indiquant par son silence que le sujet était clos.

Elle l'avait vu une fois, son père. Il était brun et portait une alliance. Elle n'en savait guère plus, sauf qu'il avait hurlé sur sa mère parce que celle-ci, à court d'argent et espérant lui soutirer quelques dollars, venait de lui annoncer qu'il avait un enfant. Peine perdue.

Elle était petite à l'époque, et cet homme lui avait fait peur avec ses cris et ses yeux méchants. Il n'avait pas cherché à l'embrasser. Elle avait entendu des mots dont elle n'avait su le sens que beaucoup plus tard, comme « avortement ». Elle avait aussi appris que cet inconnu censé être son papa avait donné à Harriet une somme d'argent *considérable* pour cet « avortement » justement. Elle n'avait jamais été désirée. Quel chagrin, le jour où elle l'avait compris !

— Parlez-moi de votre fiancé, alors.

Luka s'était douté qu'ils avaient rompu car son assistante ne portait plus de bague. Mais il ne l'avait jamais vue pleurer. Et cela n'avait pas eu d'incidence sur son efficacité au bureau.

— Lui et moi, c'est fini, je viens de vous le dire.

— C'est vous qui avez cassé vos fiançailles ? Comment l'a-t-il pris ?

— Oh ! Luka !

— Pardon pour ma curiosité. Je n'ai jamais été assez longtemps avec une femme pour me fiancer. Je ne sais donc pas ce que cela fait.

Il l'observait les yeux mi-clos. Comme un chat, se dit-elle.

— Il y avait quelqu'un d'autre ? C'est pour ça ?

— Absolument pas ! s'offusqua-t-elle.

— Vous viviez ensemble ?

— C'est ma vie privée, OK ? Vous ne parlez jamais de la vôtre, que je sache.

— Si !

— Non, Luka. Je gère vos ex, mais c'est tout. Je ne sais rien de vous.

— Ce n'est pas vrai.

— Depuis quand votre mère est-elle malade ? Vous ne me l'avez jamais dit. Vous voyez !

Son sens de la repartie le fit rager intérieurement. Elle le remarqua et sourit de son triomphe. Elle avait lâché sa paille et reposait son verre. Il lui avoua une chose qu'il pensait sincèrement :

— Vous savez ce qui va me manquer, Cecilia ? C'est de ne pas avoir eu le temps de mieux vous connaître. C'est dommage !

Comme si elle ne le regrettait pas, elle aussi ! Elle se garda bien de le lui dire.

— Y a-t-il quelque chose que je puisse faire pour vous dissuader de partir ? reprit Luka.

Étonnée par son ton, elle leva les yeux vers lui. Elle s'attendait à un de ces numéros de charme dont il avait le secret, à une manœuvre quelconque ou à ce qu'il lui fasse miroiter encore plus de billets verts à la fin du mois. Au lieu de cela, il lui demandait, le plus simplement, le plus humblement du monde, ce qu'il pouvait faire pour la garder.

— Rien, dit-elle. Écoutez-moi.

Mal à l'aise, elle se racla la gorge.

— J'ai encore un mois à passer avec vous. Je vais vous trouver la secrétaire particulière la mieux pour vous. Je la formerai moi-même et je m'en irai. J'ai adoré travailler avec vous, mais je suis prête pour un nouveau défi.

— Je n'en suis plus un ?

— Si.

Un challenge de chaque seconde, et elle n'en pouvait plus de lutter contre ses sentiments pour lui. Elle préférait démissionner. C'était trop dur de feindre. Elle changea brusquement de sujet.

— C'était bon ? demanda-t-elle en désignant son assiette d'un mouvement de tête.

Luka leva les yeux au ciel. Il avait bien autre chose en tête que disserter sur le plat qu'il venait de déguster !

— Et si je vous promets de ne plus vous appeler Cece ? Il faut trois semaines pour se forger une habitude, j'y arriverai.

— Non, soixante-six jours, corrigea-t-elle. Vous n'avez donc pas le temps. Merci tout de même.

Elle sourit, ce qu'elle faisait rarement, puis son sourire s'évanouit comme disparaît un soleil d'été à l'horizon. D'ici quelques semaines, d'ailleurs, l'été céderait la place à l'automne, et puis il reviendrait, mais jamais aussi lumineux que celui-ci.

— Vous ne m'avez pas répondu : Gordon a été triste quand vous avez rompu ? Vous m'avez affirmé que ce n'était pas mes oignons, je sais...

— Pourquoi me poser la question, alors ?

— Parce que, maintenant que vous partez, j'ai le droit d'assouvir ma curiosité.

— Très bien, je vais vous répondre. Oui, il a été malheureux. Encore que... Je me demande s'il n'était pas plus gêné que malheureux.

— Non, je suis sûr qu'il était très malheureux, dit Luka d'une voix sourde, voilée comme son regard.

La petite brise qui faisait friser la Tamise la fit doucement frissonner puis une vague de chaleur l'envahit.

Luka, parfois, franchissait les limites de la relation strictement professionnelle pour s'aventurer sur le terrain glissant du flirt. Comme à cet instant. Elle redoutait — et adorait — ces instants-là.

— Si nous rentrions ? suggéra-t-elle. Nous avons une réunion à préparer.

Une réunion ? Mais il se moquait de cette réunion ! Il n'avait qu'une envie : musarder, là, devant le fleuve, avec elle. Le reste et le monde entier pouvaient bien attendre.

— Je me moque de Garcia ! lança-t-il.

— Un jour, il se lassera d'attendre.

— J'en doute. Tout ce qu'il veut, c'est négocier et conclure l'affaire.

— Je croyais que vous vouliez un hôtel à New York.

— Oui, mais à *mes* conditions. Bref, parlons plutôt de votre remplacement. À ce propos, comment êtes-vous devenue secrétaire particulière ?

Encore une question ! Ne cesserait-il donc jamais de l'interroger ?

— Au départ, ce n'est pas ce que je voulais faire. Je voulais voyager. Voir le monde. Là-dessus, un ami de mon oncle, qui vit en France, cherchait une jeune fille au pair. Je parlais français, enfin un peu, et voilà !

— Comme ça, vous avez voyagé et travaillé en même temps. C'est drôle, je ne vous vois pas en fille au pair.

— J'ai détesté. Au bout d'un mois, j'ai annoncé que je partais. Alors la mère de famille, qui, je crois, m'appréciait, m'a proposé de travailler pour elle. Comme secrétaire. Et voilà, ça a commencé comme cela.

La musique de fond qui passait en sourdine s'arrêta et, brusquement, tout le restaurant s'emplit des notes joyeuses de la traditionnelle chanson d'anniversaire, avec ses vœux les plus sincères.

Un serveur s'approcha d'eux, un plateau chargé d'un gâteau piqué d'une bougie dans les mains.

— Oh ! Luka ! lança-t-elle en rougissant, surprise.

Embarrassée, mais ravie, aussi. Ni sa famille ni ses amis n'avaient pensé à lui souhaiter son anniversaire. Personne sauf lui.

— C'est pour cela aussi que je suis venu au bureau aujourd'hui, avoua-t-il. Et puis... Tenez !

Il plongea la main dans la poche de sa veste et lui tendit un paquet long et joliment enveloppé. Comme elle refusait de le prendre, il insista :

— C'est pour vous. Allez, ouvrez-le.

Cecilia soupira et céda. Elle défit le nœud et s'arrêta.

— Vous êtes réellement revenu à cause de mon anniversaire ? dit-elle, émue aux larmes.

— Je chouchoute toujours mes secrétaires particulières.

C'était faux. En général, Luka offrait des fleurs à son personnel. Mais quelques semaines plus tôt, lors d'un voyage d'affaires où elle l'accompagnait, il l'avait retrouvée un matin en extase devant la vitrine d'une boutique, dans la galerie de l'hôtel où ils étaient descendus. Curieux, il avait suivi son regard et vu le bijou qui la fascinait. Le lendemain matin, elle l'avait attendu au même endroit. Le matin suivant, encore. Toujours devant le même bijou.

La veille au soir, juste après lui avoir envoyé le texto où il disait qu'il serait absent, il s'était souvenu de son anniversaire. Il avait fait la fête pour s'étourdir après la mauvaise nouvelle que sa mère lui avait apprise et avait décidé de prolonger le week-end. Et puis il s'était rappelé qu'il avait acheté le fameux bijou qui plaisait tant à Cecilia et qu'il se trouvait dans son bureau.

— Non, Luka, c'est trop. Je ne peux pas.

De l'or, des rubis... Étaient-ils vrais ou faux, elle l'ignorait mais elle ne pouvait pas accepter. D'autant moins qu'elle s'était juré de ne pas finir comme sa mère, que les hommes avaient gâtée tout au long de sa trop courte vie, l'entraînant avec eux dans leur descente aux enfers.

— Ça comptera aussi comme cadeau de départ, plaisanta-t-il.

Son sourire la fit fondre intérieurement. Il était irrésistible, comme tout chez lui : son regard, sa bouche, sa barbe de deux jours, son élégance, et, parfois, ce négligé étudié qui lui allait si bien.

Non, elle n'allait pas accepter. Elle savait très bien où cela allait la mener... Justement là où elle brûlait d'envie d'aller ! Et Luka ne serait pas difficile à convaincre. Cela, elle le savait aussi. Mais les aventures de Luka ne duraient jamais plus d'un mois. Ensuite, il ne restait que les yeux pour pleurer.

— Dites-moi, Cecilia, de quoi votre mère est-elle décédée ?

— Je crois savoir qu'elle avait pris trop de cocaïne.

4

Luka resta un instant silencieux après la réponse de Cecilia. Il ne s'était pas attendu à apprendre que la mère de celle-ci était morte d'overdose.

— Elle était à une soirée, m'a-t-on dit. Elle adorait faire la fête et menait une vie totalement dissolue. Je vivais avec elle et je peux vous dire que ce n'était pas rassurant. Mais je m'aperçois que je n'ai pas envie de m'étendre sur le sujet.

Au bord des larmes, regrettant d'avoir trop parlé, Cecilia prit son sac.

— Si nous partions ? Vous avez votre réunion avec Garcia, tout à l'heure.

Sans attendre sa réponse, elle se leva et quitta le restaurant. Il la rattrapa dehors, tandis qu'elle s'éloignait le long de la berge.

— Une seconde ! Pourquoi filez-vous aussi vite quand on parle ?

— Vous avez une réunion, répéta-t-elle.

Quatre semaines encore à lutter contre le désir fou de sauter au cou de cet homme, elle ne tiendrait pas. Heureusement, il allait s'absenter quinze jours. Le supplice durerait moins longtemps.

Ils regagnèrent les bureaux de la holding Kargas en silence, puis chacun s'installa dans son bureau.

— Cecilia, appela Luka après quelques minutes. Annulez le rendez-vous avec Garcia, je veux vous parler.

— Il s'agit de travail, j'espère, sinon c'est non. Je n'ai pas le temps. Vous partez demain, je dois préparer vos bagages, je partirai ensuite.

Elle se leva et se dirigea vers sa suite. Une fois entrée, elle regarda le contenu de son dressing et ressortit.

— Luka, vous n'avez que des costumes dans votre placard. Pour aller chez votre mère, il vous faut des affaires plus simples. Si vous voulez, je vais aller faire vos bagages chez vous et je vous les ramènerai demain matin. Vous avez sûrement des vêtements plus légers quelque part.

Leurs regards se soudèrent. Ce fut intense. Elle se demanda si elle pouvait l'embrasser sur la joue pour le remercier de cette merveilleuse soirée, comme elle l'aurait fait avec n'importe qui d'autre.

Sauf qu'il n'était pas n'importe qui. Et que ce soir, sa réserve s'était dissoute au fil des heures.

Ne se contrôlant plus, elle se pencha et lui déposa un petit baiser sur la joue. Elle ne fit que l'effleurer, mais c'était déjà trop. Pressée de disparaître, elle remonta son sac sur son épaule et partit en courant.

— On se voit demain, lui lança-t-elle. Si vous avez besoin de quelque chose d'ici là...

La réponse fusa :

— J'ai besoin d'être avec vous.

Les yeux écarquillés de stupeur, elle se retourna. Luka l'avait rattrapée. Elle crut que, enfin, elle allait avoir le baiser dont elle rêvait ; au lieu de cela, il lui prit le bras.

— Vous ne l'essayez pas ? Le collier.

Elle pensa à ses doigts qui allaient lui soulever les cheveux et lui effleurer la nuque, à sa bouche près de sa joue...

— Si. Aidez-moi.

Il lui enleva son sac de l'épaule, prit l'écrin et l'ouvrit. Les pierres brillaient de mille feux. Il les caressa doucement de ses longs doigts, ce qui la fit frémir comme s'il l'avait caressée.

— Tournez-vous !

Elle se tourna, face au mur. Elle savait comment finirait

cette soirée. Comment finirait cette année. Ce serait là, ce soir, elle en était sûre.

Mais peu importait puisqu'elle partait.

Elle releva sa queue-de-cheval et sentit aussitôt les doigts de Luka sur sa nuque, ses mains contre la petite veine bleue qui s'affolait en bas de son cou. Ils l'effleuraient, la touchaient, ils étaient si doux... C'était tétanisant. Debout derrière elle, il ne disait rien, mais elle savait qu'il la désirait. Son envie de se retourner et de se plaquer contre ce corps qui l'excitait tant devint si violente qu'elle se mordit les lèvres jusqu'au sang.

Le collier tomba entre ses seins, délicieusement froid.

Au lieu de la faire pivoter pour l'admirer, il empoigna le boléro vert anis.

— J'ai horreur de ce truc ! dit-il, lui dénudant les épaules.

Il fit glisser les manches, libéra son bras gauche puis le droit. Laissa le gilet tomber à terre. Il la caressa. Elle essaya de ne pas gémir, mais le contact de ses mains sur sa peau nue devint insupportable.

— Luka, supplia-t-elle, avec tant de sensualité dans la voix qu'elle ne se reconnut pas.

Il n'obéit pas. Au contraire. Il souleva ses cheveux et embrassa sa nuque. Un baiser chaud et prometteur qui en appelait d'autres. Son décolleté étant profond, il embrassa son dos. Brusquement, il s'arrêta.

— Je veux voir ce collier sur vous, comme il doit être vu.

Elle sentit ses doigts la frôler... Elle se mordit de nouveau les lèvres. Seigneur ! Il avait défait l'agrafe de son soutien-gorge. Il lui lâcha les cheveux et les arrangea sur ses épaules, effleurant sans le vouloir ses mamelons. Ils pointaient, durs. Ils appelaient le baiser.

Il ôta sa chemise.

— Tournez-vous, maintenant, dit-il.

Au lieu du regard lourd de reproche auquel il s'attendait, Luka fut surpris par ses yeux verts qui brillaient intensément.

— Il vous va bien.

Le collier tombait entre ses seins, exaltant encore la beauté de sa gorge. Une envie de l'embrasser s'empara de lui. Il se pencha, l'effleura de ses lèvres. À leur contact, Cecilia ne put s'empêcher de gémir. C'était stupide, mais le geste était si tendre !

Alors, Luka releva la tête et happa sa bouche.

Au lieu de résister, elle répondit avec fougue. Cela faisait presque un an qu'elle en rêvait, elle n'allait pas bouder son plaisir !

Encouragé par l'ardeur que manifestait Cecilia, Luka la plaqua contre le mur, lui faisant sentir la vigueur de son désir. Loin d'être effarouchée, elle ondula contre lui avec une audace qu'il ne soupçonnait pas chez elle. Lui qui la croyait vierge...

Mais il voulait plus, il voulait tout.

Essayant de ne pas la lâcher, il continua de se déshabiller. En homme prévoyant, il avait toujours un préservatif à portée de main.

Il releva la robe de Cecilia, déchira sa petite culotte et glissa la main entre ses cuisses. Elle haletait. Elle était prête à le recevoir. Il n'attendit pas une seconde de plus. Impatient et fébrile, il la pénétra de toute sa longueur.

Cecilia lâcha un cri de pur bonheur. Quelle délicieuse violence ! Jamais, elle n'avait connu supplice plus exquis.

Il se retira mais donna un nouveau coup de reins plus brutal encore. Puis un autre. Elle se cambra en criant son prénom, encore et encore, puis, terrassée par le plaisir, s'affaissa sur son épaule, anéantie, tandis qu'il jouissait en elle.

— Viens, lui dit Luka en se rhabillant. Allons chez moi.

Chez lui, il y avait un lit sur lequel ils allaient faire l'amour, en prenant leur temps, cette fois.

— Non. Il faut que je rentre chez moi.

Elle ramassa ses vêtements et les fourra dans son sac.

— Tu ne vas pas te sauver comme ça !

— Je ne me sauve pas. J'ai besoin d'aller chez moi, c'est tout.

En d'autres temps, cette décision aurait ravi Luka. Un bon orgasme, et au revoir. Mais il sentait confusément qu'avec Cecilia, c'était différent. Il voulait la découvrir davantage, certain ou presque qu'entre eux les choses iraient beaucoup plus loin.

— Merci pour cette formidable soirée, dit-elle.

Elle avait retrouvé son ton froid et son air coincé.

— Non, ne pars pas déjà, insista-t-il.

— Si, je m'en vais. Ne m'en veux pas.

Elle lui fit un baiser sur la joue et partit vers l'ascenseur. Arrivée en bas, elle salua le garde et sortit dans la nuit. Soudain, elle entendit quelqu'un l'appeler.

— Mademoiselle Andrews ! M. Kargas demande que je vous raccompagne chez vous, lança le chauffeur de Luka. Il est trop tard pour prendre le métro.

Elle s'arrêta. L'attention de son patron lui déplaisait autant qu'elle lui plaisait. L'idée qu'il se soucie d'elle lui était agréable, mais le luxe qu'il lui faisait entrevoir en lui envoyant son chauffeur la chiffonnait, car elle savait que cela ne durerait pas.

5

En se réveillant le lendemain, Cecilia songea à se faire porter pâle. Réflexion faite, elle se leva. Il ne fallait pas que Luka croie qu'elle regrettait leurs ébats. Parce qu'elle ne regrettait rien.

Son café bu, au lit, elle se leva et se prépara.

Ce matin, elle allait chez Luka lui faire ses bagages. L'ennui de ce contrat de secrétaire particulière, c'était qu'il stipulait qu'elle avait accès à sa résidence privée, pour ce genre d'obligations, par exemple. Un jour où elle le croyait absent, elle était entrée chez lui sans sonner et l'avait trouvé au lit, ni seul ni endormi…

Oui, travailler pour Luka Kargas était une torture.

Elle sonna donc avant d'entrer. Puis, une fois à l'intérieur, elle s'approcha de la baie vitrée pour admirer la vue sur Hyde Park. Comment Luka allait-il se comporter ce matin quand elle arriverait au bureau ?

Petit haussement d'épaules, et elle se dirigea avec la valise vers sa chambre.

Mince ! Il était là, au lit, mais endormi, cette fois.

Sans faire de bruit, elle ouvrit le dressing, dont la porte grinça à peine.

— Bonjour ! lança-t-il.

— Oh ! Pardon ! Je venais faire votre valise.

Luka nota qu'elle le vouvoyait de nouveau.

— Pourquoi es-tu partie comme une voleuse, hier soir ?

— Je voulais rentrer chez moi et dormir.

Il replia les bras derrière la tête et la regarda, debout dans l'embrasure de la porte.

— Vous vous baignerez, à Xanero ?

Il éclata de rire et alla dans la salle de bains.

— Tu peux me tutoyer, tu sais. Évidemment, je me baignerai. Chaque bungalow a sa piscine. Ce n'était pas le cas quand j'étais petit. À l'époque, il n'y en avait qu'une et je sautais dedans quand je rentrais de l'école. Ce n'était pas le même propriétaire en ce temps-là. Il jouait. Et était paresseux.

Était-ce bien utile de lui raconter sa vie ? se demanda-t-il. Peut-être. Car elle devait penser, comme tout le monde, que tout lui avait été apporté sur un plateau d'argent. Et puis, la veille au soir, elle s'était pas mal confiée. C'était son tour, maintenant.

Les deux semaines qui l'attendaient à Xanero allaient être difficiles. Son père, comme à l'accoutumée, allait se pavaner dans les allées du *resort* se vantant haut et fort d'être à l'origine de ce superbe complexe hôtelier, alors qu'il n'y était pour rien.

— En fait, petit, j'y travaillais, reprit Luka. Je ramassais les serviettes et pliais les transats. Plus tard, j'ai pris du galon. Après le lycée, je suis passé à la réception. Cela ne m'empêchait pas d'aller à la piscine, mais ce ne sont plus les serviettes que je collectionnais...

— Je ne te suis pas, lui répondit Cecilia depuis la chambre.

— Je suis sûr que si.

Elle ajouta une ceinture dans la valise et ne releva pas les yeux quand il revint dans la chambre.

— Comme j'étais à la réception, je savais qui étaient les femmes riches parce qu'elles avaient un accès privatif à la plage et la plus belle vue sur mer.

Lorsqu'elle baissa la tête, l'air embarrassé, Luka comprit tout de suite qu'elle était choquée.

— J'ai gagné beaucoup d'argent et j'ai tout économisé, si bien que lorsque le restaurant a été à vendre, je l'ai acheté.

J'ai donné une action à mon père pour qu'il travaille dans *son* restaurant comme il avait toujours voulu le faire. On n'avait pas d'argent dans ma famille, et mon père refusait d'accepter des boulots qu'il jugeait indignes de lui. Ma mère abondait dans son sens ; elle disait que c'était un chef, et qu'un chef ne fait pas la plonge. Seulement la cuisine.

Elle avait les yeux écarquillés et semblait horrifiée.

— Tu veux dire que tu as été un... un gigolo ?

— Appelle ça ainsi si tu veux.

Luka s'attendait à ce qu'elle claque la valise et s'en aille. Mais elle resta.

— Et... Comment t'y prenais-tu ?

— Pas compliqué. Un sourire, un petit signe de tête... Souvent, elles m'offraient un verre, et puis, un jour, c'est arrivé comme ça. Je bavardais avec une des clientes, elle était veuve, elle m'a proposé de venir dîner avec elle. J'ai refusé. Elle a insisté, « nous dînerons dans ma suite ». J'y suis allé, nous avons dîné et ce qui devait arriver... Tu imagines la suite.

Stupéfaite, Cecilia en tomba assise sur le lit.

— Quel âge avait-elle ?

— Dans les trente ans. Ça a été ma première expérience amoureuse. Et toi ? Ça s'est passé comment ? C'était qui ? Raconte.

— Non, je n'ai pas à te répondre.

— Si tu veux en savoir plus sur moi, réponds, la provoqua-t-il.

— Gordon.

Trouvant sa vie d'une banalité à pleurer, Cecilia détourna les yeux, gênée.

— En fait, reprit Luka, la première de mes conquêtes a été une femme divorcée. Elle était là avec des amis mais avait son propre bungalow. Je passais toutes les nuits avec elle jusqu'au petit matin. Le jour de son départ, elle est venue à la réception et m'a remis en douce une enveloppe. J'ai cru que c'était une lettre d'adieu. En réalité, elle contenait une liasse de billets. Jusque-là, je croyais qu'elle et moi vivions une histoire d'amour.

— Tu as été blessé qu'elle te paie ?

— Pas du tout. Je commençais à ruer dans les brancards et cherchais un moyen de me dépêtrer d'elle. Je pensais arrêter cette aventure avec elle à la fin des vacances. J'étais naïf à l'époque.

— Ça, j'en doute, grinça Cecilia. Et après elle, il y en a eu d'autres ?

— Bien sûr. Mais je n'ai pas toujours reçu d'argent. L'une d'elles m'a offert une voiture. Une autre, une belle montre. Je suis même allé faire du shopping avec certaines. Tu n'imagines pas les superbes costumes qu'elles m'ont offerts. Mais ce n'était pas que pour le sexe. En fait, ce qu'elles voulaient surtout, c'était parler. M'entendre leur dire ce qu'elles voulaient entendre.

— Tu n'es jamais tombé amoureux ?

— Un peu, parfois, mais pas vraiment. Elles, jamais. J'étais juste un sex-toy. Au mieux, un confident.

Pendant plusieurs années, la piscine avait été son terrain de jeu, se souvint Luka, et les malheureuses esseulées, toutes très riches, l'avaient grassement financé.

— Bref, dit-il, j'ai fini par acheter le restaurant et j'ai engagé un chef digne de ce nom. Et j'ai tout rénové. Le *resort* et le restaurant. Mais la personne qui m'a aidé à négocier, j'avais vingt-deux ans et peu de notions des affaires, m'a conseillé de ne pas faire entrer mon père dans la partie hôtellerie.

Il ne l'ajouta pas mais pensa fortement qu'il serait éternellement reconnaissant à cet homme pour ce conseil.

— Peu à peu, poursuivit-il, j'ai acquis les terrains alentour. Mais ce lieu-là, le premier, c'est mon joyau. D'une adresse modeste, j'ai fait un cinq étoiles.

Cecilia hocha doucement la tête. Avec ses yeux sombres et profonds, il la tétanisait, lui ôtait tous ses moyens.

— Ton père travaille toujours avec toi ?

— Les restaurants sont à nous deux. Les hôtels, à moi. Mais je regrette de l'avoir associé à mes affaires, même si c'est marginal.

— Il ne faut jamais faire d'affaires en famille, approuva-t-elle. De la même façon, je pense qu'avoir une relation avec son patron n'est pas une bonne idée.

Il lui prit la main, la posa sur le drap. Aussitôt, Cecilia perçut son érection. Elle remonta la main vers son torse, dont le duvet soyeux lui chatouilla les doigts.

— Je ne dis pas que je regrette ce qui s'est passé hier soir, dit-elle, mais je ne tiens pas à ce que cela se sache. Cela ne doit pas se reproduire.

Indifférent à sa préoccupation, il lui prit de nouveau la main.

— Viens !

Oubliant ce qu'elle disait un instant plus tôt, Cecilia ôta sa veste bleu marine, puis son haut, puis sa jupe et ses chaussures. Elle lui tendit ses lèvres. Il l'embrassa et elle répondit avec fougue. Elle acheva alors de se déshabiller sans qu'il ait à le lui demander.

— C'est la dernière fois, lui dit-elle. Je ne plaisante pas.

— Soyons fous, alors. Profitons-en au maximum.

Au lieu de continuer à l'embrasser, il s'agenouilla et lui mordilla les mamelons.

— Tu aimes ? lui demanda-t-il, la voix rauque.

Elle n'aimait pas, elle adorait ! C'était du pur plaisir. Sa langue était râpeuse et ses assauts déclenchaient des décharges électriques dans tout son corps. Elle ferma les yeux pour mieux les éprouver. Luka savait aimer les femmes et la comblait de son expérience de séducteur.

Encouragé par ses gémissements, il glissa la main entre ses jambes.

— Ouvre-les ! ordonna-t-il.

Ce n'était plus son propre plaisir qui lui importait mais celui qu'il voulait lui donner. Ce désir-là était nouveau pour lui. L'avait-il même ressenti un jour ?

Tout en la caressant intimement, il la fixait. Le visage tendu, les yeux clos, elle se laissait faire, offerte, ouverte. Il inséra un doigt en elle, puis deux. Elle resserra les cuisses et trembla. Alors il la lâcha et, la tête glissée entre ses jambes, l'embrassa au plus intime.

— Luka ! le supplia-t-elle.

Il se redressa, l'empoigna par les hanches et la pénétra brutalement. Elle poussa un cri.

— Viens, lui dit-il. Viens, chérie.

La fixant toujours, il commença à aller et venir en elle, de plus en plus vite, de plus en plus profondément, lui arrachant de longues plaintes. Elle se cambra, sursauta. Elle s'offrait, généreuse, sans frein. La tête basculée en arrière, Luka donna un ultime coup de reins, et, ivre de désir, sombra avec elle dans le tsunami du plaisir.

Éclairés d'un même sourire, anéantis mais heureux, ils restèrent quelques instants sans rien dire. Puis Luka roula sur le côté et, l'enlaçant tendrement, murmura :

— Viens avec moi à Xanero.

Cecilia dévisagea son amant. Plaisantait-il ? Il n'en avait pas l'air.

— Non, lui dit-elle à contrecœur. Je n'irai pas à Xanero.

— Pas dans mon hôtel, ma mère penserait que c'est sérieux entre nous. Non, tu pourrais t'installer sur mon yacht. Il est confortable, tu sais.

Elle faillit dire oui — la proposition était tentante.

— Pour être ton sex-toy, ironisa-t-elle, sourire aux lèvres pour cacher sa déception.

— Je te ferai travailler le jour, dit-il jouant avec ses seins. Et le soir... je compenserai.

— Tu veux dire que pendant que tu serais à terre, je serais confinée à bord ?

— Confinée ? Mon yacht n'est pas une boîte de sardines !

Elle avait vu des photos de son yacht et savait les parties fines qui s'y déroulaient, avec des beautés aussi sophistiquées que délurées. Et voilà qu'il l'invitait dans son antre. Pour qui la prenait-il ?

Redescendant brutalement sur terre après être montée au septième ciel, Cecilia s'écarta de lui et s'assit.

— Luka, on ne s'est pas protégés ! s'exclama-t-elle soudain.

Soucieuse de ne jamais faire de bêtise dans la vie, elle venait d'en commettre une énorme. Elle était impardonnable. Lui aussi.

— Tu prends la pilule ?

— Oui, dit-elle, sans se rappeler si elle l'avait bien prise la veille.

Mais il n'y avait pas que cela. Luka menait une vie débridée, à risques. Elle se tourna vers lui, qui était toujours couché, et nota sa mine sombre. Il lui avait raconté sa vie de gigolo, mais peut-être pas les zones d'ombre...

— Ne t'inquiète pas, dit-il, l'interrompant dans ses pensées. Je mets toujours des préservatifs.

— En effet ! rétorqua-t-elle sèchement.

Les torts étaient partagés, elle le savait. D'ailleurs, sa colère était surtout dirigée contre elle-même.

— Ne t'en fais pas, on n'aura pas de problème.

Elle haussa les épaules et partit se doucher.

Luka s'efforça de réfléchir à la situation. Ce matin, emporté par la fièvre de son désir, il avait négligé les règles qu'il s'imposait d'habitude : se protéger et ne pas se raconter. Sa vie privée et sa vie professionnelle devaient rester deux mondes séparés. À quoi avait-il pensé en l'invitant à Xanero, pire encore sur son yacht, lieu témoin de toutes ses débauches ?

Cette nuit, elle lui avait fait entrevoir le paradis. Jamais il n'aurait cru qu'il puisse être aussi beau...

6

Xanero, c'était l'enfer au paradis.

Ces premiers jours sur place avaient été un cauchemar pour Luka. Sa mère semblait résignée à subir son sort et son père continuait de fanfaronner : *mon* restaurant, *mon* complexe. Ces mensonges, cette façon de réécrire l'histoire à sa sauce exaspéraient Luka, qui avait en plus découvert que son père maltraitait le personnel. Le salaud ! Il avait intérêt à l'écouter ou ça allait barder.

À la limite, il aurait accepté sa vantardise si la vie de sa mère en avait été adoucie ; ce qui, de toute évidence, n'était pas le cas.

Luka était sorti en mer pendant le week-end, mais les bouchons de champagne qui avaient sauté et la musique qui avait hurlé n'avaient pas allégé ses soucis. Il avait fini par débarquer tout le monde, excepté son équipage.

En ce mercredi matin, ses décisions étaient prises et il allait les mettre à exécution.

Il traversa le restaurant, où quelques clients prenaient leur petit déjeuner, pour se rendre au bar. Theo Kargas était à son poste et parlait avec le manager. L'ambiance autour de lui semblait tendue.

— Bonjour, dit Luka à son père. Il faut qu'on parle. Je n'aime pas le traitement que tu infliges à mon personnel. Ni ta conduite envers ma mère.

Il crut que Theo allait s'étouffer. Jamais Luka ne lui avait fait de reproches devant les employés.

— *Ton* personnel ? protesta son père. Mais nous sommes associés. Je t'ai donné...

— Rien du tout ! aboya Luka. J'ai acheté ce restaurant avec l'argent d'une femme riche avec qui j'ai...

— Luka ! l'interrompit son père, voyant qu'on les écoutait.

— Quoi ? Je n'ai pas honte.

Ce n'était pas tout à fait vrai, mais maintenant qu'il avait presque tout avoué à Cecilia, son passé le gênait moins.

— Allons nous asseoir, reprit Luka en montrant une table isolée à son père.

— Mais qu'est-ce qui te prend ?

— Nous allons faire le point, toi et moi, répliqua Luka. Je t'ai donné l'occasion de travailler, et tu l'as refusée. J'ai fermé les yeux pour protéger ma mère, c'est tout. Je vais embaucher un nouveau manager, qui devra me rendre des comptes directement. Encore une plainte de mon personnel et je prends des dispositions pour rompre notre contrat. Je ne reviendrai pas en arrière.

— Tu as décidé de tuer ta mère ? balbutia Theo.

— Elle est en train de mourir, lui lança Luka à la figure. Mais je vais m'occuper d'elle et l'emmener à Londres pour la faire soigner. Je veillerai à ce qu'elle se repose entre chaque séance de chimiothérapie.

— Tu ne vas pas me dicter ta loi ! se rebella son père. D'ailleurs...

— Ce complexe m'appartient en pleine propriété, et la moitié du restaurant aussi. S'il n'y avait pas ma mère, je ne prendrais pas de gants avec toi. Tu serais dans une masure là-haut dans les collines et...

— Je suis ton père, lança Theo en l'agrippant par la chemise. Comment oses-tu ?

— Lâche-moi ! Je n'ai plus dix ans, et tu ne porteras plus jamais la main sur moi.

Theo lâcha peu à peu la chemise de son fils, qui insista :

— Méfie-toi, je peux être très violent. Et vous pulvériser, toi et ton prétendu empire. C'est compris ?

Sur ces mots, il se leva et partit vers sa villa. Il ne regrettait pas d'avoir bousculé son père. Il aurait même pu le frapper, mais à quoi bon ?

Décidé à se calmer, il se déshabilla en marchant. Il allait plonger dans la piscine en passant. Avant de se jeter à l'eau, il envoya un SMS à Cecilia :

Il faut qu'on parle.

Lorsque Cecilia vit que le message émanait de Luka, elle fronça les sourcils. Que se passait-il ? Cela devait être privé car pour le travail, ils communiquaient par courriel ou sur la ligne fixe du bureau. Elle répondit tout de suite :

Je m'apprête à recevoir une candidate en entretien.

Il ne voulait sûrement pas évoquer ce qui s'était passé entre eux la semaine précédente. Mais de quoi pouvait-il s'agir ? Elle n'eut pas le temps de se poser plus de questions : Luka l'appelait sur Skype.

— C'est M. Kargas, dit Cecilia à la postulante qu'elle venait de faire entrer. Je vous demande deux minutes. Je reviens vous chercher.

La jeune femme à peine sortie, Cecilia cliqua sur son écran. Luka apparut à l'image, les cheveux mouillés, torse nu, plus désirable que jamais.

Elle se rassit à son bureau, troublée.

— Que fais-tu ? demanda-t-il.

— Je travaille. Les affaires courantes. Marco a des choses à voir avec toi.

— Je veux te voir ici. Ce soir.

— Pour le travail ?

— Non.

Au moins, c'était direct. Elle aimait cette franchise. Il la voulait pour son plaisir, point ! Mais que deviendrait-elle quand il serait lassé d'elle ? Elle se réveillerait un beau matin et, au lieu des baisers et des étreintes, elle sentirait sa réticence. Elle préférait ne pas y penser, c'était trop affreux. Au moins ici, à Londres, elle pourrait aller cacher sa honte et son désespoir chez elle ; mais là-bas, à Xanero ?

— Si ce n'est pas pour le travail, je ne viens pas, osa-t-elle.

Puisqu'elle partait dans moins de trois semaines, elle pouvait se permettre de lui tenir tête.

— Dans ce cas, je te demande de chercher des appartements à Londres et d'en visiter. Je veux aussi que tu rencontres des infirmières. Qui parlent le grec.

Elle nota ses instructions. Aucun doute, il prenait des dispositions en vue de ramener sa mère ici. Comment était cette femme ? Il ne lui avait pas dit grand-chose d'elle, mais il lui était sans doute attaché.

— Où en es-tu des entretiens ?

— J'ai retenu trois candidates, lui annonça-t-elle.

— Une qui sort du lot ?

Cecilia hésita. Luka était un patron exigeant, et les candidates ne devaient pas s'imaginer que leur collaboration serait une sinécure. Elle avait bien insisté sur ce point.

— Oui. Sabine.

Elle avait un CV exceptionnel, était intelligente et de toute évidence, compétente. Seul bémol : Cecilia ne l'aimait pas.

— Je vais la recevoir encore une fois et lui ferai faire le tour des locaux.

— Je sens une certaine réserve, Cecilia. Dis-moi.

— Je ne l'apprécie pas, mais ce n'est pas mon affaire. Elle parle le grec, ce qui sera bien pour ta mère.

— Ma mère vient à Londres pour se faire soigner, pas pour prendre le thé avec ma secrétaire particulière.

Sur ces mots, Luka coupa la communication. Non, il ne voulait vraiment pas que Cecilia parte. Bien qu'il lui ait dit qu'il n'impliquait jamais son personnel dans sa vie privée, il lui avait demandé de lui trouver sa future secrétaire, de chercher un appartement et une infirmière pour sa mère. Il lui faisait confiance ; lui qui pourtant ne la donnait à personne...

Au moment de recevoir Sabine pour un deuxième entretien, Cecilia réfléchit aux vraies raisons de son antipathie pour cette jeune femme. Elle était très jolie, de beaux yeux bleus perçants et des cheveux noirs coupés au carré. Une allure moderne à des années-lumière de son style à elle de vieille fille.

— Suivez-moi, je vais vous faire visiter ses appartements privés. Voilà sa suite. Vous devrez toujours vérifier que rien ne manque. Ce n'est pas d'actualité en ce moment, M. Kargas est en Grèce.

— Je sais ! s'exclama Sabine. J'ai vu cela dans la presse.

Cecilia aussi l'avait lu, et cela ne lui avait pas fait plaisir. Luka avait passé le week-end sur son yacht et elle savait ce que cela signifiait. Filles, champagne, orgie.

À la limite, ce n'était pas le fait qu'il s'amuse qui l'ennuyait, mais ce qui s'était passé entre eux l'autre nuit. Une relation torride mais non protégée. Inquiète, elle avait déjà pris rendez-vous chez son médecin traitant. Elle s'y rendrait dès le départ de Sabine.

— Bien, vous aurez une réponse très vite, dit Cecilia en raccompagnant la candidate à l'ascenseur.

Luka déciderait.

— Je m'absente, dit Cecilia en passant devant l'hôtesse d'accueil. Si Luka appelle, dites-lui que... Dites-lui que je suis chez le dentiste.

Quand le Dr Heale l'introduisit dans son cabinet, Cecilia lui expliqua tout de suite la raison de sa visite.

— On va voir ça, dit le médecin. Vous prenez la pilule ?

— Oui, en principe, mais là, je l'avais oubliée.

— C'est regrettable. Vous êtes toujours avec votre fiancé ?

Elle réfléchit. Elle ne se rappelait plus très bien la dernière fois qu'elle avait fait l'amour avec Gordon. À dire vrai, ça n'avait jamais rien de mémorable.

— Heu... Non.

— Vous avez un nouveau partenaire ?

— Pas vraiment. J'ai juste eu une aventure, un soir.

— Vous savez que dans ce genre de circonstances, il faut redoubler de prudence. Je vais vous examiner.

Cecilia, qui pensait en avoir pour un quart d'heure, sortit du cabinet plus d'une heure plus tard. Arrivée au bureau, elle interrogea l'hôtesse d'accueil. Oui, Luka avait appelé. Aussitôt à son poste, Cecilia le rappela.

— Ça s'est bien passé chez ton dentiste ? ironisa-t-il.

À son ton, elle comprit qu'il n'avait pas cru un mot de son excuse.

— Tu visitais tes nouveaux bureaux, avoue-le ? reprit-il. Ah non, je sais, tu déjeunais avec ton futur boss.

— Pas du tout.

— Alors, ces candidates ? lança-t-il, changeant soudain de ton et de sujet.

— J'en ai trois à te présenter.

— OK, début de semaine prochaine.

— Tu reviens lundi ?

Pas de réponse. Il avait raccroché.

7

Au parfum citronné qui flottait au quarantième étage, Cecilia sut tout de suite que Luka était revenu.

L'estomac noué, elle prit place à son bureau et posa la veste de son ensemble sur le dossier de sa chaise.

— Bonjour !

C'était lui. Sa voix était grave, et bien qu'elle s'attende à le voir, elle sursauta.

— Bonjour, Luka.

Il était beau. Bien qu'il soit allé à Xanero pour régler des problèmes familiaux, il avait eu le temps de bronzer.

— Quoi de neuf ?

— Rien de spécial. M. Garcia insiste pour te voir aujourd'hui.

— Dis-lui que je le verrai demain. Et ma nouvelle secrétaire particulière ?

— Aujourd'hui, entre 14 et 16 heures.

Luka soupira. Il avait espéré, compte tenu de ce qui s'était passé entre eux, que Cecilia aurait changé d'avis à son retour ; mais, apparemment, elle campait sur ses positions.

Une chose était sûre, il n'avait pas envie de parler boulot. Après les semaines d'enfer qu'il venait de passer, il avait envie d'être au lit avec Cecilia. Hélas, il avait beaucoup à faire : le cerveau de son équipe juridique serait absent toute la matinée et Marco, son expert-comptable, aussi.

— Autre chose ? demanda-t-elle en se tournant vers son écran.

Luka était de méchante humeur. Il cherchait à écarter son père de ses affaires. Sa mère se battait contre un cancer. Il était intraitable avec eux. Sa dureté lui donna froid dans le dos.

— Au fait, reprit-elle, tu as un appartement à voir, ce soir.

— Ce n'est plus d'actualité, rétorqua-t-il.

Sa mère avait été catégorique : « Je ne viendrai pas me faire soigner à Londres. » En revanche, elle acceptait un traitement à Athènes, à condition de rentrer chez elle après chaque séance. Pour lui, Theo était derrière ce refus. Quoi qu'il en soit, Sophie était restée sourde à ses efforts pour la convaincre. Seul progrès, elle acceptait maintenant un vrai traitement de fond. Ce qui signifiait que Xanero allait devenir sa base.

— Tu m'as dit qu'une des candidates parlait grec. Est-elle aussi d'accord pour voyager ?

— Oui, Sabine. Mais je pense que Kelly conviendrait mieux. Elle ne parle pas grec, certes, mais moi non plus !

— Il y a bien d'autres choses que tu ne fais pas...

Le sous-entendu la fit sortir de ses gonds.

— Arrête avec ça, Luka. Je suis la meilleure secrétaire particulière que tu as jamais eue. Ce n'est pas parce que je ne vais pas à Xanero me faire saut...

Elle s'interrompit avant de devenir vulgaire. Pourtant, sa colère ne baissa pas.

— Qu'est-ce que tu veux ? poursuivit-elle, bravache. Que j'aille ramasser ta gomme sous ton bureau ? Allez, dis-le que c'est ce que tu veux. Des gâteries sous la table. Je te connais, maintenant. Je vois bien qui tu es. Et puis...

Le téléphone le sauva.

— Oui, je vous rappelle, répondit Cecilia.

Elle n'allait pas discuter avec son médecin devant Luka. Surtout après les analyses qui lui avaient été prescrites la semaine précédente.

Heureusement, il ne s'attarda pas et partit faire un tour dans les bureaux. Aussitôt, Cecilia rappela son médecin. Elle tomba sur la secrétaire médicale.

— Mlle Andrews au téléphone. Le Dr Heale m'a appelée.

— Oui. Il voudrait vous voir au sujet de vos analyses.

— Je suis au bureau. Peut-être pouvez-vous me le passer ?

— Écoutez, non, ce ne sera pas possible. Le Dr Heale ne communique jamais de résultats au téléphone. J'ai une possibilité lundi à 14 heures.

— Lundi ! s'écria Cecilia.

C'était impossible, elle ne pourrait pas attendre.

— Attendez, je viens d'avoir une annulation. À 13 h 30. Ce n'est pas trop tôt pour vous ?

— OK, je serai là. Je vous remercie.

Cecilia se préparait à partir quand Luka entra dans son bureau.

— J'aimerais que tu téléphones à mon équipe à Athènes. Tout de suite.

— Je pars déjeuner, Luka.

Elle était inquiète. Connaissant les frasques de son patron, elle pouvait redouter le pire pour sa santé.

— Fais-toi livrer un plateau-repas et déjeune à ton bureau, ça ira plus vite.

— Non, j'ai le droit à une heure pour déjeuner, je la prends. Je sors.

— Bonne chance ! lança-t-il dans son dos.

Elle se retourna. Avait-il deviné où elle allait ?

— Pardon ?

— Avec ton nouveau boss ! Fais en sorte de revenir à l'heure. Je sais que tu as *le droit* à une heure pour déjeuner. Mais attention !

Le ton était agressif. Et elle détestait ça. Elle n'aurait jamais dû coucher avec son patron, elle risquait d'en payer le prix, maintenant...

Fébrile, elle prit l'ascenseur pour descendre et courut s'engouffrer dans le métro.

L'assistante médicale l'accueillit avec un flacon.

— Tenez, il nous faut un peu d'urine.

Elle s'exécuta puis attendit, feuilletant sans les lire des pages de magazines. Après la demi-heure la plus interminable de sa vie, au cours de laquelle passèrent en boucle devant ses yeux des images de Luka dansant hanche contre hanche avec des beautés excitées qui se trémoussaient contre lui, le Dr Heale la fit entrer dans son cabinet.

— J'ai vu vos résultats. Côté santé, tout va bien.

Soulagée, Cecilia soupira.

— En ce qui concerne le test de grossesse, votre dosage des bêta-hCG, l'hormone gonadotrophine, est élevé. C'est pourquoi nous avons procédé à une seconde analyse d'urine. Il est encore tôt, mais ce deuxième test confirme que vous êtes enceinte.

Enceinte ? Oh mon Dieu !

— Mais... Mais je prends la pilule, bafouilla-t-elle, affolée. Comment...

Elle se tut, se souvenant qu'elle l'avait oubliée un soir. Le sort s'acharnait contre elle. Un amant d'un soir ou deux aux mœurs débridées, instable et non fiable, et elle était enceinte. Quelle déveine !

Avoir un enfant était le dernier de ses vœux. Surtout de Luka. Elle l'élèverait en solo. Comme sa mère l'avait fait pour elle. Et elle resterait célibataire, c'était garanti. Elle ne voulait pas de ce bébé. C'était une catastrophe.

— Mais... Mais...

Elle était sous le choc, sonnée.

— Quatre semaines, précisa le médecin. Le dosage nous donne une date précise.

Elle ferma les yeux. Quatre semaines, déjà ? Comme le temps avait passé vite. Elle avait l'impression qu'ils s'étaient embrassés pour la première fois quinze jours auparavant ! C'était un mauvais rêve. Elle ne pouvait pas être enceinte de Luka Kargas, ce débauché notoire !

— Je ne sais pas ce que je vais faire, laissa tomber Cecilia. Franchement, je ne sais pas.

— J'entends bien, répliqua le Dr Heale. Pourquoi ne prenez-vous pas un rendez-vous avec mon assistante pour la semaine prochaine ? Avec un peu de recul, vous y verrez plus clair.

Cecilia écouta le conseil du médecin, puis elle partit vers la station de bus.

Les rues étaient bondées de gens qui vaquaient à leurs occupations, indifférents à la foudre qui venait de la frapper. Son cœur cognait dans sa poitrine, elle avançait comme un automate, des larmes plein les yeux.

— Imbécile ! s'entendit-elle dire tout haut.

Oui, quelle imbécile !

Son téléphone sonna dans son sac mais elle ne décrocha pas. Brusquement, lassée d'attendre le bus, elle se remit en marche. Deux heures plus tard, elle déambulait toujours, sans but, son sac dans les mains au lieu de le porter en bandoulière comme d'habitude.

Un bébé ?

Ce n'était pas au programme. Enfin, pas tout de suite. Même quand ils en avaient parlé avec Gordon, ce sujet était resté un projet lointain, à creuser plus tard.

Pour l'heure, seul son plan de carrière importait. Comment ferait-elle pour mener de front une maternité et un métier aussi exigeant ?

Luka, lui, n'aurait pas d'état d'âme. Il trancherait. Il privilégierait sa carrière, c'était certain. Un enfant ne l'arrêterait pas dans sa course au succès. Comment réagirait-il si elle lui apprenait la nouvelle ? Pas plus tard que la veille, il avait mis ses juristes et son expert-comptable au travail sur le thème : « Comment éliminer son père de ses affaires. » Pas tendre !

Elle préférait ne pas imaginer la confrontation avec lui s'il découvrait qu'il y avait un bébé dans l'air ! Encore moins la suite.

Elle travaillait avec lui depuis bientôt un an et savait qu'il pouvait très mal se comporter.

Elle entra dans un pub, au hasard, s'assit au bar et demanda un verre d'eau. Tout tournait. Dans deux semaines, elle commençait dans une nouvelle entreprise. Pour une durée de six mois seulement, heureusement. À la fin du contrat, elle en serait à son septième mois de grossesse. C'était à croire qu'elle l'avait fait exprès…

Entendant la sonnerie de son portable, elle décrocha machinalement.

— Qu'est-ce que tu fabriques ? pesta Luka. Bridget est rentrée chez elle à cause d'une migraine. Et c'est moi qui joue les réceptionnistes à la place de mes secrétaires !

— Tu vas devoir faire sans moi, lui répondit Cecilia.

Il était hors de question qu'elle retourne au bureau cet après-midi et l'affronte. Même parler normalement lui demandait un effort.

Il dut entendre des verres tinter et des éclats de rire en fond sonore car il explosa. C'était certain, elle prenait du bon temps avec son nouveau patron, confortablement installée sur un canapé profond, quelque part dans un club.

— Je te signale que tu as encore quinze jours à faire, Cecilia. Je te conseille de revenir ici rapidement !

Le ton était menaçant.

— C'est impossible, je viens de te le dire.

Elle ne cherchait pas à lui tenir tête, elle ne pouvait pas, absolument pas retourner au bureau.

— Parfait. Tu l'auras voulu.

Sur ces mots, il lui raccrocha au nez.

Toujours juchée sur son tabouret, à moitié assommée par ce qu'il lui arrivait, Cecilia regarda une femme se battre avec les portes vitrées pour entrer avec sa poussette dans le pub.

Et voilà ce qui l'attendait. Non, ce n'était pas son monde.

Luka s'était assis et fixait son téléphone. Ce n'était pas le monde auquel il était habitué. Cecilia lui résistait ? Il n'allait pas lui faire de cadeau.

En arrivant au bureau le lendemain matin, Cecilia salua le garde en faction et prit l'ascenseur pour le quarantième étage. Elle avait devancé Bridget. Elle n'était tout de même pas la première, si ? Dès le seuil de son bureau, elle se rendit compte que non.

On avait tout chamboulé. Déménagé.

Son ordinateur avait disparu, remplacé par un autre. Un sac ouvert bâillait au pied de sa chaise. Nouveau choc, comme si elle avait trouvé les chaussures d'une autre près de son lit.

Elle avait passé la nuit à se demander non pas si elle allait annoncer la nouvelle à Luka mais *comment*. En la chassant de son bureau, il venait de lui ôter l'occasion de le faire.

— Cecilia, fit derrière elle la voix de son patron.

Elle se retourna.

— J'ai engagé ta remplaçante.

— C'est ce que je vois.

— Il est donc inutile que tu restes.

— Mais...

Elle devait la former. Elle avait mille et une choses à lui transmettre.

— Et Athènes ? Je devais...

— C'est réglé.

Le ton était cassant. Jamais il ne lui avait parlé aussi sèchement. Lui qui s'était montré si tendre, si doux. C'était donc fini...

— Tu recevras intégralement ton salaire, même si tu ne fais pas tout ton préavis.

— C'est une punition ? Pour ne pas être revenue hier après-midi ?

— Non, c'est ton attitude qui est détestable.

— Je suis de retour à l'école ? grinça-t-elle.

— Pourquoi ? Tu avais des problèmes quand tu y étais ?

Elle n'avait jamais posé de problèmes étant enfant. Elle était sage et travaillait dur, sans jamais se faire remarquer, bien décidée à mener une vie différente de celle de sa mère. À la maison non plus, elle n'avait pas eu de problèmes de conduite, consciente de l'intérêt qu'elle avait à ne pas déranger le confort de son oncle et de sa tante.

C'était lorsqu'elle était avec lui que son comportement changeait. Luka Kargas faisait sortir ce qu'elle avait de pire et de meilleur en elle. Le pire, le mal : le démon, c'était lui.

Le démon.

Elle en eut la preuve lorsque Sabine émergea du bureau directorial. Elle était ébouriffée comme quelqu'un qui sort du lit. Connaissant Luka, Cecilia comprit au premier coup d'œil que leur nuit n'avait pas été que studieuse. La réponse de Luka au problème dans lequel elle se débattait depuis que le médecin avait dégoupillé la grenade « bébé » ne faisait aucun doute, désormais.

Elle n'allait donc pas lui en parler. Il était hors de question que son enfant ait pour exemple la vie de son père. Elle était bien placée pour savoir les dégâts causés par ce genre d'existence.

Et si Luka était capable de l'éliminer de sa vie en une nuit, s'il était capable de regarder sans broncher Sabine lui rendre ses affaires et l'accompagner vers la sortie, il pouvait tout aussi facilement en faire autant avec son propre enfant.

8

Cecilia ne décolérait pas. Ce qu'il lui arrivait était injuste. Elle n'avait pas mérité ça ! Quel goujat, ce Luka ! Lui faire rendre ses affaires par l'intermédiaire de Sabine ! Et il avait eu l'aplomb de lui reprocher sa conduite !

Sa colère, combinée à une bonne dose de déni quant à la réalité de sa fâcheuse situation, occupa le premier trimestre de sa grossesse. Elle avait réfléchi à la possibilité d'y mettre un terme mais n'avait pu s'y résoudre. Son père avait voulu que sa mère avorte alors qu'elle l'attendait ; elle s'interdisait d'agir comme lui. Elle laissait ce genre de comportements à Luka.

Elle décida de garder son secret pour elle et continua de travailler comme si de rien n'était. Aussi longtemps que personne ne remarquerait rien, elle se tairait et se noierait dans le travail.

Au début, elle apprécia son nouveau poste. Il n'était plus question de passer seize heures par jour ou plus au service de Luka. Épuisant. Et les autres huit heures, la nuit, elle les passait à fantasmer sur le corps de son patron, si viril, si puissant.

Aujourd'hui, elle ne fantasmait plus, elle se souvenait. Ce corps qui l'obsédait, elle l'avait eu sur elle, en elle. Il avait pesé sur elle, et elle serait bien restée des heures, des jours à le caresser. Elle l'avait adoré.

À la différence de Luka, son nouveau patron, diplomate, était si politiquement correct qu'il ne fit pas allusion à ses formes qui s'arrondissaient.

À l'approche de Noël, elle lui annonça qu'elle ne prolongerait pas son contrat. Elle avait toujours épargné et avait donc des économies, mais elle commençait à se rendre compte de la difficulté qu'elle aurait à mener de front ses obligations professionnelles et maternelles.

La nuit, elle se réveillait en nage, anxieuse à la pensée de ce qui l'attendait, et songeait même à prévenir Luka.

Le jour revenu, elle se calmait.

Pour l'heure, elle se rendait en métro chez son oncle et sa tante. L'idée de leur apprendre la nouvelle l'angoissait un peu.

Elle se regarda dans la vitre et, machinalement, se regonfla les cheveux. Comment allaient-ils accueillir cette annonce ?

Arrivée à destination, elle descendit du métro, marcha quelque trois cents mètres et, arrivée devant leur porte, elle sonna.

— Cecilia ! s'exclama sa tante en ouvrant. Tu ne nous as même pas prévenus que tu allais passer. Entre !

Sa tante s'effaça pour la laisser passer. Cecilia s'assit dans le salon sans même ôter son manteau, aussi mal à l'aise que le jour où elle était venue ici pour la première fois.

La maison était austère, comme à l'époque. Elle se souvenait très bien de ce jour-là, de la présence de son grand-père discutant avec son oncle, devant elle, de l'éventualité de la mettre en pension.

— Alors ? commença sa tante. Ça va avec ton diplomate ?

— Très bien, répondit Cecilia. Je fais nettement moins d'heures qu'avec M. Kargas, mais je lui ai annoncé que je ne renouvellerai pas mon contrat.

— Ah ? Tu as trouvé autre chose ?

Cecilia avala une gorgée du thé qu'on lui avait servi et inspira profondément.

— Non, je ne vais pas travailler pendant quelques mois car j'ai découvert que j'attends...

Elle marqua une pause. Sa tante resta silencieuse.

— ... un bébé, précisa Cecilia.

— Je savais que vous aviez rompu, avec Gordon, mais j'ignorais que tu avais rencontré quelqu'un d'autre depuis.

— Gordon et moi, ça fait plus d'un an que c'est fini.

Dans l'incapacité de décrire ce qui s'était passé avec Luka comme une « relation sérieuse », elle rougit. Luka et elle, cela n'avait été qu'une nuit torride exacerbée par un désir fou trop longtemps contenu.

Ils n'étaient pas *ensemble*. Ne formaient pas un couple. Ce n'était rien de tout cela. Beaucoup plus simplement, ils avaient succombé à une pulsion.

Elle s'efforça de repousser ce souvenir. Elle était là pour annoncer sa grossesse à sa tante, pas pour pleurer sur son sort.

— Mon contrat avec le diplomate prend fin deux mois avant la naissance. Je vais prendre quelques mois sans travailler.

— Et que dit le père ?

— Heu… Il ne sait rien. Pour l'instant.

Au fond d'elle-même, Cecilia savait qu'elle devait informer Luka ; mais, pour le moment, elle n'en était pas là. Elle devait d'abord se faire elle-même à sa nouvelle condition. Et puis il était hors de question qu'elle fonde en larmes devant lui, ce qui lui arriverait à coup sûr. Depuis sept mois, elle oscillait entre excitation et effondrement, mais, s'efforçant de ne rien laisser paraître, affichait un calme apparent.

Après avoir rajouté du sucre dans son thé et l'avoir touillé, sa tante reposa sa petite cuiller dans la soucoupe.

Quelques secondes passèrent. Puis le silence s'éternisa. Cecilia n'essaya pas de le combler, préférant laisser à sa tante le temps de s'imprégner de la nouvelle.

Bientôt, cette dernière darda sur elle un regard froid.

— La pomme ne tombe jamais loin de l'arbre, dit-elle.

Cecilia écarquilla les yeux.

— Pardon ? dit-elle.

— Telle mère, telle fille, expliqua sa tante. J'ai aidé Harriet quand elle a fait une bêtise, je ne recommencerai pas avec toi.

Cecilia frissonna. Non contente de lui assener une méchanceté sur sa mère, sa tante la jugeait. Sans pitié. Les vingt et quelques années qu'elle avait passées dans cette maison prenaient soudain un sens. Elle ne s'était jamais sentie bien, ici ; elle comprenait maintenant pourquoi.

Une *bêtise*. Voilà ce qu'elle avait toujours été pour sa tante. Au fond d'elle-même, elle l'avait compris déjà toute jeune. C'était sûrement parce qu'elle avait perçu leur animosité qu'inconsciemment, elle s'était faite toute petite chez son oncle et sa tante, pour s'effacer, disparaître ou en tout cas ne pas se faire remarquer par les mêmes écarts de conduite que sa mère.

À présent, elle n'avait plus rien à faire ici.

— Je vais me sauver, dit Cecilia. Embrasse mon oncle pour moi.

Au lieu de rentrer chez elle, Cecilia se dirigea vers son ancien lieu de travail. Elle s'installa dans un café en face du gratte-ciel qu'occupait la holding Kargas. Là, elle réfléchit.

Que faire ?

Une *bêtise*. Le mot lui tournait dans la tête. Le même que son père avait employé l'unique fois où il l'avait vue. Une *bêtise*. Comme c'était cruel !

Luka dirait-il la même chose ? Elle imaginait sa tête. Son air buté, furieux. Sa rage.

Incapable de se retenir, elle éclata en pleurs.

Elle n'était pas près de le lui dire. Non, elle n'était pas prête du tout. Rien qu'à y penser, ses sanglots redoublèrent.

Et puis si, elle allait lui dire. Dès qu'elle serait calmée et sûre de ne pas pleurer, elle le ferait.

Seigneur ! Comme elle était seule avec sa grossesse... Elle avait bientôt fini ses six mois de mission auprès du diplomate ; elle n'aurait plus guère de contact avec son oncle et sa tante ; les quelques amis qu'il lui restait étaient scandalisés qu'elle ait poursuivi cette grossesse.

Et pire que tout, *il* lui manquait.

Luka.

Pas en tant que père de l'enfant qu'elle portait, mais parce qu'il avait mis du soleil dans sa vie.

Émerveillée par les petits coups de pied de son bébé dans son ventre, Cecilia se dit qu'il était de son devoir de faire partager à Luka l'émotion qu'elle éprouvait.

Non, c'était faux. Elle avait seulement envie d'entendre sa voix.

Alors, elle appela.

Il avait dû changer le numéro de sa ligne privée car une voix métallique grésilla : « Ce numéro n'est pas attribué. Veuillez vérifier le numéro de la personne que vous souhaitez joindre. » Elle essaya de nouveau, une fois, deux fois, trois fois, et retomba sur le même message enregistré.

Elle appela alors la réception de l'entreprise Kargas et prit une profonde inspiration avant de parler à Bridget ou à Sabine, et de leur demander de lui passer Luka.

Ce fut une voix inconnue qui répondit.

— Je suis désolée, madame. M. Kargas ne prend pas les appels qui n'ont pas été programmés à l'avance.

— Je travaillais avec lui, expliqua Cecilia. Je suis son ancienne secrétaire particulière et je...

— Je suis désolée, madame, répéta la femme au bout du fil. M. Kargas ne répond qu'aux rendez-vous téléphoniques.

La personne était assez brusque et efficace, comme elle l'était elle-même quand elle devait éconduire les maîtresses, certaines désespérées, dont Luka ne voulait pas entendre parler.

— Il faut que je lui parle, insista Cecilia. Pouvez-vous lui dire que je l'ai appelé ?

— Bien sûr, répondit la voix, indifférente. Veuillez épeler votre nom, s'il vous plaît.

Luka ne la rappela pas. Et maintenant que Cecilia n'avait plus de travail pour distraire son esprit, c'était la grande déprime au milieu de la grande solitude. Il lui avait brisé le cœur. C'était la première fois de sa vie qu'un homme la mettait dans cet état. Avec Gordon, elle n'avait jamais rien connu de pareil.

Mais Luka...

Elle aurait dû démissionner dès le départ. Ne pas se laisser embobiner par son numéro, son prestige et tout ce qu'il représentait. Ne pas tomber sous le charme de sa voix rauque, cette nuit-là. Résister, ne pas se laisser envoûter.

Mais, même enceinte jusqu'aux dents, au seul souvenir de la magie de cette nuit-là, elle avait les jambes qui flageolaient. Pourtant, si c'était à refaire, elle agirait différemment.

Elle s'arracherait au baiser de Luka pour prendre un préservatif. Elle se dégagerait de son étreinte et se conduirait plus intelligemment.

Facile à dire... Cette nuit-là, elle était perdue, *ils* étaient perdus. Éperdus, fusionnels, noyés dans la passion de l'autre, si aveuglés par leur fièvre que même s'il lui était resté un brin de raison, Cecilia n'aurait rien pu faire — son corps le désirait trop ardemment.

Comme encore maintenant, hélas...

Le printemps était là. À trois semaines de la date prévue pour l'accouchement, Cecilia tenta une nouvelle fois de joindre Luka.

— M. Kargas ne prend pas les appels non programmés, répondit la voix désincarnée.

— Vous devriez changer de disque, rétorqua Cecilia.

Et elle raccrocha.

De toute manière, ce n'était pas le moment d'apprendre à Luka sa future paternité.

Lorsque les contractions commencèrent à la broyer, elle appela un taxi pour se rendre à l'hôpital.

— Bonne chance, ma belle ! lui lança Mme Dawson en la voyant passer.

— Merci.

Seigneur ! Quelle angoisse ! Quelle solitude ! Et comme elle avait mal...

Elle aurait payé cher pour vivre comme avant. Quand sa vie était tranquille et bien rangée. Sa vie d'avant Luka Kargas.

Elle ne voulait pas être mère, encore moins mère célibataire.

Et elle ne pouvait s'en prendre qu'à elle.

À 6 h 10, en un beau matin de printemps, pour la deuxième fois de sa vie, Cecilia éprouva un grand élan d'amour.

La première fois, son élan avait été pour Luka.

Il n'y avait jamais eu personne dans sa vie dont elle se soit sentie aussi proche. Jamais.

Ce deuxième amour fut un choc.

Son émotion, absolue. Indicible. Quand elle prit dans ses bras le bébé que le médecin venait de poser sur son cœur, elle sut que cela resterait à jamais un moment de magie.

Oui, brusquement, son monde s'était illuminé.

Elle avait une fille !

Une petite fille toute rose avec une touffe de cheveux noirs. Une petite fille qui criait, de ce cri unique du bébé qui vient de naître.

Au cours des neuf mois passés, Cecilia s'était dit que si elle ne ressentait pas grand-chose pendant sa grossesse, son amour maternel naîtrait avec le bébé.

Elle le vérifiait.

Son bébé n'aurait jamais le sentiment de n'être pas aimé, comme elle l'avait ressenti de la part de sa mère. Car elle l'aimait déjà. Dès la seconde où elle l'avait vu, elle l'avait adoré.

— Avez-vous pensé à des prénoms ? demanda l'infirmière.

— J'aime bien Emily, répondit Cecilia.

C'était avant qu'elle voie son enfant. Avant qu'elle pose

les yeux sur ce petit bout de petite fille aux yeux noirs, aux cheveux noirs... Son secret. Un secret qu'elle devrait un jour dévoiler, elle le savait.

Mais pas tout de suite.

Elle refusait que la magie de cette petite vie soit gâchée, elle refusait les accusations et les insultes qui fuseraient à la révélation de son secret.

Les tests d'ADN, les hommes de loi, le mépris.

Elle les imaginait déjà.

Il y aurait sans doute pire. Elle était, là aussi, bien placée pour en parler. Aucun besoin, donc, de se précipiter pour révéler au play-boy milliardaire qu'elle venait de mettre au monde un enfant de lui.

Et elle savait maintenant le prénom qu'elle allait donner à sa petite fille. C'était le prénom parfait pour elle.

En le disant, elle embrassa son bébé tendrement sur la joue :

— Pandora.

9

L'été était arrivé. De retour à Londres, Luka était heureux. Finalement, son chez-lui, c'était ici. Ici, il respirait.

Levant les yeux de la lettre qu'il lisait, il regarda par la vitre teintée de sa luxueuse berline. Le chauffeur roulait au pas le long du trottoir, essayant d'avancer dans un trafic dense, presque figé.

Il avait séjourné à Londres par intermittence ; côté famille, l'année s'était révélée un enfer, un enfer qui l'avait souvent retenu loin d'ici.

Amber, sa secrétaire particulière, jeune femme aussi compétente qu'efficace, était venue l'attendre à l'atterrissage de son jet avec une pile de courrier personnel auquel il voulait jeter un œil avant de commencer sa journée de travail. Il s'agissait essentiellement de condoléances qui vantaient les mérites d'un homme ayant dédié sa vie au travail. Luka ne reconnaissait pas son père dans cette description.

— Comment se sont déroulées les obsèques ? demanda Amber, assise en face de lui à l'arrière de la limousine.

— Bien, répondit Luka.

Elles avaient eu lieu la veille.

L'année précédente, à la même époque, il pensait qu'il enterrerait sa mère la première. Finalement, après des mois de traitements et de soins, Sophie Kargas avait récupéré.

Luka l'avait accompagnée à Athènes à chaque chimio et radiothérapie ; il s'était installé avec elle dans le luxueux hôtel qu'il détenait dans la capitale grecque. Sophie avait adoré la suite « Pompadour » qu'elle occupait et le traitement digne d'une princesse qu'on lui avait réservé. C'était une première pour elle.

— Ça pourrait être ta vie tous les jours, lui avait dit Luka. Il suffit que tu le dises et je m'en occupe. Tu n'auras plus rien à voir avec *lui*.

— Non, Luka. Je ne ferai jamais ça à ton père, avait répondu sa mère.

N'empêche, elle était nettement plus heureuse et plus gaie sans Theo Kargas. Sa décision de rester auprès de cet homme était un choix que Luka ne comprenait pas.

Après chaque séance, quand elle avait repris des forces, ils reprenaient l'avion pour Xanero, où le nouveau manager qu'il avait engagé n'avait de comptes à rendre qu'à lui.

Theo s'était plié à ses ordres ; à reculons, certes, mais il n'avait eu d'autre choix que d'accepter. Dorénavant, il se tenait sur ses gardes. Luka avait littéralement, ou presque, acheté une année de tranquillité à sa mère, année pendant laquelle elle n'avait eu qu'à se concentrer sur sa santé. Qu'à penser à elle. Ce qu'elle n'avait jamais connu.

Entre tous ses allers et retours, Luka avait eu une année quelque peu bousculée. Ses séjours à Xanero lui avaient laissé, malgré tout, du temps pour penser. Et ses démons étaient revenus le hanter.

Quoi qu'il en dise, il n'était pas fier de ses débuts dans la vie professionnelle, et il s'était lassé de sa vie de patachon. Son grand regret était la fin de son histoire avec Cecilia. Il n'avait pas compris sa décision de partir, pas plus que celle de sa mère de rester avec son père. Et, puisque leurs décisions étaient irrévocables, il avait précipité le mouvement en ce qui concernait Cecilia. Il avait renoncé au préavis qu'elle lui devait et l'avait sortie de sa vie. Il lui avait demandé de quitter les locaux, sans ménagement, comme à son habitude.

Et pourtant, il ne se passait pas un jour sans qu'il pense à elle.

Quand il avait estimé qu'il était temps de reprendre ses affaires en main à Londres, puisque sa vie pouvait maintenant retrouver son cours normal, il s'était dit qu'il allait essayer de la revoir.

C'était le moment qu'avait choisi son père pour mourir subitement.

Ses obsèques avaient été un moment pénible. Il avait en effet fait l'éloge de Theo Kargas, pour sa mère. Il avait vanté l'homme, le bon époux, le bon père, tout ce qu'il n'avait jamais été. Il avait évoqué ses débuts dans la vie, modestes, puis sa réussite avec la création du restaurant. Une fois de plus, l'histoire avait été réécrite. Mais peu importait : il l'avait fait pour sa mère.

— Y a-t-il quelque chose que...? commença Amber.

— Rien. Tout va bien, l'interrompit Luka.

La vie de sa famille ne concernait pas son personnel. Sabine s'était révélée un cauchemar. Il aurait dû écouter Cecilia quand elle l'avait mis en garde. Elle avait raison de ne pas l'aimer. Sarcastique, il avait pensé, à l'époque, que Cecilia était jalouse de la candidate, particulièrement jolie, et, peut-être, sans se l'avouer vraiment, avait-il espéré que le fait de l'engager ferait revenir Cecilia sur sa décision.

En fait, c'était la nouvelle secrétaire particulière qui avait montré des signes de jalousie. Sabine n'avait pas supporté qu'il ne lui fasse pas une cour assidue, qu'il ne manifeste pas grand intérêt pour elle, en fait. Quand il l'avait surprise, un matin, en train de fouiller dans ses courriels, il l'avait licenciée sur-le-champ. Elle était partie sans demander son reste.

Amber lui avait succédé. À part le fait qu'elle ne parle pas grec, il n'avait pas à se plaindre d'elle. Elle était consciencieuse, discrète et ne cherchait pas la promotion canapé. Rien à redire, donc.

Si tout allait bien sur le plan du travail, côté cœur, il était au trente-sixième dessous. Cecilia lui manquait. Pour mille et une raisons. Et chaque jour davantage que le précédent. En particulier cette semaine. Il avait organisé les funérailles de son père, accompli les formalités et n'avait passé que peu de coups de fil à Amber, et toujours pour parler travail.

Compte tenu de son humeur, il ne pouvait pas faire preuve de beaucoup d'objectivité. Le soulagement de ne plus avoir affaire à son père était mêlé de tristesse. Il n'avait pas de bons souvenirs avec lui, sa morosité n'avait donc pas de sens. Pourtant, la sensation d'un manque, d'un vide, l'impression d'avoir un gouffre à ses pieds étaient là, presque douloureuses.

Sur le plan des projets, les négociations avec Garcia avaient été fructueuses. Il y avait maintenant un hôtel et un restaurant Kargas à Manhattan, un autre allait bientôt ouvrir à Singapour. Il avait passé le plus clair de son temps entre Athènes, où sa mère recevait son traitement, et Xanero où elle se remettait entre chaque séance.

Le luxueux complexe hôtelier était suffisamment vaste pour lui permettre de mener la vie qui lui plaisait en toute discrétion. De toute manière, ses parents ne l'épiaient pas par-dessus la clôture ! Ce n'était pas leur genre. Du reste, il menait une vie très rangée. Parce qu'il désirait toujours Cecilia.

Incapable de lire une lettre de condoléances de plus, il se tourna vers la vitre pour regarder dehors. La voiture n'avançait toujours pas. Comme c'était long ! Il allait s'endormir !

Obsédé par elle, il crut soudain la reconnaître dans la silhouette d'une femme qui marchait sur le trottoir. C'était bien ça, il rêvait tout éveillé !

À de nombreuses occasions durant l'année écoulée, il avait cru voir Cece. Une fois même, dans un bar, il avait tapé sur l'épaule d'une personne qui s'était retournée et il s'était trouvé devant un visage inconnu. Quelle méprise ! Il avait eu l'air idiot.

Il avança la tête pour mieux voir car cette femme qui marchait là, sur le trottoir, lui rappelait *vraiment* Cecilia. Mais comme il la voyait partout…

— Ralentissez, dit-il à son chauffeur.

Non, la piétonne qui marchait était plus mince et les

cheveux blonds que Cecilia nouait, à l'époque, en queue-de-cheval étaient nettement plus roux et tombaient en boucles sur ses épaules.

Il se rappela alors que lorsqu'elle s'était déshabillée devant lui, il avait été surpris : Cecilia n'était pas une vraie blonde.

Bon sang mais si, c'était elle !

Elle portait une robe bleu marine et des ballerines. Et ce n'était pas un sac qu'elle avait en bandoulière. À la façon dont elle tenait ce qui ressemblait plus à un paquet qu'à une besace, l'objet qu'elle serrait contre elle était fragile ou précieux.

Incapable de la quitter des yeux, il la vit sourire à son paquet. Bon sang, elle portait un bébé !

Non !

Le premier instant de stupeur passé, Luka se rappela qu'elle avait été jeune fille au pair. Mais elle lui avait dit qu'elle avait détesté ça et avait même ajouté : « Jamais plus ! » Le bébé était donc le sien. De toute manière, à la façon dont elle le couvait du regard et lui souriait, il ne pouvait être qu'à elle.

— Oh non..., dit-il tout haut.

— Tout va bien ? s'inquiéta Amber.

Absorbé dans ses pensées, il ne répondit pas.

Cece et lui étaient ensemble il y a un an, presque jour pour jour. Il se rappelait bien le matin où il l'avait grossièrement virée. Et même l'heure. Il était juste 9 heures quand elle avait quitté les lieux. En fait, il se rappelait tous les détails.

Car depuis, sa vie avait été idiote et beaucoup plus compliquée.

— Garez-vous, ordonna-t-il à son chauffeur. Non, faites demi-tour.

Au lieu de lui faire remarquer qu'il ne pouvait pas faire demi-tour au beau milieu de la circulation, le chauffeur obtempéra.

Le cœur battant, Luka scruta la foule qui déambulait sur le trottoir, dans l'espoir de revoir la femme mais elle avait disparu.

Le visage tendu, il continua de la chercher des yeux et, soudain, il la vit.

— Arrêtez-vous ! ordonna-t-il.

À l'abri derrière sa vitre teintée, il la regarda.

Cecilia.

Pas de doute, c'était elle. Sa Cecilia.

Elle était effectivement plus mince que dans son souvenir et, compte tenu de ce qu'il savait des grossesses — peu de choses en fait —, si le bébé était à elle, elle aurait dû être plus ronde.

Et pourtant...

Le cœur battant, Luka sortit son portable de sa poche et composa le numéro qu'il n'avait jamais effacé de ses contacts. Il la vit prendre son téléphone.

— Allô !

Elle ne pouvait pas savoir que c'était lui car, après avoir renvoyé Sabine, il avait changé tous ses numéros.

— Cecilia.

Au son de la voix de Luka, elle faillit trébucher. Le trafic, le bruit, les badauds, tout s'évanouit à la seconde où elle l'entendit dire son prénom. L'émotion était trop forte. Il lui fallut quelques instants pour se remettre.

— Oui, qui est à l'appareil ? répondit-elle, se passant nerveusement la main dans les cheveux.

— C'est Luka, Cecilia.

— Oh !

— Je te dérange, peut-être ?

— Non, non...

Il la vit serrer son bébé plus fort.

— Je suis au café. C'est mon heure de déjeuner.

— D'accord, mais j'ai besoin de te parler. Je me demandais si tu pourrais passer au bureau. Il y a un problème que nous devons voir ensemble.

— Mais... Cela fait plus d'un an que je ne travaille plus pour toi !

— Cela concerne le service juridique. Juste une vérification.

Il mentait à peine. Si ce bébé était vraiment de lui, il les ferait intervenir, ses avocats ! Mais... Il ricana tout bas. S'il était *vraiment* de lui, elle lui aurait déjà réclamé une pension.

— Bon, tu peux venir ?

— Je viens de te le dire, je travaille.

— Après ton travail, dit Luka. Il n'y en aura pas pour longtemps. Je vais demander à Marco de rester un peu plus tard.

— Écoute, non, ça va être compliqué.

— La vie n'est pas toujours simple, assena-t-il et il raccrocha.

Le souffle coupé, quasiment tétanisée, Cecilia resta plantée sur le trottoir, au milieu des Londoniens qui la bousculaient sans la voir.

Quelle angoisse !

C'était la même panique que le jour où elle avait appris qu'elle était enceinte. Peut-être pire aujourd'hui.

Il ne pouvait pas être au courant pour Pandora. Non, cela devait effectivement concerner le travail. Des documents qu'elle avait oublié de signer ou des frais à justifier. Ou autre chose encore.

La semaine précédente, par exemple, son diplomate l'avait appelée pour qu'elle l'éclaire sur un dossier qu'elle avait traité. Bref passage à l'ambassade et tout avait été réglé. Elle avait amené Pandora avec elle mais, avec Luka, c'était impossible.

Elle jeta un regard plein de tendresse à son bébé. La menace planait. Elle allait être obligée de parler à Luka.

Calmement.

Elle ne voulait pas de réaction négative envers sa fille, même si le bébé était trop petit pour comprendre. Pour cette même raison, elle ne rendait plus visite à sa tante.

En arrivant enfin chez elle, très perturbée, elle tomba sur Mme Dawson.

— Ma fille vient d'apprendre qu'elle attend des jumeaux, commença sa voisine.

— Cela vous fera combien de petits-enfants ?

— Huit ! s'exclama Mme Dawson, ravie. Comment va Pandora ?

— Très, très bien.

— Qu'elle est mignonne ! Mon Dieu, quel joli bébé. Et on ne l'entend pas !

Cecilia hésita. Elle détestait l'idée de mettre sa voisine à contribution, mais puisqu'elle s'extasiait sur le bébé, c'était le moment d'en profiter.

— Madame Dawson, je peux vous demander un immense service ? Me garder Pandora cet après-midi. J'en ai pour deux heures tout au plus.

— Avec grand plaisir.

— Je vous dédommagerai, bien sûr.

— Il ferait beau voir ! lança Mme Dawson, offusquée. Ça me fait plaisir, au contraire.

Ah ! Si seulement sa tante avait pu dire des choses aussi gentilles !

Cecilia s'habilla comme pour se rendre à un entretien d'embauche. Ensemble bleu marine, petits escarpins. Très « comme il faut » pour un rendez-vous à la holding Kargas. Puis elle prépara deux biberons, bien que Pandora vienne d'être nourrie. Juste au cas où... Elle ajouta des couches dans le sac de bébé et un papier avec son numéro de portable. Elle ne s'absentait, en principe, que pour deux heures mais sait-on jamais...

La pensée de laisser Pandora la rendait nerveuse, mais Mme Dawson était très enthousiaste à l'idée de la garder. Il n'y avait pas de raison que cela ne se passe pas bien.

— Je ne serai pas longue, dit-elle en déposant sa fille. Je fais un saut chez Kargas et je reviens.

— Ne vous inquiétez pas, ça ira très bien.

Cecilia n'en doutait pas, elle faisait totale confiance à sa voisine.

De plus en plus nouée, Cecilia pressa le pas, descendit dans le métro. Entra dans la rame qui arrivait.

Quelle serait la réaction de Luka ? Imprévisible, se dit-elle.

Deux stations plus tard, elle prit l'escalier roulant qui remontait près du gratte-ciel de la holding. Quelque temps auparavant, elle s'était assise dans le pub d'en face, se demandant si elle allait ou non entrer annoncer la nouvelle à Luka. Finalement, elle avait renoncé.

Aujourd'hui, elle n'avait pas le choix. Elle sentait le monde se refermer sur elle et son secret.

La voyant arriver, le garde lui sourit ; mais au lieu de la laisser passer, il l'accompagna à l'accueil. L'hôtesse appela le quarantième étage, la laissant plantée devant son comptoir, rougissante, mal à l'aise comme si elle était une des ex de Luka.

Ce qu'elle était, finalement ! En quelque sorte...

Elle finit par obtenir un passe et le code pour utiliser l'ascenseur, qu'elle appela.

Elle tremblait, transpirait et l'air conditionné n'y faisait rien.

Gênée par ses mains moites — si jamais il les serrait... —, elle les essuya sur sa jupe en faisant semblant de la lisser. Les portes coulissèrent. Mais à la place de Bridget, ce fut un dragon qui l'accueillit. Le bureau qui était le sien autrefois était également occupé.

— Je préviens Luka que vous êtes là, dit la nouvelle secrétaire. Asseyez-vous, je vous en prie.

— Non, je crois que c'est Marco que je dois voir. Pouvez-vous lui faire savoir que je suis arrivée ?

Elle allait d'abord régler le problème avec Marco, elle parlerait à Luka, ensuite.

— Marco ? Mais il est absent aujourd'hui !

Derrière Cecilia, une voix tonna :

— Je m'en occupe.

Elle sursauta.

Luka...

Mis à part une minute au téléphone un peu plus tôt, cela faisait un an qu'elle n'avait pas entendu la voix de son ancien amant, et elle la reconnaissait comme si elle l'avait entendue hier. Bouleversée, elle frissonna. Elle évita de frotter la chair de poule qui hérissait le duvet de ses bras pour ne pas trahir son émotion. Au lieu de tourner la tête brusquement, elle pivota lentement sur ses talons.

— Cecilia.

— Luka.

Elle avait oublié l'effet qu'il lui faisait.

L'année qui venait de s'écouler avait lissé certains souvenirs, sa brutalité, ses manières de play-boy, comme si la magie de leurs étreintes, toujours aussi vive dans sa mémoire, avait tout édulcoré.

Il n'avait pas l'air content du tout de la voir.

— Suis-moi, dit-il.

— Mais... Je croyais que j'avais rendez-vous avec Marco.

— Tu auras l'occasion de le voir. Pour l'instant, entre et assieds-toi.

Ouf ! se dit-elle, car elle ne tenait plus sur ses jambes ; or ce n'était pas le moment de se montrer en état d'infériorité.

Luka avait un look incroyable. Magnifique était plus juste. Avec sa nouvelle coupe de cheveux, plus courte, qui faisait ressortir la virilité de ses traits, et son teint hâlé, il était à couper le souffle. Il n'avait jamais été gros, tant s'en faut, mais il était encore plus mince et cela lui allait bien.

En revanche, il avait l'air tellement méchant qu'il lui fit peur.

Elle ne l'avait pas vu depuis un an et l'éloignement avait modifié la perception qu'elle avait de lui. Mais maintenant qu'elle le revoyait, tout lui revenait en mémoire : la dureté de ses manières, le défilé des maîtresses, sa fortune qu'il dilapidait comme un parvenu et le pouvoir insolent que son argent, croyait-il, lui octroyait.

Elle détestait ce Luka-là. Et c'était le père de son enfant.

Sa paternité était incontestable, il n'y avait aucun doute à ce sujet, mais, maintenant qu'elle se retrouvait plongée bien malgré elle dans son monde, elle regrettait de ne pouvoir en douter.

Il l'avait mise à la porte et elle n'avait jamais remis les pieds ici. Il l'avait sortie de sa vie pour une peccadille, par orgueil. Elle pensa à son équipe de juristes et aux batailles qu'ils menaient pour lui obtenir les biens immobiliers qu'il avait décidé de posséder. Rien ni personne ne devait lui résister.

Et c'était le père de Pandora !

Elle chercha son regard. Le brun velouté de ses yeux avait cédé la place à une sombre minéralité, inquiétante. Il la jaugeait. Il n'y avait pas l'ombre d'un sourire sur ses lèvres. Aucune empathie.

— Où travailles-tu ? lui demanda-t-il.

— Là où je suis allée en quittant ici.

— Tu ne m'as jamais dit où.

— Ah ? bredouilla Cecilia.

On va jouer un peu, se dit Luka, jouissant de l'embarras qu'il causait à la jeune femme. *Laissons-la s'enferrer.*

Il la vit se passer nerveusement la langue sur les lèvres et la regarda dans les yeux. L'envie de faire le tour de son bureau et de la secouer pour lui faire avouer que le bébé était de lui le saisit.

Car il était de lui, il en était certain. Pourquoi ? Parce qu'il n'y avait eu personne d'autre dans sa vie, d'habitude sulfureuse, depuis cette nuit-là. C'était sans doute un signe. Et si lui n'avait pas réussi à se la sortir de la tête, elle n'avait sûrement pas pu l'oublier, elle non plus. Ce qui s'était produit cette nuit-là avait été tellement prodigieux, tellement unique qu'il n'avait jamais pu passer à autre chose. Il ne s'était pas forcé ; il n'avait pas eu envie, pas pu. Et maintenant il savait pourquoi. Parce que ce matin, par un hasard incroyable, il avait su qu'il était père.

— Que deviens-tu, Cecilia ?

— Tu veux dire depuis que j'ai été virée de Kargas ?

— S'il te plaît, tu exagères.

— Je vais bien. Alors, et Sabine ? demanda-t-elle, se rappelant l'humiliation que sa remplaçante lui avait fait subir.

— À la porte, dit-il. En fait, elle oui, je l'ai virée. J'ai même failli ordonner une interdiction d'approcher les bureaux à son encontre.

À la pensée de Sabine et de Luka enlacés, Cecilia serra les dents.

— Évidemment, grinça-t-elle. Quand on mélange sa vie professionnelle et sa vie priv…

Elle se tut. Elle en avait déjà trop dit.

— Et Bridget ? continua-t-elle.

— Elle est en congé.

Enfin une information tout simplement normale.

— Bien, puis-je savoir pourquoi tu veux me voir ?

— Pour des notes de frais injustifiés. Marco a besoin…

— Les courriels existent, coupa-t-elle. Au lieu de me faire venir jusqu'ici…

— Tu as raison mais il n'y a pas que Marco, je voulais te voir, moi aussi.

Non, elle ne pouvait rien lui dire maintenant, simplement parce qu'elle s'en sentait incapable. Elle avait déjà de la peine à le regarder dans les yeux. Alors, lui annoncer quelque chose qui allait chambouler sa vie. Ou qui ne la chamboulerait peut-être pas, d'ailleurs, mais le contrarierait à coup sûr…

Oui, mieux valait qu'elle attende encore un peu car, franchement, Luka n'était pas d'humeur aimable.

Et il disposait d'une armée d'avocats dévoués à son service. S'il estimait qu'elle était son ennemie, elle avait du souci à se faire. Il la broierait.

Non, elle n'avait pas d'hésitation à avoir, mieux valait pour l'instant qu'elle s'en aille et prenne l'avis de quelqu'un de posé. Ensuite seulement, elle lui dirait.

— Bien, dit-elle, quand tu verras Marco, dis-lui qu'il m'adresse un courriel.

Elle reprit son sac, qu'elle avait posé à terre.

— Autre chose ? lança-t-elle.

— Peut-être, je ne sais pas. Tiens, si. On pourrait dîner ensemble, ce soir ? Tu me raconteras ce que tu deviens.

— Je pense que non.

— Un verre, alors ?

— Non plus.

— Cela fait un an maintenant, plaida Luka.

Drôle d'anniversaire ! se dit-elle.

— C'est gentil à toi de t'en souvenir.

Elle lui adressa un sourire forcé.

— Tu dois en avoir des anniversaires à fêter, avec toutes tes aventures d'un soir ! se moqua-t-elle, fulminant intérieurement.

C'était plus fort qu'elle, elle avait du mal à contrôler sa colère. Elle se leva.

— Il faut que je m'en aille.

La porte lui semblait horriblement loin. Elle se retourna pour le regarder. À quoi jouait-il, ce pervers ? Il ne voyait pas le mal qu'il lui faisait ? Elle n'avait qu'une hâte, c'était de sortir. L'air devenait irrespirable dans son bureau. Une tension indéfinissable la gagnait. Un mélange de sensualité et de désir avec une pincée de...

Non, elle ne savait pas une pincée de quoi et elle n'allait pas traîner ici pour le savoir !

La main sur la poignée de la porte, elle s'immobilisa lorsqu'il lui demanda :

— Tu n'aurais pas oublié quelque chose ?

Stupidement, elle tapota son sac.

— Non.

D'une voix doucereuse, tel un poignard dans un fourreau de velours, il reprit :

— Tu n'aurais pas oublié de me parler de mon bébé, par hasard ?

Cecilia lui tournait le dos mais peu importait, il sut sans aucun doute possible que ce bébé était le sien car elle se redressa, se raidit, puis vacilla un peu comme si ses jambes ne la portaient plus. Elle se reprit et, raide comme un I, abaissa la poignée de la porte.

— Assieds-toi, Cecilia !

Elle ne se retourna pas. On ne lui donnait plus d'ordres, et surtout pas Luka Kargas. Interdite, elle restait là, pétrifiée, essayant de comprendre l'incompréhensible. Comment avait-il su ?

La réaction de Luka ne tarda pas. L'antithèse de ce à quoi elle s'attendait. Elle était persuadée que lorsqu'elle lui dirait, la discussion qui s'ensuivrait consisterait à le convaincre que Pandora était de lui. C'était exactement l'inverse.

Elle n'était pas préparée à ça.

Quand elle était avec Luka, il y a plus d'un an, elle réagissait avec excès car il la déstabilisait. Aujourd'hui, elle avait changé. Aussi, au lieu de se retourner et de l'affronter, elle ouvrit la porte calmement.

— Tu ne vas quand même pas t'en aller ! aboya-t-il, menaçant.

Ce fut pourtant ce qu'elle fit.

Il n'y avait personne dans son ancien bureau, personne non plus à la réception, qu'elle traversa sans s'attarder. Il ne régnait qu'un parfum de fleurs.

Il fallait qu'elle mette de la distance entre eux. C'était urgent. Elle appela l'ascenseur, qui ne monta pas. Elle appuya encore sur le bouton. Il ne monta pas plus. Autrefois, Luka empêchait ses ex de monter, jamais de s'en aller.

Pas de problème. Elle allait prendre l'escalier de secours.

Elle se retournait pour partir quand Luka arriva, très calme mais très déterminé.

— Je vais prendre l'escalier, déclara-t-elle.

— Essaie si tu veux, dit-il en haussant les épaules.

Elle savait qu'il n'hésiterait pas à lui courir après et à la ramener de force.

— Tu n'as pas le droit de me garder ici ! explosa-t-elle. Tu m'as fait venir au bureau sous un prétexte fallacieux, tu n'as aucun droit...

Se rendant compte qu'elle disait exactement ce qu'il ne fallait pas, elle se tut. Il s'approcha d'elle.

— Tu oses parler de droit après ce que tu m'as fait ! Après avoir bafoué mon droit le plus élémentaire.

Il avança encore, si près qu'elle recula jusqu'à ce que le froid de la porte de l'ascenseur ne l'arrête.

— Maintenant, tu reviens dans mon bureau, on va parler.

— Luka, tenta-t-elle. J'allais te le dire.

— Je ne veux pas entendre tes mensonges, ni tes excuses. Je me fiche de ce que tu avais peut-être l'intention de faire. Je veux tout savoir de mon enfant.

— Il faut que je rentre ; pour elle.

Son visage changea encore. Il était furieux. Parce qu'elle lui apprenait comme ça, au passage, comme si cela était un détail sans importance, que son bébé était une fille ?

— Je sais qu'il faut qu'on parle, Luka. Et je comprends que tu sois fâché, mais je n'ai pas le temps, là. Il faut vraiment que j'y aille.

— Quand, alors ? Pour l'anniversaire de ses dix-huit ans ? Ou quand tu n'auras plus un sou et que tu viendras me réclamer des tickets-repas ? Tu te fiches de moi ?

Elle se boucha les oreilles.

— Luka, s'il te plaît. Je n'ai pas le temps de me disputer, dit-elle.

Elle était prise à son propre piège, désarçonnée, confuse. Non seulement parce que maintenant, il savait, mais parce que le sentir près d'elle la déstabilisait toujours autant. Pendant une bonne moitié de l'année, elle s'était battue pour ne plus penser à lui. Aujourd'hui, elle le revoyait, et à ses yeux, elle passait pour une menteuse, pour la seule fautive.

— C'est la première fois que je la laisse, dit-elle.

Une excuse pathétique, peut-être, mais c'était la vérité et cela lui coûtait.

— Elle est avec ta tante ?

— Sûrement pas ! Elle est avec ma voisine. Je sais qu'il faut qu'on parle, Luka. Je l'entends bien, mais on ne bâclera pas cela en une heure.

— J'ai l'impression que tu ne comprends pas, Cecilia. Où qu'elle se trouve et quelle que soit l'heure, je verrai ma fille ce soir. Tu m'en as privé depuis trop longtemps déjà.

Cecilia l'avait déjà vu en colère, mais comme cela, jamais. Et pour l'avoir pratiqué, elle savait qu'il était inutile de discuter, d'autant qu'il avait parfaitement raison : elle avait bafoué son droit le plus élémentaire.

— On peut aller chez toi, dit Luka, ou parler ici, ou chez moi. Ensuite, ou tu m'emmènes la voir, ou tu l'amènes ici. Avant de décider, que les choses soient claires : si tu refuses de me présenter ma fille, notre prochain contact se fera par avocat interposé. Je n'ai pas de spécialiste du droit de la famille dans mon service juridique, mais j'ai chargé un de mes avocats de m'en trouver un. Un autre faux pas de ta part et je ne te ferai pas de cadeau.

Luka avait noté qu'elle était pâle ; elle blêmit encore, ce qui ne l'émut pas du tout.

— C'est toi qui as commencé, Cecilia.

— Tu me fais des reproches ?

— Oui. Oui, absolument.

10

Cecilia choisit de l'amener chez elle. Ils firent la route sans un mot. Elle essaya de parler, juste une fois, pour lui dire le prénom de leur fille, mais Luka lui intima l'ordre de se taire.

— Si je veux savoir quelque chose, je te le demanderai.

Il était sens dessus dessous. Il avait un enfant. Une fille. Elle était née il y a trois mois et il l'ignorait. Il refusait d'en savoir plus pour l'instant. C'était déjà difficile à concevoir.

Dorénavant, il allait prendre les rênes. Cecilia avait pris son temps. Il allait la mettre au pas.

— Je croyais que tu voulais qu'on parle, protesta-t-elle.

— Eh bien, j'ai changé d'avis.

Elle était assise à l'autre bout du siège, impassible, alors que lui ne décolérait pas. Dire qu'il avait découvert tout à fait par hasard qu'il était père ! Comment avait-elle osé ?

— Nous y sommes, dit Cecilia au chauffeur.

Il avança jusqu'à la porte de l'immeuble et se précipita pour ouvrir sa portière à Cecilia, tandis que Luka ne bougeait pas.

— Tu ne viens pas ? s'étonna-t-elle.

Il la foudroya du regard.

— Bien sûr que si ! Tu ne vas quand même pas me la présenter dans la rue !

Son ton était odieux. Il descendit de voiture et la suivit dans son appartement. À son air de dégoût, elle vit tout de suite qu'il n'avait que mépris pour l'endroit où elle habitait. De plus, elle était partie précipitamment sans se rendre compte qu'elle avait laissé sa maison en désordre.

L'époque où tout était rangé, où elle préparait la veille au soir les vêtements qu'elle porterait le lendemain avait vécu. Depuis la naissance du bébé, entre les biberons, les couches, la toilette, les câlins, elle n'avait guère de temps pour elle. Une douche rapide, un coup de peigne vite fait pendant que Pandora dormait, c'était tout. Elle ne s'en plaignait pas. Pour rien au monde elle n'échangerait sa nouvelle vie contre l'ancienne.

Cecilia referma derrière eux et n'essaya même pas de mettre un semblant d'ordre. Un paquet de lingettes traînait sur le canapé, une couette de bébé aussi, et deux tasses vides par terre témoignaient de la nuit rude qu'elle avait passée. Mais ce n'était pas grave. Les trois mois qui venaient de s'écouler avaient été merveilleux.

Malgré tout, elle était exténuée en permanence et seule. Elle ne parlait plus très souvent à sa tante, encore moins à son oncle et elle n'était pas envahie par ses amies. Soit elles étaient célibataires, soit elles avaient fait le choix de ne pas avoir d'enfants.

À la naissance de Pandora, elle avait reçu des lettres de félicitations, des fleurs, quelques visites, mais ses amies n'étaient pas très chaudes pour subir les cris d'un bébé quand elles se réunissaient le dimanche autour d'un brunch. Et puis, Cecilia devait bien en convenir, elle n'avait plus d'autre conversation que ce qui tournait autour des nourrissons. Elle était maman. Une toute nouvelle maman. En cela, elle avait trois mois d'avance sur Luka.

— Veux-tu... ? commença-t-elle.

— Tu veux bien aller chercher ma fille, l'interrompit-il brutalement.

— J'y vais.

Mme Dawson ne lui proposa pas d'entrer. Toujours derrière son carreau, elle avait dû voir la luxueuse berline s'arrêter devant l'immeuble et en conclure que Cecilia avait un invité.

— Elle a été un amour, dit la voisine en lui tendant le bébé. Elle s'est endormie dans mes bras.

— Merci mille fois, dit Cecilia.

— Je viens de lui donner son biberon, ajouta Mme Dawson en rassemblant ses affaires.

Cecilia prit son bébé, enveloppé dans une petite couverture rose, et la serra contre elle, inspirant son odeur merveilleuse. Oui, tout son univers avait changé, et pour rien au monde elle ne reviendrait en arrière.

Comme elle traversait le hall pour rentrer chez elle, Pandora se mit à pleurer.

Très bien, pensa Cecilia en la berçant. Montre un peu à ton père ce que c'est. Et qu'il s'en aille !

La perspective de partager Pandora avec Luka était insupportable. Elle ne s'imaginait pas la lui confiant pour les week-ends ou les vacances, surtout avec la vie débridée qu'il menait.

Il l'attendait debout dans le salon, très élégant dans son costume sombre mais le regard plus noir que jamais.

Et pourtant...

Le voir là, chez elle, était un rêve qu'elle n'avait jamais osé caresser — cet appartement, ce décor n'étaient pas faits pour lui, habitué au luxe de ses bureaux, au strass et aux paillettes des boîtes de nuit et aux fêtes échevelées sur son yacht.

Elle embrassa Pandora.

Son père était un libertin, un play-boy incurable et elle tenait dans ses bras le fruit d'une de ses nuits de folie.

Luka ne s'avança pas vers Cecilia et l'enfant. Sa fille...

— J'allais te le dire, Luka. Je t'assure.

— En ce cas, pourquoi ne me l'as-tu pas dit quand je t'ai appelée ce matin ?

— J'étais dans la rue !

Elle était sincère, il l'entendait à sa voix. Il en était d'autant plus certain qu'il l'avait vue marcher sur le trottoir, ce qu'elle ignorait. Sa sincérité ne le calma pourtant pas.

— Et dans mon bureau ? Tu n'as rien dit non plus.

Il n'avait toujours pas pris dans ses bras le bébé dont il ne voyait que la couverture rose qui l'entourait.

— Je ne pouvais pas. Pas comme ça. Face à face.

Là encore, son instinct lui soufflait qu'elle disait la vérité.

— J'ai essayé de te joindre au téléphone quand j'ai su que j'étais enceinte mais on a refusé de te passer mon appel.

— Tu n'as pas dû beaucoup insister.

— C'est vrai.

— Pourquoi ?

Cecilia haussa les épaules. Pourquoi ? Elle n'en savait trop rien. Ou, plutôt, si.

— J'avais peur de ta réaction. Je pensais que tu me dirais de ne pas la garder, ou que j'avais fait exprès pour te piéger.

— C'était moi, cette nuit-là, Cecilia. Je sais comment on fait les enfants, et qu'il faut être deux !

Pour la première fois de la journée, elle eut envie de rire. Il parlait comme un adolescent, il en était presque émouvant.

— Et puis..., commença-t-il, avant de se taire brusquement.

Il changea d'expression. La couverture avait glissé et il avait les yeux rivés sur une petite touffe de cheveux noirs et une joue rose. Il s'approcha de Cecilia, qui frissonna. Il entrait de nouveau dans sa bulle, mais ce n'était plus pour elle, aujourd'hui ; c'était pour le petit enfant qu'elle tenait dans ses bras.

Une main bronzée s'avança, puis un doigt long et fin caressa la joue de Pandora.

— Je peux la prendre ? demanda-t-il presque timidement.

Il bomba le torse et se reprit :

— Je ne sais pas pourquoi je te demande l'autorisation. Donne-moi ma fille !

De nouveau, la tendresse cédait la place à la dureté et à la suffisance. Cecilia lui tendit Pandora, qu'il prit dans ses bras. Sans la quitter un instant des yeux, il alla s'asseoir sur le canapé.

Du coin de l'œil, elle le surveillait. Il était bien plus à l'aise avec le bébé qu'elle ne l'aurait cru. Il la berçait en lui chuchotant des mots tout bas, tout près de son visage.

— Comment l'as-*tu* appelée, puisque *tu* as choisi sans moi ? demanda-t-il, cynique.

Cecilia ravala un sanglot avant de répondre :

— Pandora.

Luka ne put réprimer un bref sourire. Pandora... « don du ciel », en grec ancien. Il n'en changerait sûrement pas car d'emblée, ce prénom lui plaisait. Persuadé qu'il allait en entendre un ridicule, il avait préparé une repartie caustique, mais il la garda pour lui. Ce prénom allait tellement bien au bébé.

Pour la première fois depuis qu'il la tenait, sa fille ouvrit les yeux. Ils étaient bleu marine et bordés de longs cils noirs. Elle sembla le chercher du regard. Elle se tortilla dans ses bras, écarquilla les yeux et le fixa. Luka repoussa la couverture rose pour mieux voir son visage. Grands yeux bleu nuit, cils noirs et bouton de rose en guise de bouche.

Quelle beauté !

Pour la première fois de sa vie, il dut se faire violence pour ne pas pleurer. Il n'avait jamais tenu un bébé dans ses bras, encore moins pensé qu'il en aurait un, un jour. Et voilà qu'il serrait sa petite fille contre lui, une petite fille dont il n'avait découvert l'existence que le jour même. Il tenait sa petite main et elle serrait son doigt en le regardant.

Fasciné par la perfection de ce petit être — petite bouche, peau toute douce, jolis oncles nacrés —, il sentit son cœur se serrer.

Et, pour la deuxième fois, Pandora lui sourit.

Il lui sembla que les cils de l'enfant devaient peser trop lourd car elle ferma les yeux et s'endormit, le laissant émerveillé et ému devant le miracle de sa frêle existence.

S'il n'avait pas, par hasard, croisé le chemin de Cecilia, il n'aurait jamais su qu'il avait une fille...

Cecilia fronça les sourcils. Les traits de Luka s'étaient soudain durcis.

— La boîte de Pandore est ouverte, maintenant. Il n'y a plus de secrets.

— Je te jure que j'allais te le dire, Luka.

— Je t'en prie !

— C'est vrai. Au tout début, quand j'ai su...

— Ne gâche pas ces instants par tes mensonges. Et je ne veux pas de dispute devant elle. D'ailleurs, il est peut-être temps de la coucher.

Il se leva. Cecilia tendit les bras pour reprendre l'enfant, mais Luka ne la lui donna pas.

— Montre-moi sa chambre, je vais la mettre au lit moi-même.

— Sa chambre ! Il n'y a qu'une chambre ici. On n'est pas dans un loft de trois cents mètres carrés !

Cecilia songea, un peu honteuse, qu'il y avait un petit bureau dont elle aurait pu faire une chambre de bébé. Or elle voulait son bébé tout près d'elle, de jour comme de nuit. Pandora dormait donc dans sa chambre.

Luka lui rendit enfin leur fille, qu'elle emmena. Il était furieux, elle le savait. Et elle s'en voulait.

Elle posa Pandora dans son lit, remonta la couverture sur elle. Luka ne disait rien mais elle sentait sa présence dans la pièce. Il ne perdait pas une miette de ce qu'elle faisait. Il voulait voir tous ses gestes. Tout cela lui était sans doute tellement étranger.

Elle embrassa sa petite fille et quitta la chambre.

— Je ne veux pas me disputer avec toi, dit-elle en passant près de lui.

Elle le précéda dans le couloir, redoutant l'interrogatoire

qu'il allait lui faire subir, mais il ne dit rien. Alors elle se retourna et comprit qu'il allait partir.

— Tu t'en vas ? lui demanda-t-elle sans y croire.

Luka hocha la tête.

— Oui, la journée a été longue. Je suis rentré de Grèce ce matin.

Son chauffeur le ramenait de l'aéroport quand il avait aperçu Cecilia. Il lui semblait que cela faisait des heures.

— J'étais aux obsèques de mon père.

Celui-ci était mort sans savoir qu'il avait une petite-fille. Luka se dit qu'il ne le pardonnerait jamais à Cecilia.

— Je suis désolée, dit-elle.

— Comment peux-tu dire cela, tu ne le connaissais même pas !

Elle le fixa, durement. Il soutint son regard.

— Quand veux-tu la revoir ? demanda-t-elle.

— Demain. Une voiture sera ici à 9 heures.

— Une voiture ? Dois-je te l'amener, ou... ?

— Je l'emmène à Xanero, coupa-t-il. Demain. Je veux que sa grand-mère la voie.

— Luka, non !

Elle posa la main sur son bras. Il se dégagea brutalement, comme s'il avait été piqué par une méduse. Il ne supportait plus qu'elle le touche.

— Elle est trop petite pour voyager, reprit Cecilia.

— Pourquoi toujours « non » ? s'agaça-t-il.

— Elle n'a pas de passeport.

— J'ai des contacts à l'ambassade. Ils lui en feront faire un en urgence.

— Non ! Elle est trop petite !

— Elle a trois mois et je l'emmène dans mon jet privé. Avec sa mère, ajouta-t-il après un silence. Je ne vois pas où est le problème.

— J'ai peut-être des projets pour demain, bafouilla Cecilia.

— Eh bien, annule-les !

— Luka, je ne cherche pas à t'empêcher de la voir. Tu peux la voir demain, bien sûr, mais venir ici et m'imposer un voyage en Grèce, comme ça, au débotté, ce n'est pas possible.

— Réfléchis, dit Luka de plus en plus menaçant. Parce que demain, ou bien tu montes dans l'avion avec notre fille, destination Xanero pour une semaine…

— Quoi ? s'écria-t-elle. Une semaine ?

Il hocha la tête affirmativement.

— Oui. Dans mon palace, tu seras traitée comme une reine. Nourrie, logée. Il y aura des gouvernantes pour notre fille et j'aurai tout le temps de la découvrir ; et sa grand-mère aussi. Je pensais que tu sauterais sur l'occasion.

— Non !

— Si tu préfères passer devant un juge…

Il laissa sa phrase en suspens, laissant Cecilia imaginer le pire. En plus, il lui faisait du chantage ? Quel sale type !

— De toute manière, l'issue sera la même, insista Luka. Elle viendra à Xanero. Mes avocats ont le bras long.

C'était David contre Goliath, un combat perdu d'avance. Le juge donnerait sûrement raison à Luka. On brosserait d'elle un portrait terrible, celui d'une femme indigne qui cache son enfant à son père. Et quel père ! Le tout-puissant Luka Kargas !

C'était fichu, pensa-t-elle en le regardant partir.

— À demain, lui cria-t-il sans même se retourner. Tâche d'être prête.

Depuis qu'il lui avait téléphoné, une question lui trottait dans la tête, la taraudait. Une question qu'elle n'avait pas encore osé poser et qui la turlupinait.

— Hé ! Luka ! le rappela-t-elle. Comment as-tu su ?

Luka s'arrêta net. Comment avait-il su *quoi* ? Qu'il avait un enfant, ou que celui de Cecilia était le sien ?

— Tu veux peut-être aussi un test ADN pour me priver d'elle encore plus longtemps ?

— Évidemment que non ! se récria Cecilia. Même si la plupart des hommes en exigeraient un pour vérifier qu'ils sont bien les géniteurs. Je veux savoir comment tu peux être certain qu'elle...

Elle ne poursuivit pas : Luka revenait sur ses pas. Pour la première fois depuis son arrivée, il s'approcha tout près d'elle. Si près qu'elle sentit son souffle sur sa joue.

— Je le sais, Cecilia, parce que quand tu as entouré mes jambes avec les tiennes...

Il était tout près, trop près ; il lui volait son air, son oxygène. Lui faisait perdre la raison.

— Quand je t'ai prise, quand je t'ai pénétrée...

Elle ne l'écoutait plus. Les images de cette nuit-là défilaient devant ses yeux : leurs corps fiévreux, leurs étreintes, son regard voilé, sa voix rauque, ses caresses, ses baisers — sur ses seins, son ventre, plus bas, partout. Et elle si excitée... Et lui, si dur...

— Non, supplia-t-elle. Luka, tais-toi !

Il ne s'arrêta pas.

— Rappelle-toi, je n'ai pas mis de préservatif. Je doute que tu te sois précipitée dans le lit d'un autre homme juste après, tu n'es pas ce genre de femme. Et puis, vu ta frayeur quand tu t'es rendu compte que je ne m'étais pas protégé, je suppose que cette imprudence ne t'arrive pas souvent.

Sa voix avait des accents envoûtants, à la fois sensuels et cruels.

— C'est pour toutes ces raisons-là que je sais.

Il recula et la dévisagea d'un air triomphant et narquois. Cecilia était dans tous ses états, désarçonnée, écartelée.

— Mais...

Elle ne put en dire plus. Luka la troublait, l'excitait, lui donnait envie de se jeter à son cou ; et, en même temps, de s'enfuir. De le supplier à genoux de rester et de le repousser.

— Nous avions tellement envie l'un de l'autre, reprit-il. Tout aurait pu être tellement simple, mais tu as préféré t'en aller. Tu es partie. Ensuite ? Tu as *oublié* de me dire que j'avais un enfant. Et je te hais pour cela.

Non content de ce qu'il venait de lui assener, il renchérit, ajoutant une couche noire au reproche qu'il venait de lui faire :

— Oui, je te hais. Absolument.

— C'est tout ? plaisanta-t-elle, dans l'espoir de détendre l'atmosphère.

La boutade tomba à plat. Luka n'était pas d'humeur à rire.

— Oui, c'est tout. Maintenant, écoute-moi. Je ne t'emmène pas en Grèce pour mieux te connaître, ni pour voir si pour nous deux il y a encore une chance ; parce qu'il n'y en a pas, Cecilia. Je ne veux plus te voir jouer de rôle dans ma vie. Tu es la mère de ma fille, c'est un fait, et elle est trop petite pour être séparée de toi. Mais ce ne sera bientôt plus le cas.

— Quand ?

Le cœur serré, elle attendit.

— Je ne sais pas. Je ne connais rien aux bébés, hormis ce que j'ai vu aujourd'hui. Mais j'apprends vite. Je serai très vite au point. Alors, Pandora et moi serons très heureux ensemble. Sans toi.

— S'il te plaît, implora Cecilia.

L'hypothèse d'être séparée de sa fille était inconcevable, et aller en Grèce avec Luka lui donnait le tournis. Mais comment s'en sortir alors qu'il était tellement intraitable.

— Je m'en vais, lâcha-t-il, dédaigneux. Je n'ai plus rien à te dire. Ah non, ce n'est pas tout à fait vrai. J'ai encore une question à te poser. Savais-tu que tu étais enceinte quand tu as quitté la société ?

— J'avais des doutes.

— La vérité, Cecilia.

Elle regrettait les jours où il l'avait appelée Cece, et aurait payé cher pour entendre ce petit nom aujourd'hui, même s'il l'avait fait grincer des dents à l'époque. Quoi qu'il en soit, il était temps d'être honnête et d'avouer qu'elle se savait enceinte quand elle était partie.

— Oui.

— Mais nous n'avions pas encore couché ensemble quand tu as décidé de ne pas renouveler ton contrat. Ta démission n'avait donc rien à voir avec cette grossesse.

Elle ne lui répondit pas et se contenta de baisser les yeux. C'était encore un point qu'il allait devoir éclaircir, se dit-il, songeur, en se glissant dans sa limousine.

11

Comme prévu, une limousine arriva à 9 heures le lendemain matin. Au lieu de Luka, ce fut sa nouvelle secrétaire particulière qui descendit.

— Amber, dit-elle en tendant la main.

Cecilia lui demanda s'il y avait un siège de bébé dans la voiture.

— Bien sûr, la rassura-t-elle avec un charmant sourire.

Le chauffeur s'empara des bagages et les rangea dans le coffre. Luka, installé à l'arrière, ne daigna même pas lever les yeux du dossier qu'il parcourait pendant que Cecilia attachait sa fille sur son siège.

Dans son pantalon en lin grège et son T-shirt noir, une tenue décontractée qu'elle ne lui avait jamais vue, il ne manquait pas d'allure, mais il avait l'air ronchon.

La ceinture de sécurité de Pandora bouclée, il manifesta enfin sa présence. Ôtant ses verres fumés, il sourit à sa fille et l'embrassa sur le front. Comme si la petite fille le connaissait déjà, elle lui rendit son sourire, accompagné d'une série de gazouillis.

Luka avait mauvaise mine, mais son air fatigué n'enlevait rien à sa séduction. Entre son père mourant, le cancer de sa mère et la nouvelle de sa paternité, les jours passés n'avaient pas dû être faciles. Il sourit de nouveau à Pandora. Cecilia n'aurait jamais pensé qu'il puisse abriter une telle tendresse, surtout pour un bébé, même si elle-même était tombée en adoration devant sa petite fille dès qu'elle l'avait vue.

Comme le silence de Luka était cruel ! Autrefois, ils auraient bavardé, il l'aurait taquinée, appelée Cece, elle aurait protesté mais au moins elle aurait entendu cette voix merveilleuse qui aujourd'hui ne s'adressait plus à elle.

Après quelques minutes de trajet, Amber se tourna vers elle.

— La chambre a été préparée. S'il manque quelque chose, pour vous ou Pandora, surtout n'hésitez pas, faites-le-moi savoir.

Cecilia la remercia d'un petit signe de tête. À peine plus d'un an auparavant, c'était elle qui se chargeait de ce genre de missions — s'occuper des ex de Luka et régler au mieux les éventuels problèmes qui s'ensuivaient.

En réalité, elle n'avait jamais été confrontée à la situation que connaissait Amber en ce moment, situation que celle-ci gérait d'ailleurs avec beaucoup d'efficacité, de discrétion et de gentillesse. Organiser un voyage pour l'ex-maîtresse de son patron qui venait de découvrir sa paternité : cette affaire pas banale exigeait du doigté.

Mon Dieu, faites que Luka n'ait jamais couché avec elle ! pria Cecilia tandis qu'Amber multipliait les questions.

— Le chef a demandé si vous avez des problèmes d'allergies ou autres.

— Non, répondit Cecilia.

— Vous non, mais le bébé ?

Tiens, le ton avait changé. Amber devenait cassante. Pourquoi donc ? Cecilia vit un sourire fleurir sur les lèvres de Luka, apparemment ravi que sa secrétaire particulière la remette à sa place.

— Le chef n'aura pas à s'occuper de son alimentation, riposta-t-elle. Je n'ai pas besoin d'un cuisinier pour préparer les biberons de ma fille.

— Peut-être, mais moi, j'ai besoin de savoir, intervint Luka.

Cecilia soupira.

— Non, elle n'a pas d'allergies.

— Très bien, dit Luka.

Et il se tourna pour regarder dehors.

À l'ambassade tout alla très vite — Luka avait le bras long — et ils gagnèrent l'aérodrome sur le tarmac duquel les attendait un jet privé pour Xanero.

Luka continuait à l'ignorer. Pour bien lui montrer qu'il ne voulait plus rien avoir à faire avec elle, il prit son repas avec Amber à l'avant de l'appareil. La nourriture semblait délicieuse, mais Cecilia n'y toucha pas. Voir son ex-amant, le père de sa fille, déjeuner sans elle mais avec sa secrétaire particulière lui coupait l'appétit. L'époque où c'était elle qui remplissait ce rôle lui semblait très lointaine. Tout était si différent aujourd'hui. Sauf ce qu'elle ressentait pour son ancien patron.

Ce qu'elle avait repoussé, ce qu'elle avait tenté d'oublier en s'éloignant était revenu au galop. Bien qu'elle voie Luka comme une entreprise de démolition, elle ne parvenait pas à l'éliminer de ses pensées. Sa maternité avait changé beaucoup de choses, mais pas son addiction à cet homme. Ce qu'elle éprouvait pour lui était aussi intense — et absurde, elle en était consciente — qu'au premier jour.

Peu à peu, elle sombra dans une douce somnolence.

Amber, concentrée, tapait sur son clavier d'ordinateur. Luka, trop fatigué pour dormir, se leva pour aller regarder sa fille. Elle était adorable dans sa grenouillère blanche, avec ses ongles si bien dessinés au bout de ses mignons petits doigts. Il lui prit la main et l'embrassa, puis jeta un coup d'œil à sa mère, qui somnolait. Elle portait une robe en lin grise un peu froissée, et aurait eu bien besoin d'une séance chez le coiffeur. Des cernes sous les yeux et ses lèvres pâles lui donnaient mauvaise mine. C'était comme si ses belles couleurs et toute son énergie l'avaient quittée au profit de Pandora.

Elle dut sentir qu'il l'observait car elle ouvrit les yeux.

— Pourquoi ne vas-tu pas t'allonger ? proposa-t-il.

Le ton était plus aimable, nota Cecilia. Luka allait-il se radoucir ? Aurait-il enfin compris le poids de tout ce qu'elle avait enduré ?

— Pandora ne va pas tarder à se réveiller, lui opposa-t-elle.

— Je suis là.

Consciente qu'il cherchait à l'exclure mais épuisée, elle alla s'étendre.

Elle fut réveillée par une tape sur le bras. Elle se leva et alla s'asseoir à sa place en vue de l'atterrissage imminent. Elle se pencha au hublot pour regarder l'île. Des églises orthodoxes toutes blanches avec leurs dômes ronds, typiques de la Grèce, des petites maisons elles aussi blanchies à la chaux, des falaises tombant à pic dans une Méditerranée bleue comme le ciel : c'était très beau.

Après le passage en douane, ils grimpèrent dans la voiture qui les attendait et les emmena dans la luxueuse villa où elle allait passer une semaine.

Dès qu'ils furent arrivés, Luka prit Pandora dans ses bras. Il poussa la porte bleue et s'effaça pour laisser Cecilia passer la première.

L'intérieur de la maison était magnifique. Très beau carrelage au sol, des canapés profonds et, surtout, une vue imprenable sur la mer. Mais Cecilia se sentait trop mal pour en profiter.

— Je veux être sûr qu'il y a tout ce qu'il faut pour Pandora, dit Luka.

Il y avait tout ce qu'il était possible de souhaiter, et même plus.

— Ça va aller, répondit Cecilia.

Il y avait même sa piscine privée… Elle pensa à Luka et à ses débuts dans la vie. Il devait tout aux femmes qu'il avait séduites. Cela ne lui inspirait que colère et jalousie — un sentiment qu'elle détestait, pourtant.

Elle ne dit rien et le suivit dans la nurserie. Une pièce immaculée, rideaux en organza aux fenêtres et berceau en bois massif avec draps et oreiller en coton blanc, mais qui se trouvait loin de la suite.

— Pandora va dormir avec moi, dit Cecilia. Il faudrait transférer son berceau dans ma chambre.

— Comme tu veux, dit Luka. Mais pourquoi ? Tu ne lui donnes pas le sein.

— Encore un mauvais point, dit-elle à voix basse. Et...

— Arrête ! l'interrompit Luka. Grandis un peu.

— Je ne veux pas qu'il n'y ait personne pour la prendre si elle se réveille la nuit.

À l'évocation de ce qui était un souvenir personnel remontant à sa petite enfance, elle commença à paniquer. Seigneur, il ne fallait surtout pas que Luka le remarque ! Quand, petite, elle se réveillait la nuit et appelait sa mère, celle-ci ne venait pas. Elle ne voulait pas que Pandora connaisse l'angoisse qui l'avait tenaillée dans ces moments-là.

— Je ne me sépare pas d'elle, insista Cecilia.

— Tu refuses que ta fille passe une nuit loin de toi, mais cela ne t'a pas gênée de me faire passer trois mois loin d'elle. Ton silence m'a empêché de faire des projets pour elle. De la voir à la naissance. Alors s'il te plaît, cesse de te plaindre. Il est temps que tu te fasses à l'idée que je suis son père. D'autre part, je suis là, je ne pars nulle part.

Luka la fixa du regard. Elle plaqua la main sur son cou comme si déglutir lui faisait mal et s'assit.

— Ça ne va pas ?

— Si. J'ai juste un peu chaud.

Il fronça les sourcils. Il faisait frais dans la chambre et le vol s'était très bien passé.

— Je suis restée debout toute la nuit, expliqua-t-elle. J'avais tellement peur d'oublier quelque chose dans les bagages.

— Mais je t'avais dit qu'il y aurait tout ici.

— Oui, je sais, mais je ne suis pas habituée à...

Cecilia s'arrêta. Jusqu'à présent, elle s'était occupée de tout toute seule et avait du mal à intégrer l'idée qu'il y avait quelqu'un d'autre. C'était à la fois dérangeant et rassurant. Car décider de tout pour Pandora la submergeait parfois. Troquer le sein contre le biberon, par exemple, l'avait préoccupée pendant des jours et des jours.

Si elle avait imaginé, ne serait-ce qu'une seconde, que Luka était au courant, elle aurait été heureuse de partager avec lui les questions qu'elle se posait. Ce n'était pas la chaleur ambiante qui la dérangeait mais l'épuisement. Les paroles de Luka, aussi dures soient-elles, avaient fait mouche et elle avait eu besoin de s'asseoir.

— J'ai pensé que tu n'aurais pas le temps de t'acheter des vêtements, alors j'ai demandé à Amber de le faire pour toi.

— Trop aimable, Luka. Mais je suis capable de choisir mes vêtements toute seule.

— Seulement les ensembles bleu marine, ricana-t-il.

— Tu ne me connais pas en dehors du travail.

— Non, mais je peux t'imaginer.

Il avait raison. La veille au soir, assise par terre dans sa chambre, sa valise devant elle, elle avait dû se rendre à l'évidence : elle n'avait rien à se mettre pour un séjour dans un pays chaud.

— Excuse-moi, dit soudain Luka. Ce que je viens de te dire est indigne. Ta façon de t'habiller ne regarde que toi.

Il s'excusait mais à contrecœur. En tout cas sans conviction.

— J'ai maigri l'année dernière, dit Cecilia. Et vu le délai que tu m'as laissé pour tout préparer, je n'ai pas eu le temps d'aller faire du shopping.

— Tant mieux qu'on s'en soit occupé, alors, conclut-il. As-tu tout ce qu'il te faut ?

— Oui.

— Il y a un jacuzzi et un salon de coiffure. Pas besoin de

prendre rendez-vous, je leur ai dit de te recevoir quand tu te présenterais. Il y a aussi un restaurant, tu y as une table réservée pour la durée de ton séjour. Évidemment, si tu préfères prendre tes repas ici, c'est possible.

Elle opina.

— Si elle se réveille cette nuit, appelle le numéro près du téléphone, poursuivit-il. La gouvernante viendra tout de suite chercher Pandora.

— Comment as-tu fait pour trouver une gouvernante aussi vite ? Je te préviens, je ne confie pas ma fille à la première venue.

— Il y a de nombreuses gardes d'enfants à Xanero, et compte tenu de notre clientèle très exigeante, nous sélectionnons les meilleures. La meilleure des meilleures s'occupera de ma fille. C'est Roula. Elle travaille avec nous depuis plus de cinq ans. Elle s'est même occupée d'enfants de familles royales. Tu ne m'as pas demandé mon avis avant de la laisser à ta voisine et je ne t'ai pas fait de reproche. Je suppose que tu veux ce qu'il y a de mieux pour elle, alors admets que je puisse avoir les intérêts de ma fille à cœur, moi aussi.

Il embrassa tendrement Pandora, la rendit à Cecilia, puis il quitta la pièce.

Tétanisée, le cœur en miettes, Cecilia resta assise, son bébé dans les bras, repassant en boucle dans sa tête les paroles de Luka. Avait-elle rêvé ou avait-il dit : « Je ne pars nulle part. »

Il allait rester ?

Elle préférait ne pas le croire. Après ses premiers accès de colère, qu'il justifiait par le fait de ne pas avoir été informé de la naissance de sa fille, allait-il se radoucir ?

Pandora se mit à pleurer. Instinctivement, Cecilia se rappela sa peur quand elle se réveillait dans une maison où personne ne répondait. Elle se levait, poussait la porte de la chambre de sa mère et voyait le lit vide. Elle dévalait l'escalier, espérant entendre parler ou rire, s'armant contre le déluge de reproches qu'on allait lui adresser pour être sortie de sa chambre. Mais il n'y avait personne.

Elle ne savait jamais quand sa mère rentrerait ; et, un jour, elle n'était pas revenue. Cecilia serra sa fille et lui jura que jamais elle ne connaîtrait cette vie-là.

Entendant une sonnerie étouffée, Cecilia sursauta. À la porte se trouvait Amber, flanquée d'une autre femme en sarong, souriante et séduisante, qui tenait deux portants.

— Luka a dit que vous n'auriez pas le temps de faire les boutiques, dit Amber en désignant les portants chargés de vêtements siglés de grands couturiers. Alors j'ai fait une sélection pour vous. Et voici Roula, la gouvernante.

Quand Luka lui avait dit qu'elle avait été la gouvernante d'enfants royaux, elle s'était imaginé une dame en robe blanche, longue, chaussée de gros souliers noirs à semelles de crêpe. Quelle erreur ! Roula était pieds nus et ébouriffante de beauté.

— Luka m'a demandé de venir vous voir, expliqua cette dernière. Donnez-moi un maximum de détails sur le bébé pour que je puisse vous aider le mieux possible.

Le mieux ne serait possible que si la jeune gouvernante n'était pas aussi séduisante, songea Cecilia. Au même moment, Pandora se réveilla. Sa fille sourit quand Roula la prit dans ses bras.

— Sophie, la mère de Luka, a tellement hâte de la voir, affirma Roula. Après le décès de son mari, ce bébé est un rayon de soleil dans sa vie.

Il n'y avait rien à dire, seulement accepter que la ravissante Roula emmène sa fille. Mais c'était difficile, cela lui faisait même mal.

Non seulement on la séparait de son enfant, mais avec cette grand-mère impatiente de connaître son bébé, c'était une famille qui se reformait. Une famille dont elle était exclue...

Après le départ d'Amber, Roula et Pandora, elle ouvrit la grande commode en acajou pour voir ce qu'on y avait mis pour elle. L'un des tiroirs regorgeait de maillots de bain une pièce suggestifs, très échancrés sur les hanches et au décolleté plongeant dans le dos. Il y avait aussi un bikini lamé argent qu'elle prit et regarda, certaine que jamais elle ne le porterait. Décidément, ce monde n'était pas le sien.

En examinant la garde-robe qu'on lui avait ramenée sur les portants, elle fut frappée par la richesse des couleurs qu'on avait choisies pour elle. Elle remarqua en particulier une robe en lamé argent, du même tissu que le bikini, probablement pour les dîners au bord de la piscine.

Dans la salle de bains, des flacons de parfum et des huiles rares s'alignaient sur les étagères. Elle en avait bien besoin. Cela faisait des mois qu'elle ne s'occupait plus d'elle. Elle avait surtout renoncé à soigner sa chevelure, qui avait retrouvé sa rousseur originelle et ses bouclettes.

Luka ne fréquentait que des femmes belles, sophistiquées et sûres d'elles ; ce n'était hélas sûrement pas cette image qu'il avait eue d'elle quand il l'avait revue.

12

Après avoir déjeuné dans sa villa, Cecilia fit une sieste. À son réveil, elle passa le plus discret de ses maillots de bain et prit un livre pour lire au bord de la piscine.

Incapable de se concentrer sur sa lecture, elle relevait sans cesse la tête. Elle ne pensait qu'à Luka et à sa jeunesse de mauvais garçon. Renonçant à poursuivre sa lecture, elle noua son sarong sur ses hanches et partit se promener sur la plage privée de Luka.

La Méditerranée scintillait de mille feux, comme un saphir, et le sable, d'une blancheur immaculée, glissait sous ses pieds. Mais rien ne pouvait adoucir sa tristesse. Xanero, le paradis, était vide sans Luka.

Son yacht, à l'ancre au loin, lui rappelait le matin où il l'avait invitée à bord. Pour être son jouet. Aujourd'hui, ils étaient à des années-lumière l'un de l'autre mais unis à vie par une enfant qu'ils adoraient tous les deux.

Elle croyait avoir connu l'enfer tant travailler à ses côtés en étant raide dingue de lui avait été une torture. Ce qu'elle vivait aujourd'hui était pire. Parce qu'il n'y avait pas de répit, comme elle en avait à la fin de ses journées de travail ou pendant ses congés.

C'était pourtant l'avenir qui l'attendait. Dorénavant, Luka faisait partie intégrante de sa vie. Pour l'heure, il n'avait pas commis de faux pas mais très vite, elle allait devoir composer avec les beautés ravageuses et sa vie tapageuse. Elle voyait déjà les bimbos aux jambes interminables se prélasser sur des chaises longues ou plonger près de lui, prendre *sa fille à elle* dans leurs bras.

C'était intolérable mais inévitable. Et un jour, Pandora parlerait et ne manquerait pas d'évoquer les nouvelles amies de son papa...

Désemparée, Cecilia rebroussa chemin en direction de sa villa. Elle n'avait pas plus envie de se baigner ou de se promener que de lire. Elle n'avait envie de rien. Tout à coup, elle aperçut Luka. Elle sursauta. Il était en maillot et serrait Pandora dans ses bras. Enveloppée dans une mousseline, leur fille dormait profondément contre son torse.

Elle ne portait qu'une couche.

— Pandora devrait être protégée du soleil, lui reprocha-t-elle.

— Mais elle l'est ! Elle s'est endormie en venant ici. Je la couche ?

Cecilia fit oui de la tête et ouvrit la porte de la villa. Luka avait les cheveux mouillés.

— Tu ne t'es pas baigné avec Pandora, quand même ?

— Bien sûr que si. Nous sommes restés à l'ombre et je peux te dire qu'elle adore l'eau.

— Quoi ? Tu l'as mise dans l'eau ! s'exclama-t-elle, horrifiée. Elle est trop petite, voyons !

— Elle a adoré.

Elle était terrifiée a posteriori, et folle de rage. Toutefois, voyant la délicatesse avec laquelle Luka tenait sa fille, elle se tut.

Luka se contint. Pas question de s'emporter contre Cecilia avec Pandora dans les bras. Celle-ci était épuisée. Elle bougea à peine quand il la couvrit avec la moustiquaire. Il quitta la pièce en s'efforçant de ne pas regarder le grand lit, ni la robe de lin grise, froissée, posée sur la chaise, ni les bikinis qu'elle avait visiblement essayés et laissés de côté. Il ne fallait pas qu'il oublie qu'elle l'avait mis en colère, même si sa présence le tourneboulait.

Une fois sorti de la chambre, il alla prendre une bouteille de vin dans le réfrigérateur et deux verres.

— C'est ma villa, s'offusqua Cecilia.

— D'accord, tu nous sers alors, dit-il en lui donnant le vin et les verres. Je suis dehors.

Bon sang, quelle suffisance ! se dit Cecilia. Elle chercha un tire-bouchon, pour se rendre finalement compte que le bouchon se dévissait.

Il était clair que Luka souhaitait parler ; elle n'était pas contre, à condition qu'il veuille bien l'écouter — et ne plus se baigner avec Pandora.

Elle sortit. Le soleil brillait très fort, mais ce fut Luka qui l'aveugla. Torse nu, avec juste un boxer qu'il portait bas sur les hanches, il se dorait au soleil sur une chaise longue. Il dégageait cette même énergie qu'elle avait pu apprécier quand elle travaillait à ses côtés.

Alors qu'elle approchait, elle ressentit un pincement au cœur. Et, comme toujours, un désir fou pour lui.

Elle lui servit un verre de vin et prit de l'eau pour elle.

— Voilà, dit-elle lui tendant son verre.

Elle soupira, inspira profondément pour se donner du courage.

— Luka, il faut qu'on parle de Pandora.

— Bien sûr. Pourquoi crois-tu que je sois là ?

Luka savait que le désir qu'il éprouvait pour Cece — et non pour Cecilia, il ne fallait pas qu'il se trompe — n'était pas mort. Il le sentait enfler en lui, l'envahir.

— Comment a réagi ta mère avec elle ? demanda la jeune femme.

— Elles se sont entendues à merveille. Maman est aux anges. Elle a enfin une petite-fille.

Il essayait de rester en colère, mais il l'était de moins en moins.

— Elle s'inquiète pour toi. Avec tout ce que tu as dû traverser toute seule.

— Oh !

Luka aussi était inquiet. Mais autre chose le préoccupait, une chose dont il voulait absolument parler.

— J'ai eu mon service de relations presse en Angleterre en ligne. Apparemment, les médias s'intéressent beaucoup à moi en ce moment. Avec le décès de mon père et les nouveaux hôtels, c'est bien compréhensible.

Il ne prit pas la peine d'expliquer, Cecilia avait saisi que la presse voulait faire ses gros titres des aventures du play-boy milliardaire devenu papa.

Il vit qu'elle était contrariée.

— Tu ne crains rien, ici, je te rassure. Personne ne prendra de photos pendant que tu es là. J'y ai veillé. Le seul endroit risqué, c'est mon yacht.

— Très bien, je ne monterai pas à bord.

Elle esquissa un sourire puis se renfrogna.

— Je ne vais quand même pas me terrer...

— Tu n'es pas en prison, ici. Tu peux te promener sur des kilomètres, aller sur ma plage. Tu n'es pas enfermée entre quatre murs, que je sache ! Emmène Pandora se promener avec toi dans le village si cela te dit. Une mère et un bébé, cela n'attirera pas l'attention.

— Mais... Et si on la voit avec toi ?

Elle se leva précipitamment et regarda la mer avec hostilité comme si des milliers d'objectifs étaient braqués sur eux.

— Le *resort* est sûr, et je ne t'accompagnerai pas dans vos promenades, fit Luka d'un ton agacé.

Cecilia sentit le rouge lui monter aux joues. Une fois de plus, il lui faisait comprendre qu'elle ne ferait jamais partie de sa vie.

— Je voulais dire : « Si on la voit avec toi *à Londres* », rectifia-t-elle.

— Pour l'instant, je verrai Pandora ici.

Elle tiqua.

— D'accord, mais si elle va à Londres avec toi, comment pourras-tu éviter qu'on vous photographie ?

— Des photos avec elle ne me gênent pas. Avec la mère, en revanche...

La brutalité de sa réponse fit presque monter les larmes aux yeux de Cecilia. Son cœur se brisa encore un peu plus, si cela était possible...

— Ce sera difficile, Luka, car tu vas avoir la mère dans les pattes !

— Amber gère mon planning. Dorénavant, je travaillerai une semaine par mois depuis ici.

— Mais tu as une maison à Londres, et moi aussi. Tu ne peux pas me demander de chambouler toute ma vie !

— Minute, papillon ! Si tu avais agi correctement au départ, nous nous serions organisés autrement. Tu n'avais qu'à me dire que j'allais devenir père, j'aurais modifié mon emploi du temps en conséquence. Tu aurais dû...

— C'est bon, l'interrompit Cecilia, la main levée pour le faire taire. J'ai compris.

— Je ne crois pas, dit Luka. Je pense même que tu ne m'aurais rien dit si je ne t'avais pas croisée. Quand je pense que j'aurais pu vivre toute ma vie sans rien savoir. C'est ma fille, Cecilia. Pandora est *ma* fille.

Elle crut entendre sa voix s'étrangler et comprit alors le mal qu'elle lui avait fait et combien il souffrait.

— Luka, je pensais que tu me dirais de me débrouiller. Que tu ne...

— Tu n'avais pas à penser à ma place, coupa-t-il.

— C'est ce que mon père avait dit à ma mère, de se débrouiller seule.

— Elle t'a dit ça ?

— Non, pas elle.

— Qui alors ?

— La seule fois où j'ai vu mon père, il hurlait sur ma mère. Il lui disait qu'il lui avait donné de l'argent pour avorter. À l'époque, j'ignorais ce que ce mot voulait dire. Mais un jour, plus tard, j'ai cherché.

— Je ne t'aurais jamais demandé cela.

— Ah ? Et qu'aurais-tu dit ?

— Je ne sais pas.

— Eh bien, moi non plus ! dit-elle, ravalant son envie de hurler.

— Mais je me serais occupé de toi et j'aurais fait ce qu'il faut pour que tu aies les meilleurs soins pour la naissance. J'aurais été là quand elle est née, je l'aurais prise dans mes bras. Et qui sait ce qui se serait passé ensuite entre toi et moi ? Tu ne nous as pas donné la chance de le savoir.

Luka était certes en colère, mais faire ainsi des reproches à Cecilia l'aidait à mieux comprendre la position de celle-ci.

— Tu aurais dû me faire confiance et me le dire, conclut-il.

— Te faire confiance ! Avec la vie que tu mènes ! Et ton comportement avec les femmes !

— Mon comportement ne les gêne pas. Enfin, pour la plupart. Je choisis toujours des femmes qui savent ce qu'elles veulent. Qui ont juste envie de s'amuser.

La voyant rougir, il remua le couteau dans la plaie.

— Des femmes qui ne se réveillent pas bourrées de remords...

— Des femmes qui t'ont payé, lui retourna-t-elle.

— Tu sais quoi, Cecilia ? Je te considérais comme une femme formidable. Tu m'as fait tourner la tête. Mais aujourd'hui, j'en ai marre que tu me contestes sans arrêt. Que tu me critiques, que tu me juges.

Cecilia secoua la tête, dépitée. Luka faisait fausse route. Ce n'était pas de la réprobation, c'était de la jalousie. Oui, elle les enviait, les femmes de Luka, mais elle ne l'avoua pas.

— Tu es tellement attachée à être une mère parfaite, continua-t-il, et avant cela une secrétaire parfaite, que tu en oublies de profiter de la vie.

— Bien sûr que non !

— Tu ne t'es même pas baignée !

— Tu n'as pas à me dicter ce que je dois faire de mon temps, regimba Cecilia. À propos de piscine, d'ailleurs, je ne veux pas voir Pandora faire trempette dans cette eau.

— Roula est une nageuse confirmée. Elle a même son diplôme de sauveteur. Quant à Pandora, compte tenu du temps qu'elle va passer au bord de l'eau, on va très vite lui apprendre à nager. Question de prudence.

— Elle n'a que trois mois !

— Elle est tout de suite remontée à la surface.

— Ne me dis pas que tu l'as jetée à l'eau ?

— Roula et moi étions dans la piscine.

Il allait la rendre folle. Pas seulement pour avoir lancé sa fille dans l'eau mais pour avoir partagé ce moment avec la sculpturale beauté grecque.

— Tu exagères, Luka. J'exige que Pandora rentre à Londres.

— Assez, Cecilia ! Tu vas passer une semaine par mois ici. Tu n'auras rien à faire que te laisser vivre. Profites-en, bon sang. Vis un peu !

Luka leva les yeux au ciel, excédé. Cette femme menaçait sa santé mentale.

À la pensée de ce corps qui ne voyait jamais le soleil, et agacé de la voir recroquevillée sur elle-même, une idée germa dans sa tête. La prenant à bras-le-corps, il la chargea sur son épaule et l'emmena vers la piscine.

— Luka !

Furieuse, elle se débattit avec des cris de protestation qui ne l'arrêtèrent pas. Il la jeta à l'eau.

Au moment où elle remontait à la surface, Cecilia entendit un *plouf !* Luka venait de sauter. Il l'éclaboussait à présent. Elle fit quelques brasses vers le bord, mais il la rattrapa et la prit par la taille.

— Comment oses-tu… ? grinça-t-elle en s'essorant les cheveux.

— Personne ne t'a jamais poussée dans l'eau ?

— Bien sûr que non !

— Pourquoi ? Tu ne sais pas nager ?

— Bien sûr que si.

C'était formidable, merveilleux, magique d'être dans l'eau avec lui, face à lui, de sentir ses mains sur ses hanches, le soleil sur ses épaules.

Formidable de savoir que son bébé faisait des choses dont elle n'aurait même pas osé rêver, et que ce bébé avait un père qui l'adorait.

En même temps, se retrouver sous l'emprise de Luka Kargas, totalement envoûtée, était terrifiant.

Terrifiant aussi de comprendre, au timbre rauque de sa voix, qu'il était fou de désir, et à la chaleur qui envahissait son propre corps qu'elle était folle de désir, elle aussi.

Terrifiante, enfin, la certitude qu'en cet instant elle allait enrouler les jambes autour de lui et s'offrir à son amant d'un soir.

Mais cela ne serait sans doute pour lui que quelques galipettes pour passer le temps. Elle avait été bien placée pour connaître les messages qu'il adressait parfois à ses conquêtes au lendemain de week-ends de luxure : « Je m'ennuie. Si on remettait ça ? »

Une boule au ventre, elle plongea le regard dans le sien. Puis, sans un mot, s'écarta de lui et sortit de l'eau.

Elle était ici en tant que mère de Pandora. Point final.

13

Cecilia se réveilla tôt. Pandora ne pleurait pas, c'était le rêve dans lequel elle était enfermée qui l'avait fait sursauter. Luka l'embrassait, un baiser sans fin, quand des bras l'arrachaient à son étreinte. Elle ouvrit les yeux avec l'impression d'être coupée en deux. Elle se leva pour aller voir Pandora. Sa fille dormait sur le dos, ses petits poings repliés sur son visage.

Cela faisait bientôt une semaine qu'elle était là et sa vie ronronnait gentiment. Cecilia consacrait ses matinées à Pandora. Vers 11 heures, Roula venait chercher sa fille et l'apportait à Luka. Ce dernier faisait un long break à l'heure du déjeuner et restait un certain temps avec sa mère, qui fondait devant le bébé. Puis Pandora faisait une longue sieste. Roula la ramenait à Cecilia en fin d'après-midi

Elle commençait à vraiment apprécier ce rythme agréable. Elle était beaucoup plus détendue, se baignait tous les jours et faisait de longues balades avec Luka sur sa plage privée. C'était une sorte de conque sur laquelle venaient mourir de petites vagues poussées par une brise légère. L'air était frais et se promener là, idéal.

Et au moment où elle commençait à trouver ses marques, il fallait se préparer à repartir : Pandora et elle quittaient Xanero pour Londres le lendemain…

Lorsque Luka retrouva Cecilia sur la plage, ce n'était pas vraiment une coïncidence...

Il n'admettait toujours pas qu'elle lui ait caché sa grossesse, même s'il comprenait maintenant pourquoi elle l'avait fait — entre autres parce qu'elle avait compris qu'être père n'était pas une de ses préoccupations majeures, créer une famille, non plus.

Aujourd'hui, tout avait changé, sauf le fait qu'il était toujours obsédé par cette femme et qu'il la désirait plus que jamais. Il avait aussi compris qu'il avait intérêt à ne pas la brusquer.

N'empêche que demain, elle partait. Trois semaines de séparation. Cece le tourmentait. Les trop rares sourires dont elle le gratifiait parfois allaient affreusement lui manquer. Ses rires aussi, même si elle en était très économe.

— Bonjour, lança-t-il.

Elle sursauta

— Où est Pandora ?

— En train de se faire gâter par ma mère. Au fait, elle demande si tu veux venir déjeuner avec nous demain avant votre départ.

— Écoute, cela fait une semaine que nous sommes là et c'est la première fois qu'elle...

— Je sais, coupa-t-il. Crois-moi, Sophie t'aurait fait signe depuis longtemps si elle avait eu les coudées franches. C'est moi qui n'ai pas voulu qu'elle te reçoive.

— Et pourquoi donc ?

— Pour ne pas tout mélanger. C'est toujours ainsi que j'agis. Et puis j'étais en colère contre toi.

Ils continuèrent de marcher en silence pendant quelques instants.

— Je me rends compte que je ne peux plus couper ma vie en deux, reprit Luka. Mes deux mondes s'imbriquent. J'ai une fille. Ma mère a une petite-fille.

Il se tourna vers elle, sourcils froncés.

— Au fait, ton oncle et ta tante sont au courant pour moi ?

— Non. Ils m'auraient tout de suite emmenée chez un avocat. Je crois que tu as raison, ils ne m'ont accueillie que pour mon argent.

Elle regarda son yacht, qui se balançait sur la mer. Non, décidément, sa fortune et la vie qui allait avec ne l'intéressaient pas.

— Veux-tu que nous déjeunions à bord ? lui demanda-t-il, suivant son regard.

— Non, merci.

Marcher avec lui sans craquer lui demandait déjà un gros effort, elle n'allait pas accepter de le suivre pour recevoir, peut-être, des miettes d'affection.

— Non, répéta-t-elle. Je ne suis venue ici que pour que tu profites de ta fille.

— OK. Ça m'arrange. Tu me croiras si tu veux, j'ai beaucoup à faire aujourd'hui. Du travail qui s'est accumulé depuis le décès de mon père.

— Je suis désolée qu'il n'ait pas connu sa petite-fille. Je suis sincère. Je m'en veux énormément.

— Ne sois pas désolée, la rassura-t-il. Je n'aurais pas autant insisté pour que tu viennes passer une semaine ici s'il avait été là. Pas question de jouer la comédie de la famille heureuse. Ce n'était pas un homme bon, je n'avais aucune envie de lui montrer ma fille. Je la lui aurais présentée une fois et c'est tout.

— Je vous croyais proches tous les deux, s'étonna Cecilia.

— J'ai fait semblant. Pour mes parents. Pour la façade.

— Raconte-moi.

— Pendant le dîner.

— Ah ? Je croyais que tu avais beaucoup de travail.

— Ça attendra.

D'un signe de tête, il montra le bateau.

— C'est un endroit idéal pour bavarder. Et puis, tu dois bien te douter que je ne suis pas là par hasard : ma mère m'a demandé si elle pouvait garder Pandora, cette nuit.

— Certainement pas ! rétorqua Cecilia. Tu as eu tout le

temps de rester avec elle, elle reste avec moi cette nuit. Il n'y a pas de raison pour que ta mère fasse la nounou.

— Elle ne fera pas la nounou, comme tu dis. C'est sa grand-mère.

Exaspéré par son obstination et sa mauvaise volonté, il soupira bruyamment.

— Tu ne peux pas l'empêcher de voir sa petite-fille. En plus, elle veut la présenter à ses amies. C'est comme cela qu'ils font ici, en Grèce.

La panique envahit Cecilia. C'était irrationnel. D'un côté, elle voulait que sa fille soit entourée de personnes aimantes, et dans le même temps, elle angoissait à l'idée que celle-ci se réveille seule dans le noir.

— Réfléchis, insista Luka. Crois-tu que je la laisserais avec ma mère si je ne lui faisais pas confiance ?

Bien sûr que non. Elle le savait. Il le lui avait déjà dit. Et puis il valait mieux qu'elle se fasse à l'idée que dorénavant, il faudrait « partager » sa fille avec son père et la famille de celui-ci.

— Roula aussi sera là, ajouta Luka. Et puis, je comprends ton inquiétude. Je suppose que toutes les mères sont comme toi avec leur premier enfant.

Surprise d'entendre ce genre de paroles dans sa bouche, Cecilia le regarda avec attention. Elle ne pensait pas qu'il manifesterait le moindre intérêt pour Pandora. Tout au plus qu'il lui verserait une pension pour participer à son éducation. Au lieu de cela, il prenait son rôle de père au sérieux. Il voulait être un vrai parent, passer du temps avec sa fille et impliquer sa famille dans sa nouvelle vie.

Cecilia soupira. Ce n'était pas *elle* qu'il désirait. En tout cas, elle n'était pas sa priorité. Comme elle s'était retournée et lui tournait le dos, il la prit par les épaules et l'obligea à lui faire face.

— Je souhaite te faire monter à bord ce soir car j'estime qu'il est temps que nous parlions de nous.

Elle éclata d'un rire nerveux.

— De *nous* ? Qu'est-ce que tu veux dire par là ? Tu me détestes, et je ne supporte pas le genre de vie que tu mènes.

— Peut-être. Il n'empêche, nous avons une fille. D'autre part, je ne te déteste pas, je ne sais pas où tu as pêché ça. Quant à mon style de vie, eh bien... C'est ma vie d'avant.

Luka n'était plus fâché ; presque plus. Il ne pensait qu'aux longues journées, aux soirées sans fin où elle lui avait tellement manqué. Des semaines, des mois de regrets pendant lesquels ses sentiments pour elle n'avaient pas changé.

Mais il se connaissait. Il savait qu'il pouvait être brutal et qu'en la brusquant, il n'obtiendrait que le contraire de ce à quoi il aspirait. Cecilia était comme un chat, toujours les griffes sorties.

— Avant que tout le monde sache que nous avons une fille, si nous faisions le point, proposa-t-il d'une voix douce.

— Pour quoi faire ?

— On se désire toujours, non ?

Il a raison, songea Cecilia. Les poings tellement serrés que ses ongles lui entamaient la chair des paumes, elle essayait de ne pas ciller, mais c'était une épreuve. L'effet que Luka lui faisait était toujours aussi dévastateur. Autant qu'au premier jour.

— Peut-être, concéda-t-elle. Mais il n'y a pas que l'amour physique qui compte dans une relation.

— Pourquoi pas ? On a bien aimé faire l'amour ensemble et regarde où cela nous a menés.

Elle allait lui dire qu'elle ne voulait plus rien avoir à faire avec lui quand il haussa les épaules en riant.

— Faisons comme si ce soir était notre premier rendez-vous, qu'en dites-vous, mademoiselle Andrews ?

Comment serait-ce possible ? Le premier rendez-vous, pour son anniversaire, l'an passé, avait été l'occasion d'une nuit romantique dont elle se souviendrait toujours...

14

Le jacuzzi était un vrai bonheur. Cecilia en profitait souvent. Elle s'était raccourci les cheveux, qui lui tombaient maintenant aux épaules et avaient gardé leur couleur d'origine, blond tirant sur le roux.

« J'aimerais qu'ils soient raides, avait demandé Cecilia au coiffeur, qui de son côté aurait souhaité lui faire davantage de boucles. Et remontez-les. »

À regret, le coiffeur s'était exécuté. Avec ses cheveux qui avaient retrouvé leur couleur originelle, Cecilia se sentait mieux. Les choses rentraient dans l'ordre, comme elle les aimait.

Je ressemble de nouveau à la Cecilia de la holding Kargas, se dit-elle en se regardant dans la glace.

En rentrant à la villa, elle resta plantée un long moment dans son dressing. Qu'allait-elle porter pour ce fichu dîner sur le yacht de Luka ? Tout lui semblait beaucoup trop ample, trop sensuel.

Tu n'es pas au bureau, se dit-elle, caressant de la main la robe en soie lamé argent. Et puis, pour Luka, c'était peut-être une tenue de travail...

Finalement, elle opta pour une petite robe noire, beaucoup plus sage et qui lui ressemblait plus. Et, pour ajouter une note de couleur, choisit un petit cardigan en soie gris qu'elle avait elle-même mis dans sa valise, sorte de souvenir de l'époque où elle travaillait.

Elle regarda son collier d'anniversaire et s'interrogea. Si

elle le portait, il penserait qu'il était tout pour elle. Or elle ne tenait pas à ce qu'il le sache.

On toqua à la porte. Elle ouvrit à Luka, en costume-cravate, superbe. Comme toujours. Elle retint son souffle.

— Tu es très belle, dit-il au moment où elle refermait la villa derrière eux, même s'il avait tout de suite remarqué son fichu cardigan gris.

Elle le rejoignit et ils marchèrent vers le gracieux hors-bord qui allait les emmener au yacht. Elle se sentait mal à l'aise, comme si elle se rendait à une réunion avec une responsable des relations humaines où l'on allait discuter de son sort. A priori, il n'y avait rien de romantique dans ce rendez-vous.

— Comment va Pandora ? demanda Cecilia, à qui sa fille manquait déjà.

— Elle est pourrie gâtée par sa grand-mère et sa grand-tante, la sœur de mon père.

Il dégaina son téléphone portable et lui montra une photo qu'il avait prise juste avant de partir. Pandora, dans une petite robe rouge, était comme une lumière entre les deux femmes vêtues de noir.

— Je n'ai jamais vu ma mère aussi heureuse et détendue. C'est une métamorphose.

Cecilia ne répondit pas. Ne pensant qu'aux nuits de débauche que Luka avait passées là, elle monta à bord du yacht,

Ce soir — dommage pour lui ! —, il n'y avait pas de sirènes, pas de beautés aux corps dénudés, cuivrés, huilés ; pas de musique langoureuse pour danser, onduler, pas de rires de gorge s'élevant comme autant d'appels amoureux. Ce soir, il n'y avait qu'elle. Elle et juste le *pop !* du bouchon de champagne que le garçon faisait sauter.

Ce n'était pas tellement le passé de Luka qui la préoccupait, plutôt la crainte qu'il retourne à ses démons. Ce qui ne serait pas une bonne nouvelle pour l'équilibre de Pandora.

La nuit était magique, le ciel d'un bleu profond constellé d'étoiles qui semblaient cligner de l'œil pour lui donner du courage. Le pont baignait dans une lumière douce, et une musique en sourdine les avait accueillis. Le couvert était mis et les garçons, attentifs, prêts à les servir.

Cecilia se régala de calamars préparés à la grecque, une recette nouvelle pour elle. Sur la terre ferme, loin du rivage, se dressaient quelques immeubles modernes.

— C'est vraiment un bel endroit, dit-elle, s'extasiant sur l'île pour la première fois.

— Je l'ai béni et maudit, cet endroit, laissa-t-il tomber. Je le bénis aujourd'hui.

— Aujourd'hui que ton père n'est plus là ?

— Ma mère me dirait qu'on ne dit pas de mal des morts. Je n'y peux rien, il n'y a rien de positif à dire sur mon père. Il ne fichait rien et était un tyran.

— Je croyais que vous travailliez ensemble, que c'est lui qui t'avait tout appris.

— Il a dû travailler douze heures de toute sa vie, dit Luka. Mais ma mère voulait qu'on travaille en famille. J'aurais pu le mettre dehors depuis longtemps mais ma mère m'a supplié de le garder. C'est pour cela que je suis parti à Londres, j'ai préféré être loin et tout gérer à distance.

Songeur, il contempla l'eau.

— C'est étrange, en dépit de tout ce que je pense de lui, son départ a chamboulé mon monde et je suis triste. Quelque part, il me manque. C'est inexplicable.

— Moi aussi, je pleure ma mère, enchaîna-t-elle. Malgré tout ce qu'elle m'a fait, ou n'a pas fait. Parfois, je me dis que c'est dommage d'être passées toutes les deux à côté de quelque chose qui aurait pu être bien.

Elle détourna le visage, les yeux embués de larmes. Des larmes de regret de ce qui n'avait pas été, et de crainte de ce qui risquait d'arriver à son enfant.

— J'aimerais que tu adores cet endroit, dit-il.

Elle reposa sa fourchette.

— La semaine que tu as passée ici t'a plu ? poursuivit-il.

— Beaucoup plus que je ne l'avais imaginé.

— Tu sais qu'il peut y avoir beaucoup d'autres semaines comme celle-ci.

— Ce n'est pas ce que tu m'as laissé entendre. Tu m'as dit quelque chose comme : « Une semaine par mois ou on se verra devant le juge. »

— Cecilia, je parle de nous, là !

Il avança le bras sur la table et lui prit la main. Elle ne chercha pas à se dégager ; au contraire, elle le laissa jouer avec ses doigts puis les enlacer. Il n'avait rien du don Juan tel qu'elle l'avait imaginé à bord de son yacht de luxe. Non, il était sérieux, grave même.

— Je deviens fou de te savoir à Xanero, tout près de moi et pas dans mon lit, avoua Luka.

Il la regarda. Il était plus épris d'elle que jamais. Elle ferma les yeux — pour faire taire le désir qui bouillonnait en elle ?

— On n'a pas besoin de précipiter les choses, reprit-il. Quand tu reviendras ici avec Pandora et qu'on sera sûrs que personne ne nous épie, on pourra vivre ensemble et voir si nous sommes capables de fonctionner comme une famille.

— Et si ça ne marche pas ?

— Oh ! Cecilia...

— Il n'y a pas de « oh ! Cecilia ». Ce que tu me proposes, c'est d'être ta maîtresse toutes les semaines que nous passerons ici.

— Ce que je te propose, c'est d'essayer de vivre ensemble. Je vais faire des efforts pour oublier, pour ne plus penser au fait que tu m'as caché la naissance de Pandora.

— Tu ne me pardonneras jamais, je me trompe ?

— Je ne sais pas.

Leur tentative n'irait pas loin si elle démarrait sur une aussi mauvaise base, se dit Cecilia. Soudain, incapable de se contenir, elle lâcha ce qu'elle avait sur le cœur :

— Tu penses vraiment que tu es capable de me reprocher

à vie de ne rien t'avoir dit ? As-tu idée de l'enfer que tu m'as fait vivre à cause de tes frasques ? J'étais raide dingue de toi et tu faisais la noce avec tout le monde, sauf moi.

— Pourquoi ne me l'as-tu pas dit ?

— Tu étais mon patron, à l'époque.

— Mais plus maintenant.

— Non, mais ça ne vaut pas mieux. Quand je pense aux orgies qui se sont déroulées sur ce bateau et près de la piscine...

— Ne me reproche pas ça. Tu n'as rien fait pour me montrer que je te plaisais. Tu étais même fiancée quand je t'ai engagée. Je n'allais pas semer la zizanie dans ton couple. Votre relation était sérieuse.

— Et toi, tu faisais la bringue !

Sur ces mots, elle jeta sa serviette sur la nappe et se leva.

— Je veux rentrer !

— Non, lança Luka. Il faut qu'on parle.

Il la ramena à lui en lui prenant le poignet.

— Lâche-moi ! Je te dis que je veux partir !

— Très bien. Mais laisse-moi te dire quelque chose. J'en ai marre des reproches que je lis constamment dans tes yeux.

— À qui la faute ? rétorqua-t-elle.

— À celle qui le demande, peut-être ?

— J'ai peur, Luka. J'ai peur de me laisser porter par la facilité et de finir comme ma mère.

Il allait lui dire que c'était ridicule quand il se mit soudain à sa place : son enfance chaotique, l'insécurité, l'abandon... Et sa mère, morte désormais.

— Tu ne seras jamais comme elle, Cecilia. Je te promets une chose : si je te vois un jour toucher à la cocaïne, ou à une autre substance de ce genre, je t'administrerai une fessée dont tu te souviendras longtemps !

Elle ne put s'empêcher d'éclater de rire.

— Nous sommes deux dans cette aventure, continua-t-il d'un ton plus sérieux. Nous sommes ensemble. Ta mère te laissait seule, la nuit ?

— Souvent. Quand je me réveillais, je ne savais jamais si elle était là. Je ne veux pas que Pandora vive la même angoisse que moi.

— C'est complètement différent, objecta Luka. Il y aura toujours quelqu'un quand elle se réveillera. Si ce n'est pas toi, ce sera sa nounou. Elle ne sera jamais abandonnée. Il y a un monde entre être absent une nuit et vivre comme ta mère a vécu.

Elle détourna la tête. Elle ne serait jamais d'accord avec lui.

— Allons la chercher, annonça Luka en se levant d'un mouvement souple et décidé.

Dans le petit hors-bord qui fonçait vers le rivage, Cecilia sentit son cœur se serrer. Sa vie était un échec sur toute la ligne. La nuit romantique qui aurait pu s'amorcer avait tourné court. Il n'était même pas 22 heures et ils rentraient chacun chez soi...

Une fois l'embarcation arrimée, Luka lui donna la main pour monter sur le ponton. Comment expliquer ce qu'elle ressentait ? Elle savait qu'il avait raison, que Pandora était en sécurité et aimée. Non, ce n'était pas cela.

— Luka, ne la réveille pas. Laisse ta mère et Roula s'occuper d'elle. Je sais qu'elle ne craint rien.

— Tu es sûre ?

Elle hocha la tête de haut en bas.

— Tu es une mère formidable, Cecilia.

Une mère formidable ? Peut-être. Mais comme maîtresse, elle était nulle. Leur soirée allait en rester là. Ne deviendrait pas la nuit qu'une partie d'elle avait tant espérée... Elle tenta de s'expliquer :

— Luka, j'ai peur, si l'on est ensemble, de faire souffrir Pandora quand on rompra.

— Pourquoi pas *si* on rompt ? Tu ne peux pas, pour une

fois, essayer d'être positive. Pourquoi veux-tu absolument qu'on rompe ?

— Parce que la seule fois où j'ai renoncé à ma vie bien rangée, tu vois ce qu'il m'est arrivé ! La seule fois où j'ai fait une erreur...

Elle s'arrêta. Pandora n'était pas une *erreur*. Il fallait qu'elle éradique ce mot de son vocabulaire quand elle parlait de sa fille.

— La fois où tu as lâché tes cheveux et où tu as vécu, autant que je sache, quelque chose de merveilleux est arrivé.

De dépit, Luka secoua la tête. Un peu de colère s'y mêlait : Cecilia avait toujours refusé de leur donner une nouvelle chance.

— Écoute, je ne vais pas te supplier. Il faut que tu le veuilles, toi aussi.

15

Luka la laissa plantée là, s'éloignant à grandes enjambées le long de la plage. Cecilia le regarda s'éloigner, parfaitement consciente que c'était elle qui avait tout gâché.

Mais quel culot ! Lui proposer de coucher ensemble quand elle serait sur l'île ? Était-il raisonnable de penser créer une famille sur une base pareille ? Sa petite voix intérieure criait « non ! », évidemment...

Hélas, Cecilia était plus amoureuse que jamais. Tellement éprise que cet amour lui faisait peur. Peur d'aimer Luka car peur de le perdre. De se réveiller dans le noir et de constater son départ. Pire encore, peur de vivre côte à côte sans amour, comme son oncle et sa tante.

Entre Luka et elle, il n'y avait que de l'attirance physique. Quand sa passion s'éteindrait, il retournerait à ses démons.

Elle partit derrière lui, sans se presser. Elle enfonçait les pieds dans le sable encore chaud qui glissait entre ses orteils, et c'était bon. Elle allait être ici chez elle une semaine par mois pendant un an, puis plus jamais. Mieux valait donc qu'elle ne prenne pas goût à cette vie qui bientôt lui échapperait.

Luka, lui, serait toujours là pour Pandora. Cecilia commençait à croire vraiment que la vie de sa fille serait différente de la sienne. Qu'en dépit de tout, c'était un bon père, qui n'hésitait pas à bouleverser sa vie pour s'occuper de sa fille.

« Mais vis donc », lui avait-il dit. Ses paroles lui revenaient par bribes, et ses propres réponses aussi. « Non, merci. »

Quelle bêtise ! Comme elle était butée ! Elle se rappelait aussi comment il l'avait jetée à l'eau, puis rejointe en la suppliant du regard de se lâcher.

Il avait proposé qu'ils repartent de zéro et, au lieu de saisir cette chance, elle l'avait repoussée. Au lieu de vivre avec lui la vie dont elle rêvait, elle fuyait. Décidément, Luka avait raison : la seule fois où elle avait lâché ses cheveux et s'était laissée aller — un peu —, une chose magnifique était arrivée.

Elle n'oubliait pas non plus ce qu'il avait dit en partant sur la plage. « Il faut que tu le veuilles, toi aussi. » S'il avait su... Elle en rêvait. Son cœur criait « oui », son corps criait « oui ». Il fallait qu'elle le lui dise, le lui montre.

Soudain, au lieu de rentrer dans sa villa et de se désoler sur son sort, elle décida qu'il était temps qu'elle s'ouvre. Elle rentra, mais seulement pour se changer. Elle troqua son cardigan gris, sa petite robe noire et ses dessous couleur chair contre le mini-bikini lamé argent.

C'était décidé, elle allait prendre un bain de minuit !

Elle pensa à Luka, nu et penché sur elle, ses cheveux dégouttant d'eau, un fantasme qu'elle abritait depuis qu'elle était ici. Sur son bikini, elle passa le déshabillé en lamé, ample et vaporeux, incroyablement sensuel.

Elle dénoua ses cheveux, qui tombèrent en vagues sur ses épaules. Elle avait retrouvé des couleurs après une semaine à paresser ici et les cernes qu'elle avait sous les yeux en arrivant avaient complètement disparu. Le sommeil réparateur des six nuits passées dans le *resort* y était pour quelque chose. Ou peut-être la présence de Luka près d'elle lui faisait-elle du bien.

Il pouvait y avoir beaucoup d'autres semaines comme celle-ci, lui avait-il dit. Il suffisait qu'elle veuille bien essayer.

Un rendez-vous galant par mois avec Luka, ce n'était pas si terrible. Ils formeraient comme une petite famille, et un bain par mois dans sa piscine privée, plutôt qu'un transat sur le deck de la grande piscine, c'était plutôt agréable. Pandora aurait la meilleure mère du monde, les meilleurs parents partagés, et si Luka ne lui pardonnait pas de lui avoir caché ce qui se passait, c'était son affaire. Et son droit.

Elle mit le collier qu'il lui avait offert et qu'elle aimerait toujours et sentit le froid du métal sur sa peu tiède. Puis elle se dirigea vers le restaurant dans lequel elle n'avait jamais mis un pied, préférant prendre ses repas enfermée dans sa villa.

L'endroit était superbe. Des couples attablés parlaient bas en se regardant dans les yeux, d'autres riaient. Au bar, lui tournant le dos, il y avait Luka.

— Votre table est prête, madame, dit le maître d'hôtel en la voyant entrer.

Elle se rappela alors que Luka lui avait réservé une table pour la semaine, même si elle l'avait boudée.

Prévenu par le barman que Cecilia venait d'entrer, Luka se retourna. Il vit qu'on la conduisait à sa table, mais ce n'était pas la Cecilia qu'il connaissait. C'était celle qu'il voyait parfois en rêve, ébouriffante, détendue et sexy, qui riait de bon cœur à ce que le maître d'hôtel venait de dire.

Il la regardait mais elle ne le voyait pas. Il essaya de deviner ce qu'il se passait quand le barman posa devant lui une coupe de champagne.

— *Gia eséna kyrie, apô tin kyria*. Pour vous, monsieur, de la part de la dame.

Luka se retourna, chercha son regard et leva sa coupe, en faisant un petit signe de tête, auquel elle répondit par un geste qui était une invite à la rejoindre. Elle sourit, un sourire coquin qu'il ne lui avait jamais vu. Elle flirtait. Minaudait.

Cette femme était une énigme, imprévisible, qu'il n'aurait jamais imaginée dans ce rôle-là.

Luka s'avança vers elle sans la quitter des yeux.

— La nuit est bien trop belle pour boire du champagne seule, dit-il.

— Je suis d'accord. Restez avec moi, alors.

— Très volontiers.

Il prit un siège et regarda la femme qui l'intriguait depuis le premier jour où ils s'étaient vus.

— Combien de temps resterez-vous ici ? dit-il, entrant dans son jeu et la vouvoyant.

— Je repars pour Londres demain, répondit-elle, mais je reviendrai sûrement ici.

— Je suis ravi de l'apprendre, dit Luka. Vous êtes seule ?

— C'est un peu compliqué. Je ne tiens pas à en parler.

— Pas de problème.

Cette fois, il ne lut pas de reproche dans ses yeux mais un éclat, une lumière vibrante. Il commença alors à mieux la comprendre. Cecilia avait une face cachée, ardente et passionnée, qu'elle s'efforçait en permanence de contrôler.

Mais pas ce soir. Ce soir, elle voulait lui montrer sa vraie nature, afficher sans retenue la femme de chair et de sang, de sentiments et de passion qu'elle était. Une femme libérée.

— J'ai une fille, dit-elle, mais ce soir on me la garde.

— Vous êtes seule, alors ?

— Oui, dit Cecilia. Toute la nuit.

— C'est triste.

Luka lui sourit, ce sourire qui l'avait charmée dès la première fois.

— Excusez-moi, je n'ai pas retenu votre nom.

— Cece.

Il sourit encore, de ce même sourire qui la bouleversait.

— Je m'appelle Luka. Où êtes-vous descendue ?

— Dans la villa sur la plage.

— Épatant.

— Oui, épatant.

Elle porta sa coupe de champagne à ses lèvres et en but un peu.

— C'est mon ex qui paie !

— C'est encore mieux.

Et il éclata de rire, d'un rire si heureux, si joyeux que Cecilia en fut tout émue.

Il chercha de nouveau son regard.

— Votre ex, reprit-il, la voix grave maintenant, il est fou de vous avoir laissée partir.

— Pas vraiment. C'est moi qui n'ai pas été correcte.

— J'en doute.

— Si, si, je vous assure. Je lui ai caché quelque chose de très important.

— Il aurait dû passer outre, laisser filer, ou peut-être prendre le temps de comprendre pourquoi vous lui aviez fait ça.

Luka vit des larmes noyer les yeux de Cecilia et se tut. Ce soir, il ne voulait pas la voir pleurer.

— En principe, je ne devrais pas être ici en train de boire avec une cliente, dit-il.

Les larmes avaient séché comme par magie.

— Venez chez moi, alors, dit-elle.

Elle avait osé. Elle avait osé être audacieuse et courageuse.

— C'est une excellente idée. Mais, par souci de discrétion, je suggère que nous ne partions pas ensemble. Sortez la première, lui dit-il.

Elle le désirerait toujours, elle le savait. Elle se leva pour partir, mais il la retint par le bras.

— Y a-t-il quelque chose qui vous ferait plaisir ? lui demanda-t-il. Ce que vous voulez, je ne sais pas...

Cecilia se pencha à son oreille et murmura quelques mots, puis elle recula, inquiète de voir sa réaction.

Il fit un signe de la tête et murmura :

— Pas de problème.

Légère, flottant sur un petit nuage, Cecilia entra dans sa villa. Luka et elle allaient faire l'amour, c'était sûr, mais même s'il ne la rejoignait que pour ça, peu importait. Car, elle en était certaine, leurs étreintes, ce soir, pouvaient sonner le départ d'une nouvelle vie.

Elle n'alluma pas. Elle se déshabilla et s'étendit sur le lit. Elle était en feu, bouillante de désir et impatiente.

Elle attendit. Sans penser à leur avenir, sans réfléchir à l'impossible situation. Elle n'avait qu'une attente : être prise par Luka, cette nuit.

Elle entendit un grand éclaboussement en provenance de la piscine. Elle ferma les yeux pour mieux entendre. Luka nageait. Elle l'entendait plonger et remonter à la surface. Puis, plus rien. Le silence.

Et, soudain, les baies vitrées de la villa coulissèrent. Des pas. Dégoulinant, Luka se penchait sur elle. Comme si elle lui avait soufflé son fantasme...

Elle sentit le matelas se creuser sous son poids et cueillit sur le bout de la langue les gouttes qui tombaient de ses cheveux.

— J'ai envie de toi, Cece, dit-il, agenouillé sur elle.

Il avait la voix rauque, déformée par le désir. Troublée, elle ferma les yeux. La bouche de Luka happa ses lèvres. C'était divin.

— Je suis complètement fou de toi, dit-il. Depuis toujours.

C'était peut-être vrai, et même si ça ne l'était pas, si ce n'était que pour une nuit de folie, cela lui était égal. Luka avait beaucoup d'expérience avec les femmes, il savait comment leur faire du bien. Ce soir, elle était prête à tout pour prendre du plaisir.

Elle bougea sous lui. Il était froid et mouillé sur elle, qui bouillait de désir et d'impatience.

— Je n'ai eu personne d'autre après toi, dit-il, rompant un peu le charme.

Cecilia doutait qu'il dise vrai, même si c'était merveilleux de l'entendre. Elle répondit par un baiser encore plus ardent. Elle le sentit très vite dur entre ses cuisses et gémit. Elle voulait tout, tout de suite. Mais il en avait décidé autrement.

— J'ai pris la pilule, lui dit-elle.

— Ce sera plus cher, alors, plaisanta-t-il, ce qui la fit rire.

Mais le rire ne dura pas. Il prit ses bras et les allongea derrière sa tête, l'empêchant ainsi de bouger.

— Je t'aime, dit-il.

Elle ferma les yeux.

— Non, Luka.

— Regarde-moi.

Elle rouvrit les yeux, le laissant plonger dans son regard.

— Je t'aime, répéta-t-il.

Luka était fatigué de se retenir, fatigué de nier l'amour qu'il éprouvait pour elle.

— S'il te plaît, ce n'est pas suffisant de le dire, supplia-t-elle.

Ce n'était pas suffisant, mais elle aimait tellement l'entendre de sa bouche ! « Je t'aime. » Tout simplement « je t'aime ». Et elle ne voulait pas, ne pouvait pas croire que ce n'étaient que des mots en l'air prononcés d'une voix de velours par un homme qui savait s'y prendre avec les femmes. Non, cela ne pouvait être un jeu, n'est-ce pas ?

— Pourtant, je t'aime, répéta-t-il encore.

Cece avait besoin que ce soit lui qui prenne les devants, et Luka savait désormais pourquoi grâce à la conversation qu'ils avaient eue au restaurant.

— Ton ex aurait dû comprendre que tu as du mal à croire que quelqu'un puisse t'aimer alors que personne ne t'a encore jamais aimée.

Il avait raison. Alors, l'espace d'un instant, Cecilia savoura le bonheur de croire qu'il était sincère.

Brusquement, il la pénétra de toute sa longueur, lui arrachant une plainte. Elle frissonna.

Elle serait bien restée des jours et des nuits sous lui, se délectant du plaisir de le sentir peser sur elle, en elle, voulant croire que ce corps qui allait et venait sur le sien serait à elle pour toujours.

Ouvrant grand les yeux, elle regarda le visage de l'homme qu'elle aimait. Ses traits s'étaient tendus, ses yeux s'étaient voilés et il accélérait la cadence. Désireuse d'être à l'unisson, elle s'adapta à son rythme.

— Cece...

D'un dernier coup de reins, Luka se libéra, convaincu qu'il n'existait aucun paradis aussi doux que celui dans lequel il était niché.

En ce lieu sombre et tranquille, enveloppée dans la sensualité de cette nuit magique, Cecilia s'endormit dans les bras de Luka, essayant de se persuader que ce qu'elle venait de vivre s'appelait « amour ».

16

— Je pense ce que j'ai dit, lui chuchota Luka.

Réveillée au son de ces mots rassurants, Cecilia le sentit blotti contre son dos. Il lui caressait la poitrine avec des gestes doux.

— Pourquoi ne m'as-tu pas dit ce que tu ressentais, Cece ?

Luka avait pris son collier dans une main et faisait glisser les pierres sous ses doigts. Des rubis, des vrais, pas des cailloux, un bijou beaucoup trop précieux pour être offert à une secrétaire particulière, aussi efficace et charmante soit-elle. Non, c'était un message, qu'il lui avait adressé, autant qu'il se l'adressait à lui-même car jamais encore de toute sa vie il n'avait connu l'amour.

— Pourquoi ? reprit-elle. Parce qu'il y avait tellement de femmes qui te tournaient autour que je ne voulais pas passer pour une de plus.

Elle n'avait pas complètement tort ; d'ailleurs, il ne discuta pas.

— S'il n'y avait pas eu Pandora, dit-elle, le regard perdu dans le vague, cela aurait été fini pour nous.

— Si le jour où je t'ai vue dans la rue, tu avais été seule, je t'aurais aussi téléphoné. Et, ajouta-t-il, quand mon père est décédé, c'est à toi que j'ai eu envie de parler. Mais je me suis dit que je devais attendre que les obsèques aient eu lieu et que j'y voie plus clair. Je me suis dit que je pensais de travers, mais je me mentais : depuis cette fameuse nuit avec toi, les choses ont toujours été très claires. Pour preuve, je n'ai eu personne après toi.

Cecilia ne l'avait pas cru quand il le lui avait dit, la nuit précédente. Elle avait pensé qu'il lui disait cela parce que c'était ce qu'elle avait envie d'entendre.

— Je crois que je suis tombé amoureux de toi dès que je t'ai vue, Cece. Bon sang, c'était impossible de t'approcher ! Tu étais comme une biche effarouchée. Ce que je peux te dire aujourd'hui, c'est que je redoutais que tu t'en ailles.

Cecilia commençait à croire qu'ils avaient peut-être une chance de creuser un chemin vers une vie à deux. *À trois*, corrigea-t-elle. Mais elle craignait de se faire des illusions…

— En admettant que nous repartions de zéro tous les deux, dit-elle, j'ai peur qu'un jour tu me lances à la figure que je t'ai caché la naissance de Pandora.

— Et alors ? Ce serait la fin du monde ?

Pour elle, oui, vu la façon dont la vie l'avait malmenée, vu la façon dont les gens l'avaient malmenée.

Il sourit de ce sourire trop rare et qu'elle aimait tant, dans lequel elle comprit que même si un jour il lui faisait ce reproche, ce ne serait pas fini entre eux.

— Non, concéda-t-elle.

— Et si un jour je me mets en colère et te crache une horreur au visage, n'oublie pas de me rappeler le nombre de femmes avec lesquelles j'ai couché, les champs entiers de fleurs que tu as commandées et fait livrer de ma part et quel crétin j'étais…

— Oui, dit-elle partagée entre l'envie de rire et celle de pleurer.

C'était un amour où la perfection n'était pas une condition *sine qua non*, car la vie à deux, ils le savaient, ne pouvait être un long fleuve tranquille. Il y aurait des hauts et des bas, de grandes joies et de petits malheurs. Cela faisait partie du jeu.

— On aura le droit de se disputer un peu, alors ? demanda-t-elle.

— La perfection n'est pas un préalable.

Il rit. Et redevint aussitôt très grave.

— Épouse-moi, Cece.

Cecilia s'assit dans le lit, le front plissé, le cœur battant. Avait-elle bien entendu ?

— Je croyais que nous devions prendre notre temps. Je reviens dans quelques semaines…

— Si tu te figures que je vais te laisser prendre l'avion ce matin, tu ne me connais pas !

Elle se tourna et sourit à Luka.

— Sais-tu quel jour nous sommes ?

Elle secoua la tête de droite à gauche.

— C'est ton anniversaire ! s'exclama-t-il.

Cette année cependant, il n'y aurait ni bougies, ni gâteau, et ce n'était pas un collier qu'il allait lui offrir. Mais une bague.

— Tu avais l'intention de me faire ta demande en mariage, hier soir ? lui demanda-t-elle.

Luka avait pris sa main gauche et glissait à son annulaire un somptueux solitaire.

— Non, j'avais toujours prévu de le faire ce matin, parce que dorénavant, il est exclu qu'un seul de tes anniversaires soit oublié.

Il y a peu de temps encore, Cecilia se méfiait de tout ce que Luka lui disait, n'accordant qu'une confiance limitée au *bad boy* qu'elle avait connu. Peut-être ne disait-il que ce qu'elle voulait entendre ? Il connaissait si bien les femmes…

Mais, aujourd'hui, ce qu'elle ressentait était totalement différent. Tout sonnait vrai.

— Allez, viens ! s'exclama-t-il.

Il souleva le drap d'un coup de pied.

— Préparons-nous pour notre mariage.

— Mais… On ne peut pas se marier comme ça. À l'improviste.

Elle éclata de rire.

— Il y a des bans à publier, poursuivit-elle. Et les amis et les…

— À peu près toute l'île m'appartient, Cece. Je fais ce que

je veux ici, on réglera les formalités plus tard. Il faudra sûrement un mariage plus officiel, mais je veux que tu portes une alliance dès aujourd'hui. Et, ajouta-t-il, cette alliance-là, elle ne quittera jamais ton doigt.

— Mais... et Pandora ?

— Chez moi, les enfants n'assistent pas au mariage de leurs parents ! Si tu avais pris soin de me dire que tu étais enceinte, on aurait tout réglé *avant* et nous serions déjà mariés depuis des mois. Et Pandora ne viendrait pas d'un couple boiteux !

Et voilà, songea Cecilia, ils n'étaient pas encore mariés et déjà il lui lançait un reproche à la figure. Mais au lieu de bouder, elle se retourna en riant.

— Luka, je n'ai rien à me mettre.

— En ce cas, je t'épouse entortillée dans un drap mais, Cece...

Il se tut, lui empoigna les bras et l'allongea de force en la regardant droit dans les yeux.

— ... il faut que tu le veuilles, toi aussi.

— Je le veux.

— Et que tu fasses, toi aussi, ce qu'il faut pour qu'on réussisse. Il faut se battre parfois, tu sais. Braver...

Luka ne continua pas. La veille au soir, c'était elle qui avait forcé sa nature. Elle si timide, si réservée, elle avait osé, bravant tous les on-dit, entrer dans le restaurant et, d'une certaine façon, lui pardonner son passé.

— Tu vas m'épouser et ensuite, nous irons chercher notre adorable petite fille *ensemble*. En couple marié, en parents.

— Je t'aime, Luka Kargas, murmura tout simplement Cecilia.

Elle portait un sarong lamé argent noué sur l'épaule. Ses boucles blondes tombaient sur ses épaules, en vagues. Debout sur le pont du yacht, Cecilia dévorait Luka du regard. Il se tenait très droit devant elle. Il avait revêtu pour la circonstance un pantalon noir et une chemise blanche près du corps. Il ne portait pas de cravate et ne s'était pas rasé.

La *cérémonie* — aucun des deux ne voulait finalement de ce mot trop formel — n'était pas guindée et tout était beau et naturel. Spontané.

Elle n'était pas la jeune réplique de sa mère, même si, par moments, certaines de ses réactions, fantasques, laissaient deviner elle le savait la facette décalée de sa personnalité.

Même si la soudaineté de ce mariage (quoi de plus excitant dans la vie que l'impromptu ?) sur son yacht pouvait passer pour une excentricité de plus de la part de celui que la presse people qualifiait souvent de « noceur incorrigible », Cecilia savait qu'elle se trouvait devant un homme solide et qui l'aimait. Et ne l'abandonnerait pas.

Le célébrant leva les yeux au bruit d'un hélicoptère qui faisait du surplace au-dessus de leurs têtes.

— Si vous ne tenez pas à être photographiés, dit-il, peut-être vaut-il mieux que l'on rentre.

— Oui, dit Luka, qui désirait avant tout protéger Cece.

Il lui prit la main pour descendre avec elle dans le ventre du bateau, mais elle se dégagea.

— Pas de problème, dit-elle. Ainsi, tout le monde sera au courant. Cela nous épargnera une annonce officielle.

Aux côtés de Luka, elle se sentait prête à tout affronter, et en même temps libre.

— Je t'aime, lui dit-il, glissant une alliance à son doigt. Et j'ai tout le reste de ma vie pour te le prouver.

— Tu me l'as déjà dit, répondit-elle en souriant. Et tu me l'as déjà prouvé.

Cecilia leva les yeux vers ce regard de velours couleur chocolat chaud, qui savait tourner au noir quand il exprimait la colère. Elle connaissait Luka mieux que n'importe qui. Sous la façade, elle avait découvert un être de cœur qui, comme elle, avait été meurtri par la vie. Alors, elle le lui dit, puis lui prit le visage à deux mains.

— Je suis fière d'être ta femme, Luka.

Oui, elle était fière d'être à lui. Fière non seulement de

l'homme qu'il était maintenant, mais de celui qu'il avait été. Un homme fort face à un impossible début dans la vie.

Ému, Luka retint sa respiration.

Le paparazzi dans l'hélicoptère avait pris des photos de Luka Kargas sur son yacht embrassant sa femme. Mais le temps que la nouvelle se répande et que les paparazzis affluent, armés jusqu'aux dents de caméras et de micros pour alimenter les magazines, les télévisions ou la Toile, le couple heureux aurait déjà quitté le bord.

Car c'était ailleurs qu'ils voulaient être.

Cecilia ouvrit la marche en direction de la villa de sa belle-mère. Elle se sentait un peu inquiète. Très vite, elle aperçut Sophie, assise sur une chaise, Pandora sur les genoux. Près d'elle, il y avait un grand paquet enveloppé dans un papier d'argent. Les attendait un déjeuner préparé par un chef de renom, pour célébrer à la fois son anniversaire et leur mariage.

En cette fin de matinée, le soleil rayonnait, haut dans le ciel. Une ambiance de paix et de bonheur régnait partout dans le complexe de Luka. Tous les deux, ensemble, ils se penchèrent pour prendre Pandora des genoux de Sophie.

Tous les trois réunis, ils formaient enfin une vraie famille.